行走的脊梁

XINGZOU DE JILIANG

徐锦庚 著

短篇报告文学精选

济南出版社

图书在版编目（CIP）数据

行走的脊梁 / 徐锦庚著. -- 济南：济南出版社，2023.3（2024.10 重印）

ISBN 978-7-5488-5598-9

Ⅰ.①行… Ⅱ.①徐… Ⅲ.①报告文学－作品集－中国－当代 Ⅳ.① I25

中国国家版本馆 CIP 数据核字 (2023) 第 053635 号

行走的脊梁
——短篇报告文学精选

徐锦庚　著

出 版 人	谢金岭
责任编辑	李圣红　陶　静
装帧设计	八　牛
演播统筹	李　菁
演　　播	王少林　刘昕苑　段兴杰　李　圆　张海涛
校　　对	李洪云
出版发行	济南出版社
地　　址	济南市二环南路1号
邮　　编	250002
印　　刷	山东新华印务有限公司
成品尺寸	165mm×240mm　16开
印　　张	26
字　　数	296千
版　　次	2023年3月第1版
印　　次	2024年10月第2次印刷
书　　号	ISBN 978-7-5488-5598-9
定　　价	79.00元

（如有倒页、缺页、白页，请直接与出版社联系调换。联系电话：0531-86131736）

山再高 往上攀……

黄传会

锦庚的短篇报告文学精选集《行走的脊梁》即将出版，嘱我作序。我之所以慨然应允，一是与锦庚熟；二是对他的作品了解。

松、竹、梅，被称为岁寒三友。我与锦庚，亦可以三友相称：文友、战友、挚友。文友：我俩都喜欢写报告文学，经常切磋，趣味相投，此为文友；我俩都是海军出身，听海风猎猎，观潮涨潮落，只不过我的军龄比他长些，此乃战友；文友加战友，自然成了心心相印的挚友。

《行走的脊梁》收集锦庚短篇精品凡20篇。这些作品，我过去全部读过，有的篇什如《老汤》《邂逅》《驯虫记》《芝麻开门》《行走的脊梁》《风光正好三涧溪》《拔节生长的雄安》等，更是连他怎样发现素材、如何谋篇布局都有所知。锦庚好几次带记者下乡采访，夜里一个电话过来，像是发现新大陆："淘到一个宝！"然后便是这个人物如何鲜活、故事如何精彩，"馋"得我半夜无眠。

锦庚是人民日报资深记者，主业新闻。写报告文学是近10

年的事情，是他的副业，他经常谦称自己是报告文学队伍里的"新兵"。然而，就是这位"新兵"，却将报告文学写得风生水起、光彩夺目。近几年连获鲁迅文学奖、中宣部"五个一工程"奖、徐迟报告文学奖等。我笑言："你把文学的奖都拿了，难道想逼着我们去当记者吗？"

把《行走的脊梁》所有作品又翻了一遍，一篇"序"的要点差不多便有了："小人物大情怀""短篇幅大气象""越短越要精"……打开电脑，正准备"下笔"，忽然我的手指下意识地在键盘上停住了。我问自己：这种表扬稿似的"序"，值得让读者花时间读吗？

于是，我又打开书稿。这一次，主要读他的创作"手记"部分。这一读，还真读出了名堂来。

锦庚在《"懒汉"治村》"手记"里写道：

几天后，中国作协创研部理论处处长李朝全给我打电话："你的《'懒汉'治村》在作协反响很大，被人贴在我们食堂门口。你来瞧一瞧！"

大约两个月后，我去中国作协食堂一看，仍然贴着。报纸空白处，还有人留言："这才是报告文学！"

中国作协对于文学来说，可不是等闲之地。出入此楼的，虽不能说都是大作家，但起码都是文学的行家里手。一篇短报告文学，何以能被人贴在作协的食堂门口"公示"，甚至于被点评："这才是报告文学！"

这种"待遇"，我以为不亚于获一次文学大奖！

再精读一遍《"懒汉"治村》，禁不住连连赞道：好文！好文！

一个平平常常，甚至还有几分狡黠和鲁莽的村官，却被锦庚写得妙趣横生、活灵活现，满是乡土气息，"文学味儿"十足。

锦庚在"手记"里泄露了"天机"：

给《人民日报》写稿，大多是"量身定做"，要考虑版面风格，要顾及编辑感受，有很多框框约束，久而久之，写作态度形成定势，即"端着写"，西装革履，正襟危坐，文风庄重，用语规范，像在台上作报告。这回是写着玩的，没有发表压力，我便突破惯性，转换态度，"随性写"，不讲章法结构，用语调侃诙谐，文风轻松休闲，文字口语化，就像夏日假期，趿着拖鞋，穿着汗衫，摇着蒲扇，一杯清茶，一碟瓜子，坐在葡萄架下，同老友谈天说地。我发现，这种放松状态的随性写作，是一种享受，犹如酒后微醺，意犹未尽。

"端着写"和"随性写"，似乎很少有这种提法，然而，正是从"端着写"到"随性写"，才让锦庚收获了一篇佳作。

这便涉及报告文学创作的要害问题：报告，还是文学？

茅盾先生在《关于报告文学》一文中说："报告文学是散文的一种，介乎于新闻报道和小说之间，也就是兼有新闻和文学特点的散文，要求真实，运用文学语言和多种艺术手法，通过生动的情节和典型的细节，迅速地、及时地'报告'现实中具有典型意义的真人真事，往往像新闻通讯一样，善于以最快的速度，把生活中刚发生的事件及时地传达给大众。"

其实，锦庚早谙报告文学创作之道。"端着写"，穿靴戴帽、中规中矩、四平八稳、面面俱到，势必写成了"新闻稿"；"随性写"，看似随意率性，随手拈来，实则"随"由心出，孜孜以求，精心布局，运用各种文学手法，便成了真正的"文学"。像是有心栽花花不开，无心插柳柳成荫。《行走的脊梁》中的许多篇什，如《因为爱，所以爱》《邂逅》《驯虫记》《芝麻开门》等，都可以品出"随性"味儿。

语言是文学之要义。短篇报告文学的语言，更须是"两句三年得，一吟双泪流"。锦庚说：

写作短篇时，在语言运用上，我给自己定下目标：一是通篇短句，字不逾十（每句不超过十个字）；二是灵动活泼，富有弹性；三是筋道耐嚼，富有张力；四是抑扬顿挫，富有韵律。

为什么要用短句？我的体会是，文章要讲气势，气势既要体现在主题上，也要体现在语言上。主题是核心，语言是载体。再好的主题，如果词不达意、佶屈聱牙，气势就会大打折扣。而短句读来节奏分明、铿锵有力，能够形成回环往复的气势。

读锦庚的报告文学，我无不时时被他摇曳多姿、生灵活现的语言所感染、所打动：

任庆生的人生，丁楼村的命运，皆从那声"叮咚"起逆转。（《芝麻开门》）

懒汉膀大腰圆，血管里淌着彪悍，往那一站，不怒自威。可是，看到小个子，却自觉矬了矬身。喔，是方书记，找我？（《"懒汉"治村》）

鲁菜，八大菜系之首，明清宫廷御膳主体，以鲜嫩香脆闻名，以汤为百鲜之源，烹调技法30余种，分爆、炒、烧、扒、塌、溜等，尤以爆、扒见长。爆法急火快炒，慢火收汁；扒法

味纯质烂，汁紧稠浓。（《老汤》）

一张泛黄照片，见证他的辉煌：数十壮汉，簇拥一硕大轮盘，弯腰弓背，负重前行，状如蚂蚁搬家。轮盘上，立一大汉，手握喇叭，威风凛凛，势若将军，横刀立马。那汉子，便是陈广武。（《行走的脊梁——泰山挑山工纪事》）

这些句子，是我从集子里随意摘出的，有的是文章的开头，有的是肖像描写，有的是人物对话……简洁，灵动，抑扬顿挫，富有韵律。有些句子，半文半白，更是让读者感受到了汉语高古、雅正之美妙，洗练、灵性之魅力。当然，骐骥千里，非一日之功。看得出，锦庚对语言的锤炼，是下了几番苦功的。

应该强调的是，锦庚的短报告文学，写的都是"小人物"，农民、工人、村官、售票员、厨师、消防队员……虽是"小人物"，却人人都有大情怀。犹如泰山挑山工："肩负重担，脸淌汗珠，步履沉稳，目标坚定，一步步，一级级，不气馁，不懈怠，历尽艰辛，直达玉皇顶。"中华民族伟大复兴路上，正是亿万普通劳动者，汇聚成坚实可靠、气势磅礴的巨大力量，推动着历史车轮前行。锦庚独具慧眼，从时代大潮中撷取涓涓细流，讲述中国故事。在讲述中着力刻画人物形象，让人物见动作、出声音、显性格、亮思想，有血有肉，栩栩如生，呼之欲出。

锦庚的短篇报告文学，篇幅不长，却篇篇都有"大气象"。他从时代大潮中撷取涓涓细流，以小见大体现社会主义核心价值观，反映当代中国精神，既给人以感观愉悦、艺术享受，又给人以思想启迪、精神激励。这是优秀记者继承发扬"铁肩担道义"优良传统的写照，也是人民作家忠实履行"反映时代精神"神圣使命的体现。这种"大气象"，便是世界百年未有之大变局中的中国格局、中国精神。这种格局，摧枯拉朽，气壮山河。这种精神，在泰山挑山工身上体现得最为淋漓尽致："山再高，往上攀，总能登顶；路再长，走下去，定能到达"。

中国作协的行家里手在《"懒汉"治村》一文上点评："这才是报告文学！"另一句没说出来的话是："现在许多报告文学，不是报告文学！"

纵观报告文学现状：不是报告文学的"报告"多；长篇多，短篇少，经典短篇更少。很多短篇，贴着"报告文学"标签，实则好人好事表扬稿，连新闻报道都不如。写人人不鲜活，写事事不生动。锦庚的短篇，不能说篇篇精品，却称得上篇篇精彩，都有可圈可点之处。

搁笔时，锦庚电话又来了。此时，他正行走在深冬的齐鲁大地上，天寒地冻，却处处弥漫着春的气息。锦庚兴奋地告诉我："又淘到一个宝了……"

我期待着！

2022 年 12 月于北京

（作者系中国报告文学学会原常务副会长、原海军政治部创作室主任，中宣部"五个一工程"奖、鲁迅文学奖获得者）

目录

序　山再高，往上攀 / 1

1　台儿庄复活 / 1
　　◎手记　圆梦之始 / 17

2　"懒汉"治村 / 22
　　◎手记　为小村官立传 / 34

3　曙光中的足迹 / 46
　　◎手记　追寻信仰之光 / 61

4　因为爱　所以爱 / 64
　　◎手记　拉萨，魂兮归来 / 81

5　颁错奖 / 91
　　◎手记　乡村儒学的教化之道 / 106

6 尼山远望 / 109

　◎附文　唤醒民族文化基因 / 123

　◎手记　姊妹文的由来 / 135

7 邂逅 / 139

　◎手记　报告文学如何走心 / 146

8 一个村庄的抗战 / 152

　◎手记　中国需要渊子崖 / 168

9 从头再来 / 170

　◎手记　人生导师 / 182

10 老汤 / 190

　◎手记　被两个数字打动 / 204

11 驯虫记 / 206

　◎手记　世事洞明皆学问 / 220

12 芝麻开门 / 225

　◎手记　网络改变生活 / 236

13 行走的脊梁 / 243

　◎手记　发掘平凡中的非凡 / 256

目录

14 第一书记到俺村 / 264

　◎手记　百里挑"一" / 275

15 风光正好三涧溪 / 282

　◎手记　破译乡村治理的"密码" / 295

16 黎明前的火炬 / 306

　◎手记　追本溯源 / 320

17 生死救援 / 326

　◎手记　致敬逆行者 / 339

18 拔节生长的雄安 / 342

　◎手记　"千年大计"的微观表达 / 355

19 龙山寻根 / 357

　◎手记　文化自信之源 / 373

20 两岸情缘 / 376

　◎手记　把握"三个维度" / 395

后记 / 401

1 台儿庄复活

有这样一座古城，因为抗日战争的一场战役，几乎被夷为平地，也因为这场战役而彪炳史册。

它的名字叫台儿庄，这场战役就是台儿庄大捷。

谁也没有想到，70年之后，在这片土地上，发生一件同样惊天动地的事情——台儿庄古城重建。

2011年4月7日，距离山东省枣庄市宣布重建古城，刚好过去三年，台儿庄古城建设已进入第三期。这天，在熙熙攘攘的游客中，有一位头发花白的老先生，显得格外兴奋："是的是的，这是参将署，是管辖运河河道防护和漕运治安的衙门，听说是正三品呢。我小的时候，这儿改成了峄县警察局台儿庄分局。哦，对的，这是文汇酒楼，乾隆帝第五次下江南时，在这里用过膳呢。台儿庄大战的时候，这里成为战地记者集会的地方。用现在的话说，叫新闻中心，当时，《文汇报》每天用头版头条报道战况。哦，你们还真用心，这不就是当年的报纸版面吗？"

久和客栈、谢裕大茶行、三恪堂……一路走来，老先生激动地对身旁的记者说："我看到了70多年前的古城，这就是魂牵梦绕我70多年的古城。古城已经恢复重建完的部分，都像是原来的样子，清晰而又久远，像老照片似的，定格在我六七岁的时候。我记忆中的古城，与现在一模一样古色古香，门前商铺做生意，门后汲水、洗衣服。老头仰在躺椅上，喝着茶，听着拉魂腔《喝面叶》。这时候，我们才能发思古之幽情！"

老先生叫王克先，台湾嘉义大学心理学教授，生于台儿庄，1938年台儿庄大战时，他才六七岁。战后，他随父亲辗转去了台湾。但海峡水隔不断他和故乡的亲情，近25年来，他都会在清明节回乡扫墓。如同台儿庄的毁灭只在一瞬间，它的焕然一新，也只是近两三年的事儿。老先生是这一巨变的见证者。他惊讶于故乡人造梦的速度，欣然为古城写下这样的题词："周虽旧邦，其命维新。"

传说中，有一种神鸟叫凤凰，可以浴火重生。郭沫若在长诗《凤凰涅槃》中，写过这样的颂歌："我们更生了。我们更生了。一切的一，更生了。一的一切，更生了。……火便是凤。凤便是火。翱翔！翱翔！欢唱！欢唱！"

台儿庄，一座毁于战火的古城，难道也可以复活吗？它又是怎样复活的呢？

从"第一庄"到棚户区

台儿庄，地处苏鲁交界，现为枣庄市台儿庄区，曾长期是山东峄县下辖的一个镇。它的繁盛，得益于泇运河的开凿。明朝后叶，因为黄泛阻运，多位漕河大臣上书朝廷，建议开挖从韩庄经台儿庄到淮安的泇运河，以避开黄河之险，保证漕船顺利通行。至明朝万历三十二年（1604年），这段运河竣工通航，使经常因黄泛而断航的京杭大运河实现畅通。这段河道，全长130公里，因为在峄县境内，有东、西两条泇河补给水源，史称泇运河。

泇运河开通后，台儿庄以其区位优势，很快成为南北文化交融的承接点，也是中转货物的集散地。明清时期最繁荣时，每年通过台儿庄漕运的粮食400万石，过往漕船7700艘，商船近万艘，台儿庄人口增至5万之众。《峄县志》称："商贾迤逦。入夜，一河渔水，歌声十里，夜不罢市。"乾隆皇帝南巡在台儿庄登岸时，御笔亲题"天下第一庄"。

明清两代，台儿庄经历四次筑城。最后一次是在清咸丰七年（1857年），城池呈宝靴形，建有城门6座，碉楼70多座，还有6000余栋高宅大院。

即便如此，在京杭大运河沿线的18座城中，论规模，台儿庄最小。而且，随着津浦铁路兴建，运河航运地位下降，台儿庄已日渐式微。如果不是因为台儿庄大战，这座小城不可能具有世界意义。是那场战役，让全世界认识了台儿庄。台儿庄用自己躯体的毁灭，换取了民族气节的永生。

1937年底，日本侵略军在占领南京、济南之后，从南北两端沿津浦铁路夹击徐州。1938年3月下旬，日军两个精锐师团3万多人，分击合进台儿庄。在第五战区司令长官李宗仁指挥下，中国军队与日军在台儿庄地区展开鏖战。李宗仁后来在回忆录中说，之所以选择在台儿庄与日军决战，就是因为当时这里有6000多栋坚固高大的房子，可以作为很好的掩体。持续近半个月的战斗，由守城战发展为巷战，中国军队以牺牲3万人的代价，歼灭日军万余人，赢得台儿庄大捷。

这是继平型关大捷之后全国抗战的又一重大胜利，也是抗战以来国民党正面战场取得的首次重大胜利。这场战役，粉碎了日军"三个月内占领中国"的狂想。当时，周恩来就给予高度评价："这次战役，虽然在一个地方，但它的意义却在影响战斗全局、影响全国、影响敌人、影响世界！"

罗伯特·卡帕，人们对这个名字或许感到陌生，但对他的名言"如果你拍得不够好，那是因为靠得不够近"，一定耳熟能详。这位美国著名战地摄影师，正是台儿庄战役的目击者。在当年5月出版的美国《生活》杂志上，他感慨地说："历史上，作为转折点的小城的名字有很多，滑铁卢、葛底斯堡、凡尔登……今天，又增加了一个新的名字——台儿庄。"

然而，台儿庄的名字进入历史，是以古城沦为一片废墟作为代价的。战后的台儿庄，房无完房，墙无完墙，尸横遍野，清澈的大运河水为之染红。

陆续回到故土的乡人，在废墟之上重新搭建房屋，形成了连片的棚户区。70年来，这片庞大的棚户区没有下水道，棚屋低矮破旧，冬天钻风，夏天漏雨。年轻人、有能耐的人都搬到北侧的新城里去了，剩下的大多是老弱病残。失去古城的台儿庄，变成一个破落的村子！

梦开始的地方

台儿庄被遗忘了。直到2006年初，台儿庄区以低廉的土地价格，说动上海一家企业，实施棚户区改造，建设现代化城区，老城的居民才看到了一丝光亮——终于可以告别这憋屈的棚屋，住进宽敞明亮的楼房了。

这是当时人们所能看到的台儿庄最美的前景。

如果不是枣庄市主要负责同志果断叫停，台儿庄将变成和千千万万个小城镇毫无二致的所谓现代化城区。

2006年11月7日一大早，刚上任两个月的枣庄市市长，带着各局局长组成的调研组，乘坐海巡船从滕州起程，沿着京杭大运河航道，缓缓南行。此行的目的很明确，就是希冀从运河沿线发现文化、旅游的亮点，找到一个龙头项目。

航道两侧，水面芦苇茂密，岸堤杨树成林。透过树林，堤外是一览无余的庄稼地。这个季节，麦苗开始露出尖儿，远望去绿油油一片，像是铺了一层厚厚的绒毯。在外人眼里，这也算是一幅不错的秋色图。然而这样怡人的景色，丝毫没有舒展市长紧蹙的眉头。

枣庄是一座煤城，因煤而建、因煤而兴，但随着煤炭资源的日渐枯竭，枣庄潜在的危机越来越迫近。到2006年，枣庄煤炭可采量不足6亿吨，按年开采3000万吨计算，不到20年，枣庄就将矿竭城衰。

怎么办？枣庄市首先想到煤化工项目，就是将煤炭由"燃料"变"原料"，发展煤炭的精深加工。但这无法缓解迫在眉睫的就业压力。一个100亿元的煤化工项目，只能解决1000人就业，而当时枣庄有14万下岗工人，人往哪里去？唯一的出路是，大力发展包括文化产业在内的现代服务业。

然而，枣庄现有的旅游资源，均不足以担此大任：傍依着的微山湖、号称"天下第一崮"的抱犊崮、拥有"华夏第一大地震大裂谷"的熊耳山，均不足以与九寨沟、张家界等名山大川相抗衡；13万亩石榴园，面积虽大，但仅在5月开花、8月结果时，有旅游观赏价值；铁道游击队虽然闻名遐迩，但与井冈山、延安、西柏坡等革命圣地相比，红色资源又逊一筹。由于缺乏龙头项目，枣庄的文化产业体量小，效益差，年收益只有23亿元，从业人员不足5万人。

可是，这个龙头项目在哪里呢？

当晚，海巡船在台儿庄泊岸。同行人员介绍说："这里就是台儿庄大战发生地。"

闻听此言，市长肃然起敬。大学时代观看电影《血战台儿庄》时感受到的爱国豪情，仍然激荡在心。台儿庄区的干部把参加调研的一行人领到两块展板前，开始汇报他们的房地产项目：该项目投资近6亿元，是台儿庄有史以来投资最大的项目！住户的住房面积调查、拆迁补偿方案、异地安置方案已经全部完成，开发商的5000万元土地补偿金已经到位，马上就要动工。

6亿元？在场的人们心动了：这可相当于台儿庄全年财政收入的近4倍！

市长执意要去看一眼古城。有位路过的小伙子，打开摩托车车灯，为他们照明。光柱划破夜空，只看到一片低矮的棚屋，几个破旧的老驳岸。调研的人大失所望：哪有城的模样？分明是一个破落村子！问起台儿庄老城历史，区干部语焉不详。

然而，这却让市长沉吟良久。他说："这个项目应该停下来。台儿庄作为'二战'中中华民族扬威不屈之地，有没有更大的文章可做？在对历史还没有完全了解之前，不要急着搞旧城改造，否则历史就永远失去了。文化是人类的精神家园，优秀文化是一个民族生生不息的血脉。传承这个血脉，是我们义不容辞的责任！"

刚刚还沉浸在6亿元兴奋之中的人们，刹那间仿佛心弦拨动，无不面色凝重，深受触动。

正是这脚急刹车，为台儿庄开启一段崭新的历史。

各方总动员

房地产叫停了，当地干部群众和开发商都疑惑不解。枣庄市利用多种形式解释，引导他们对古城重建的深刻认同。

先从它的价值和意义讲起——2005年，胡锦涛总书记在纪念抗战胜利60周年的讲话中，肯定了国民党军队在正面战场的抗日精神，在台湾引起强烈反响。也是在这一年，国共两党最高领导人60年来首次握手，中国国民党主席连战、亲民党主席宋楚瑜、新党主席郁慕明等台湾政要，相继访问大陆，"破冰之旅""和平之旅""搭桥之旅""民族之旅"掀起的两岸交流热潮，揭开两岸关系的崭新一页。在此背景下，台儿庄必将成为两岸交流不可多得的纽带。

枣庄市请来不少专家进行论证和规划，最终达成共识：联合国教科文组织规定，因人类不可抗拒因素，包括自然灾害和第二次世界大战毁坏的建筑，重建后可以申报世界遗产。台儿庄毁于"二战"炮火，是中华民族扬威不屈的象征，也是古运河文化的缩影、符号和标志，既有政治价值，也有文化价值。

波兰首都华沙就是有力佐证。华沙城始建于13世纪，纳粹德国进犯波兰期间，85%以上的建筑被毁。战后讨论重建时，华沙大学的师生把战前绘制的老城图纸拿出来展览，呼吁恢复华沙古城风貌。于是，战前市内900多座具有历史意义的建筑，像王宫城堡、肖邦故居等，全部按照原貌重建或修复。1980年，华沙古城作为特例被列入《世界遗产名录》。

但是，重建一座古城谈何容易？台儿庄只是县治下的一个小镇，历史资料太少；大战过去70年，相隔年代较久；城市毁坏严重，历史遗存不到10%；重建涉及古建、文化、宗教、水系、民俗、商贸等众多领域，没有哪个人能样样精通。钱从哪里来？业态如何搞？市场怎么火？如何可持续发展？没有人能说得清楚。

请来的专家竭尽所能、出谋划策，在各自领域给出很多中肯意见。但是，距离重建一座完整的古城，还远远不够。

求人不如求己。没有人手，就组织当地高校、文化团体一起动手；没有资料，就托人国内国外查找；不懂古建知识，就找来各种运河文化和古建专业书籍学习；没有适合的人能够承担总设计师的职责，主要负责同志带头组队干……一时间，个个都是参与者，人人都是战斗员，一场新的"台儿庄大战"，在枣庄打响。

当时，台儿庄共有27位80岁以上的老人，重建工作者一一登门拜访，请老人回忆战前台儿庄的模样，还请几个腿脚利索的老人，领着实地确认。他们寻遍老城的每一个街巷，察看每一幢建筑，发现战前台儿庄的建筑地基、路网框架、古城轮廓依然存在；大运河上唯一一段三里的古河道、古驳岸、古码头、古船闸，依然保存完好。

他们还不放过任何蛛丝马迹：在当年中国军队战前进驻台儿庄的照片中，发现了徽派风格的建筑；在李宗仁视察战事的照片中，捕捉到了闽南风格的建筑；在关帝庙的旧址中，发现了晋派风格的建筑。他们还通过凤凰卫视帮忙，找到一部"二战"期间荷兰籍战地记者伊文思拍摄的纪录片《四万万人民》，反映的正是台儿庄战役。片尾闪现出一个"观音兜"的建筑镜头，让他们眼前一亮：这不正是苦苦寻觅的广东客家建筑风格的符号吗？！

不久，他们又通过关系，在日本国会档案馆找到一本《台儿庄事情》。那是1917年，日本南满铁路公司间谍在台儿庄"蹲点"一年，"精心"记录的，对台儿庄的描述非常详细，连羊肉汤、热豆腐多少钱一碗，基督教徒、天主教徒有多少，清真回民有多少，有多少房子、多少店铺，商业怎么样，都写得清清楚楚，还有手绘的台儿庄地图。

就这样，三年下来，共有6万余人参与，收集线索12万余条，史料1130多本，明清小说1279本，台儿庄老照片380多张。根据这些史料和实地调研，他们撰写了50余万字的研究报告，据此绘出一幅《台儿庄古城胜迹复原图》，连专家们都叹为观止，成为弥足珍贵的建设蓝图和重建依据。

当年的市长，如今已任市委书记。回忆起这段往事，他不无感慨：在当前城市化进程中，文化资源需要抢救性保护，否则就会留下永远的遗憾，等不得；文化项目需要精雕细琢、认真挖掘，急不得；文化建设的规律是内容为王，要有充实的文化要素和丰富的文化业态，更虚不得。

2008年4月8日，适逢台儿庄大战胜利70周年纪念日，枣庄市对外宣布：重建台儿庄古城，打造一座"二战"纪念城、运河文化城、东方古水城。

也是在这个时候，新一届山东省委提出建设经济文化强省战略，成为重建台儿庄的强力引擎。

可以用放大镜看的古城

抗战胜利后，为纪念台儿庄大捷，国民党及其政府曾决定重建台儿庄。然而，战事频仍，加上后来内战爆发，古城重建成为一个梦，一个国民党及其政府始终未能圆的梦。

70年后，这个梦要由共产党来圆了。这是一个不小的挑战。因为重建台儿庄不是单纯建一堆仿古建筑，更不是建一个影视城，而是要让古城复活。

在建设中，枣庄市遵循"留古、复古、承古、用古"的原则，按照"原空间、原尺度、原风貌、原材料、原工艺、原地工匠"的"六原"标准，重点把文化基因融入有形建筑，让古城在原有面貌、形态、规制等历史的基因上复活起来：

——遗存的古驳岸、古码头、古船闸、清真寺、关帝庙配殿、中和堂、胡家大院、大衙门街上的民居和店铺等，都原封不动地保留，保留古城95%的道路肌理和水系框架。在保留53处弹痕累累的古墙、古屋等遗存基础上，建成大战遗址公园，供人们凭吊、追思。

——根据从国内外搜集到的影像记录，对1000多栋老建筑一一复原。根据走访老人的回忆和专家指证，又绘制4000多幅老建筑的素描图，找到台儿庄古城各种建筑风格的建设依据。

——对古城内的地下管沟、给排水系统、无线网络、电子监控等，都按照现代城市功能的要求建设和配置；对船形街、步云桥等部分建筑创新升华，打造新的亮点。

——规划建设100个博物馆，打造国内最为集中的"博物馆部落"；使古城内的店铺一店一品，把传统的、民族的、手工的工艺，在这里集中进行展示。

为把景点建成经典，枣庄市从全国筛选出30多家最好的古建队伍，聘请1000多名老工匠；把台儿庄古城划分为11个区，分期施工；还引入竞争机制，由专家对工程质量进行监理、评估和验收，干得好的，可以在下一个区施工时优先挑选项目；干得不好的，卷铺盖走人。竞争的结果是，不仅保证了建筑质量，还降低了建设成本。现在台儿庄古城的建设成本，是每平方米2880元，而在同类建设项目中，往往是每平方米七八千元。

台儿庄古城的施工之精，渗透在每一个细节。他们自信地说："台儿庄古城是一座可以用放大镜看的古城。"一般古建筑的灰缝不超过10毫米，台儿庄古城则要求不超过5毫米。施工过程中，凡审查不合格的，一律推倒重来。在对"参将署"验收时，发现屋脊不符合武官官署的规制，承建单位立即返工重修。来自浙江海宁的一个古建公司，负责主驳岸和步云桥建设，最多修改达五次。项目经理说:"我们从事古建已经17年了,像台儿庄古城这样高的要求和标准,还真是第一次!"

已建成的天后宫,整个庙宇建设均出自泉州工匠之手。庙前的几根高浮雕蟠龙石柱,也都是费尽周折从泉州运来。晚清鲁南民居"保寿堂"的雕刻极为繁复,请了20名工匠,雕了三个月才完成。

住房和城乡建设部副部长仇保兴,看完重建的台儿庄古城后说:"台儿庄古城的重建,将成为申遗工作中最精彩的篇章,对促进京杭大运河申遗工作的开展意义重大。"

万家大院"扶风堂",原来的主人是万郎中,康熙年间人,祖籍山西,当年利用漕运夹带货物,挣下40万两银子的家业,在台儿庄建起这座晋派风格的大院,使用了大量精美的木雕、砖雕、石雕。复建的扶风堂,其内装修由广州市园林局设计师袁琪承揽,工程完工后,她被大院的豪华和精美所折服,不忍离去,竟然辞掉原来的工作,转行经营起这家特色酒店。她说:"我在国外生活很多年,回国后在很多城市待过,但是在台儿庄古城,我找到了我的梦想。"

祖宗手艺不能丢

在台儿庄古城里,有一处建筑与众不同,那就是船形街,现在已经是运河非物质文化遗产手工博览园,人气火爆。这里本来是古城的消防通道,但是古城设计者们通过多方查证,既传承借鉴古建传统,又大胆创新,建成现在这样一艘扬帆起航的龙船,遨游于运河的千里波涛上。同时匠心独运,把船头和船尾巧妙地做成一座古戏台和看台。沿街两侧的店铺,成为全国非物质文化遗产展销街区和手工体验区，既有浙江东阳木雕、四川泸州油纸伞、安徽歙砚，也有枣庄伏里土陶、潍坊风筝、山东面塑等。

台儿庄古城为什么要建一条船形街，引入众多濒临绝境的非物质文化遗产？这得益于把文化要素纳入古城重建的规划当中，得益于提出一个产权和业态控制的核心理念。

台儿庄不同于一般的旅游城市，它是"二战"故地，是3万英烈为国捐躯的一座圣城，丝毫不容亵渎。因为产权控制在五家国有煤矿企业手中，古城管理公司对所有申请入城的商户反复筛选，宁缺毋滥，低俗业态一概拒之门外；高品质、有实力、善经营的商户敞开进入，比如对落户船形街的所有非物质文化遗产店铺，全部象征性征收一元房租。据统计，在三期工程中，台儿庄将会引入上千个国家级非物质文化遗产项目。

文化丰富了古城的业态，提升了古城的品位，古城则让文化传人生活得更美好。

在船形街的船形舞台上，柳琴戏的传人李燕，找到了属于自己的天地。原来她跟着别人唱红白喜事，饥一顿饱一顿，现在她成为古城表演员工，每月工资2000元，不少人慕名而来，拜师学艺。

皮影戏传人陈守科，是陈氏家族第四代传人，保留清朝中叶流传下来的四箱完整的皮影人物880件。没来古城前，他为后继乏人而苦恼；进入古城后，他开了一家皮影道具店和一家街头表演店，两头忙活，还收了徒弟。他高兴地说："在古城，我找回了尊严，皮影戏找到了价值。"

省级非物质文化遗产运河大鼓的传人、62岁的褚恩泉，现在每天在扶风堂门口演出，当游客围拢过来的时候，他就会乐呵呵地操着鸳鸯板，敲着大鼓，唱传统名段《明英烈》，或唱台儿庄古城重建的小段，声音高亢，韵味十足。他激动地说：

"祖宗的手艺传不下去，就是大不孝啊！现在俺在古城演出，浑身都是劲！"

三分造景，七分造市

中国的旅游资源太丰富了，远的不说，就说枣庄周边的泰山和三孔，哪一个不比台儿庄古城名头响亮？但枣庄市认为，三分造景，七分造市，只要宣传到位，营销有方，台儿庄古城同样可以占有相当的市场份额：它是一座"二战"名城，对海峡两岸的游客都有极强的吸引力；它是一件休闲精品，游客的吃、住、游、娱、购，在这里都可以得到满足，即使在冬天，游客也可以在古城舒适地喝茶、聊天、上网、发呆；它是一处灵秀水乡，大运河的潋滟波光使它变得丰美润泽，这是北方古城所普遍缺乏的；它是南北文化的交汇点，千年的运河厚重了城市的文化底蕴；牢牢控制产权和业态，避免了一些古城过度商业化、低俗化的不足。

从对比中，台儿庄古城找到自己的优势所在。

于是，2009年起，枣庄在全国选择80个城市，大力推介"枣庄二日游"，与对口城市建立稳固的客源市场渠道；发动这些城市的600多家旅行社参与，其中220家定期向枣庄输入客源。京、沪、杭等5个城市开通到枣庄的旅游专列，连云港、临沂、青岛等30个城市开通二日游直通车。

于是，在北京、上海、天津、杭州各大城市的机场、火车站、汽车站等交通要塞，随处可见"古城台儿庄，一个寻梦的地方"字样的巨幅广告；报刊、广播、电视、网络上，关于台儿庄古城的旅游信息扑面而来。

于是，台儿庄古城的知名度、美誉度节节攀升，荣获2010

年中国旅游品牌总评榜山东分榜"十佳景区""齐鲁文化新地标"榜首和中国旅游创新奖,被国台办确定为首家海峡两岸交流基地,国家文物局确定为首个国家文化遗产公园。台儿庄古城后来居上,一跃成为国内外重要的旅游目的地。

短短两三年,台儿庄古城游对当地经济的推动作用是巨大的。2008年以前,枣庄没有一家五星级酒店,没有一个地接导游,没有一辆旅游大巴,三星级以上的酒店床位不到1000张,过夜游客不足1万人次;如今,全市已建、在建五星级酒店达10家,地接导游发展到1200多人,旅游大巴增加到105辆。自2010年"五一"试运营以来,台儿庄古城接待游客240多万人,带动全市旅游业实现近20亿元的综合收入,仅2011年"十一"黄金周期间,游客量突破17万人次,七天内创造2000多万元的利润。

目前,古城已吸纳个体工商户1005家、就业人员1.2万人;全部建成后,能够吸纳5000家商户、8万人就业。

台儿庄大战、台儿庄古城重建、大陆首个海峡两岸交流基地,一连串的热名词,还引来大批的台湾同胞。

中国国民党荣誉主席连战、吴伯雄,台湾新党主席郁慕明先后来到台儿庄,分别参加海峡两岸交流基地标志性建筑的奠基和古城开埠仪式。15家台湾商人经营的店铺,陆续在古城开张。

台湾著名童话作家郁化清,祖籍台儿庄,少年时代随学校躲避战乱,离开家乡去了台湾。他的女儿郁馥馨出生在台湾南投市,是位作家。因奶奶一直生活在台儿庄,郁馥馨每年都要来探望一次,直到2005年奶奶过世。时隔五年,2010年上半年,当她再次踏上台儿庄的土地时,眼前的情景恍如梦中。"漂泊多少年,眼前的台儿庄古城,使我真切地找到了根的感觉!"于是,她作出一个重要决定:留下来!

如今，已在台儿庄购屋定居的郁馥馨，是台儿庄区政协委员，还担任台儿庄古城管委会主办的《天下@第一庄》杂志的主编，八旬老父也得以常回故里。她说，自己愿意为古城建设添砖加瓦，继续做两岸交流沟通的使者。

寻梦经典

台儿庄古城重建是一个经典，它的建设没有动用政府投入。

根据规划，台儿庄古城占地3000多亩，建筑面积60万平方米，总投资48亿元。作为一个资源枯竭型城市，枣庄财政捉襟见肘，也没有开发商看好这个项目，怎么办？古城重建的决策者提出，采取"政府主导、市场运作"的模式，由五家亟待转型的国有煤炭企业，各拿出10万吨煤，作为股份入股。当时，煤炭价格是每吨800元，50万吨煤折合4亿元资本金，组建投资公司，启动古城建设，相当于用50万吨煤换来一座千年古城。

刚开始，五家煤矿负责人顾虑重重。可是仅一年时间，台儿庄商业用地由每亩20万元，升到690万元；2009年4亿元启动资金，到2011年上半年，金融机构评估台儿庄古城资产已达153亿元。

丰源集团董事长陶志远说："原来以为搞文化会赔钱，没想到搞文化这么挣钱！一年多资产增值40多倍，太值了！更重要的是，我从十几岁就开始下井挖煤，煤都变成二氧化碳了，现在变成了文化遗产！"

台儿庄古城是一个经典，因为它复活了古城的灵魂——文化。这种文化是独特的：地处南北过渡带，各路商贾云集，使台儿庄成为一座民居建筑的博物馆，集北方大院、徽派建筑、岭南建筑、闽南建筑、鲁南民居、水乡建筑、欧式建筑、宗教建筑等多种建筑风格于一体，汇世界五大宗教及关帝庙、妈祖庙、娘娘庙等民间信仰的72座庙宇于一城。

对此，时任国家文物局局长的单霁翔，作过高度评价："在这里，大战文化、运河文化、鲁南文化等文化要素相互叠加，形成一个有机统一的文化载体，展现出独特的文化魅力和非常美好的前景。尤为难得的是，古城重建将物质的文化景观，同非物质的文化空间有机统一，凝聚了'我有他无'的特色文化内涵。这是文化遗产保护史上一项具有开创性的工作。"

的确，台儿庄古城是一个经典，一个难以复制的经典。古城重建中，很多老工匠都六七十岁了，再过几年，他们的手艺可能就失传了，从这个角度说，台儿庄古城或许是最后一座"手工版古城"。

台儿庄古城是一个经典，每一栋建筑、每一个汪塘、每一条水巷和街道，处处有来历，连一向挑剔的阮仪三、谢辰生、陈志华、舒乙等文物保护、建筑领域的专家看了，都不由得交口称赞。

台儿庄古城是一个经典，虽然经典不可复制，但发展文化产业的思维却可以复制。也许别的城市不具有台儿庄这样的资源和优势，但只要坚持政府主导、市场运作的思路，坚持让人民群众分享文化成果的原则，坚持按照文化规律来办文化之事，坚持精益求精的职业操守，那么，我们的文化事业和文化产业，就一定能够创造出更多的经典！

涅槃的凤凰在翱翔，复活的台儿庄在欢唱！它复活的，不只是一个民族的记忆，更是一个民族开拓创新的精神，彰显着一个民族的文化自觉、文化自信和文化自强。

"古城台儿庄，一个寻梦的地方。"这个梦，就是中华民族的复兴之梦！

（原载2012年4月18日《人民日报》，与徐怀谦、虞金星合作）

手 记

圆梦之始

这是我在《人民日报》发的第一篇报告文学。

2008年10月，我调到山东工作，到枣庄采访时，听说要重建台儿庄古城，产生了浓厚的兴趣，决定为台儿庄写一本书。从那以后，我花了五年时间，周末时，一有空就往台儿庄跑，实地采访，收集史料。

我为什么要写台儿庄？如果孤立地看，中国有十大古城：平遥、丽江、凤凰、阆中、歙县、荆州、大理、商丘、宁远、襄阳，重建的台儿庄古城似乎排不上号。但是，如果拉长镜头的景深，把它同70多年前的那场台儿庄大战联系起来，台儿庄古城的地位就显著不同了。

1938年3月16日至4月15日，中日两国军队在这里经历了一场鏖战。这是中国正面抗日战场上取得的首次大捷，也是日本自明治维新以来在海外打的第一场败仗，意义非凡。美国战地摄影记者罗伯特·卡帕，在1938年5月期的美国《生活》杂志上感慨地说："历史上，作为转折点的小城的名字有很多，滑铁卢、葛底斯堡、凡尔登……今天又增加了一个新的名字——台儿庄。一次胜利已使它成为中国最知名的村庄。"台儿庄古城在战火中被夷为平地，犹如凤凰涅槃，用自己肉体的毁灭，换取了民族气节的永生。

于是,我围绕台儿庄大战和重建,以中日两国、国共两党、海峡两岸和民族大义为视角,以台儿庄籍的台湾郁氏家族(包括台湾新党原主席郁慕明)为线,把相隔70多年的台儿庄大战和古城重建有机串联起来,并且纠正长期以来把台儿庄大战完全归功于国民党政府的观点,首次得出这样的结论:这场战役是国共两党第二次合作的结晶。我引用了许多辅助材料,包括台儿庄大战之后,国际社会、国际舆论界的反响;台儿庄重建后,连战、郁慕明等台湾政治人物的评价等,赋予作品以国际性视野。

台儿庄古城的重建,还有一个深层次意义:当年,为纪念台儿庄大捷,国民党政府曾决定,"在台儿庄重建新城",但这个愿望并未实现。台儿庄古城的重建,无疑是共产党帮国民党圆了一个梦。这个梦,象征着中华民族伟大复兴的"中国梦"。

我在为书稿准备的同时,写了一篇万余字的短篇报告文学,发给时任人民日报文艺部主任龚达发,希望能在"大地"副刊整版刊发。同时,应我的邀请,时任"大地"副刊主编徐怀谦带着年轻编辑虞金星,到台儿庄实地采风。我向徐怀谦建议,三人合作,共同发表。他们修改后,在副刊整版发表。这便是《台儿庄复活》的由来。

对我个人来说,此文的发表,也是我人生圆梦之始。

1981年9月23日,我带着三本书:王力的《诗词格律》、周振甫的《诗词例话》和《唐诗三百首》,怀揣着少年诗人梦,告别家乡,踏进军营,成为一名海军潜艇兵。此后,我在太平洋下宣誓入党,在军队院校学习深造,在雪域高原荡涤灵魂,在新闻战线汲取营养……无论身在何处,懵懂少年时种下的文学种子，一直蛰伏在内心深处，伺机萌芽，先是填词、写散文，继而从业新闻。到山东任职后，我决定从台儿庄开始，主攻报告文学。

一路走来，我的文学梦终于得圆，成为中国作家协会会员、中国作协报告文学委员会委员、中国报告文学学会理事，出版《中国民办教育调查》《国家记忆》《台儿庄涅槃》《大器晚成》《涧溪春晓》《望道》等长篇报告文学，在《人民日报》《光明日报》《文艺报》《人民文学》《中国作家》等报刊发表一系列短篇报告文学，作品被《新华文摘》《学习活页文选》《红旗文摘》等转载，入选中宣部"优秀现实题材文学出版工程"、中国人民大学教材和多个纪实文学精品选本，翻译成英文、俄文、德文、意大利文、西班牙文、阿拉伯文、罗马尼亚文、土耳其文、尼泊尔文等九种文字。获第六届鲁迅文学奖、中宣部第十三届"五个一工程"奖、中宣部第十六届"五个一工程"特别奖、第八届徐迟报告文学奖、山东省第七届"泰山文艺奖"、山东省第十一届"文艺精品工程"奖。根据《国家记忆》改编的电影《大火种》，被中宣部和原国家新闻出版广电总局推荐为纪念建党95周年重点影片。

2011年12月，我在中学毕业30周年的纪念会上，即席咏诵一首《同学会赋》，后来发表在2011年12月12日《衢州日报》。录用在此，聊表心迹：

> 公元2011年12月3日，开化县华埠中学八一（3）班同学纪念毕业30周年，各地学友闻风而动，欣然赴约华埠小镇，重游母校，簇拥恩师，抚今追昔，睹物感伤，情不能已，遂作此赋。

同窗融融两载,别离遥遥参商①。问君别来安好?依稀旧时模样。昔日风华少年,转瞬两鬓染霜。别时情窦初开,重逢儿女成行。莫叹岁月蹉跎,后浪又推前浪。莫道人生苦短,幸喜学友情长。

　　曾经九天揽月②,也曾捉鳖五洋③。不羡鸳鸯蝴蝶,自在逍遥四方。过眼人间烟云,阅历世事沧桑。采撷人生感悟,酿作美酒一觞。

　　君子厚德载物,更兼不息自强。仁是大情可依,义乃至公可仿。富贵本不能淫,贫贱亦不能换,威武尤不能屈,天地正气浩然。天祥丹心相照④,苏武持节牧羊⑤。三军虽可夺帅,匹夫志不可篡。梅兰冰心玉壶,松柏傲骨斗寒。苟利国家生死,岂因祸福避抢?

　　乌鸦尚能反哺,事亲以孝高堂。举案齐眉郎君,相濡以沫糟糠。传道授业解惑,立雪⑥尊崇师长。伯牙子期知音,高山流水颂扬。居隅心怀天下,守贫精神丰满。养心莫大于诚,一诺无愧俯仰。最忧心如止水,哪怕白日黄粱。追梦天道酬勤,梦乃人生启航。只要勇气长存,输赢成败何妨?只要信念不倒,屡败无惧屡战。

注:

①指二十八星宿中的商星和参星,相距很远。此处意为相隔很远,不易相见,杜甫诗《赠卫八处士》曰"人生不相见,动如参与商"。

②我曾在世界屋脊西藏工作过四年。

③我曾在海军潜艇部队服役,遨游过太平洋。

④南宋爱国诗人文天祥,全力抗敌,被俘就义,其诗作《过零丁洋》表现出强烈的爱国精神和坚贞的民族气节。

⑤汉朝中郎将苏武出使匈奴,被单于扣押19年,依旧手持汉朝符节,

牧羊为生，表现了顽强的毅力和不屈的气节。

⑥语出"程门立雪"。北宋理学家杨时与学友游酢向恩师程颐求教，正赶上老师打盹，两人静立门口等候，不巧天降大雪，待程颐醒来时两人已成雪人。后人遂用"程门立雪"来赞扬尊师重道的学子。

2 "懒汉"治村

懒汉非懒汉，为小名，大名徐樟顺。懒汉与我同村。村在浙西开化，一听村名，便知是深山冷岙：东坑口。

前些天，弟弟来电，语带喜气。哥，懒汉连任村主任了。

我纳闷，上个月，他刚选上村支书，咋一人占俩窝？

镇里动员他的，要他"双肩挑"呢。

其他候选人服气吗？我有点担心。

怎么不服气？其他人选票差了一大截呢。

我是外来户，懒汉是土著，虽然同姓氏，并非亲戚，远房都攀不上。他当选，弟弟何以兴奋？

他当家，村里有盼头。弟弟说。

我涌起一阵冲动，要为这个小人物立个传。

一

我这个村，人多有小名，为保孩子平安，特意取个贱名。我两个外甥，大的叫狗懵，小的叫癫痫。狗懵的意思，像狗一样傻，狗那么通人性，咋会傻呢？狗懵自然鬼灵精怪。至于癫痫，一头茂密黑发，还带自然卷。

懒汉兄妹五个，皆有小名，然而除了懒汉，个个命运多舛。两个哥哥，一个阿福，一个阿伴，阿伴也叫两斤半，奇怪不？哥俩差一岁，三十刚冒头，接连暴病归西。二姐小妮姑，幼患癫痫，婚后加重，孩子半岁夭折，精神彻底崩溃，23岁就没了。大姐小名不雅，也叫癫痫，因是女孩，多个后缀，MAO（音猫），类似语气助词。癫痫MAO患过小儿麻痹症，一腿瘸，两耳聋。村妇背后嚼舌，啧啧，幸亏又瘸又聋，不然……言者虽没恶意，听者头皮发麻。看来，取小名保平安，纯属扯淡。

懒汉可不懒。人没锄把高，就砍木头、抬石头，尽干苦力。23岁，任村火腿厂厂长，两年后自己承包。30岁，揽交通工程，再办融资担保公司。栉风沐雨，苦没少吃，钱没少赚，是村里首富。

当老板后，懒汉多了新名：徐总。不过，村里人叫顺了，张口闭口，懒汉长，懒汉短。县干部下乡，也会远远吆喝：懒汉！若问他大名，人多挠后脑勺。

如果不是那个偶然，他只不过是个小土豪，犯不着劳我费墨。

懒汉人生之彩，出在那个偶然。

2011年初，懒汉喷着酒气，打镇政府门前趔趄而过。突然，门里蹦出一个小个子。懒汉，想和你商量件事。

懒汉膀大腰圆，血管里淌着彪悍，往那一站，不怒自威。可是，看到小个子，却自觉矬了矬身。喔，是方书记，找我？

小个子方明，一张奶油脸，地位不容小觑：杨林镇党委书记。

村委会要换届，我们拨拉半天，主任人选难产，刚才在楼上看到你，我忽然冒出念头，何不请你试试？

不行，不行。懒汉打了个饱嗝，摇起拨浪鼓。我搞工程还行，当干部不是料。

怎么不行？你工程做得好，说明脑子好使；在外面闯荡多年，社会阅历丰富；手下队伍棒，说明善于管理；为人豪爽办事泼辣，肯定有开拓精神。

都说嘴皮薄、口才好，方明果然会忽悠。

一个空壳村，欠债几十万，人心散了架，这副烂摊子，谁愿挑？你另请高明吧。懒汉酒醉心清，边说边退，准备开溜。

方明一把拽住。看你血气方刚，有能力有思路，指望你重振雄风，不料是个懦夫。东坑口人丢尽脸，被叶兰坞人嫌弃！

成功男人有弱点，十有八九怕激将。懒汉一蹦三尺：方书记，你狗眼看人低，尽揭疮疤！

叶兰坞是畲族村，人口全镇最少，以前属东坑口，"文革"时，被东坑口当包袱甩了。东坑口人说起叶兰坞，那口吻，像上海人说乡下人。

然而，风水轮流转，这十多年，东坑口顺坡溜，叶兰坞逆坡上。这不，镇里欲合并两村，儿子竟嫌老子穷，投奔了富村川南。东坑口人羞啊，差点脑袋掖裤裆。

懒汉一跺脚，腾起一缕烟。方书记，树要皮，人要脸，我干！

你若愿干，赶紧报名，村民选不选你，不好说呢！方明拿捏着火候，不动声色，再将一军。

一个月后，村民投票。懒汉712票，第二名53票。

二

我离开家乡时，懒汉尚穿开裆裤，鼻下两条黄虫。一晃30年，再没相遇过，只知他大发了。如果不是那个偶然，这辈子，我俩八竿子打不着。

忽然有一天，接到陌生电话。哥，我是懒汉，东坑口的懒汉。

懒汉？哪个懒汉？村子不大，懒汉不少。在浙西乡下，懒汉、癞痢，是高频词，街上吼一嗓子，回头率不低。

住您大姐隔壁的。

噢，原来是黄虫孩子。

我刚选上村主任，您见识广，路子多，多帮衬啊。

好说，好说，只管吩咐。我声音提高八度。

放下电话，念头一闪。这个懒汉，不愧老板，甫当村官，急于公关。

不过，能被乡邻认可，是件高兴事。有的人，在外面人五人六，却被乡邻嗤鼻，做人很失败。

打那以后，这个号码成了热线，隔三岔五就响，有时天蒙蒙亮，有时天麻麻黑。

懒汉爱晨跑晚遛，听说我习惯早起，便瞅准空当。他说，尽是鸡毛蒜皮小事，知道您忙，怕耽误您上班。瞧瞧，虽然五大三粗，心像女人般细。

电话里，懒汉絮絮叨叨：想安装路灯啦，想建垃圾箱啦，想拓宽村道啦，想道旁搞绿化啦，想户户通水泥路啦，想给水库清淤啦，想在村头建公园啦，想在大樟树下建戏台啦……

每次絮叨完，懒汉会说，哥，您看行不？帮我出出点子。久了，我发现，他做事很少拍脑袋，自己先有谱，再向人请教，并且是出选择题。比如建戏台，他传我两套效果图，让我选一套。

这个农民不简单，懂得科学决策呢。我暗想。

光有想法不够，还得有钱办事。仗着脸厚嘴甜，懒汉到处化缘。开化财政底子薄，我纳闷，蚊子腿上三两肉，他是怎么割下的？

我是急性子，不爱电话唠叨，三言两语就挂机，可是奇怪，懒汉的话句句勾魂，放下电话，魂魄出窍，飘飘荡荡，飞越万水千山。那个小乡村，生我，养我，让我魂牵梦萦，泪湿枕巾。天下游子，倦鸟思归呀。

他的设想，多成新景。每次回村，皆有惊喜。三年来，他对我敬重未减，我对他叹服渐深。

哦，我美丽而贫穷的家乡哟，如果多几个懒汉，多几个充满创业激情的农民，还有什么不能改变！

三

镇政府设在东坑口。一条小溪，穿村而过。桥那头是镇政府，桥这头是我大姐家。

大姐两层楼房，20年了，旧了点，模样还过得去。门前有个场院，平时堆柴搁物，秋时摊晒稻谷。这些年，因村道拓宽，场院被蚕食，剩下巴掌大，矮墙半截，顽强守护。楼旁菜园，渐次萎缩。园里茅厕，露了出来，兀立在路边，与镇政府隔溪相对，颇煞风景。

去年清明，我回乡扫墓，眼睛一亮：茅厕无影，矮墙无踪，村道变宽了，车辆畅通无阻。不过，也有遗憾，场院没了，村道连着台阶。

大姐哼了一声，语气倒算平静。懒汉说了，你家是门面，要光鲜点。拆茅厕，拆矮墙，我同意。但这么点场院，我舍不得。他说，要不我同你弟讲，让他做工作？哼哼，我怎能让你为难？

这小子，竟用我来压大姐！心里嘀咕，嘴上却说，好看多了。

为我哥的事，他又搬出了我。那天晚上，他先诉了半天苦：会上议修路，人人都说好，真占谁家地，祖宗也挨骂，气得我要抡拳头。

我开导他：多磨嘴皮，别动粗，乡里乡亲的，抬头不见低头见，伤了和气不好相处。

懒汉话头一转：刚才，你哥好凶，骂得我七窍生烟。

我哥在宁波打工，嫂子去了温州，帮女儿带孩子，家里铁将军把门。

我一惊，出啥事了？他道出原委。

路修到哥门前，须推倒围墙，征用菜园。我哥提条件，征用菜园行，围墙应砌好。懒汉说，征地只赔钱，不代建，他不能破例。

我哥脾气像炮仗，一语不合，嚷嚷起来：不砌围墙，不让征地！摔了电话。

我连忙道歉：他不明事理，别和他一般见识。你看这样行不？他不在家，缺人手，路修好后，你安排把围墙砌好，费用我来出。

懒汉说，不是钱的事，一两千元钱，我垫也行，只是村民要误会，以为搞特殊，会闹着攀比。

我二话不说。行，就按你说的办，我哥工作我做。

拨通电话，我哥还喘着粗气呢。我耐着性子，听他发泄完后，才慢声细语说：懒汉当主任，钱没多挣，气没少受，图什么？还不是为大家好？他回村三年，村里变化多大？你为村出过啥力？你让一步，就当是帮他，行不？

我这老哥，除了脾气暴，还是头犟驴。这回，听我这一说，他居然不喘粗气了。

我指了条路：你请人砌围墙，费用我来出。

咋能让你出钱呢？哥瓮声瓮气，让步了。

我趁热打铁：懒汉被你气坏了，你打个电话道声歉吧。

围墙我修就是了，还道歉？让我老脸往哪搁？老哥嗫嚅着。

你不打？我替你打。

我打，我打。

一会，懒汉电话里笑成了串：哈哈，今晚我可以睡个好觉了，哥放心，我不会让咱大哥吃亏的！

呸！得了便宜还卖乖。

不过，这家伙借力使力，我不仅未反感，反而欣慰，为他的办事公道。在农村基层，干群关系紧张，最大病因就是：干部办事不公。

四

数一数，我已被这家伙算计了三回。

去年元旦前，他热切问：哥，元旦回家不？

才三天假，路上要花两天，不回了。有事？

声音暗下去，又扬起来：您回来一趟行不？我有事想求您。

你只管说，我尽力而为。我这人，就是好面子，怕人求，惜弱。

村里新建两栋楼，大的出租，小的办公，想把村里的能人请回来，搞个启用仪式，座谈一下，出出点子，再聘几个顾问，您是第一个。

别看咱村小，千把人，还真出了几个人才，恢复高考后，全镇首个大学生，全县首个清华大学生，都出自咱村。现在，有电力专家，留美博士，政府官员，团职军官，新闻记者，企业老总。

人家都盯着您呢，您来，他们来；您不来，他们不来。这样行不？您飞到杭州，我派车接。懒汉继续缠着。

接倒不必，不过，元旦当天赶不上。

那我改到二号。

我没得选择，只有答应。

懒汉如数家珍：办公楼是多功能的，有便民中心，有农家书屋，有乒乓球室，有老年活动中心，有办公室，有会议室……

我连连称好。

好是好，只是里面空荡荡的。懒汉吞吞吐吐。

我明白了，忙表态：你直接讲，需要我送什么？

送实物吧，您太远，不方便。要不，干脆送个红包？

没问题，多少合适呢？

两三千就行。其实呢，我不是图您的钱，是想请您领个头，带动其他人。您捐，和别人捐，大不一样呢！

瞧瞧这张嘴，抹了蜜似的。我忽然想，这个狡黠农民，对别人也这么说吧？

两三千拿不出手，我捐一个月工资吧。

您工资多少？

一万多点。

电话那头笑出声来：哎哟，太多了，太多了，您出个整数，一万就行！

元月二日上午，我如约而至。呵，满屋子的人，八旬老支书来了，历届村干部来了，乡贤们也从京城、省城、外省赶来了，只剩国外的没来，并且都没空着手，捐款捐物，折合25万元。

座谈会上，七嘴八舌。不愧是乡贤，点子不一般。有的说，开化是钱塘江源头，该搞生态旅游。有的说，方志敏在这打过仗，搞红色旅游好。有的说，搞生态农业，规模经营。有的说，多种阔叶树，保持水土，美化山林。有的说，河道筑几道坝，保持水体，便利灌溉，还添景观。

我领到一本聘书，红彤彤的。论级别，这是中国最低的顾问吧？可我捧在手里，沉甸甸的。

这时，有人嚷起来，怎么才聘三个顾问？我大老远赶来，咋没我的份？

懒汉眼睛乐成一条缝：你们要当顾问，欢迎啊，只要多作贡献，我们一定聘，一定聘！嘿嘿！

我有感而发，写了篇千字通讯——《乡贤热议"生态村"》，发在2013年1月4日《人民日报》上。

五

9月底的一天，手机响起，里面劈头一句：国庆回家吗？

这回不是懒汉，是县教育局长齐忠伟。此君笔头了得，当过县委报道组长，把开化吹得天花乱坠。

手头事情多，不回了。我说。

你最好回来一趟，有件事你得出面。他一不寒暄，二不客套，口气很严肃。

什么事？我心头一紧。

都是懒汉惹的事。齐忠伟气急败坏。

我们搞教育改革，撤了东坑口村小学，并到镇中心小学。县里费了好大劲，与深圳企业家达成协议，打算投资几个亿，把村小学改造成特色学校。

这不是好事吗？我不解。

浙江母亲河钱塘江，源头就在开化。2000年，开化确立生态立县思路。去年又提出，打造国家东部公园。建特色学校，既能促进开化招商，又可带动村里三产。

懒汉要把好事搅黄哩！他想收回校舍，借口修路，推倒了传达室。校舍是国有资产，他这是犯法呀！我派人去交涉，他横竖不买账。听说他敬重你，你回来一趟，帮我劝劝他。

我立马拨通懒汉。

哥，有事啊？电话那头，声音很愉悦。

你个大老粗，好歹不分，还犯法！我没好气。

我良民大大的，犯啥法？

我把事一说，他嘿嘿一笑：我就是要把事情闹大。

闹大对你有好处？

校舍虽然是县里的，可地是村集体的，没有办过手续。他们只与镇里谈，没把村放眼里。村民意见很大，以为我得了啥好处呢。你说，我能这么便宜他们吗？

我语塞。他说得在理。征地纠纷，已成为攸关稳定的火药桶，政府漠视群众利益，难辞其咎。

你虽然占理，也不能蛮干，好好说呗。

你树底下讲风凉话。好好说？压根没人找我们，我们对谁好好说？会有人听吗？一个破传达室，值几个钱？谈得拢，赔就是了。

我无语。可不是嘛，懒汉不来这一手，齐忠伟也不会绕着圈找我。

看来，这个农民不只狡黠，而且智慧。

你看这样行吗？你把村民意见理出几条，双方坐下来，心平气和谈，别漫天要价。

哥，您放心，我们虽是粗人，讲道理的。去年4月，高速公路征地，全村131亩水田、27座坟，涉及110户，一个星期就搞定，全县最快。有的村，征四五十亩地，三个月还征不下呢。

我把懒汉态度一说，齐忠伟沉吟起来。是我们工作没到位，就按你意见办。

过了几天，齐忠伟报喜：谈妥了，多亏了你，我和懒汉约定了，国庆你必须来，好好喝几杯！

六

这次回乡，听到几件喜事。村里欠债已还清，固定资产原先空壳，现在有700多万；楼出租后，村集体一年进项20万；新办两家来料加工厂，一个制衣，一个制鞋，138名妇女就业，最大的65岁，去年人均收入两万。

还有，叶兰坞人后悔了，想回到老东家；看到懒汉干得欢，其他村的老板动心了。

高兴劲还没过，严颂华找到我，一脸焦灼：村两委将换届，懒汉要辞职，他若走，村里会走下坡路，你做做工作吧。严原先是镇长，两年前接的方明。

我急忙找到懒汉。村里刚上路，你怎么撂挑子？

不当村主任前，村里人见了我，客客气气。现在呢，自己的业务耽搁，往村里贴钱不说，还时不时挨骂，想想不值。懒汉说。

不值？当村主任前，村民有这么认可你吗？县里、镇里有这么看重你吗？我会认识你吗？

懒汉低着头，不吭声。

我灵光一闪。你是不是想当支书？

他迅速抬头，瞥我一眼，眸里闪过一道光。我怎么好意思和东方争？

东方姓余，厚道本分，人缘不错，是个老好人，支书当了十多年，可就是缺乏闯劲，不温不火。

我顾不了得罪人，向严颂华直陈：懒汉当支书更合适，选村干部，要选敢于担当、有创业激情的人，老好人成不了事，这十几年就是证明。

严颂华一拍大腿：咱俩想到一起了，我也猜出他心思，不过，东方已干四届，没功劳有苦劳，有点不忍心。

我出了个主意：要不，让他俩一起竞选，票高者上？

严颂华略一思忖。行，我来协调，既让懒汉参选，又让东方留下。

过了几天，严颂华打来电话。我同他俩谈过了，懒汉愿意参选，东方有点低落，想去儿子公司，我做工作后，他答应扶上马送一程。

11月上旬，村支部换届。票选之后，镇党委宣布，懒汉为村支书，东方和另一名党员为村支委。

前些天，我问严颂华，他俩配合得好吗？

好，很好！严颂华说。东方脾气好，懒汉性子急，东方打前站，懒汉收摊子，一个唱红脸，一个唱白脸，回旋余地大多了。

我释然了。有的村，新班子清算老班子，老班子暗地使绊子，水火不容。

刚放下弟弟电话，懒汉电话就响了，滔滔不绝描绘蓝图：想建座饮用水池，解决夏天饮水难；想把村口那座桥改造成廊桥，方便村民歇息聊天……

我的喉咙忽然有点紧。村里底子薄，你干点事不容易，真难为你了。不过，要提醒你两点："双肩挑"后，一别做村霸，二别糟蹋集体钱。

哥，您放心，我不会让您失望的。懒汉的鼻音也有点重。

他的话，我信。

这个懒汉啊，人糙心不糙，治村有一套。

（原载2014年3月19日《人民日报》）

手 记
为小村官立传

我父母是江山人,我在开化出生。少儿时,在外婆家上过学,虽时间短暂,却刻入记忆深处,时常魂牵梦萦。后来论及身世,自我定位:江山是故乡,开化是家乡。

18岁时,我离开家乡,踏进军营,从此浪迹天涯。身在异乡为异客,每逢佳节倍思亲。家乡一草一木,经常潜入梦乡。成功或失败时,欢乐或悲伤时,都会油然思家乡、念故乡。岁月悠悠,白驹过隙,转眼数十载,鬓毛已衰,乡音未改,思之愈深,念之愈切。思念到深处,往往潸然泪下。每次返乡,"近乡情更怯,不敢问来人"。

金窝银窝,不如自己草窝。深爱着的家乡,自然希望她好。我所在的村,以前人心涣散,自懒汉上任后,面貌焕然一新,人心慢慢聚拢。我离开家乡时,懒汉尚年少,此后素无往来,自他当村官后,两人交往频繁,对他了解渐深。村里的变化,我看在眼里,喜在心上,便想为懒汉助力。镇书记当过教师,喜欢舞文弄墨,我给他出主意,以懒汉为案例,写篇工作心得,我帮他发表,他满口答应。几个月过去,没见动静。有一次,我回宁波探亲,临上高铁时,忽然想起这事,打电话催他。他说:几次提笔,不知咋写,要不,你写一篇?

从济南到宁波，要坐车五个半小时。窗外景物疾驶，我的思绪飞扬。

雁飞千里靠头雁，船载万斤靠舵人。村官资源匮乏，权力有限，要当好领头雁，殊为不易。农村领头雁，我采访过很多。在山东，"蔬菜大王"王乐义，"当代保尔"朱彦夫，我都接触过。这些领头雁，全国典型，大名鼎鼎，各有各的风采，各有各的传奇。相比之下，懒汉平淡无奇，但在我眼里，依然可圈可点。

比如说，能人反哺家乡，值得大力提倡。几乎每个乡村，都有致富能人。他们见识广、头脑活、点子多、人脉足。如果动员起来，领着群众干，先富带后富，农村大有希望。懒汉就是这样的能人。

要想干事创业，首先须有激情。能人有能量，还得有激情，愿意报效家乡，甘为乡亲奉献。懒汉风风火火，做事干练，执行力强，既有激情，也有情怀，愿意付出。

决策失误，南辕北辙，缘木求鱼，是最大失误。村官遇事，习惯于凭直觉、拍脑袋，科学决策意识弱。懒汉文化不多，办事沉稳，懂得搞"多项选择"，不简单。

干群关系不和，是农村通病。症结在于，一些村官私心重、办事偏。村官要取信于民，办事须公平、公正、公开。说起来，懒汉够敬重我吧。但对我的哥姐，并没有特殊照顾，与其他村民一视同仁。我相信，他对我如此，对其他人也会这样。这一点很难得。

人情社会，村官要想干成事，光埋头拉车还不够，还要善于借力使力，充分调动社会资源。我屡被他"算计"：为号召乡贤捐款，先鼓动我带头；涉及我哥姐利益时，让我出面做工作。所以，我说他是个"狡黠农民"。

有些地方，政府在拆迁、征地时，罔顾群众合理诉求，肆意侵占群众利益，群众无处说理，只好采取极端手段维权，影响农村和谐稳定。自20世纪90年代起，我国农村的重大事件中，65%为侵占土地问题。民众维权的群体性事件，在各地频频发生，每年多达十余万起。其中，因强行征地和补偿不足引发的事件，占六成左右。就拿我们村小学来说，校舍是国有资产，但土地属于村里，懒汉之举虽鲁莽，也非不占理。

这么一想，我来了冲动：农村需要能人反哺，需要头雁引领，需要创业激情，需要民主决策，需要公平公正，需要同心同德。别看懒汉小人物，同样蕴含大情怀。如果小人物都有这般大情怀，乡村何愁不振兴？对，为这个小人物立个传！

于是，我取出电脑，埋头敲起键盘。这一写，就是四小时。第三天，我坐上返程高铁，又写了四个小时，一气呵成。

给《人民日报》写稿，大多是"量身定做"，要考虑版面风格，要顾及编辑感受，有很多框框约束，久而久之，写作态度形成定势，即"端着写"，西装革履，正襟危坐，文风庄重，用语规范，像在台上作报告。这回是写着玩的，没有发表压力，我便突破惯性，转换态度，"随性写"，不讲章法结构，用语调侃诙谐，文风轻松休闲，文字口语化，就像夏日假期，趿着拖鞋，穿着汗衫，摇着蒲扇，一杯清茶，一碟瓜子，坐在葡萄架下，同老友谈天说地。我发现，这种放松状态的随性写作，是一种享受，犹如酒后微醺，意犹未尽。

写完之后，我陷入困惑：这是什么文体？人物通讯？显然不是。小说？完全是真人真事。报告文学？同常见文体也不同。

写完不久,恩师陈明福来访。他是海军老教授,学富五车,涵养深厚,著作等身,是《人民日报》名牌栏目"人民论坛"常客。看完《"懒汉"治村》后,他直言不讳:"这是盘狗肉——味道虽好,上不了宴席。《人民日报》高大上,不会登这类文章。"听他一说,我没了底气,便束之高阁。

一晃大半年,"大地"副刊编辑虞金星约稿,我说有篇现成的,未必合适《人民日报》。他问多少字,我说8000。他说:"哎呀,李总编要求发短稿,能不能压缩到5000?"我便删掉一节,压至6000字,把稿子传给他,忐忑地说:"如果你觉得不妥,就直接毙了,别给董老师看。"董老师名宏君,时任"大地"副刊主编,是位女包公,认稿不认人。

两天后,手机响了,一看是董宏君,我第一反应是:稿子枪毙了。没想到,电话里声调高亢:"徐社长,好稿,好稿啊!太接地气了!听说原稿有8000字?要不,把原稿发我看看,我发一个整版。"

幸福来得太突然,我有点懵,赶紧说:"原稿已覆盖了,没保存。能发就阿弥陀佛了,不敢奢望整版。"

见报当天,浙江省委宣传部《新闻阅评动态》以"人民日报刊发报告文学《'懒汉'治村》,为浙西开化村官徐樟顺立传"为题,向省领导呈报信息。时任省委副书记王辉忠批示肯定,要求时任开化县委书记鲍秀英,"选好选准村级班子一把手非常重要,在教育实践活动中,要好好宣传这个典型。"《浙江日报》《衢州日报》《农家报》各以一个整版转载。浙江卫视派出专题采访组前去采访。开化县委作出《关于向徐樟顺同志学习的决定》。

时任浙江省委宣传部副部长鲍洪俊,是我的老同事,先后任过人民日报社海南记者站站长、浙江记者站站长。看罢此文后，写了一段长长的批示：

> "'懒汉'治村"为浙西开化村官徐樟顺立传，灵动鲜活，隽永酣畅，气韵沉雄。作者徐锦庚是开化籍人民日报社山东分社社长，我曾经的记者同事。此文让中国最小的"干部"登上中国最大的报纸副刊，是锦庚作为一名新闻记者的职业大境界，也是浙江新闻人的职业标杆。我们应当扪心自问的是，浙江新闻界不乏徐锦庚这般职业素养、民生情怀的记者，浙江媒体更不缺版面、时段、频率，为什么我们的省媒上看不到这样立意高、意味长、接地气的人物通讯、报告文学？我们思考过如何更好表现身边向上向善、不断拼搏的小人物吗？我们内心生长着对这些小人物的亲切和敬畏吗？我们应当学习徐锦庚此人此文，情系小人物小事件，书写大文章大境界，这样才能共建共享浙江新闻界人才辈出、新闻事业蓬勃繁荣的大气象。请《浙江日报》转载，请浙江卫视、浙江之声以"最美浙江人"和广播剧播放此文。请省记协将我的这段话和此文作为"三项学习教育"活动教材印发全省新闻界。

几天后，中国作协创研部理论处处长李朝全给我打电话："你的《'懒汉'治村》在作协反响很大，被人贴在我们食堂门口。你来瞧一瞧！"

大约两个月后，我去中国作协食堂一看，仍然贴着。报纸空白处，还有人留言："这才是报告文学！"

此文继被浙江媒体转载、转播后，《新华文摘》2014年第11期转载，入选由中国作协选编的《2014年中国报告文学精选》，被评为2014年全国报纸副刊年度精品一等奖，收入《中国报纸副刊作品集粹》。

我从网上陆续看到，几位读者还发表了书评。如，山东枣庄学院副教授杨传珍，写的是《乡绅传统的复活与提升》；莒县作协主席、《莒州文学》总编辑盂凡金，写的是《小人物大能量》。我在2014年9月24日散文网上看到，一位署名"岱青山"的热心读者，身份未知，写了一篇《别具一格的〈"懒汉"治村〉》：

> 2014年3月19日《人民日报》副刊刊登了徐锦庚的报告文学《"懒汉"治村》，捧读再三，我觉得这是篇别具一格的好文，主要有以下几点值得重视和关注。
>
> **题目：看似寻常最奇崛**
>
> 通常，我们第一眼看这个题目就会顿生疑惑：懒汉还能治村？有意思，你的胃口立马被吊起来了。再看，懒汉二字加引号，更给人一头雾水，不由发问：懒汉究竟是怎样一个人？难道懒汉不懒？想入非非，别有余味。"懒汉"治村，整体上是一个现在进行时，是说他干事，没说他干出多大事。一反常态避开了报告文学一味是表扬稿的嫌疑，没把人与事放到一个最高度，而是留出了回旋余地，设置了悬念，令人欲罢不能，非得一探究竟不可。
>
> 通俗的题目，言有尽而意无穷。特别是引号的添加，反其意而用之，引人入胜，深不可测。题目看似平凡却不凡，它所渲染出的氛围成了积极力量，拨动人心弦又奏响强音，冥冥中支配着你去品味正文。

行文：成如容易却艰辛

开文先是解疑，指明此懒汉非彼懒汉，人家小名就叫懒汉，呼应了主题。接下来，交待懒汉的经历，说他干过这当过那，社会阅历丰富、具有开拓进取精神，是村民们心目中的村主任竞选对象。此段的插入，正是为"懒汉"治村做铺垫，懒汉从当村主任就想为村筑牢基础设施，直到当村支书，他仍构思未来，敢闯敢为。小人物大情怀，自始至终，懒汉心里有张蓝图，有一套他自己治村的做法，不信，试问一下，东坑口村未治理前是啥样？空壳村、欠债几十万、人心散架。治理后呢？欠债已还清，固定资产700多万，村集体年收入20万，新办工厂两家。治村治出大效果，一个新时代的新村官的新形象树起来了。

人物寓于事件中，事件反映人物，人物就是事件，事件就是人物，二者相辅相成，缺一不可。写事，看似细枝末节，但不是全景式的，而是特写式的。写人，多是侧面描写，让事实说话，由事发出称赞，合理、中肯、贴切。此种由此及彼、由彼及此、借力打力、力力相加的行文手段看似容易，实际"冰冻三尺非一日之寒"，无技巧就是大技巧。

语言：远近高低各不同

本文最大最鲜明的特点就是短句多，大多单独成行。明快、富有弹性，便于读者接受、理解，中间易于思考、回味。"你打不打？我替你打。""我打，我打。"村里修路修到作者兄长门前，征地赔钱，围墙不代建，这是村规。然而兄长"硬抗"，懒汉搬"救兵"搬到作者，于是出现了作者劝说兄长打电话向懒汉道歉的对话，既尊重事实，又简单形象，给力。

家常话占据本文大篇幅，读来似逢故人，如拉家常，倍感熟悉、亲切、舒畅、痛快。"我这老哥，除了脾气暴，还是头犟驴。"就以上事情，作者讲自家兄长的缺点，只十几个字，地道、耐读。反之千篇一律，老是一个调，乏味、添堵。"……懒汉的话句句勾魂，放下电话，魂魄出窍，飘飘荡荡，泪湿枕巾。天下游子，倦鸟思归呀！"一句抒情语，既在三界内又跳出三界外，它起到了舒缓情绪、调节气氛的作用，语句一变天宽地阔。

笔锋犀利，敢讲他人不敢讲的大实话，这是本文语言的又一特色。作者写道："有的人，在外面人五人六，却被乡邻嗤鼻，做人很失败。"此语一箭双雕：一是称赞懒汉致富不忘乡亲、带领大家共富的本真形象；二是讽刺一些人有钱有权而忘本，甚至祸害乡邻的本性嘴脸。"在农村基层，干群关系紧张，最大的病因就是：干部办事不公。""征地纠纷，已成为攸关稳定的火药桶，政府漠视群众利益，难辞其咎。"作为一名党报记者，作者能一针见血地道出一些百姓关注的焦点、热点问题的症结所在，首先说他了解农民，不愧是农村出来的。再就是知情敢报善莫大焉，真是妙手著文章，铁肩担道义。在这个物欲横流的时代，作者愿拿起笔去关注一个边缘的小小村官，他的这种正义、良心、爱心、使命，值得我们敬重和赞美。

中心：数风流人物，还看今朝

"我涌起一阵冲动，要为这个小人物立个传。"为啥？显然，懒汉一心为民的所作所为打动了作者。换言之，在这个时代洪流中，作者善于把握，从细微中发掘出懒汉这一"日常生活的崇高"形象，可谓独具慧眼。

回忆懒汉的过去、壮写懒汉的现在，其间虽有压力，虽在历经磨难，但懒汉仍满怀信念、不折不扣，细心、善良、正直、公正、勇敢、灵活、智慧地做着他的工作，一桩桩一件件，有板有眼，千方百计带领村民走富路。他的行为代表了这个时代村官的主流或方向，他让那些与他一样的后进者思进，前进者更进。他身上闪烁出的人性之光，他所践行的崇高，我们在阅读中都得到了感情的升华和"净化"。

叙事添信心，抒情给温暖。作者在叙述故事情节中，往往掩饰不住对懒汉的爱："这个懒汉，不愧老板，甫当村官，急于公关。""这个农民不简单，懂得科学决策呢。""哦，我美丽而贫穷的家乡哟，如果多几个懒汉，多几个充满创业激情的农民，还有什么不能改变！"等等，这些溢美之词顺势而为，合情合理，为文章"壮行色"，起到了推波助澜的作用。

数风流人物，还看今朝。综合以上，我们不由得对懒汉这个小人物刮目相看，总觉得他崇高、伟大，成为引领当代人的一种精神、一种向往、一种追求。小者不小，方寸间见乾坤。表现新时代，传递正能量，这是文学永恒的主题。

平心而论，我们不得不说，《"懒汉"治村》是篇不可多得的好作品。它写活了懒汉、写准了懒汉，写精了"懒汉"治村、写美了"懒汉"治村，最终将其高高地托起，让其闪耀光芒。此非大手笔不能为也。

当年，我申报中国作家协会会员，送审的是刊有《"懒汉"治村》的人民日报和两本书（后来，一本获第六届鲁迅文学奖，一本获中宣部第十三届"五个一工程"奖）。一位评委事后告诉我，评审时，有评委认为我作品太少，不够格。评委之一、中国作协原党组副书记王巨才，举着这份《人民日报》说："你们读过他这篇《'懒汉'治村》没有？建议你们都读一下。别看篇幅短，在将来的中国文学史上，必将留下一席之地。即使凭这一篇作品，他也完全够格！"评委们读后纷纷说好，全票通过。

至今，我与王巨才先生仍无缘谋面，但对他不遗余力提携后学之恩，将终生铭记。

无心插柳柳成荫。《"懒汉"治村》尝到甜头后，我在后来的短篇写作中，继续保留这种风格，在《颁错奖》《尼山远望》《邂逅》《老汤》《驯虫记》等文中，都能看到这种影子。从中，我悟出一些体会。

语言是构成文章的物质形式，所有的文章，都必须借助语言这个工具，反映生活，传播知识，阐述道理。从某种意义上讲，阅读文章，实际上就是学习语言，理解、揣摩、品味语言的过程，就是学习语言的过程。

文章千万篇，不外乎三篇：记叙文、说明文、议论文。不同的文体，对语言的要求各不相同。总体来说，记叙文要求生动、形象，富有表现力；说明文要求准确、简洁，富有传播力；议论文要求深刻、鲜明，富有概括力。

报告文学属于记叙文范畴，其语言构成，主要包括五类，即叙述、描写、对话、抒情、议论，其中最常用的是叙述。这五类语言的要求，又各不相同，叙述重在客观，描写重在细节，对话重在个性，抒情重在情感，议论重在深刻。好笔力，能有效增强文章的感染力、穿透力、号召力、凝聚力和引领力。

新闻和文学虽然同属于记叙文，但对语言的要求是不同的。我的理解是，新闻语言侧重于概括性叙述，简称"概述"，特点是简明扼要；文学语言侧重于描写性叙述，简称"描述"，特点是形象生动。假如记者能够综合运用这两种语言，就能使作品既简洁又生动。

中国文字博大精深，同样一件事，用什么语言表述，效果大相径庭。有的简笔勾勒，有的浓墨重彩；有的激情澎湃，有的体物入微；有的直抒胸臆，有的含蓄委婉；有的词藻华丽，有的质朴清新。每位文学大家，都有自己鲜明的语言风格。比如，鲁迅的深邃犀利、凝练幽默，巴金的热烈明快、平白率真，茅盾的细腻奔放、生动朴实，老舍的清浅俗白、淡雅京韵，都给人留下了深刻印象。唐代诗人张籍的乐府诗，多用口语，语言自然精警，风格通俗明快，看似平常，但仔细品味，于平淡中见奇特，于明快中见隽永，于质朴中见深邃。王安石对他作品的评价是，"看似寻常最奇崛，成如容易却艰辛"。

语言的表达形态，好比不同年龄段人的步伐。老年人身子带腿，步伐迟缓沉滞；壮年人腿带身子，大步流星，步伐刚劲有力；青少年全身灵动，蹦蹦跳跳。笔力差的，拖泥带水，艰涩枯燥，好比老年人步伐；笔力好的，行云流水，流畅稳健，好比壮年人步伐。人民日报记者的表达水平，多能达到"壮年人步伐"，这也是新闻语言的理想形态。但我觉得，通讯和报告文学的语言表达，应该追求第三种形态，即"青少年步伐"：清新明快、灵动活泼、精练隽永、筋道耐嚼，富有张力、弹性和韵律。

我的体会是：长篇作品如造大炮，要讲厚重；短篇作品如造手枪，要讲精致。写作短篇时，在语言运用上，我给自己定下目标：一是通篇短句，字不逾十（每句不超过十个字）；二是灵动活泼，富有弹性；三是筋道耐嚼，富有张力；四是抑扬顿挫，富有韵律。

为什么要用短句？我的体会是，文章要讲气势，气势既要体现在主题上，也要体现在语言上。主题是核心，语言是载体。再好的主题，如果词不达意、佶屈聱牙，气势就会大打折扣。而短句读来节奏分明、铿锵有力，能够形成回环往复的气势。

也许有人说，短句还不好办？多点几个标点就行了。这是曲解。再短的句子，也要完整表达句意，不能任意断句。当然，在一定语境里，可以适当省略成分，未必主谓宾俱全。我在短篇作品中，就经常有意识地省略成分。

3
曙光中的足迹

阳春时节,刘集村桃红柳绿,草长莺飞。这个村,坐落在东营市广饶县大王镇。1924年,也是这样一个春天,刘集村秘密成立共产党支部,这是大革命时期中国最早的农村党支部之一。战争年代,刘集是远近扬名的堡垒村,被誉为"小莫斯科"。

我们在一座农家小院前驻足,门前的大槐树,花缀满树,清香醉人。走进小院,窗前的石榴树绿影婆娑,枝头上榴花灼灼,蕊珠如火,仿佛在讲述那个遥远年代的火红故事。当年的党支部,就设在眼前这座小屋里。透过紧闭的门窗,我们似乎看到,油灯摇曳的炕桌上,摆着一本印错书名的小册子——《共产党宣言》,一群农民兄弟围坐一起,压低着嗓子,正在热烈讨论着。

一

出席中共一大的代表,平均年龄仅28岁。最年轻的,除19岁的刘仁静外,便是20岁的邓恩铭、23岁的王尽美。其中,王尽美和邓恩铭是山东代表。

王尽美生于1898年,原名王瑞俊,山东莒县枳沟镇大北杏村(今属诸城市)人,出生后四个月父亲就去世了。地主见他伶俐可人,就让他陪自己的儿子读书。地主儿子不求上进,王尽美却如饥似渴地学习。

1918年春,王尽美考进山东省立第一师范学校。临行前,他登上村后不足百米的乔有山,远眺迤逦东去的潍河水,脱口吟出激情澎湃的诗句:"沉浮谁主问苍茫,古往今来一战场。潍水泥沙挟入海,铮铮乔有看沧桑。"

1919年,五四运动爆发。在王尽美等人倡导下,5月7日,山东省学生联合会成立,他任学联领导人。几天后,数千名学生参加反日救国会,王尽美慷慨激昂,演讲一个多小时。

听他演讲的一位同学,后来回忆说:"王尽美真是一位天才的演说家,他讲的话,记录下来就是一篇好文章。他能把每一个人的一腔热血鼓动得沸腾起来!"

5月23日,在王尽美起草的《罢课宣言》号召下,21所济南中等以上学校全部罢课。斗争中,他与中学生邓恩铭结为挚友。邓恩铭是贵州人,水族,生于荔波县玉屏镇水堡寨,1917年8月,到济南投靠任县官的叔父,次年考入济南省立第一中学。

为学习和研究马克思主义,1920年3月,王尽美作为山东学生会代表,冒着大雪来到北大,登门拜访李大钊。两个人相见恨晚,直谈到夕阳西下。李大钊鼓励他积极传播马克思主义。

回济南后,王尽美与邓恩铭等人发起成立励新学会,创办《励新》半月刊,研究和传播新思想、新文化,牵头创立济南共产党早期组织。为表达共产主义坚定信念,他激情赋诗:"贫富阶级见疆场,尽善尽美唯解放。潍水泥沙统入海,乔有麓下看沧桑。"从此,他改名励志。

出席"一大"时,筹备组给每位代表发了本《共产党宣言》,就是陈望道译的首印本,王尽美和邓恩铭爱不释手。中共一大闭幕后,他俩带回一批文件资料,其中就有封面印错的《共产党宣言》。

在王尽美倡议下，1921年9月，济南成立马克思学说研究会。1922年7月，中共济南支部成立。次年10月，中共济南地方委员会成立，王尽美当选书记。

1923年8月，中共青岛独立组成立。不久，王尽美来到青岛，与邓恩铭一起，介绍延伯真加入共产党。1925年初，中共青岛独立组改为中共青岛支部，邓恩铭任书记，延伯真任宣传委员。延伯真是广饶县延集村人，他向邓恩铭建议，到农村发展党员，在农村建立党组织。

延集村的旁边，就是刘集村。就在延伯真回广饶、潍县活动时，由王尽美介绍入党的青年刘子久，从济南回到家乡刘集村，发展堂兄刘良才入了党。

此时，刘集村姑娘刘雨辉，也在济南加入共产党。

1925年底，中共山东省委组织党员学习，刘雨辉与张葆臣结识。张葆臣是济南道生银行职员，负责党内图书发行。道生银行总部在上海，他以银行职员身份作掩护，经常往来于济南和上海，很多进步图书，都是他从上海带回的，其中有一本《共产党宣言》首印本。他在首页右下角盖上自己印章"葆臣"，作为珍贵礼物，赠送给刘雨辉。

学习期间，刘雨辉还认识同乡延伯真，后来两人结为夫妻。

二

1926年春节前，刘雨辉回乡过年时，把这本《共产党宣言》带回村。

一天晚上，刘雨辉和弟弟刘考文来到刘良才家。刘雨辉拿出一本薄薄的书："这本《共产党宣言》，就留给你们了。里面很多话，都是革命的道理，能让人心明眼亮。"

刘良才接过书,看了又看,指着封面上的马克思像,笑道:"第一次看到长成这样的人……这把大胡子,长得可真有样子。"

刘雨辉也笑了:"他叫马格斯,外国人。"

刘考文疑惑地问:"咱是庄稼人,能看懂这种书?"

刘良才说:"既然这书这么要紧,就算一个字一个字地啃,也得弄懂它。咱庄稼人生下来就会种地?不都是边干边学吗?"

当晚,刘良才掌灯读到天亮。

《共产党宣言》开篇,就让刘良才挠了半天头:"有一个怪物,在欧洲徘徊着,这怪物就是共产主义。"

刘良才反复念叨,到了能背诵的程度,仍不知所云,不得其解。每翻开一页,他都读得嗑嗑巴巴,就像推着一车东西,走在坑洼不平的路上。

刘良才觉得,不认识的字还好办些,可书里有些话,就像潭水一样深不可测,像迷宫一样找不到方向。

刘子久也回来过年了。刘良才拿着书,缠着他,一字一句地咀嚼、消化。

《共产党宣言》里有这样一段话:"在古代罗马,有贵族、骑士……"刘良才读后,对妻子姜玉兰说:"咱们刘集不也这样?有地主、农民、佃户。我觉得,大胡子的很多话,细细琢磨一下,都好像是说给咱听的。"

几个月里,刘良才都在反复读《共产党宣言》。他决定办农民夜校,让更多的农民兄弟学习。

1926年春天的一个晚上。晚饭后不久,党员和积极分子来到刘良才家。

刘良才拿着一本书说:"召集大伙儿来,是为了学这本书。它叫《共产党宣言》。"

有人问:"这上面的大胡子是谁呀?"

刘良才回答:"大胡子姓马,他是马大胡子呀!"

有人凑近细端详,看着看着,就"扑哧"一声笑了:"咱村姓马的,可没长大胡子呀!这马大胡子的模样也怪稀罕……"

刘良才也笑了:"这可不是咱村哪个姓马的,也不是附近十里八乡的。这个大胡子叫马格斯,是外国人呢!这本书是他和别人写的,里面写了咱穷人的事。"

有人惊道:"外国人写的书也能到咱这里?这外国,离咱村有百八十里地吧?"

刘良才笑道:"哪有这么远,就在咱家的炕头上呢!"

他摊开书,给大家念道:"从封建社会底废址上发生的近代有产社会,也免不了有阶级对抗;不过造出新的阶级,新的压迫手段,新的争斗形式,来代替那旧的罢了。"

念罢,大家面面相觑,一脸糊涂。刘良才笑着说:"开始时,俺也犯迷糊,也是擀面杖吹火——一窍不通。可看多了,琢磨多了,就琢磨出道道来了。这本书能让咱们有衣穿,有饭吃。"

一听有衣穿、有饭吃,大伙们支棱起耳朵。

刘良才接着说:"我从里面悟出个道道——这个阶级、那个阶级,到现在也没换来咱穷人的好日子。旧社会再怎么换,也是换汤不换药,欺负咱的人该怎么欺负,还是怎么欺负。咱们穷人家,走得慢了穷撵上,走得快了撵上穷,不快不慢往前走,'扑通'一声,还是掉进穷窟窿。说白了,就是永无出头之日!马大胡子说到无产阶级,啥叫无产阶级?就是穷得叮当响的穷人,咱庄稼人也是无产阶级呀!咱村里的地主,有时不是说的比唱的还好听?可他给佃户涨工钱了吗?他们脸上挂着笑,嘴比蜜甜,可袖筒里揣把刀子,肚子里装满坏点子!如今出了共产党,咱的出头之日也快来了。说白了，共产党就是和咱一个鼻孔出气的。"

大家七嘴八舌开了腔："咦！这大胡子咋就知道咱这边的事呢？说的话句句都在理道道上！"

"我敢打赌，这大胡子肯定也是庄稼地里的好把式，他要是没扶过耩子（一种播种的工具），说不出这样知根知底的话！"

坐在墙角的一个中年汉子，正吧嗒吧嗒抽着烟，这时抽出烟嘴，瓮声瓮气地说："大胡子的话，说到咱心坎上了。照大胡子的话去干，不会错。"说这话的人叫刘世厚，平日里沉默寡言，不显山不露水的。

刘良才摆摆手，大家都停止了议论。他扬扬手里的书说："世厚说得对，咱们就得按这本本来。那些有钱人可不是纸扎的，一戳就破。怎么才能把他们摔在地上，让他们爬不起来？这大胡子给了咱一个办法，是啥？他号召咱联合起来！就是穷伙计们抱成团跟他们斗！"

就这样，一帮子农民兄弟，在1926年的这个夜晚，认识了这位"大胡子"。他的《共产党宣言》，不仅被中国共产党人接受，也被鲁北平原一群农民慢慢接受——尽管他们顶着一脑袋高粱花子。

如果马克思、恩格斯能活到20世纪20年代，也许在《共产党宣言》再版的某一篇序言中，会提及中国鲁北平原的这帮农民兄弟呢！

书中有这样一句话："无产者若不将以前的分配方法推翻，便没有做社会生产力底主人翁的日子。"刘集村的农民兄弟似懂非懂，从话中咂摸出道道，开始建立自己的武装组织。

一年以后的1927年，毛泽东提出"枪杆子里面出政权"，从农村包围城市。

三

当中国革命处于低潮的时候，鲁北平原上，以刘集村为中心的革命斗争，却是如火如荼。1928 年春天，广饶县一些地方闹起饥荒，刘良才带领吃不饱的农民，掐了大地主谢清玉地里的麦穗，又领着大伙儿砸了木行，反对苛捐杂税。

在德国，《共产党宣言》曾被普鲁士当局列为禁书。在中国，蒋介石把《共产党宣言》列为禁书之首。

为找到这本《共产党宣言》，广饶县国民党政府绞尽脑汁，前后派出数百人，到刘集挨家挨户搜索，连一张纸片都不放过。

刘良才身份暴露后，在广饶县难以立足。组织上调他到潍县，担任中心县委书记。临行前的晚上，他和村支委刘考文在地道里焚烧文件。刘考文拿起那本《共产党宣言》，捧在手里看了很久："这本书也要烧？"

刘良才接过来，轻轻地抚摸良久，说："它比咱们的生命还重，我把它交给你了。"

刘考文使劲点头："人在书在！"

《共产党宣言》已不能再公开。为了藏好这本书，刘考文大费周折，有时藏在粮囤底下，有时塞到屋顶脊瓦里，有时又封进灶头。

1932 年 8 月，邻县博兴暴动失败，广饶党组织也损失严重，刘考文已引起敌人注意。他知道自己凶多吉少，担心书被搜走，寻思托付给可靠的人。谁最可靠呢？他想到了党员刘世厚。刘世厚老实忠厚，嘴巴严实，不易引起敌人注意。

1932 年深秋，一个漆黑的夜晚，刘考文悄悄摸到刘世厚家，从怀里掏出书，郑重交给刘世厚："我已经暴露了，随时都有坐牢杀头的危险。这本书，是咱的革命之本，你务必记住，人在书在！"

刘世厚嗯嗯应着，双手接过书，显得有些紧张。

第二天一早，有人匆匆赶来，向刘考文报信："马上就要来村里拿人了，你快出去躲一躲！"

刘考文不敢懈怠，拔腿就离开家门，穿过几条小巷，刚到村北口，就见迎面走来一人，手里拿根树条子，边走边晃，一副悠闲的样子，伸手拦住刘考文，漫不经心地问："老乡，你叫什么名字呀？"

刘考文也没犹豫，张口便答："我叫刘西翰。"

那人又问："干什么去呀？"

刘考文回答："上坡干活去。"

这人又是一笑，挥挥手，让刘考文过去了。

刘考文刚走几步，那人突然扔掉树条子，打个唿哨，路旁沟里蹿出几个人，将刘考文扑倒在地，五花大绑着，一路押到广饶县城。后来，他在监狱里被关了五年。

1933年夏，刘良才被捕。11月19日上午，他被刑车拉到潍县城门口，这是县长厉文礼精心挑选的刑场。在城门口行刑，可能是潍县有史以来第一次。城门口人来人往，天南海北的人都有。厉文礼的用意不言而喻。

厉文礼高声宣读判决书，罗织的罪名之一是：到处散布《共产党宣言》。

刘良才哈哈一笑，高声道："错！《共产党宣言》对穷人来说，是一剂救世良药；对反动派，是一剂毒药。毒死旧社会，天下才太平！"

一个戴眼镜的军医跑来，用粉笔在他胸口作了标记："这里是心脏，县长有令，不要一下子把他钉死了。"

刘良才背靠在城墙上，七个彪形大汉围上来，其中五人分头按住刘良才的头、手、脚，另外两个人，一人拿起铁钎，按在刘良才的腿上，那持锤子的大汉，张口"噗"的一声，向手心里吐口唾沫，举起锤子比划几下，说声"好"，那锤子在空中划过一道弧，裹挟着一股阴风落下来，重重地砸在铁钎上，铁钎扎进刘良才的腿里，好像遇上骨头，那壮汉又用力抡起锤子，铁钎透过大腿，穿进城墙里。

刘良才一声惨叫，晕了过去。围观的人，有的转过身，有的闭上眼睛。一桶冰冷的水浇在刘良才的头上。他慢慢醒过来，睁开眼睛，吐出一口血水，血水里有几颗被他生生咬掉的牙齿。

又一根铁钎，穿进刘良才的另一条腿。刘良才再次晕过去。又是一桶冷水浇在他身上。

刘良才双腿被牢牢地钉在城墙上。他挣扎着，痛苦地扭动着身躯，脚下两洼血水。他强忍剧痛，横眉怒目："老子生为《共产党宣言》生，死也为它死，早点送老子上路吧！"

这怒吼，声震寰宇，雷霆万钧。

厉文礼指着刘良才，高声道："这本书都把你毒成什么样子了？！马上送他到十八层地狱，去见马格斯！"

厉文礼说罢，一挥手。

那铁锤在空中又划了一道弧线，重重地落在铁钎上。

铁钎刺进刘良才的胸膛，穿过心脏，扎进城墙里。他猛地张开嘴，竭力想吸一口气，可挣扎了几下，最终也没能成功，脸上的痛苦表情慢慢凝固，头也无力地垂在胸前。

暗淡的阳光照过来，洒在阴暗的城墙上，也洒在刘良才渐渐失去体温的躯体上。

四

1940年初，中共四边县政府送来一块光荣匾，给刘集村的刘学福家。匾长一米有余、宽70多厘米，上面刻着四个大字：一门三英。刘学福的两子一孙，都是响当当的抗日英雄。

刘学福膝下三子，长子刘泰山，次子刘寿山，三子刘仁山。刘泰山、刘寿山都是刘集的中共早期地下党员，每次兄弟俩从夜校回来，都把《共产党宣言》中的道理说给父亲听，刘家人是学了《共产党宣言》起来革命的。

刘泰山之子刘端智，20岁时参军，之前早就定下婚事。就在赠匾的这年，因为作战勇猛，火线上成了班长。听说女婿当了官，岳父高兴之余，担心刘端智将来变成陈世美，就找亲家催婚。

刘学福说："男大当婚，女大当嫁，板子（刘端智小名）也不小了，那就结吧。"

当时，刘端智就在刘集村一带活动，接到家里传来的口信，就向队长报告。

队长哈哈一笑："这是好事，过几天，你就回去入洞房！"

结婚当日，女方的花轿已在路上，刘家门口也响起唢呐声。

前一日，刘端智带回口信，说要骑一匹高大的枣红马回来。一大早，街筒子里就站满人，眼睛齐刷刷盯着村口，等着枣红马出现。

有人来飞报，说花轿马上就到村口。大家都急了。刘学福跺起脚："咋还没听到马蹄声呢？"

太阳升到一竿子高，花轿落到刘家门口。刘端智还是不见踪影，刘泰山急不可耐，带着一帮人迎到村口。

这时，远远看到几个人，抬着一口棺材走过来。有人扯起脖子喊："不要从这里走，这里办喜事呢！"

那些人不听，抬着棺材，转眼就到跟前。

刘泰山急了，刚要发脾气，对方为首的开口了："老乡，刘泰山家在哪里？"

刘泰山脑袋嗡一声，颤抖着声音说："俺……俺就是……"

对方一脸悲戚，上前握着他的手："昨天晚上，刘端智同志……牺牲了。我们把他送回来。"

一场喜事，转眼就变成一场丧事。

1947年10月，在国民党军队飞机的空袭中，独立营营长刘仁山为掩护战士，先被炮弹炸飞胳膊，后被飞机机枪射中。

1950年3月，南下四川任云阳县委组织部长的刘寿山，遭国民党特务暗杀。

一块"一门三英"光荣匾，化成三张烈士证明。

1966年秋，刘泰山母亲病重不起，气息奄奄。刘泰山喊来木匠打棺材。老木匠扫一眼木材说：还缺一块板子。

刘家穷得没钱买木板。刘泰山突然想起那块"一门三英"光荣匾。

这块匾，一直由刘仁山遗孀李月英珍藏。她的泪水一下子涌出来，尖声喊道："不！决不！"

刘泰山没想到弟媳反应这么强烈，吓了一跳。

过了一会儿，李月英默默搬出那块匾，轻轻打开裹在外面的薄布。

匾很洁净，一尘不染，透着肃穆和凝重。这是一块承载三条鲜活生命的匾啊！每一缕纹理里，都浸润着烈士的鲜血！

李月英用自己衣袖擦着，泪水像断了线的珠子。最后，李月英扭过身去，示意搬走。

刘泰山搬起来放下，放下又搬起来，心里沉重得像压着一方秤砣。他抱着那块匾，跪在母亲的床前："老娘啊，这是您的儿子、孙子孝敬您的，就让他们替您遮风避雨吧。"说完，磕了几个头。

刘泰山的母亲好像一下子清醒了，指着匾上的字说："我的寿限是苦命的儿子和孙子给的……跟师傅说说，上面的字，留着。"

刘泰山对老木匠说："老娘说了，'一门三英'留在板上，不要推掉。"

老木匠震撼了，双手接过，放在长凳上，鞠了个躬，一脸的凝重，然后用长锯分成两块：大的，为棺木前彩头，中间刻上一个大大的"寿"字，四面有花纹相衬；小块，为棺木后彩头，其余边料做了日月（指棺材底部左右两块板子）。末了，在后彩头上雕上一个"孝"字。

"一门三英"四个字，掩在棺材里面。"一门"在前彩头上，"三英"则在后彩头上。

一门两代英烈，以这种方式，守护着老人。

刘老太出殡那天，刘集村的人几乎都站在街上。棺材前那大红的"寿"字，被阳光照得红彤彤的。

人群中，有位老者突然喊道："老少爷们啊，替烈士送送老人家吧！"

大伙儿齐齐跪下，哭声震天。

五

1975年1月，全国四届人大会议期间，重病的周恩来总理见到陈望道，又打听《共产党宣言》首译本的下落。

陈望道无奈地摇摇头。

周恩来怅然若失："这是马列老祖宗在中国的第一本经典著作，找不到它，是我的一块心病啊！"

这年秋天，广饶县文物所所长颜华来到刘集村，搜集革命文物。

听说《共产党宣言》在刘世厚手里，大家七嘴八舌，动员他献出来。刘世厚一声不吭地回到家中，一袋接一袋吸着旱烟。良久，他打开墙角边上的箱子，拿出一个黑漆匣子，捧出一个花纹蓝包袱。

包袱一层层揭开，里面赫然露出一本小册子，封面有一幅水红色的马克思半身像，几乎占据整个封面。刘世厚将它捧在手里，反复端详，口里喃喃道："40多年，40多年了啊……"

那天晚上，刘考文走后，刘世厚找出一张油纸，把书包得严严实实，再装进竹筒里。藏哪里好呢？他像个没头苍蝇，在屋里团团转，一夜没睡安生。刘考文被捕后，保护好"大胡子的书"，就成了他天大的事。在后来的日子里，他有时藏在炕底下，有时藏进粮囤透气孔里，有时又塞进墙上的雀眼。

为了这本书，他险些葬身鬼子的枪口。那是1941年1月18日的事。

抗日战争时期，刘集是红色堡垒村，常有抗日队伍来驻扎。1941年1月17日晚，刘集村来了多支人马，有县政府机关，有主力部队刘良带的一个排，还有县大队一中队长王品三率领的新兵连。新兵连有上百号人，都是刚入伍的新战士，很多人连"八路军"臂章还没来得及缝上。

第二天，1000多名日、伪军突然包围刘集，见人就杀，见房就烧，全村立时成为血河火海。刘良熟悉地形，率队冲出北门脱险了。王品三带着队伍冲到东寨门，前边是一片开阔地。刚冲到开阔地，子弹就像大雨一样泼洒过来，队伍应声倒下一片。他赶紧带队伍后撤，冲到东南门时，又遭到鬼子伏击，王品三壮烈牺牲。

这次惨案，光八路军就死了80多人，500多间房屋被烧。

原本逃到村外的刘世厚，突然想起什么，撒腿往村里跑。他的妻子喊道："孩子他爹，你疯了吗！小日本还没走，你要回去送命？"

刘世厚边跑边说："有个东西可不能烧了，就算搭上我这条命，也得把它抢出来！"

刘世厚一路躲避鬼子，绕过几条胡同，才跑到家里。

房子已经烧起来，不远处还传来鬼子的喊叫。刘世厚不顾浓烟烈火，一头冲进屋，把桌子拉到墙角，随手抄起块砖头，爬到桌子上，用砖头在山墙顶部一角敲打几下，很快就露出一个雀眼。他伸进手去，从里面掏出一截竹筒。

这当口，房顶上的火落到他的帽子和身上，衣服多处都烧了起来。他跑出家门，在地上滚了几下，扑灭身上的火，接着拔腿就跑。

不远处，一个鬼子发现了他，边打枪边追过来，子弹呼啸着从他耳边穿过。幸亏他熟悉地形，转过一条小巷，才甩掉鬼子。

刘世厚舍命抢出的，正是刘考文交给他的《共产党宣言》。在白色恐怖时期，刘世厚有时把书藏在床底下，有时藏在粮囤的透气孔里。

新中国成立后，每到清明节，刘世厚先去祭奠烈士。在烈士坟前，他纸钱烧完，一杯清酒敬罢，就捧出当年那本《共产党宣言》，端端正正地放在墓旁。

每次，他都像老伙计相聚拉呱儿那样开了腔：这本书我又带来了，我保管得好着呢！你们在天之灵就放心吧。伙计们，咱们再学学《共产党宣言》吧。说完，刘世厚老人就在墓前嗑嗑巴巴地念上一段《共产党宣言》的话。

在众人动员他献书的那天晚上，刘世厚辗转难眠，第二天，一向早醒的刘世厚竟没有起床，在床上连续躺了三天。

这天上午，刘世厚提着那个蓝包袱，来到烈士坟前。田野里一片葱绿，风暖暖的，一些不知名的小花盛开在坟冢上。

刘世厚拿出那本书，轻声道："老伙计们，今天我就把它交给国家了，我是舍不得啊，可我老了，往后也要到你们那边去，书留在我这里，咋办？交给国家世世代代地管着，咱们更放心，也让世世代代的人学下去，不能在咱们这就断了，是不？"

刘世厚离开坟地，径直来到大队办公室。他轻轻地打开包袱，碎花包袱像莲花一样绽放开来。他双手捧起书，低头看了很久，低沉地说："可要保管好它呀，为了它，咱们死了一摞摞的人哪……"

这本薄薄的小册子，后经多方考证，正是中国最早的中文译本《共产党宣言》。如今，作为国家一级革命文物，珍藏在山东东营市历史博物馆里。

鲁北农民与《共产党宣言》的这段传奇故事，已经湮没在历史深处，但是他们用生命传承的这本小册子、这道照亮中国最初的曙光，到今天已然光芒万丈，呈现给我们一个充满希望的明媚世界。

（原载2014年6月30日《人民日报》，与铁流合作）

手 记
追寻信仰之光

2008年10月，我到山东任职时，听说东营市广饶县大王镇刘集村珍藏过一本早期《共产党宣言》，并且是陈望道翻译的首印本。出于职业的敏感，我专程赶到刘集村走访，了解到这样一个故事：20世纪20年代，一位女共产党员回乡过年时，把一本《共产党宣言》带回村。这本书，犹如一束火炬，投入一片干柴。一群不识几个大字的农民兄弟，用自己的朴素思想认识，费力理解书中的艰深观点，并活学活用，指导行动，同反动势力展开斗争，从而掀起一场轰轰烈烈的农民革命。

这个传奇故事，让我萌发挖掘这段历史的念头。后来，我与战友、作家铁流一拍即合，利用节假日时间，重返历史现场，深入刘集和周边农村，走访相关当事人，广泛涉猎史料，搜寻历史碎片，反复核实考证，将历史脉络环环相扣起来，努力还原历史的本真面目，发现了山东第一个农村党支部，发掘出鲁北平原这段珍贵的革命往事，进一步丰富了鲁北革命历史乃至山东党史的内容。

揭开历史的隐秘和真相后，一些革命人物的悲壮命运，让我们唏嘘不已：曾经担任孙中山先生随从副官并为之护灵的邓天一，最终被韩复榘逮捕，慷慨赴死；中共一大代表邓恩铭被作为政治犯杀害；中共潍县中心县委书记刘良才被逮捕后，遭到严刑拷打，被活活钉死在城墙上……

在刘集村口，有一座巨大的台式日历雕塑，上面的时间，永远定格在1941年1月18日。

我第一次站在雕塑前，不禁好奇，这串数字代表什么？后来得知，这串数字是刘集人的一场梦魇，是那天驻扎在这个村里的抗日队伍的生死牌。在这场惨案中，光八路军就死了80多人，500多间房屋被烧。凝视着这座庄严的雕塑，我们心情格外沉重，数十年前的枪炮声由远及近，在我们耳边骤然响起来，惨烈的场面也从岁月的深处凸显出来。

我们决定，一定要通过自己的笔，将读者带回那个风雨如晦、贫穷黑暗的时代，在革命先烈的勇敢赤诚之心、一幅幅鲜血染红的战斗画卷前，鲜活记录中华民族一个时代、一个地区、一段历史的政治革命的风云际会，塑造一批为农民解放、国家新生而流血牺牲的共产党人形象，重构并再现《共产党宣言》在中国这片广袤土地上散发出的巨大力量。

红色题材的报告文学，有一个普遍误区：对主题极力铺排，对政治情势和氛围过度渲染，对英雄人物思想境界夸饰拔高，人物形象陷入概念化、类型化甚至脸谱化的窠臼，致使宏大主题流于空洞浮泛，高大全的英雄人物流于扁平浅，找不到有力的艺术证据支撑，削弱了文学作品本应具有的美感。为此，我们在创作过程中特别注意，不将主题一味拔高，而是秉持实事求是客观冷静的态度，既不规避共产主义在世界历史发展过程中所遭遇的重大挫折，在文本中融入自己的理性思考与客观评判，亦注重其历久弥新的生命力的薪火相传。在人物刻画时，选择以叙事为主线，用真实感人的事迹浇铸有血有肉的人物形象，在具体事件中捕捉语言、动作的细节，辅之以真实动人的细腻描绘，从而紧紧抓住人物的性格特点。

经过几年努力，我们于2014年出版长篇报告文学《国家记忆：一本〈共产党宣言〉的中国传奇》。同年，《国家记忆》荣获中宣部第十三届"五个一工程"奖。

从挖掘和考证历史，到梳理和谋划章节，我也在不断接受教育、提升认知。我们的本意，是寻找这本《共产党宣言》的历史轨迹。但在寻找过程中，我领悟到，这更是在寻找早期共产党人的精神力量，寻找历史尘埃中的坚定信仰，是在展示先辈对信仰的坚持、对未来的期待。我们不仅要展示一本书的传播，更要展示信仰的力量。在今天这样一个社会转型期，这种寻找弥足珍贵。面对辽阔的历史，我们要做的不仅是铭记历史，更需要从历史中汲取营养，并反馈于现实生活。我们回望历史的目的，是为了唤醒人们重觅信仰、追逐理想。

4
因为爱 所以爱
——援藏博士夫妻马新明孙伶伶的家国情怀

9月8日下午 拉萨 晴
"我们好好爱"

下午4时许,我步出贡嘎机场,天空湛蓝得令人眩晕。虽然烈日当空,短袖衫已抵挡不住凉意。

阔别六年,我再度进藏,专为一对伉俪而来:马新明,北京市委宣传部干部,曾任拉萨市副市长,市委常委、宣传部部长,现任拉萨市委副书记;孙伶伶,中国社科院学者,曾任西藏社科院《西藏研究》编辑部副主任,现任当代西藏研究所副所长。2010年,夫妻俩成为中组部选派的第六批援藏干部,去年期满后,又转为第七批,创造了援藏史上多个第一:第一对援藏夫妻、第一对博士、第一对北大校友、第一对两届援藏……用真情谱写出一曲华美乐章。

西藏巨变,随处可见:十年前,我进藏时,从机场到市区,东绕西拐,逾两小时;六年前,我离藏时,嘎拉山隧道贯通,路程缩短一半;这一次,沿高速公路疾驶,半小时足矣。

入住后,我迫不及待联系马新明。他语带关切:"您刚进藏,会有高原反应,要不今天先休息?"

我笑了："我在西藏工作过四年，能适应，没问题，只要您方便，随时可见面。"

"那好，今天正巧是中秋，晚上援藏干部组织中秋联欢会，请您感受援藏生活。"马新明说道。

拉萨东郊，纳吉西路36号，北京援藏干部公寓楼（简称"北京公寓"）。走进院子一看，20多张桌子，都坐满了人。一位面孔黝黑、皮肤粗糙、戴眼镜的中年男子迎上来，热情握手："我是马新明，欢迎您！"

我第一反应是：1972年生人，咋这么沧桑？

正愣神时，一位身着藏装的俏丽女子含笑走来，马新明介绍：她是我爱人，孙伶伶。

这回，我更诧异：年纪不大，头发咋这么稀疏？

我掩饰住惊讶，问马新明："这么多人，都是北京援藏干部？"

他解释："中组部选派的援藏干部76人，还有北京援藏指挥部干部、支教老师、志愿者等，共有230多人。另外，八一双鹿篮球队和北京首钢篮球队进藏交流慰问，我们一块共度中秋良宵。"

四下环顾，果然有一干人高马大壮汉。我眼拙，只认得三位明星：阿的江、王治郅和孙悦。

舞台是临时搭建的，背景展板喷着一行字：月满中秋，情系拉萨——北京援藏干部与CBA运动员联谊会。文字下方有一组图案，中间是巍峨珠峰，左侧是布达拉宫，右侧是北京天坛，中间彩带相连，象征北京、拉萨情相连。

马新明是第七批北京援藏干部领队和北京援藏指挥部总指挥，他致辞时的一句话，拨动我心弦：今天是团圆之夜，大家别忘打个电话、发个短信，向家人报声平安，告诉亲人们，我们过得很好！

节目自编自演，水平业余，倒也有趣。有个"三句半"，道具是盆、铲。一位女演员使大了劲，把铝盆敲了个凹槽，旁边的厨师哎哟一声，心疼得直咧嘴。

汪峰那首《北京北京》，听过无数次。但在今晚，在拉萨之夜，听北京人唱，别有一番感触。浓浓真情，如泣如诉，直走我心，湿了双眼。

整个晚会，马新明没闲着，撺掇这个献歌，怂恿那个炫技。临结束时，他倡议，咱们一起唱《我们好好爱》，好不好？

好！20多人应声上台。这曲藏歌，美丽动听：

风儿吹过圣湖的时候 / 你牵住了我的手 / 宽宽的草原我为你停留 / 从此美丽在我左右

雪莲花盛开的时候 / 云儿停下了游走 / 我在你身后藏不起眼眸 / 我愿为你一生守候

你是我最深最深的爱 / 让雪山依然洁白 / 我心永不变 / 你是我最后最后的情 / 那云在千里外 / 世界再大我们好好爱

……

我心里一动：这些援藏干部，抛家别舍，远离亲人，不正是为了民族团结"好好爱"吗？

晚会结束，夜已10点，该赏月了。拉萨的中秋，曾让我陶醉：硕大银盘，低低悬着，落在屋檐，挂在树梢，恨不得跳将起来，一把摘下。可惜，今晚不巧，云层越聚越厚，银盘若隐若现。

客人散尽，马新明邀我：赏个月？

我试探道：我想去你们家看看，行不？

当然可以！他俩异口同声。

9月8日夜 北京公寓 雨

中秋月未圆

写这个"雨"时，我有点吃不准，不敢确认这个雨，是8日的，还是9日的？

马新明伉俪住在公寓五楼，室内布置简单，摆着藏式家具。不过，与藏家相比，缺了雕梁画栋，少了酥油清香。

中秋是大节，亲友忙于问候，我和马的手机频频响起。为了不干扰采访，我干脆调到静音。

我对马的出身好奇：彝族。我对彝族印象，仅限于小叶丹，那位与刘伯承歃血为盟的首领。马新明大笑：哈哈，巧了，刚才给我打电话的，就是小叶丹的孙子果吉尔体！他是国家民委援藏干部，在自治区民政厅。

这是云南大山飞出的雄鹰。我费了好大劲，才记住他家乡：丽江市宁蒗彝族自治县战河乡子差拉村马家窝子自然村，从村寨到县城，需步行三天。"我的彝族名字叫马海龙江，现名是老师取的。"马新明说。

他的家世奇特：母亲原是父亲之嫂，父亲之兄早逝，按彝族风俗，父亲娶了母亲。

孙伶伶拿出一张照片。马新明抱着一个幼儿，依偎在一对彝装老人身边，老人脸上荡漾着幸福。"这是爸爸妈妈，爸爸今年68，妈妈72。"听她口气，像在介绍自己父母。她是山东烟台人。

"这是你们孩子？"我问。

"不是，我侄儿。"

"你们的孩子呢？"我没心没肺地问道。

马新明看一眼孙伶伶，声音低了下去："结婚头几年，我们一直忙于工作、学习，又先后出国深造，聚少离多，孩子的事就耽误了。前些年正准备要时，赶上来援藏。这几年，怕高原对孩子有影响，不敢要。"

孙伶伶轻轻叹了口气："随缘吧。"

我一时语塞，无言以对。在这雪域高原，奉献，未必非要轰轰烈烈。有所为，是奉献；有所不为，也是奉献。

这对中央政法大学同学，都是田径健将，皆为长跑冠军，因体育而结缘。大学毕业后，马新明边工作边学习，是北大新闻传播学院和政府管理学院双硕士，又获中国社科院国际政治学博士。孙伶伶则考入北大法学院，从硕士读到博士，毕业后进中国社科院，是日本研究所科研骨干。

2010年4月。一天下班后，马新明扳着妻子的肩膀，认真地说："我想和你商量个事。"

孙伶伶吓一跳："什么事啊，这么严肃？"

"单位里推荐第六批援藏干部，我报名了。"

孙伶伶一愣："你不是准备读博士后吗？怎么想到要去西藏？"

"学习以后还有机会。"马新明动情地说，"我是少数民族出身，如果没有国家的多年培养，我可能现在还在穷山沟里放牛牧马。我要知恩图报，反哺社会。眼下，援藏是很好的报答机会。"

孙伶伶当然明白，但她有点担心："你的身体吃得消吗？"

马新明拍拍胸脯："咱年轻力壮，又是运动健将，怕什么！"

孙伶伶低头不语，马新明以为她不同意，逗趣道："你这个女汉子，觉悟不是向来很高的嘛，怎么拖起后腿了？"

孙伶伶抬起头，白他一眼："我啥时拖过你后腿了？我是有一个想法。"

"啥想法？"

"你自理能力差，不会照顾自己，我不放心。西藏社科院需要一名懂英语的援藏干部，我们院正愁没有合适人选，我懂英语、日语，身体又棒。要不，咱俩一块去？"

"好啊！"马新明应声叫好，转念一想，"你不是盼着评研究员吗？舍得放弃专业？"

"在西藏也可以建功立业。"孙伶伶态度坚决。

往事历历在目，恍如昨日。"时间真快，一晃四年多过去了。"

"听说你们都患上了高原病？"我问。

"其他病还好，就是痛风受不了。我的尿酸指标是常人两倍多。"马新明摇头叹息。

我的脚趾不由得抽了一下。高寒地区常年不出汗，容易得痛风病，我也患有此疾。虽然不算严重，但那切肤之痛，让我明白："疼"与"痛"，是两个不同概念。

"我俩过去从没进过医院，进藏后，记忆力衰退，我患了溃疡性结肠炎，头发大把大把掉，都快掉光了。"孙伶伶摸摸脑袋，自嘲道。

心理学家说，头发是女性最大的装饰物，女性最在意的是自己头发，也最舍得为头发花钱。

"你后悔吗？"我问孙伶伶。

"跟着他，哪怕去当乞丐也愿意！"孙伶伶望着丈夫，眼里闪着光。

马新明嘿嘿一笑，显得十分受用："这话我最爱听！我还是穷学生时，她就这样对我说了。"

孙伶伶反唇相讥："你现在不还是穷光蛋？银行卡里经常一

毛不剩。"

我一瞥挂钟：已经凌晨一点半了。连忙起身，抱歉地说："对不起，耽误你们休息了。"

"哪里，我们经常两三点睡。"马新明指指身旁的市委副秘书长、北京援藏干部孙德康说，"过会儿，还要商量几项工作。"

"我送你下楼，顺便到院里赏赏月，现在一定是个大圆盘了。"孙伶伶提议。

我们这才想起，聊得兴起，忘了这档大事。兴冲冲下楼，才发现雨正下得紧，哪有啥圆月！

虽然月未圆，但这个中秋最难忘。

9月9日中午 藏餐馆 阴
"三分钟"与"十年功"

昨夜回到宾馆，不敢洗澡，草草擦把脸，上床已两点，迷迷糊糊，睡不踏实，像躺在棉花上。浅睡眠的感觉，又回来了。正似睡非睡，被头疼扰醒，是高原反应，好在还轻微。看看时间，才4点46分。窗外，雨打树叶沙沙，仿佛江南春夜。隔壁，呼噜时起时伏，让我羡慕嫉妒恨。头脑虽然清醒，身子却是懒洋洋的。高原缺氧，睡不沉，"一觉"往往分"几觉"。

孙伶伶的同事要读博，夫妻俩约几个朋友，中午为她饯行，马新明邀我同去。我求之不得，正好借机采访。

团结新村有家藏餐馆。四位客人如约而至，都是社科院同事。主角边巴拉姆，一位年轻女性，美丽质朴，也是当代西藏研究所副所长，将赴四川大学深造。她三言两语，概括出孙伶伶特质：敏锐犀利，知识渊博。

"2010年11月，院里组织赴尼泊尔学术交流，业余时间，我们上街拍景，伶伶却埋头拍摩托车。我奇怪，这有啥好拍的？伶伶说，这些摩托车都是日本产的，我想了解日本对尼泊尔的影响。她看问题的国际视野，我很佩服！"

那几天，孙伶伶从细微处观察，敏锐发现，一些国家对尼泊尔渗透很深，这些渗透，政治用心昭然若揭：因为尼泊尔毗邻西藏。回国后，她收获此次出访副产品——申请了一项国家社科基金课题。

后来的台湾之行，更让边巴拉姆肃然起敬。2011年5月，应东吴大学邀请，西藏社科院组团赴台交流，她俩是团员。座谈时，边巴拉姆刚谈几句，就被对方一教授打断，引用境外资料，指责西藏破坏生态环境、压制宗教自由、不尊重藏族文化，气氛顿陷尴尬。

"这时，伶伶不慌不忙，从西藏特殊的婚姻习俗、藏语言文字推广、文物立法保护、国家拨款修缮寺庙等方面，摆事实，讲道理，侃侃而谈，驳得那位教授哑口无言，在场的人连连点头。我听了也很吃惊，伶伶进藏不到一年，想不到情况这么熟悉，知识这么渊博。"

还有一件有趣事：开始，对方学者们以为，西藏贫困落后，代表团成员都是"土包子"，听说这几名成员中，有三人留洋而归、两人是洋硕士，十分惊讶，立马谦恭有加。

"台上三分钟，台下十年功。伶伶这份功力，与她的艰辛努力分不开。她一方面甘当绿叶，为他人作嫁衣裳，承担了大量的汉文版编辑、英文版创刊筹备工作，一方面又出了很多科研成果。"《西藏研究》编辑部副主任刘红娟钦佩地说。共事多年，她对孙伶伶成就如数家珍：已完成两项国家社科基金课题、三项个人主持课题，参与九项国家级及有关部门委托课题，发表及结项成果近百万字，在国家核心期刊及报纸发表十余篇学术论文及文章……

本来主题是钱行，在我诱导下，不知不觉间，成了孙伶伶的总结会。这让孙伶伶发窘，频频支开话题。

临分别时，边巴拉姆与孙伶伶紧紧相拥："伶伶，我会想你的！你要到成都来看我哦！"

说这话时，她的眼圈红了。

9月10日上午 拉萨教育城 晴

铁打的汉子

昨夜又是彻夜雨，天明才歇，气温降至摄氏12度，我套上了秋衣裤。

今年西藏气候异常，雨水偏多，拉萨持续下雨40多天。我发现，与六年前离开时相比，山上绿色明显增加，空气湿润多了。当地百姓高兴，欣喜气候变好。我却忧从中来：这是地球变暖迹象，高原雪线上升，带来"蝴蝶效应"，导致海平面上升，海洋气候恶化。

今天是教师节，马新明要去拉萨北京实验中学慰问。九点，我赶到北京公寓会合。

马新明的眼里布满血丝，"昨晚又熬夜了？几点睡的？"我问。

"三点多。白天太忙，只有晚上才腾出时间来处理公文。"马新明揉了揉眼，转过身，捂着嘴打了个哈欠。

他的忙，我见识了。昨天下午，他去拉萨群众文化体育中心，检查体育馆工程收尾情况、部署CBA西藏行活动，我也如影随形。

文体中心坐落在火车站旁，是北京援藏计划资金之外支援拉萨的项目，耗资 7.35 亿，包括体育馆、体育场和牦牛博物馆。建成后，将填补西藏无大型文体设施的空白。

整个下午，马新明泡在体育馆，爬上爬下，四处查看，口里不停地吩咐这个、安排那个，几个项目负责人头如捣蒜。我茫然跟着，居然腰酸腿软，走哪坐哪，沾了一屁股灰。我发现，他的嘴唇发紫，这是缺氧的症状。大概是说话太多，口渴了，边说边舔着嘴唇，旁边一个小伙子，连忙递上半瓶矿泉水，他毫不介意，一仰脖子，喝了个底朝天。

傍晚返回时，我在车上问他："你这个总指挥，咋管这么细？"

他看我一眼："北京援藏项目，我敢马虎吗？百年大计，我敢大意吗？细节决定成败，丝毫来不得半点马虎。我多唠叨几遍，不断提醒他们。"

我原打算晚上再与他聊，见他疲劳的样子，加上自己也很累，遂改变了主意。没想到，他又熬了一个长夜。

曾听人说，援藏干部的工作状态是"半休闲"。这实是误解。仅从一个马新明身上，就可得出结论：满负荷。

北京实验中学位于拉萨教育城，在拉萨河对面。汽车驶上崭新的纳金大桥时，我不由感叹起来：七八年前，拉萨河上仅有一座拉萨大桥，是连接前、后藏的唯一通道，被列为战略要地，桥两端有士兵站岗，现在，拉萨河上已新架起五座大桥，拉萨大桥再也不用守卫了。

纳金大桥上游，一大片现代建筑群让我目瞪口呆——我在藏时，这里是荒滩，人迹罕至。"去年4月，这里还是一片空地。现在，已有北京实验中学、江苏实验中学等十多所学校了。"马新明欣慰地说。

北京实验中学投资 2.5 亿元，仅两年就建成，骨干教师均由北京派出，秋季刚刚启用，可以容纳 3000 名学生，学生包吃、包住、包学费。"学校的硬件设施不仅在西藏是最好的，北京有的重点中学也比不上。"神情自豪的校长张大力，来自北京市石景山实验中学，两个月前刚进藏。

检查完食堂、宿舍等场所后，马新明又与老师们座谈。会议室在五楼，没有电梯，我们登到五楼时，个个气喘吁吁。孙德康给我讲了一个故事：

今年夏天，马新明痛风发作，还诱发滑膜炎，膝盖肿胀，无法屈伸，痛得脚底不敢触地，只能拄着双拐。这天，听说市委书记齐扎拉要去北京实验中学调研，他挣扎着要去。孙德康劝他："你连拄拐杖走路都困难，还是向齐书记请个假吧。"

马新明连连摇头："这哪成，我分管教育，看的又是北京项目，哪能不去呢？"为了不让外人看出，他连拐杖也不敢用。

齐扎拉平时健步如飞，上山如履平地。北京实验中学没装电梯，他一口气登上七楼。这可苦了马新明，他一手抓住扶梯，紧紧跟在齐扎拉后面，孙德康要搀他，被他推开。到达七楼时，额头上汗珠如豆，后背全部湿透。下楼时，他仍一步不落。整个调研过程，他谈笑风生，神态自若，旁人丝毫看不出异常，只有孙德康的心，一直揪着，生怕他会瘫倒。

"那两个小时，不仅是他的苦难，也是我的煎熬。那两个小时，让我认识到了，什么是铁打的汉子！"孙德康的眼睛泛起泪花。

听着孙德康的叙述，我脚底发虚、手心冒汗。同病相怜，我能感受到马新明的痛楚。但惭愧的是，我无法触摸到他内心的强大。因为，我这个凡夫俗子，实在做不到！

9月10日晚 体育馆 雨
CBA 的高原之行

太阳还有几竿高,体育馆广场已经长龙蜿蜒。入口处的那行大字,让人们心旌摇曳:2014CBA西藏行。今晚,至少创造两个纪录:西藏首个体育馆首次启用;中国男子篮球职业联赛(CBA)首次在西藏赛场亮相。

当我步入馆内时,吃惊不小:昨天下午,还是一片狼藉,一夜之间,竟焕然一新。我无法判断,这是拉萨效率,还是北京效率?后来才知,为了今晚赛事,体育馆通宵忙碌,孙德康盯在现场,一夜未合眼。

晚7点,体育馆内座无虚席,据说满员有6000人。第一场,西藏联队对垒CBA联队,八一队教练阿的江披挂上阵,黄忠不老;王治郅和孙悦里应外合,配合默契。显然,这不是一个等量级的比赛。可喜的是,西藏联队毫不怯阵,敢打敢拼,充分发挥高原主场优势,比分越追越近。第二场,八一队战北京队,前半场,两队真枪实弹;后半场,两队各留两人,其余队员由西藏联队球员担纲。可敬的是,CBA队员既是灵魂,又当配角,把立功机会让给西藏球员。

高原上的剧烈运动,严重困扰着国手们。场上频频换人,队员一下场,就抱起氧气罐。这种奇特场面,可谓世所罕见。

自始至终,观众情绪高昂,喊声震天。比赛结束时,CBA队员集体亮相,与观众依依惜别。人们舍不得离开,掌声久久不息。这场赛事,与其说是竞技,不如说是表演。输赢已不重要,重要的,是民族之间的水乳交融。

当CBA队员进入休息室时,发生一件意外:八一队队员阿尔斯兰，出现严重高原反应，突然神志不清，场上医生迅速抢救。阿尔斯兰刚满18岁，是八一队控球后卫，今晚场上活跃。阿的江急得双眼噙泪。幸亏救护车在候，马新明连忙让孙德康护送病人到医院。

场外，大雨滂沱。我跟着马新明，来到CBA队员下榻的酒店，焦急等待消息。此时，已是夜里11点多，孙伶伶赶到酒店，捎来一包饼干，我这才知道，马新明还空着肚子呢。

12点，阿尔斯兰终于平安回到酒店。第七批援藏干部总领队王奉朝、自治区体育局副局长白喜林也赶来慰问。

白喜林是国家篮球队领队，也是第七批援藏干部，整个晚上，一直鞍前马后。我问起CBA进藏的缘由，他指着马新明说："这是我俩在万米高空上谈成的！他这人哪，既会动脑子，又会抓机遇。"

原来，今年3月18日，马新明回京开会，偶遇同机的白喜林。"我俩热聊中，马新明突发奇想，说拉萨体育馆即将竣工，问我能不能把CBA请到拉萨来，借助体育活动，加强民族交往，促进民族团结。我一听，这是好事啊，回京后就促成了这事。没想到，效果会这么好！"

9月6日，CBA的两支球队抵达拉萨后，克服高原反应，天天马不停蹄，开展公益活动：到福利院慰问孤儿，与西藏大学学生互动，向北京援建的小学捐赠物资，与北京实验中学学生交流。每到一处，学生和孩子们欢呼雀跃，国手们也经历了一次灵魂洗礼。

阿的江感慨地说："你们远离家乡亲人，为民族交流团结做了很大贡献，我是少数民族，体会更深，向你们表示敬意！"顿了顿，他又说："我们已经拉了福利院孤儿的手，今后还要继续拉下去。"

马新明兴奋地说:"北京体育局已表示,要加大力度支持拉萨。拉萨市委明天上午要开常委会,专门研究如何借此契机,促进群众体育文化活动,进一步促进民族团结交流!"

主宾们谈兴很浓,毫无倦意,一直聊到半夜一点半。马新明忽然想起:"哎呀,阿导(阿的江)明早就要出发去机场,你们早点休息。明早六点半,我来送你们。"

9月11日下午 堆龙德庆县农村 晴
为"亲戚"掏空口袋

马新明和孙伶伶要去乡下走"亲戚",我也跟着搭便车。

这些年,他俩攀了六门"亲戚",分别在林周县、尼木县和堆龙德庆县。今天去的是堆龙德庆县东嘎镇。"今年我已来了四次。中秋节时,我实在来不及,托闫伟去看望了他们。"马新明说。闫伟是拉萨市委办公厅工作人员,山东小伙子,西藏大学毕业后留下,已在藏10年。

两家亲戚都在桑木村,家庭条件比较差。卓嘎是桑木四组村民,丈夫早年病故,长子因幼患重病,读书少,在理发店洗头;次子去年被第二炮兵工程大学录取。其美是桑木一组村民,四年前,丈夫开出租车发生车祸,赔得倾家荡产。

在两家串门时,马新明里里外外都要看一遍。其美家的厨房,有一处破漏了,"过几天,我安排人来修一下。"马新明说。她家客厅柜子上,摆着一盒"稻香村"月饼,马新明咦了一下:"这月饼怎么还没吃?可别过期喽。"

其美说:"这是你送的礼物,中秋节吃了一盒,孩子上学没回来,这一盒舍不得吃,给她留着。"

我注意到，无论是到两户亲戚家，还是去联系点嘎东寺，他们送去砖茶、大米、食用油，还送上红包。我悄悄问闫伟："这是谁出的钱？"

"都是他俩自己出。"闫伟说，"马书记每次下乡，除了代表组织送慰问品外，自己还要另外备些钱，送给贫困群众，少则五六百，多则一两千元。每次掏空自己口袋不算，还经常向我们借，有一次钱不够，还向随行记者借了 2000 元。"

"这些钱，是单位还，还是他自己还？"我问。

闫伟奇怪地看了我一眼："当然是他自己还啊。"

这之前，听孙德康说了件趣事：有一次，马新明掏空自己口袋后，向他借钱，他刚巧没带，马新明不信，逼着他把口袋都翻出来看，最后又向司机借。"他这种悲天悯人的情怀，是与他的贫寒出身分不开的。"

"我是苦孩子出身，深知贫困的痛苦，我要尽自己的微薄之力，多做些雪中送炭的事。"家乡父老谁家遇到难处，谁家孩子考上大学，他都会慷慨解囊。为此，夫妻俩经常成了"月光族"，有时连房贷也还不起。

为了帮助更多的贫困孩子，早在 1997 年 5 月，马新明与几位同学一道，发起成立"未名奖（助）学金"，资助少数民族地区的贫困学生。18 年来，"未名"规模不断壮大，已资助 5200 多名学生，其中有 300 多人考上大学。

9 月 12 日夜　慈觉林　晴
"有爱就是天堂"

从布达拉宫南眺，拉萨河对岸山峦起伏。那里就是慈觉林，拉萨著名的四大林之一。当年，文成公主抵达逻些城（今拉萨）后，随行人员就聚居在慈觉林。如今，山腰处出现一处醒目的建筑，赋予了慈觉林崭新的内涵——西藏文化旅游创意园区。大型实景剧《文成公主》，就落户在此。

夜幕降临，我端坐在观众席上，这里可容纳4000人。前方，耸立着两座巍峨山峰——崩巴日山和那色山，须抬头仰视才能望到山顶。两山峰壑之间，便是实景剧的舞台，星空为幕，山川为景。

空旷的舞台上，灯光奇幻，音乐美妙，800名演员载歌载舞，演绎了一个荡气回肠的旷古传奇：1300多年前，唐贞观年间，吐蕃赞普松赞干布遣使长安，欲与大唐和亲。奉唐太宗之命，文成公主带着释迦牟尼12岁等身像，还有书卷典籍、五谷种子、锄犁和各种工匠，离开长安，踏上漫漫征途，历经九死一生，饱尝千辛万苦，终于到达逻些城，缔结了一段温暖千年的雪域情缘。

当我从剧情中走出来时，想起刘亮的一句话："这部大剧，耗尽了马新明书记的心血。"刘亮是拉萨市城关区区长，曾任拉萨市委宣传部副部长，对《文成公主》剧场版和实景版的出笼了若指掌。

2011年底，为贯彻落实党的十七届六中全会精神，西藏自治区党委决定，为推进西藏旅游文化发展，以文成公主为主题，打造一台实景演出，大力宣传汉藏民族交流融合，突出藏民族歌舞禀赋，用歌舞音乐剧的形式来表现。拉萨市委接受任务后，指定马新明为副组长兼实景办主任。随即，从洽谈合作、剧本及音乐创作，选址和征地，到演员选拔、排练，马新明亲力亲为。

《文成公主》剧场版从筹备到进京正式上演，只花了四个月。因阵容庞大，只能在国家大剧院演出，但国家大剧院档期一年前就已确定。马新明与各方商谈协调，国家大剧院终于同意挤出五天时间。那段日子，马新明与演职人员同吃同住，组织协调、媒体宣传、票务销售、进场施工、生活保障、观众组织……在京20多天，从未回过家。受文成公主事迹的感召，著名歌唱家谭晶和王莉不计条件，倾情加盟，欣然担任A、B主角。

2012年10月中旬，《文成公主》首演时，很多观众泪洒剧场，首都艺术界高度赞誉。北京市文联党组书记陈启刚激动地说："太壮观、太美丽、太感人、太震撼！我给这部剧打满分！"

为了确保实景剧的质量和进度，马新明事必躬亲，要求下属"当日事当日毕""只能说如何行，不能说不行"。那些日子，工作人员经常凌晨两三点敲他的门。

拉萨市委常委、宣传部部长占堆介绍说，去年8月1日，《文成公主》实景剧正式开演，迄今已演出220场，接待观众38万余人，票房收入1.3亿余元。实景剧的推出，使西藏文旅产业迈上新台阶，同时，也结束了拉萨旅游"白天看庙，晚上睡觉"的尴尬，游客慕名而来，趋之若鹜。

"实景剧还为农牧民提供了就业机会。"刘亮说，项目建设阶段，仅慈觉林村群众就增加了约3000万元收入。开演后，又为群众提供演员、保安、保洁、管理等近千个岗位，每年为群众增加收入5000余万元。"很多群众白天是农牧民，晚上是演职人员，连各家各户的牦牛、马、羊、藏獒，都成了舞台上的'明星'。"

我告诉马新明，很喜欢剧中的几句歌词："我想要生者远离饥荒，我想要贫者远离忧伤，我想要老者远离衰老，我想要逝者从容安详。"

"我最喜欢的还有三句，那是我们的内心写照。"马新明轻轻哼唱，"天下没有远方，人间都是故乡，有爱就是天堂。"

（原载2014年9月17日《人民日报》）

手　记
拉萨，魂兮归来

2014年9月6日夜，我接到编辑部任务：赴西藏采写援藏博士夫妻马新明、孙伶伶事迹。我奇怪：怎么不安排西藏分社同志采写？地方部副主任费伟伟说了理由：西藏分社正在忙于其他报道，顾不过来；中宣部要求派人物报道骨干记者采写；你在西藏工作过四年，情况熟，有感情。

"有感情"？费主任一句话，让我心泛涟漪，百感交集。我对西藏的感情，可谓五味杂陈。

2008年3月14日，发生在拉萨的那场骚乱，严重撕裂了民族感情。当我进入拉萨市中心时，满目疮痍，到处是烧成空架子的车辆，数百间商铺烧成黑洞洞的大口，衣物、食品、桌椅、电器扔得满街都是，一副劫后余生的惨景。有一个藏族高级知识分子，曾经得到过我很大帮助，一直视我如恩人，以前见我时会深深鞠一躬，事发后竟然视我如仇敌，我的心被深深刺痛。

离开西藏六年了，我对西藏魂牵梦萦，怀念雪域的壮美河山，痴迷高原的异域风情，感叹自己的韶华岁月，但对这块感伤之地，却无重访之念。从内心讲，我不想再踏上这块感伤之地。但是，养兵千日，用兵一时，我没有理由拒绝。

深爱着这片土地

放下电话，我给西藏自治区党委宣传部的联系人滕处长打了电话。滕处长说，其他中央媒体大概9月10日进藏。我想，集体采访效率不高，不如早点去，打个时间差，尽可能与采访对象单独接触。

9月8日上午，我从济南启程，下午飞抵成都。一到成都机场，神志就开始恍惚。换登机牌时，我鬼使神差，向服务员提出：要窗口的。换完后，我有点懵：咦！一直以来，自己都是喜欢坐在过道旁，今天怎么了？

飞机升空后，我把脸紧贴着舷窗，任云聚云散，似灵魂出窍。终于，那片苍莽的褐色山峦出现了，我的心慢慢收紧，眼渐渐生涩。当飞机穿过云层，扑向熟悉的山川大地时，我再也控制不住自己，泪水夺眶而出。

"为什么我的眼里常含泪水？因为我对这土地爱得深沉……"艾青这句名诗，道出我此时的心声。

我这才意识到：原来，在自己的内心深处，一直深深热爱着这片土地！

这时，忽然想起左宗棠。左公年近七十，带着棺材赴新疆，收复被沙俄侵略者阿古柏侵占的领土。面对广袤大地，左公慷慨激昂："此乃吾国吾土也！"

我幡然醒悟：哦，西藏，不是达赖和"藏独"分子的西藏，她是"吾国吾土"，是中国人的西藏，是中国版图不可分割的一部分，我不是这里的客人，我是这里的主人！

这么一想，我茅塞顿开，如释重负，困惑六年的伤感、生分和隔膜，顿时烟消云散。我的情感，一下子融入这片土地。

陷入罕有苦恼

当天晚上,采访罢马新明夫妇,回到宾馆,不敢洗澡,草草擦把脸,上床已两点,迷迷糊糊,睡不踏实,浅睡眠的感觉,又回来了。高原缺氧,睡不沉,"一觉"往往分"几觉"。在拉萨的10天中,我高原反应一直都有:心慌,气喘,失眠。

常规而论,高原待久了,身体越强健,伤害越大。这一点,我与马新明都有共识。伉俪俩都是运动健将,却患上多种高原病,马新明更是受痛风折磨。我是特种兵出身,却得了高原性高血压,且是最高的三级,也有轻微痛风。正因如此,主人公的酸甜苦辣,我都能体会到。

独自跟随两天后,其他媒体的记者陆续进藏,我只好加入集体活动,采访效率大大降低。好在前两天的独处中,我与他俩处得很熟,白天没机会单独聊,就在晚上10点之后,在他们家聊至深夜。

从资料中寻找线索,这是记者采写典型的习惯,我也不例外。这一次,因为我提前介入,宣传部的材料还没准备好,只有马新明夫妇给我一摞他们编的书籍。如影随形跟了两天,并且与主人公长聊之后,再拿到宣传部提供的材料时,我已对材料失去兴趣,甚至连他俩主持编辑的书,我连塑封纸也没拆。因为,大量鲜活的第一手材料,已深植我脑中。这些第一手材料,来自我的眼睛所见、耳朵所闻、内心所思。

当了多年记者,写两篇人物通讯,易如反掌,何况我又比别人多跟两天,掌握材料比别人丰富,应该很容易成稿。但奇怪的是,别的记者开始写稿时,我却陷入苦恼,迟迟没有动笔。采访越深入,越不知从哪下手,这在我的记者生涯中,是很罕见的。

高原之夜，本来就容易失眠。压力之下，更加难以入睡，每个晚上仅睡两三个小时。

觅得一叶扁舟

写人物报道，必须写出自己的感动。能够打动作者的，未必能打动读者；如果连作者也打动不了，肯定无法感动读者。

采访中，我多次流泪。主人公有的突出事迹是奉献，并无轰轰烈烈的故事，在别人看来或许显得平淡，但我却揉进自己的情感，产生强烈共鸣。比如，听人讲述马新明痛风发作爬楼时，我这痛风之人顿生痛感。在常规通讯中，这些"顾影自怜"式的共鸣难以入文。还有，西藏充满神秘感，读者希望了解更多信息，这正是我的优势。我可以借助自己感受，增加报道纵深感。

我们从初学新闻时就被告知，新闻要客观陈述，忌讳把自己摆进去。常规的通讯，大多以第三人称行文。这种写法，犹如隔岸观景，虽然能看到它的恢弘气势，却看不到它的九曲回廊。气势恢弘能使人血脉偾张，却无法让人潸然泪下。动情之处，往往藏在曲径通幽。这个"幽"，就是柔软的内心。

如何让读者身临其境、产生共鸣？我想到了报告文学。报告文学可以把作者摆进去，犹如一叶扁舟，能载着你划到对岸，让你融入美景之中。

但是，我毕竟是写新闻作品，必须体现出新闻特性。在新闻版登一篇报告文学，多少有点不伦不类。于是，我想到了日记体，把日记体与报告文学相嫁接，用日记体的"现在进行时"，装进主人公事迹的"过去时"。

当我厘清思路时，已经是9月13日深夜。中宣部规定的发稿时间是17日见报。

枯坐十八小时

9月14日凌晨三点，我强迫自己起床，一边吸着氧气，一边打开电脑。

根据中宣部要求，《人民日报》要发两篇通讯、一篇短评，并配图片。

开始，我还字斟句酌，进入角色后，直写得泪眼模糊，思路如江河奔涌，关不住闸，越写越长。我索性信马由缰，任情感一泻千里。

受高原缺氧影响，在西藏静坐不动，相当于在内地负重15公斤，轻体力活动也会让人气喘。我曾注意到两个细微动作：以前按相机快门时、两车交会把方向盘时，没有任何不适，但在西藏却会让人气短，事后要深吸一口气。这说明，做这两个细微动作时，是会自然屏息的，只是平原氧气充足，不为人察觉而已。这一回，我又惊讶发现，脑力劳动也会导致缺氧气短。经常写着写着，气就不够用了，要深吸一口气，否则大脑会迟钝，连简单的字也忘了，果然应了那句话，"见人忘名，提笔忘字"。只好停下来，闭着眼，吸会儿氧气再写，一大瓶氧气，不知不觉吸完了。

我完全沉浸在语境中，写着写着，竟泪眼模糊。写到最后，一看字数，有1.2万字，下狠心删掉一个章节，将全文压缩至9000字。

当我敲下最后一个键，抬腕看了下手表，时针指向9点30分。我想天已经大亮了，便拉开窗帘，咦！怎么是万家灯火？低头看电脑右下角，显示的是"21:30"。天哪，一整天过去了，我居然无知无觉。掐指一算：已在电脑前枯坐18个小时！

大功告成，我如释重负，精神放松下来，忽然有一种虚脱的感觉。这才想起,这一天中,除了喝水,只吃两只苹果,三餐都忘记吃了。奇怪的是,既没饥饿,也无困意。

这是我有生以来,连续工作时间最长的一次。

第二天,我又赶写了一个下篇,形式为我与马新明、孙伶伶伉俪的对话,《把人生追求融入国家民族大业》,4000余字。然后,又配写了一个短评《社会需要"稚"和"傻"》。

做好被毙准备

新华社总社派出的,是位年轻女记者,叫璩静,有灵性,也有实力,负责写第一篇主稿。9月15日,我们在宾馆的餐厅相遇。交谈中得知,她的通讯稿已经送审。我们商定,交换看稿,互提意见。

她的稿子,以"中国梦"为主题,题目是《梦想,让人生出彩》。我看后直言:"立意高、行文活、文笔美,如果让我也写一篇这样的通讯,未必比你出彩。但是,这是一篇中规中矩的新华体。"

她看了我的稿子后,皱着眉头,久久没有吭声。我对她说,没关系,直讲无妨。

她有点疑惑:"你这是通讯吗?"

我摇摇头:"不完全是。只能算'四不像'吧。"

她说:"没想到人民日报记者能写出这样的稿子。这种形式很新颖,给读者的冲击力和画面感太强了。不过,我从没见《人民日报》发过这样的稿子,能发出来吗?"

我说:"我心里也没底。我的想法是,争取让报社发一个整版;如果不行,就放弃下篇,把上篇分成两篇发。如果光是发短点还好说,我担心的是报社不认可这种写法,把我稿子枪毙了,改成发你的通稿了。"

她一听乐了:"哈哈,但愿如此!不过,"她安慰我,"说不定你们领导慧眼识珠,全文刊发了呢!"

我的心里在打鼓:这对夫妻是总书记批示的典型,我竟然把自己摆进去,编辑部会不会说我喧宾夺主?这种写法有没有犯新闻之忌?如果真的被枪毙,改发新华社通稿,岂不是在报社落笑柄?

思前想后,我一咬牙:宁愿稿子被枪毙,改发新华社通稿,让领导批评,让同事笑话,也要冒一次险,决不改变文章风格。

社长亲自拍板

稿子传到编辑部,时任人民日报副总编阎晓明说,上篇《因为爱,所以爱》太长,让我压缩成4000字。按《人民日报》常规,每篇通讯不超过2500字,这对我已经很关照。我提出折中意见:放弃下篇的对话稿,将上篇按章节分成上、下两篇发。阎晓明表示同意,将稿子和短评签发给总编室。

当晚七时,夜班值班主任胡果看罢稿子,激动得热泪盈眶,立即打电话向刚任社长不久的原总编辑杨振武汇报:"徐锦庚有篇长稿,有9000字,想发一个整版,阎总批示分上下篇发。"

"9000字?"杨社长口气似有不悦,"人物通讯写这么长干什么?他是老记者,还不知道规定?"

胡果说:"稿子很感人,我都流泪了。"

"哦?"杨社长有些意外,"你发我看看。"

过了一会儿,杨社长给胡果打电话:"稿子很好!分两篇发文气断了。这样吧,就满足他的要求,发一个整版!"

晚上九点半,要闻第六版主编董建勤打电话告诉我,稿子在第六版发一个整版,但篇幅太长,请我压缩到6000字。

我问:"既然发一个整版,为什么要删那么多?"

董建勤说:"因为还要配一个短评和一幅图片。"

我说:"短评是我自己写,图片也是我自己拍的,可以都不发。"

董建勤说:"中宣部规定,要配短评和图片。"

我说:"中宣部虽然有规定,但并没有规定字数。假如我们两篇稿只发千把字,中宣部也说不出什么,现在拿出一个整版,如此前所未有的超规格,中宣部还能不满意?即使不发短评、不配图片,中宣部也不会有意见。"

董建勤说:"不配照片,整版黑压压的文字,不好看。"

我问:"您认为稿子有可读性吗?"

董建勤说:"有,我看了很感动。但是,按常规,新闻版面应该配一两幅图。"

我说:"既然如此,为什么一定要配图片呢?配图是常规,不配图也是一种创新,应该让内容决定形式,而不是形式决定内容。"

董建勤想了想,说:"我们再请示一下领导。"

过了一会,董建勤来电话说:"领导同意了,请你提供他俩的头像照,我们作压题用。"

我如释重负,连忙找图片。

后来,我还了解一个细节:

当天晚上,新任总编辑李宝善给总编室打电话:"什么稿子要发一个整版?传我看看。"

看过之后,李总编给总编室回复:发一个整版的决定是正确的。

总编批示盛赞

总编室有个传统,每天的夜班结束后,次日都要撰写一篇

日记。当晚的值班主任是崔士鑫和胡果。在9月17日的夜班日记上,他们这样写道:

> 今天六版的《因为爱,所以爱——援藏博士夫妻马新明孙伶伶的家国情怀》,原是中宣部规定动作,要求发上下两篇通讯、配发评论和图片。如果按一般典型报道处理方式,虽可完成指定任务,但难出超常效果。本报派出的曾任西藏分社社长的徐锦庚别出一格,以跟访、日记体的形式,写成一篇8000多字、细节生动的长文。
>
> 因篇幅超长,夜班无法决定,向杨社长和李总请示。社长在认真斟酌后认为,如果稿子质量过关,可以破一次格,因为一篇稿子分两次出,不符合读者阅读规律。李总在大样上看完全文后,专门打来电话说,虽然反对长文章,但也要尊重新闻规律和宣传效果。
>
> 对这一篇幅超长、但记者精心写作的稿件,夜班在认真推敲文字基础上,又进行了精心美化,在空间狭小的标题区,没有简单安排一张压题照片,而是用一张西藏雪山图案衬底,特地让徐锦庚提供了文中主人公角度适合的合影,进行巧妙拼接。鉴于标题用印刷体显得生硬,与文章充满细腻情感的文笔有所疏隔,深夜请总编室"小书法家"、编辑苏显龙手写标题,再经过美编精心制作,使文章风格与版面编辑浑然一体,对破格的文章破格处理,力争达到最佳宣传效果。

李总编看罢,在夜班日记上批示:

> 昨晚看版，是一口气读完六版整版长文《因为爱，所以爱》。文章虽是日记体、流水账，但恰恰这种文章最难写好、最见功力。文章行文流畅，取舍得当，人物鲜活，生动感人，平实中见真情、见精神、见境界，体现了作者驾驭题材、刻画人物的深厚功力。徐锦庚同志不愧是"鲁迅文学奖"得主，称得上是人民日报的"大记者"，让人由衷高兴。真心希望我们队伍中这样的"大记者"多起来！

文贵创新求变

见报当天，当我从网上看到版面时，感慨万端。

一篇稿子，从传到编辑部，到见诸报端，要过很多关口。任何一个环节，如果按章办事，或删或毙，都无可厚非，我会愉快服从，毫无怨言。不过，从此会循规蹈矩，不越雷池。

恰恰是编辑部从普通编辑，到社领导的善解人意、慧眼识珠、思路开阔、不拘一格，才使我的心血得以结晶，使我的情感得以宣泄，让我从此张开创新的翅膀。同时，也让我再次感受到人民日报积极探索的勇气和从善如流的胸怀。

文无定法，见智见仁。《因为爱，所以爱》的写法，仅是我之陋见，未必是最佳选择，也不值得别人效仿。如果要说体会，只有粗浅一点：写人物，一定要融入人物内心世界，触摸最感动自己的地方，运用最合适的表现手法；选择表现手法时，不要墨守成规、机械套用模式，要有创新意识，勇于突破窠臼，做到千人千面。

5
颁错奖

世上事，本无常。坏事有时变好，好事也可能变坏。这不，尼山圣源书院出了糗事：颁错奖了。

一

书院在尼山脚下。从书院西望，五峰连峙，中为尼山。

尼山树不参天，水不浩渺，石不嶙峋，貌不巍峨。然而，山不在高，有仙则名。儒家眼里，尼山是圣山，孕育了孔老夫子。

糗事发生在去年8月。

这天是周日，天高云淡，风清气爽。绕过明德堂，推开演讲厅。嗬，满屋子人。台上的，着短袖，戴眼镜，模样斯文，人称赵教授。台下的，大娘挨大爷，媳妇抱娃娃，孩子挂鼻涕，都是书院邻居，北东野、夫子洞、周家庄村的。

赵教授绘声绘色，台下人泪眼朦胧。这个赵教授，很会侃大山，每讲《弟子规》，都能赚眼泪。

赵教授大名法生，哲学博士，中国社科院宗教所儒教研究中心秘书长。头衔这么长，百姓记不住，只叫赵教授。每隔十天半月，他来讲《弟子规》。

赵教授讲完课，陈洪夫走上来。称呼他有点乱，有叫陈局长，有叫陈主任，都没错：当过教育局长，干过财政局长，还任过啥主任，是书院专职副秘书长。

嗯哼。陈洪夫清了下嗓子。乡亲们哪，赵教授辛苦，大伙儿认真，《弟子规》讲了半年，你们在家敬老爱幼，出门睦邻友好。经村里推荐，今天表彰几位，以资鼓励。

听说要发奖，台下的脖子长了一截。

老庞，老朱，你俩搭个手。陈洪夫一招呼，上来俩人。敦实者庞德海，村支书。瘦高者朱伯宜，退休教师、书院义工。

赵教授念到谁，谁上来。陈洪夫说。

台下正襟危坐。

孔令英。赵法生对着本子念。

在这呢。声音有点尖锐。一个中年女子，霍地站起，两边一扒拉，腾腾走到台前。看模样，脸庞瘦削，肤色古铜，目光犀利，精明泼辣。

咦，咋给她发奖？油锅里蹦进一滴水，台下交头接耳，嗡嗡声起。

赵法生诧异，看看名单。没念错啊，是孔令英。

庞德海皱眉，朱伯宜咧嘴，都表情困惑。

奖品两样：一件汗衫；一本《弟子规读本》，赵法生注释。

孔令英麻利接过，正欲离开，陈洪夫请她稍等。

孔手捧奖品，面朝台下，眼含喜色，表情坦然。

刘德娥。赵法生接着念。

在哩。应答者，大眼弯眉，年近八旬。她有四子，婆媳和睦，妯娌团结。选她，没得说。

庞德祯。

我是。立身者，耄耋老叟，面如枣核。虽然孤寡，性格开朗。

孔庆真。

来喽。五十开外，拖着瘸腿。有人搀一把，有人说小心，端的好人缘。评她，全村人服气。

孟庆霞。

哎。圆脸短发，三十五六，侍候老，怜爱小，嘴巴甜，口碑好。

五人一字排开，四人面含羞涩，一人脸色绯红。

台下表情怪异，嗡嗡声有增无减，空气躁动不安。

错了，搞错了。庞德海捅捅赵法生，悄声耳语。

哪错了？赵法生不解。

不是这个孔令英。

不是写着孔令英吗？

俺村有两个孔令英。

这是咋搞的？赵法生叫一声苦。

朱伯宜凑过来。要不，把奖品收回？

陈洪夫摇头。不妥不妥，当着恁多人，哪能扇人脸？好在奖品还有，再发一份。

赵法生干咳一声，找了个台阶。乡亲们哪，我漏报了一个，还有一个，也叫孔令英，来了吗？

来了。七旬老太，慈眉善目，悠悠而起。

台下人愣了会神，爆出一阵哄笑。

台上孔令英，脸皮渐渐僵硬。

庞、朱对视一笑，挤眉弄眼。

让我们用热烈掌声，向他们表示祝贺！赵法生带头鼓掌。

掌声稀稀落落。

散会！陈洪夫尴尬收场。

头个孔令英头一拧，夺门而出。

笑声乍起，叽叽喳喳。

嘻嘻，咋有脸上台领奖哩。

哈哈，也不撒泡尿照照。

她能领奖，全村人都有奖。

叫她把奖品退回来！

二

一件汗衫一本书，论价不过三四十，错便错了，哈哈一乐，乡里乡亲，何必较真？

别怪乡亲刻薄。北东野属圣水峪镇，圣水峪属泗水县。泗水有句俚语：老屎不臭，搅搅臭。话糙，在理。

北东野的孔令英，沾了一坨"老屎"。

东野乃复姓，原姓姬，周公姬旦长子伯禽之后。西周时，伯禽生幼子鱼，鱼受封食采邑于东野，后人遂以地名为姓，世居尼山脚下。

不知何朝何代，东野氏忽然蒸发。如今，隔条小沂河，两个东野村，仅剩一位东野氏，八旬老妪，无后，居南东野，已弃复姓，单姓东。自她之后，南北东野村，再无东野氏。

诡异的是，前些年，北东野打井，地下五六米，白骨累累，还掘出墓碑。碑文称，东野后裔有400人。

莫非突遭灭顶之灾？人祸抑或天灾？无从考察，不得其解。

今日北东野，均为外来户，人口千余，姓氏七种：庞、金、朱、冯、鲍、李、孔。庞姓占七成，山西人后裔。

错领奖的孔令英系外村人，夫家姓庞。丈夫传光，上有老父，下有俩弟：传成、传民。传光寡言偏性，耳软惧内。偏孔氏强悍，无理占三分，吃不得亏，邻家鸡飞过，恨不得拔根毛。

传光娶亲后，分开另过，庞父跟着传成。庞老汉有两亩树林，见传成日子紧巴，给了他。孔令英恼了，怪公爹偏心，撺掇丈夫，与老父断交，结怨三载。

八年前，庞老汉病故。按风俗，长子主丧事，出殡摔盆子，长孙举招魂幡。岂料，逆子心有怨，悍媳恨未消，当起甩手掌柜。亏得传成、传民明事理，忙前忙后，只愿平静葬父，没与兄嫂计较。

出殡那天，夫妻俩躲在家里，还喝住俩孩子，任凭外面擂破门，就是不搭理。

长子没摔盆，长孙没举幡，葬礼有些凄惶。传成一跺脚，替兄摔盆，代侄举幡。村民愕然、忿然、鄙薄、唾骂。

造孽哟，老汉安分守己，临老不得善终。

不肖子孙，以后咋有脸见先人哩。

哼，上梁不正下梁歪，看他俩老了咋办。

鲁中南，兴厚葬。老人活着时，子女未必孝。老人去世后，却极尽哀荣，除了表悲痛，也给外人看，免落不孝名。

既不孝，便为恶。传光夫妻前头走，后头人戳脊梁骨。

岁月如刀，剥蚀记忆。庞家不孝，渐被淡忘。没承想，书院无意颁错奖，竟搅动"老屎"，臭气又让人捂鼻，招人指戳。

庞家刚抬起的头，又耷拉下去。

三

"搅屎"虽无心，传孝却有意。

尼山圣源书院问世，缘于一位儒学专家。

古时庙学合一，盛唐兴起书院，传播儒家文化，"以诗书为堂奥，以性命为丕基，以礼义为门路，以道德为藩篱"。晚清时，被新式学堂取代。

元至元二年（1336年），尼山始建书院。奈何受祸兵燹，几番存毁。如今，尚存四合小院，青砖灰瓦依旧，只是人去屋颓。

八年前，一位老者拜谒尼山，触景生悲，罔顾古稀高龄，聊发少年狂：重振书院，弘扬儒学！公乃王殿卿，曾任北京青年政治学院常务副院长，退休后任北京东方道德研究所名誉所长、国际儒学联合会普及委员会副主任。牟钟鉴、丁冠之携手同心，立下宏愿：南有博鳌，北有尼山！泗水县鼎力相助。

四年前，书院落成，占地百亩，背倚五凤山，面朝颜母山，右接夫子洞，叶选平题院名，季羡林笔门楣，连战书堂额，迎门石碑许嘉璐撰文，欧阳中石挥毫，群贤献艺，蓬荜生辉。

沧海博鳌论经济，圣地尼山论文化。儒学之士慕名而至，中外学者纷至沓来，"尼山世界文明论坛"以此作永久会址。求学者，自发而来。授课者，多为义工。

2012年，赵法生接任书院秘书长，矢志效仿梁漱溟，推行乡村儒学，服民以道德，渐民以教化。

家庭伦理，东西不同：西方，爱情至上，亲情淡薄，老幼平等；东方，恩情至重，血缘浓厚，孝道为先。

孝道，儒家推崇之大德。《孝经》曰："夫孝，天之经也，地之义也，民之行也"；"人之行，莫大于孝"；"教民亲爱，莫善于孝"；"夫孝，德之本也"。

济宁孕育孔孟，贤达名士辈出，本应孝悌节让，敬亲睦邻。然而，深访之后，赵法生黯然神伤：尼山脚下，儒家圣地，丧失礼义廉耻，难觅儒家风范。

回首往昔，年年政教，重形式，轻实效，动辄祭出道德上线，空洞说教，令人望而生畏，状似急风骤雨，实则雷大雨小，旱情未减，饥渴依旧，道德底线频频突破，心灵之地杂草丛生。

孔子曰，己所不欲，勿施于人。莫怪百姓冥顽，错在药不对症。空洞生硬，急功近利，不接地气，未惠草根，神仙听了也烦，何况黎民百姓？

君子之德风，小人之德草。文化自信，根在传统，传承祖宗瑰宝。崇洋媚外，何谈自信？传播儒学，重在道德引导，传承做人道理。

坐而论道，不如起而行之。赵法生决定，开篇破题，先讲孝道。

在哪试点？

北东野、夫子洞、周家庄。陈洪夫说。

书院建在北东野，征地涉及十余户，村民厚道，无一"钉子"，书院回报心切。

从哪说起？陈洪夫问。

《弟子规》吧。赵法生说。

《弟子规》不是蒙学读物吗？陈洪夫问。

道理虽浅显，百姓未必知。道理若深奥，百姓未必听。赵法生说。

古人云，半部《论语》治天下。《弟子规》仅是《论语》一粟，原名《训蒙文》，儿童启蒙读物，清人李毓秀作，内容源自《论语》，系"学而篇"第六条文义，列述弟子在家、外出、待人、接物、学习的守则规范，共360句，1080字，三字一句，两句或四句连意，和仄押韵，朗朗上口，广为流传，与《三字经》《千字文》齐名，集圣贤伦理道德教育之大成。

陈洪夫让庞德海招呼人。

庞德海挠挠头。年轻人外出打工，老年人忙乎农活，小孩子迷恋电视。若说烧香拜佛去教堂，呼啦啦一片。给他们上课？难！

试试看吧，多费点口舌。陈洪夫也没底。

行，我试试。庞德海当过兵，办过厂，管过乡工办，干事利索。他来到村部，抱着扩音器，絮叨了几遍，又挨家挨户动员。

给补贴不？村民问。

好像没有。庞德海摇头。

那不去了。有人转身。

别后悔呵。庞德海在后面撵。

四

去年1月16日，太阳慵懒伸头，北东野睡眼惺忪。日出三竿，村里热闹起来，呼儿唤女，扶老携幼，赶集一般，往书院迤逦而来。明德堂大教室，坐了上百人，像开社员会。只是阵容有些怪：要么空巢老人，要么留守妇幼，鲜有青壮。

静一静，静一静。庞德海连说两遍，台下还是嗡嗡声。他脸一红，低声问赵法生。你讲的是啥？他们若不入耳，会抬腿走喽。

赵法生笑笑，清清嗓子。乡亲们，我先讲个故事。

讲故事？台下支起耳朵。

从前哪，有个老汉，七老八十，光吃饭，不干活，儿子嫌弃，要把爹扔到山里。这天，他挑了一担筐，这头担着爹，那头担着儿，扔了爹后，背着儿下山。儿说，爹爹，还有筐。他说，用不着了。儿说，用得着，你老了我挑你。他一听，知道错了，又把爹挑了回来。

台下鸦雀无声，个个睁着双眼。

赵法生呷了口水。过了些天，又有个小伙子，也背着老娘上山。老娘一路折着树枝。儿问，娘啊，你折树枝干啥？娘说，儿啊，怕你下山会迷路。儿一听，哭了，背着老娘下了山。

台下，有人眼睛泛红。

赵法生顿了顿，讲起第三个故事。

从前，有对老夫妻，手抖，端不住碗，常摔碎。儿子媳妇埋怨，干脆做了两个竹碗。老夫妻端着竹碗，边吃边流泪。有一天，孙儿也削起竹筒。儿子媳妇问，削竹筒干啥？孙儿说，做碗。儿子媳妇奇怪，做碗干啥？孙儿说，爹娘老了用。儿子媳妇傻眼，痛改前非。

有几人抹起眼睛。角落里，传来抽搭声。

抽搭的是庞德仁，七旬老汉。赵法生捅了他痛处。

庞德仁有间老宅，弃用多年。邻居房屋小，想扩建，与庞商量，置换一块地，帮他盖成新屋。庞德仁一听，这事划算呀，满口答应。

庞德仁有俩儿，老大务农，犟驴；老二打工，孝顺。老大不乐意，吵到邻居家，说恁大事，不和俺商量，是不尊重俺。邻居说，你爹是一家之主，跟你说不着。老大脖一梗，说了句混账话，等俺爹死了，俺就是一家之主。邻居说，你爹不是没死吗？老大吵不赢，又找爹闹，父子俩闹掰了。老大记仇，十多年不理爹。

咕咚咕咚，赵法生喝了几口水，继续说。这些年轻人，为啥不孝顺呢？因为，他们不懂得做人。我要讲的，都是做人的基本道理。这些道理，从小就要学会。如果没学会，不懂礼义廉耻，长大了寸步难行。

几个红领巾一揩鼻涕，赶紧往前凑。

赵法生举起一沓讲义。我今天开讲的，是《弟子规》。它的内容，是从孔夫子那里来的，孝悌、忠信、仁爱、恭谨，这些儒家做人的道道，都在这里面，如果孩童照着做，就能学到君子风范，长大了能变成君子，赢得别人尊重。但是，这些本该孩子就懂的道道，现在连大人也不见得懂。所以，不仅孩童需要学，大人也要补课。

在场的人，无论男女老幼，个个屏息静气，洗耳恭听，生怕漏掉一字。

赵法生翻开讲义。我先念一遍：弟子规，圣人训，首孝悌，次谨信，泛爱众，而亲仁，有余力，则学文。

虽然赵法生一字一顿，众人仍听得云里雾里，抓耳挠腮。

赵法生微微一笑。别着急，这段话的意思是，《弟子规》是孔圣人的教导，学生首先要孝敬父母，尊敬兄长；其次要严谨和诚信，博爱大众，亲近有仁德的人。在做好上面的要求之后，如果还有多余精力，再去学习文化知识。听懂了吗？

懂喽，懂喽。众人齐声应道。

下面，大家跟着我一块，大声念出来：弟子规，圣人训……

赵法生肚里墨水多，尽是故事，每念一句，就讲一个。台下的人，忽而悲悲戚戚，忽而眉开眼笑。

不知不觉，三个小时过去了。赵法生说，今天的课，就讲到这里。

台下嚷嚷起来。赵教授，接着讲，我们还没听够哩。

赵法生呵呵笑了。以后，每过两个星期，周末我都会来。

众人一听，啧啧称赞。北京到咱这，路不近哩，赵教授仗义。

半个月后，赵法生如约而至。北东野倾巢出动，南东野、夫子洞、周家庄，邻村百姓纷至沓来，老幼咸集，青壮不少。有位偏瘫老叟，被后生抬进教室。

"父母呼，应勿缓；父母命，行勿懒；父母教，须敬听；父母责，须顺承；冬则温，夏则清；晨则省，昏则定；出必告，反必面；居有常，业无变……"朗朗书声，溢出窗外，悠悠荡荡，飘上尼山。

老夫子啊，您可曾听见？

寒冬腊月，风和日丽，大地复苏，小草萌动。空气中，飘浮着春的气息。

五

许是先人远徙之故，北东野人头脑活络，重商重利。

20世纪中叶，商品匮乏，贸易滞凝，整个圣水峪，仅有三个"拨浪鼓"，皆为北东野人，走村串户，收鸡毛鸭毛，换针头线脑、洋红洋绿。改革开放后，八壮汉骑自行车，驮蔬菜花生，贩于泗水、曲阜集市，收入超过乡镇干部。再后来，销售队伍壮大，换成柴油三轮车，全村62辆，比全镇还多。

即便卖地瓜，北东野人也卖出花样。前些天，我在村里采访时，庞德海领着转地头，开了回眼界：偌大一片地，尽被掏空，有的像窑洞，两人多高，四米多宽，三四十米长；有的是地窖，平地一个口，直下数米，豁然开朗。

庞德海说，这些地瓜窖，少则藏几万斤，多则贮30万斤。地瓜熟时，近收泗水，旁收曲阜，远收邹城，三四毛一斤收进，搁俩月可卖六七毛，三四个月可卖八九毛。若搁半年，卖价更高。不用出门卖，河南、江苏商贩上门收。每年光这一项，就比别村稳赚百万。

可叹的是，口袋鼓了，脑袋却瘪着。眼窝浅，心眼小，重利轻义，偷鸡摸狗。每到秋熟时，总有七八个老娘们，人称"秋里忙"，背着粪箕子，贼眉鼠眼，在地头转悠，瞅瞅没人，拔花生，掏地瓜，藏在箕里，盖上草，进进出出，似秋后田鼠。再不济，捋把地瓜藤，回家喂羊。为这事，庞德海年年烦心，喇叭里要唠叨几遍。可是，唠叨归唠叨，"秋里忙"照样忙。

花生、地瓜收下后，若在地里过夜，就会长了翅膀。坡上的树，常剩一个桩。出门若忘锁，油盐少了，酱醋没了。狗也得常年拴，怕被人偷吃了。

因为挨着小沂河，村民从河里取水，河边掘口井，井里搁电机，管子接到家，随用随取。这些电机，年年要丢几十台。

至于邻里纠纷打破头的，老人受虐饿肚皮的，司空见惯，不以为怪。

还有，上千口的村子，只见人当兵，没见人提干，连个营连长也没出过。村民不知反省，竟怨"孔老二"，说地脉让他占尽了。

心田如农田，需要浇灌、耕耘、施肥。否则，也会干涸、龟裂、贫瘠。

书院开讲以来，《弟子规》如汩汩甘泉，滋润百姓心田。

农家人，屁股属猴，坐不稳三分钟。《弟子规》再耐听，故事再精彩，还是管不住屁股。书院动起脑筋：备本签到簿，来听课时，先记个名，听完全场的，有时奖条毛巾，有时奖块香皂。过段日子，评学习积极分子。有时，还比赛背诵《弟子规》，分老、中、青、少四组，壮不欺老，大不欺小，胜者有奖。

这几招，真管用，上课抢着去，堂堂听到尾，人人会背《弟子规》。庞德祯目不识丁，边听娃娃读，边念念有词，虽然磕磕巴巴，竟然全部记住。

会背句子，懂得其意，就会自觉对照。哪是对、哪是错，哪是荣、哪是耻，评判有标准，学习有样板。

庞兴亭家风世传，敬老怜小，敦厚和睦，弟兄四个，轮流赡养老娘，由着母亲性子，爱住哪住哪。兴亭老伴孔庆真，贤惠通达，专门装台空调，不让孙儿住，独让婆婆享，冬暖夏凉，羡煞街坊。学了《弟子规》，村民纷纷翘拇指：庆真好样的，"冬则温，夏则凊"哩。

"用人物，须明求；倘不问，即为偷；借人物，及时还，后有急，借不难。"学了这一段，有人脸红，有人脸白。

红过、白过之后，村风渐变：去年秋熟时，"秋里忙"无影无踪；花生收下后，摊在地头晾晒，没少一颗；河边电机，再没丢过；坡上的树，依然迎风而立；敞开大门下地，不再牵挂瓶瓶罐罐。

以前听说过"夜不闭户"，这回见识了。庞德海说。

邻里有纠纷，会好好商量，骂大街、打破头的没了，垃圾、塑料袋也不乱扔了。村小组长赵士新说。

我问：近一年来，可有谁家对老人不孝？

八旬老太刘德娥摆摆手，蹦出仨字：不敢喽。

一本《弟子规》，胜读十年书哩。朱伯宜说。

六

到了北东野，惦记一个人：孔令英，领错奖那位。

有个疑团，萦绕于怀：孔既对公爹不孝，当初何以坦然领奖？

思忖再三，恍然大悟：世上最妙称呼，莫过自己大名，孔乃条件反射，且素来强势，爱贪小利，乍听有奖，自然当仁不让，加上不善反省，懵懂浑噩，以至不知羞耻。

事过一年，孔令英可有变化？我问。

嗯，有一些。庞德海想了想，说。

领错奖后，孔遇到庞德海，脸红了红。老老爷（庞德海辈分大），俺没给公爹送终，别人背后怪俺，这回又领错奖，让别人笑话，怪不好意思的，俺把奖品退了吧？

不值俩钱，退啥哩，知道错就好，往前看，往前看。庞德海口上应，心里乐。

现在孝顺老人吗？我问。

唉，公婆早就不在喽。庞德海叹口气。不过，她也当了婆婆，知道婆婆难处，好在儿媳孝顺。

邻里关系好吗？我问。

这一年来，好像没见和谁红过脸。几个人口气肯定。

我想去庞家看看。庞德海很爽快。中！我一早就叮嘱她，说有记者来采访，让她在家等着，她答应了。

北东野村庄分散，庞家在另一头，是规划的新村。到了门口，却见铁将军把着。

庞德海很自信。不急，稍等等，可能串门了，很快会回来。

等了半晌，不见人影，问邻居，都摇头。

庞德海团团转。咋回事？今天没集市呀，我去找找。出去转了一圈，无功而返。

你说记者来，可能吓着她，故意避开了？我分析。

不可能，她痛快答应的，瞧，还特地打扫过呢。庞德海指指脚下。

可不，院门外，有几排新扫帚印。

她特地打扫，说明她看重，但未必愿见记者，怕丢丑。我判断。

再等等。庞德海不甘心。

炎炎夏日，太阳毒辣，头上直冒油，连母鸡也晒蔫了，蹲在脚边打盹儿。庞德海窜东窜西，打探到庞家儿媳手机。儿媳不敢做主，推给丈夫。

过了会儿，庞德海手机响，他听罢，泄了气。她儿让咱别找了，她躲起来了。

果然！

庞德海脸上挂不下，闷着头走。我拍拍他肩：别懊恼，这是好事啊。

咋是好事哩？他一脸苦瓜相。

她羞见咱们，说明知道做错事了，孔夫子不是说，"知耻近乎勇"嘛。

对哩，是这理儿。《弟子规》也有说，"过能改，归于无；倘掩饰，增一辜"。庞德海晃晃脑袋，脸上多云转晴。

最初，我是奔"颁错奖"而来，自然想见当事人。虽然未能如愿，却有意外收获。个人变化，固然可喜；全村变化，更是大喜。本欲觅一片叶子，却见满树苍翠，不虚此行。

何止满树苍翠，已是葱茏成林。如今，除了书院开讲《弟子规》，全镇还有七个点，全县也陆续铺开，志愿者踊跃宣讲。孝道之朝露，润人细无声。

访罢北东野，与路边护林员聊天。老人侃起植树经：树和人一样，要服水土，瘦地结不出甜果子，沙滩长不出参天树。有些地方，为啥年年植树不见树？不挑树种，忽视土质，只种不养，乔木萎成灌木。

我茅塞顿开。哦，植生态之林，须讲究天时地利。植灵魂之林，莫不如斯。

（原载 2014 年 11 月 17 日《文艺报》）

手 记
乡村儒学的教化之道

2014年10月，我陪报社一位老领导去山东省泗水县，听县委书记范宇新说起，中国社科院的赵博士，在泗水开办乡村儒学，用《弟子规》教化乡民，广受群众欢迎，村庄民风大变。开始，我不以为然：这古人启蒙少儿的教材，现代社会竟用来教化成年人？转念一想：既然广受欢迎，教化效果很好，说明有其合理之处，值得推广。于是，我撇下老领导，去了北东野，蹲点两天，写下此文。

《弟子规》，清朝康熙年间，秀才李毓秀所作，原名《训蒙文》，后经贾存仁修订改编，命名《弟子规》。内容采用《论语》"学而篇"第六条文义："弟子入则孝，出则悌，谨而信，泛爱众，而亲仁，行有余力，则以学文"，列述弟子在家、外出、待人、接物和学习上应该恪守的守则规范。共有360句、1080个字，三字一句，两句一韵，和仄押韵，朗朗上口。全篇先为总叙，后分七部分：入则孝、出则弟、谨、信、泛爱众、亲仁、余力学文。

这是一部蒙学经典，内容浅白易懂、顺口押韵，语言精炼，加之是儒家文化的精髓，内容符合封建伦理，受到清朝廷重视，誉其"开蒙养正最上乘"，定为幼学必读教材。即使当今，《弟子规》仍受到很多人推崇。

数百年来，《弟子规》为何广受青睐、历久弥新？归纳起来，可能有以下原因：讲的是社会行为规范，让孩子知道应有规矩，在孝顺父母、兄友弟恭中学会怎样与他人相处，从而养成良好的行为习惯，培养诚敬的态度，形成仁爱的人格；语言风格简明而不失文学意蕴，语言形式易懂而不失深刻内涵，符合儿童的认知特点和认知规律，便于儿童通过朗诵背诵获得道德理论知识，明白人生的道理，对道德产生初步了解，从而达到道德认识的启蒙作用；集孔孟等圣贤的道德教育之大成，提传统道德教育著作之纲领，是接受伦理道德教育、养成有德有才之人的最佳读物。

从北东野村的效果看，《弟子规》之所以受欢迎，是它把孝敬父母、尊敬师长、文明礼貌、尊重他人、诚实守信等日常行为规范具体化、生活化，涵盖思想修养、待人接物、饮食起居、生活礼规等做人的基本准则，特别讲究家庭教育和生活教育。

我在欣喜之余，仍未走出最初的困惑：长期以来，有关社会公德、职业道德、家庭美德、个人品德的教育，自上而下，轰轰烈烈，然而在一些农村，为什么还会出现道德荒芜，竟然要用蒙学来教化成年人？

对照赵法生传授《弟子规》，我悟出三点启示：

其一，教化之道，有如和风细雨，润物无声，需要耐心细致、持之以恒，切忌功利性、运动式，看似轰轰烈烈，实如夏季阵雨，只湿了表层地皮，没有入脑入心。

其二，因年龄、文化、职业、阅历不同，人们接受教育的能力不同，要因材施教、分层施教。教育家陶行知说："培养教育人和种花木一样，首先要认识花木的特点，区别不同情况给以施肥、浇水和培养教育，这叫'因材施教'。"社会主义核心价值观的24个字，虽然也刷在各地农家的墙上，但一些文化低、年龄大的农民，未必能理解其中涵义。在他们看来，《弟子规》的"父母呼，应勿缓；父母命，行勿懒；父母教，须敬听；父母责，须顺承"更接地气，浅显直白，通俗易懂，能让他们欣然接受，进而成为行为规范。相反，受过良好教育的人，能够接受"24字"价值观，《弟子规》则显得寡淡无味。

其三，有了好教材，还要善于施教。成人不同于孩子，可以耳提面命。一些散漫惯的农民，若听得不顺耳，扭头就走。要想让他们喜闻乐见、欣然接受，必须在方式方法上下功夫。

我在想，假如社会主义核心价值观教育，其教材能像《弟子规》这样，言简意赅、浅白易懂、顺口押韵、精练隽永；其方式能像赵博士这样，平易近人、友善亲和、和风细雨、深耕基层，肯定能够老少咸宜、妇孺皆知。

这便是我写作此文的初衷。

6 尼山远望

王殿卿此生拜过两次孔。头一回屈辱，第二次蒙羞。

且说头一回。1937年7月，日寇血洗廊坊，王殿卿尚在襁褓，劫后余生，沦为亡国奴。6岁上学，校系倭人办，只能讲"鸟语"，不得说国语，祖父愤而令其退学，转读私塾。私塾堂屋供一牌位：大成至圣先师。每天进门，先敬香磕头，后之乎者也。

悠悠一甲子。异国他乡，再次拜孔，王殿卿已过花甲之年。

1999年春，王殿卿首次访韩，适逢全国性祭孔（春秋两次），儒道会500会员，来自全国各地，齐聚首尔孔庙，敬圣人故乡稀客，推王殿卿居首。大成殿前，众人峨冠高靴，曲领大袖，作揖跪拜，娴熟自然。唯他左顾右盼，手足无措，如坐针毡。

失之东隅，收之桑榆。若无当年之羞，或无今日精彩。

立宏愿

王殿卿，从事高教50年，德育教育专家，曾任北京青年政治学院常务副院长、北京青少年研究所所长，现任北京东方道德研究所名誉所长。其矢志儒学，始于20世纪90年代初。

1994年10月，国际儒学联合会在京成立，由中、韩、日、美、德、新（加坡）、越等国和中国香港、台湾地区学术团体共同发起。

而王殿卿三访韩国，皆奔儒学而去。儒学于韩，被奉若神明，孔庙书院，隐身乡野，孝悌持家，忠信为人。成均馆大学，专事研究儒学；庆尚北道，中国文化登陆处，宋、明遗风尚存，尤以尊孔为荣，自诩"孔孟之乡"。

香港中文大学，内有新亚书院，国学大师钱穆创办，追崇武训乞学，复兴中华文化，苦心孤诣，艰辛经营。2002年起，新亚与王殿卿供职的东方道德研究所合作，义务培训内地教师。每年，九省千校选50位校长、教师，送新亚免费培训，迄今12载。

王殿卿喟叹不已。

2006年12月，经王殿卿等策划，孟子故乡邹城创办中华母亲节。活动结束，王殿卿率众，慕名登谒尼山。

尼山原名尼丘山，系孔子诞生地，其父母"祷于尼丘得孔子"。北魏时建孔庙奉祀，历代重修。元时建尼山书院，几番存毁。

眼前的尼山，野草藓苔遍地，太庙孤零空寂，书院墙倒屋颓，唯有古柏苍虬，残留岁月痕迹。

王殿卿触景生悲，移步观川亭。当年，孔子观五川汇流，一声慨叹，流传千古：逝者如斯夫，不舍昼夜！

王殿卿立愿重建尼山书院。

三贤士

2007年6月，国际儒联在京开会。散会当晚，王殿卿邀一批与会者，共商办院大计。众人兴致勃发，群策群议，达成共识，定名"尼山圣源书院"。倡议书上，20位发起人庄严签名，见证人心所向。

会终人散，王殿卿掏出1200元——会议室租费，乃他个人埋单。

谁当院长？发起人商议，钱逊举荐：庞朴，牟钟鉴，丁冠之。钱老1933年生人，钱穆之子，国际儒联副会长，书院发起人之一。

众皆称善。

庞朴，1928年生，虽是淮阴人，长期在济南，山东大学终身教授、儒学研究中心主任，哲学史家、哲学家。惜乎年迈体衰，不愿担纲。

牟钟鉴，1939年生，山东烟台人，中央民族大学哲学与宗教学教授。

任常务副院长的王殿卿偕友郭沂，叩开牟钟鉴书斋。王年长两岁，却谦恭有礼，一口一个先生。

牟先生，当今物欲横流，急功近利，人心不古，道德滑坡，世风日下，令人忧心如焚啊！

一语触动痛处，引发牟钟鉴共鸣：百年前，中国落后挨打，国民情绪偏激、文化自卑，盲目崇拜西方，否定传统文化。文化基因非运动能铲除，仍在国民血液流淌。只有复兴优秀传统文化，再塑文化生态！

王殿卿趁热打铁，端出书院计划，热忱相邀。

哎呀，你看，你看。牟钟鉴指着满地资料，搓着手，一脸歉疚。我承担"985"课题，任务繁重，分身乏术，怕有辱众望，还是另请高明吧。

牟先生。王殿卿言辞恳切。您是山东人，一心报效桑梓，德高望重，是孔子基金会副会长、国际儒联理事，人脉广，道行深，此等大任，非您莫属啊。

牟钟鉴沉吟不语。

王殿卿皱皱眉头，再将一军。连您也袖手旁观，我这老朽情何以堪？还是趁早歇息吧。

说罢，长叹一声，手一摊，臀一抬，作势起身。

别，别。牟钟鉴按住王殿卿，一跺脚：罢了，罢了，豁出我这百来斤了！

一言为定，我当好您助手。王殿卿嘿嘿一笑。请将不如激将，这番火候，拿捏到位。不过，欣喜之余，愧疚暗生。

牟钟鉴不负众望，亲临泗水，运筹帷幄，采众家之长，定办院方针：民办公助，书院所有，独立运作，世代传承。

丁冠之招之即来，任执行院长。丁老生于1932年，山东苍山人，先效力中国社科院，后调山东大学任《文史哲》主编，历史学家、思想史学家、儒学传人。

丁冠之雷厉风行，请来周易名家张晓雨，会同山大教授颜炳罡，顶着满头白发，深一脚，浅一脚，尼山脚下选院址，相中泗水一块宝地，背靠五凤山，面朝颜母山，西邻尼山夫子洞，均距千米之内。

2008年10月，尼山圣源书院正式挂牌，次年6月破土动工。牟钟鉴、王殿卿、丁冠之同心同德，众皆额手称庆。

随即，济宁市投资千万，鼎力相助。泗水家底薄，60万人口，财政年收入不足3亿，仍慷慨解囊，提供土地百亩，拨款数百万。

老教授们喜不自禁，倾力为泗水办国学研修班。王殿卿提醒：孔子不是摇钱树，不能文化搭台、经济唱戏；圣域之乡，要有感激之情，莫有亵渎之意。

2010年1月17日，首届国学研修班结业。丁冠之上台致辞。旁人诧异：平日容光焕发、声若洪钟，今天怎么步履蹒跚、声颤音抖？

次日，王殿卿赶往济南，乘火车返京。丁冠之强打精神，执意送至车站。

临别时，两老深情相拥，互道珍重。王殿卿叮嘱：冠之兄，您已奔八了，岁月不饶人，别逞强。

丁冠之戏谑：我是80后，比你更年轻。

王殿卿正色：您气色不佳，别太累，多休息。

丁冠之一笑：人终有一死，"朝闻道，夕死可矣"，能为绝学献余热，此生足矣。

没想到，一语成谶，小别竟成诀别，从此阴阳两界。

3月初，丁老猝然驾鹤西游。呜呼！

出师未捷身先死，长使英雄泪满襟。噩耗传来，老先生们捶胸顿足，长歌当哭。

德不孤，必有邻。此时刘示范临危受命，执掌执行院长。刘教授生于1939年，山东淄博人，中国孔子基金会副会长、山东师范大学原副校长。他身患沉疴多年，儿女定居英美，本已在国外含饴弄孙，颐养天年，但他毅然选择了回国。

继绝学

书院重立，应者纷至沓来，社会贤达赞助，学者群体办学，不取分文报酬，自编教材，自购课本，用儒家思想，办儒家事业，续前贤"为往圣继绝学，为万世开太平"宗旨。

书院美名，远播海外。华裔儒学专家杜维明，欣然担任名誉院长。夏威夷大学洋儒安乐哲，临书院授课，一语惊醒梦中人：中国文明五千年，美国文明二百年，大脚何必硬塞小鞋？

天下英雄，所见略同。联合国秘书长潘基文盛赞：中国对于人类文明的贡献，不只有"四大发明"，还有"四书五经"。

尼山论道，尼山会讲，尼山论坛，尼山体验……多类载体，多彩形式，立足国内，面向世界：十余次学术研讨，海内外学者踊跃；五届书院会讲，国内外大学跻身；海外学者英语讲解"四书"，50多位外籍教师受益；五年研修《论语》，台湾孔孟学会联办，惠及十余省市，培训2000教师。

影响最大者，属尼山论坛。

2010年9月，书院首期工程落成。当月，首届尼山世界文明论坛登场，11个国家、30多个国际知名大学和学术机构、170多位专家学者，尼山脚下论文化。印尼前总统梅加瓦蒂、匈牙利前总理迈杰希登台演讲。

开幕式上，许嘉璐与罗伯特·舒乐，一位是第九、十届全国人大常委会副委员长，一位是美国著名基督教福音派领袖；一位是中国著名语言学家、教育家、社会活动家，一位是美国水晶大教堂创始人，华山论剑，纵横捭阖，围绕"和而不同与和谐世界"，探讨社会责任、社会信用、包容多样、和谐共融。一场高端对话，一次儒学与基督教交融，吸引世界眼球，成就世纪佳话。

书院收获丰厚：成为尼山论坛永久会址。书院门口，矗立"尼山世界文明论坛碑"，许嘉璐撰文、欧阳中石手书：

文明本即多元，接尊赏习，乃人类进步之所需。今也，精神、社会、环境，危机四布，浮躁欺诈，仇恨遍地，人类危乎殆哉，智者赧不思以解之者，何以论于此地，是乃儒圣孔子诞生之所，国人心中之圣地，孔子所倡和而不同、己所不欲勿施于人、仁者爱人、孝悌为仁之本、修齐治平诸论，久为国魂，乃中华屡经坎坷而愈进之由也。自当献于世界，而他国文明之精华，亦应为我所取，如是则世界和平有望矣！

2012年5月，第二届尼山论坛规模更大，20多个国家和地区代表、近百名专家学者，展开54场对话和讨论，列席、旁听者上万人次。

功德圆满，牟钟鉴身心疲惫。1.81米的个头，体重原先80公斤，两年前肠胃功能紊乱，骤降至53公斤，险些没挺过来。他与王殿卿商议：我等老迈，力不从心，应退作绿叶，陪衬红花，让后生接棒。

王殿卿欣然附议。

2013年10月，书院成立五周年，牟钟鉴、王殿卿坚辞。牟钟鉴晓以大义：我俩告退，更是贡献，留下空间，让年轻人自由发挥，从我俩开始，形成交棒机制，代代衔接，薪火相传。

众人心悦诚服，请牟钟鉴、王殿卿任荣誉院长，刘示范接任院长，颜炳罡任执行院长，中国人民大学教授张践任常务副院长，中国社科院儒教研究中心秘书长赵法生续任秘书长，陈洪夫续任副秘书长。

书院顺利交接，仍由京鲁学者共同担纲，北京是脑袋，济南是身子，泗水是腿脚，天地一巨人。

这些是官位？非也。是责任，是担当。众人均为兼职，皆当义工。

老人房

书院所在村，唤作北东野。这天黄昏，赵法生和陈洪夫信步进村。村东角，几个小矮房，一人多高，散落地头，状似牲口棚。

房的计量，咋不用"幢"？体量太小，用"幢"奢侈，用"个"足矣。

路边，一个矮房敞着门，二人猫腰钻进。昏暗中，杂草、农具、破衣裳，散落一地，无处落脚。喔，是农家杂物间。二人欲退出。

来啦？角落里发出人声。

怎么会有人？二人头皮发麻，睁圆眼睛。床上有个黑影正动。

啊，哎。二人忙不迭地。

坐，坐。黑影变大了，坐了起来，原来是个老汉。

陈洪夫四下巡睃，看到一条破凳，拿起来，搁到床前，刚坐下，吱呀一声，险些摔倒，惊出一身冷汗，赶紧立起。

大爷，您叫啥？赵法生弯下腰，凑到老汉面前。

老汉含含糊糊，应了一句。

啥？赵法生没听清，耳朵往前凑。

庞——德——顺。

噢，噢，您老高寿啊？

78。老汉比划着。

身体可好？

刚死过一回。说罢，一阵咳嗽。

咋回事哩？

老汉坐直身子，嘴里呜里哇啦。二人耳眼并用，总算搞明白：

三个月前，庞老汉下地干活，忽然眼前漆黑，一头栽倒，醒来时，夜已深。想起身，身子不听使唤。想唤人，口里发不出声。荒郊野外，哪有人影？幸亏非冬天，要不准冻死。

挨了一夜，次日上午，一村妇下地，见状大惊，唤来村民，七手八脚，弄到医院。医生查了查，摆摆手：中风，这病，没救，弄回家，该吃吃，该喝喝。弄回家后，躺在床上，天天数日子，等死。没承想，躺了仨月，居然好转，只是口齿不清。

人贱，命大，嘿嘿。庞德顺咧开嘴，露出残齿。

你儿哩？陈洪夫坐在床沿。

儿？嗯嗯，另过。庞德顺哼哼唧唧，更加含糊不清。

你有儿，咋一个人住这？这是牲口棚吧？赵法生指了指。四周墙上，龇牙咧嘴，到处漏风。

啥牲口棚？老人房。庞德顺似乎不悦。

啥老人房？赵法生不懂。

咦？老人房不懂？俺这，年纪大了，都和子女分开，单过，住老人房。俺周围这些，都是老人房。不光俺泗水，曲阜、鲁南都有老人房。庞德顺心平气和，一副认命模样。

赵法生听罢，心里刺痛。他是潍坊青州人，潍坊农村陋习，子女成家后，住正房，老人住偏房。为这，他还觉得不妥。想不到，鲁南习俗更陋。

赵法生忽然记起一篇报道：

2009年，三名大学生历时俩月，深入曲阜南辛镇43个村，探访2000多家庭，调查1186位老人，得出一组数据：与儿女分居者，占72.2%；三餐不饱者，占5.6%；衣着破旧者，占85%；生活必需品不全者，占90%；丧失劳动能力者，占89%。每个村的村外树林或空旷处，都有"躲儿庄"。"躲儿"原因不一，有被赶出家门，有为"躲清静""眼不见心不烦"。

事后，赵法生找到村支书庞德海，掏出2000元，资助庞德顺。

庞德海说：这钱，我存着，隔俩月，给他200。

怕他一次花完？

喊，他哪舍得？是怕……庞德海欲言又止。

他不是有儿吗？

儿？庞德海支开话题：孤寡人，没儿女，五保户。

政府没照顾他？

每月补贴500，本来够花销，可……庞德海又踩刹车。

明明有儿，咋是孤寡？赵法生揣着疑惑，进村打听，套出实情：有个螟蛉子，不如没有。

怪不得庞德海吞吞吐吐。

赵法生细摸村底，心生凄凉：75岁以上老人，多住老人房，有钱是儿爹，没钱儿是爹。老人病了，没钱治，硬抗慢拖。有个老太死了，儿子去姥家报丧，姥家问，得啥病？啥时没的？一问三不知。有家富户，跑运输，家有四台车，爹交新农合费，每年五六十，竟不肯给。

尼山脚下，孝道故里，尚且如此，其他农村呢？赵法生心里灌了铅。

效先贤

唉，伦理破坏，亲情淡漠，文化失调。赵法生嘴上念，心里痛。

此语，非赵氏创造，乃大儒之言。

80年前，梁漱溟深入山东邹平，耗时七年，推行乡村建设，以儒学改造社会，从一县扩至十几县，海内外影响深远。邹平受益至今，民风淳朴，百姓开化，经济殷实，上市公司多达八家。

200年前，英人欧文远涉美国，筹集15万美元，购置3万英亩土地，聚集上千人，兴办"新和谐公社"。仅三年，土崩瓦解。

赵法生是哲学博士，研究梁漱溟。梁公称，中国乡村最大挑战之一，是伦理破坏和文化失调。如今，梁公言犹在耳，乡村问题更甚。

赵法生与同道商议：效仿梁漱溟，推行乡村儒学，传播儒家思想。众人纷纷叫好。

百善孝为先,就从孝道破题。赵法生找出《弟子规》,重新注释,掏5000元,印2000册,为村民办班。

庞德海挠头:这年头,没补贴,谁愿开会?党员会都叫不齐。

你就说,凡来听课的,发书本,发肥皂,发毛巾。赵法生眨眨眼。

2013年1月16日,赵法生开讲第一课。果然,冲着肥皂毛巾,来了上百人。不过,多为老弱妇孺。

赵法生口才好,满箩故事。一堂课下来,台下稀里哗啦,眼泪鼻涕一把。

揩掉眼泪鼻涕,揣上肥皂毛巾,有人凑上前:大兄弟,啥时再办班?

咋了?赵法生装糊涂。

俺们还想听。

过俩礼拜吧。赵法生吊起胃口。

咋恁长哩?

庞德海眉开眼笑。

王殿卿、刘示范、颜炳罡、王连启、张颖欣、孔为峰,纷纷下乡,踊跃登台。

一辈子三尺讲台,颜炳罡得心应手。这回,遇到新难题:给博士上课易,给农民讲课难,若是听不懂,懒得提问,拔腿就走,请也不来。

为师者边教边学,琢磨出道道:少讲天边,多讲身边;少讲本本,多讲故事;少讲大道理,多掏心窝子。若把自己当教授,乡亲把你当外人。

青年教师张颖欣,经验不如教授,敬业精神可嘉。每次下乡,套上旧衣裳，装束随俗，甚至穿母亲衣服，免得乡亲生分疏远。

课余，教师们走村串户。进门时，哪怕凳上有灰，也弯腰就坐。喝茶时，哪怕杯里有垢，也张嘴便饮。遇到有难处的，捐钱捐物，帮一把。

开始，乡亲见老师，恭敬称教授。久之，老远打招呼：讲道的兄弟来啦。拉到家里，端出花生瓜子。

梦初醒

《弟子规》开讲第二课，溜进一村妇，五十上下，蹑手蹑脚，坐在末排，低头聆听。

讲孝道，她咋来哩？有人侧目。村里调地，她偏不肯，当街骂干部，还唆使婆婆骂。婆婆说，人家都肯，你不肯，俺咋好意思骂？她眦裂发指，挥手一巴掌，当众掴倒婆婆。

课后，有人暗语赵法生。

赵法生乐了：好事好事，只要她坚持听，准能洗心革面。

果然，半年下来，整个人都变了，三轮车载着婆婆，串亲戚，逛集镇，还买新衣裳。家里盖房，婆婆烧水泡茶，她拦住说，你凉快凉快，俺烧就行。人家夸她，她脸一红：现在不孝老人，老了没人孝俺。婆婆乐得印堂发亮，老脸放光。

教授《弟子规》一年，再进北东野，赵法生、陈洪夫喜上眉梢：撒泼骂街少了，弃爹虐娘少了，小偷小摸没了。原先，村民拉呱，脏话连篇。现在可好，雅语张口就来。评选好媳妇，有人赞："道人善，即是善。"有人练书法，旁人夸："有余力，则学文。"

官庄有壮汉，贪杯中物，三两下肚，指桑骂槐，撒疯耍横，多年好街坊，不够他一顿骂。村支书汤金金治不了，想出一招：

他一开骂，就跑回家，打开高音喇叭，看谁嗓门大！

这天，汤金金颠颠跑到书院，要请大家客。

啥喜事？母猪下崽了？众人逗他。

《弟子规》真管用，赛过大喇叭。汤金金眼睛眯成缝：今天我回村，那小子又喝高了，拦在街口，摆开架势，正要开骂。我问他：你学了四个月《弟子规》，还好意思？他愣愣看着我，嘴巴张了几回，硬憋了回去，瘪一瘪嘴，低着头回家了。

去年腊月，听课完毕，一个小伙上前，拽拽陈洪夫袖子：陈主任，书院缺人手不？俺想当义工。

咋想当义工？陈洪夫问。

小伙脸一红：俺在外地打工，放假回来过年，今天第一次听课，不学不知道，一学吓一跳，真想上台认错。原先俺总怨爹无能，只会土里刨食，自己投错胎。现在想想，爹真不容易，身体不算好，天天出大力，养活一家人，还盖起新房，不都是为了儿女吗？以后俺会好好孝敬他。

庞德海说了件趣事：以前，打工的人回村后，神气活现，胡吹海侃，村里人啧啧直夸，羡慕他们有见识；现在，他们回村后，却遭爹娘儿女笑话，说他们光认钱、不认人，"人不学，不知义"哩。

这天，赵法生陪客进村，巧遇庞兴昌夫妻和泥抹墙。

大兄弟，今天不讲道，咋有空来哩？老两口热情招呼。

客人问：你们学过《弟子规》？

老伴掸掸尘，接过话茬：学《弟子规》，好！现在的娃娃，学倒是上起嘞，肚里有文化，眼里没别人。

老汉急趋一步：再不学《弟子规》，儿不认爹，爹不认儿，都乱套喽。

老伴又抢前一步：对，不光俺村要学，别的村也得学。

夫妻俩一唱一和，说相声般，逼得客人步步后退。

客人瞅瞅赵法生，满脸狐疑：你导演的？

赵法生哈哈大笑：我哪有这闲工夫？

笑过之后，心里释然："善相劝，德皆建"，一部蒙学读物，尚能有如此魅力，儒学博大精深，若能普及推广，重建伦理秩序，再塑文化生态，何愁？有望！

（原载 2015 年 2 月 14 日《人民日报》）

附文：儒学创新性发展三人谈
唤醒民族文化基因

六年前，几位饱学之士，走出京城，汇聚孔子故里、尼山脚下，创办尼山圣源书院，干起传承儒学大事。

六年来，一群有志之士，纷入书院做义工，"背着干粮为孔子打工"，从"尼山论道"到"尼山会讲"，从"尼山师训"到"尼山论坛"，从"尼山体验"到"儒学下乡"，弘扬儒家思想，传播中华文化，声名远播海外，20多个国家和地区的200多位专家学者慕名而至，展开东西方文化对话交流，甚至连印尼前总统梅加瓦蒂、匈牙利前总理迈杰希也登台演讲。

为推动儒学走近民众，这群有志之士倾情村野，把课堂开到村里，让儒学重回乡村，用通俗语言、生动故事，为村民讲授《弟子规》《孝经》《论语》等经典，从孝道入手，再倡乡村儒学，启迪百姓心智，重建伦理秩序。此举让乡村如沐春风，引发山东乡村儒学热，120多个乡镇综合文化站、1900多个村文化大院纷纷建成儒学讲堂。

2013年11月26日，习近平总书记来到山东曲阜，参观考察孔府和孔子研究院。他说，一个国家、一个民族的强盛，总是以文化兴盛为支撑的，中华民族伟大复兴需要以中华文化发展繁荣为条件。对历史文化特别是先人传承下来的道德规范，要坚持古为今用、推陈出新，有鉴别地加以对待，有扬弃地予以继承。

儒学，是中国传统文化的重要组成部分，它有需要摒弃的封建糟粕，但它的许多内容，比如孝悌、仁爱、诚信、礼义、廉耻等，源自人性的深处，是一切文明人所不能离弃的人伦道德底线，也是中华民族长期积淀的重要文化基因。只要经过创造性转化和创新性发展，儒学完全可以也必将成为中国当代文明建设的重要精神资源。

牟钟鉴，1939年生，山东烟台人，中央民族大学教授、博士生导师，哲学史学家、宗教史学家。尼山圣源书院首任院长。

王殿卿，1936年生，河北廊坊人，北京青年政治学院原常务副院长、教授，德育教育专家。尼山圣源书院首任常务副院长。

赵法生，1963年生，山东青州人，哲学博士，现任中国社会科学院世界宗教研究所儒教研究中心秘书长。尼山圣源书院秘书长。

儒学不是宗教，是社会德教

"现在国学的教育和复兴，使'魂'与'根'对接"

中央民族大学西侧，有一片老式住宅楼，牟钟鉴先生的寓所藏在其中。一个夜晚，我敲响角落里的一扇门。牟先生身材颀长，颧骨高耸，眼睛深陷，身子薄如板，镜片厚如瓶，一副仙风道骨。握先生之手，好像握着一把柴。请益俩小时，不由心生敬畏，叹服先生睿智，景仰先生儒雅。

临别时，我提出请求："牟先生，能和您合张影吗？"

先生连声说："可以，可以。"

牟夫人闻声而至。我把手机递给夫人，执意请先生端坐藤椅，自己弯腰伏在身后。

书房空间小，手机难变焦，牟夫人照了两张，不太理想，索性往地上一跪。

这一跪,让我心头一震,肃然起敬。

记者:有人把儒学称作儒教,我国古代把儒学归入"儒释道三教",韩国和日本习惯称为儒教,东南亚也把它当作宗教。依您来看,儒学是宗教吗?

牟钟鉴:这就看你对宗教的理解了。如果把宗教理解得很宽泛,像蒂里希讲的终极关切,那儒学是宗教。如果按照我们的理解,儒学就不是宗教。宗教一定得有彼岸的追求,也就是超人间的力量,是一种神灵崇拜,是一种来世的彼岸,是一个天国。

中国古代所说的"儒释道三教",那个"教",是"教化"的教,不是"宗教"之教。儒学有宗教性,但不能说它是宗教。孔子被誉为"大成至圣先师",他不是神,也不是王,而是师。

记者:国内有一种观点,弘扬儒学,应该借鉴韩国、日本和东南亚的做法,把它作为宗教来信仰、崇拜,规范人们的言行。您赞成这个观点吗?

牟钟鉴:我不赞成。在韩国,儒学被称为儒教。香港有六大宗教,其中之一就是孔教。东南亚一带都有孔教会,受儒家影响特别大。虽然我不赞成,但是我尊重,也能理解。因为,当地有很多宗教,如果你本身没有一个教会组织,不能成为一种宗教,与周围的信仰就没有平等地位。

对待海外把儒学当作宗教,我们应该抱持开放的心态。为什么?儒释道都是中国传统文化的核心,这些华人现在的价值观还是儒释道,作为民族的凝聚和纽带、精神寄托,这个是共通的,应该鼓励和支持他们。

记者:儒学所涉及的内容很广泛,所谓"修身齐家治国平天下"。您对儒学的定位是什么?

牟钟鉴： 我称儒学为社会德教，是道德教化。比如说"五常八德"，政治上的"为政以德""德主刑辅""礼法合治""民惟邦本"；经济上的"养民富民""开源节流""见利思义"；文艺上的"文以载道""尽善尽美"；军事上的"仁者无敌""义兵必胜"；教育上的"有教无类""因材施教""学思并重"；外交上的"协和万邦""天下一家"，等等，在今天也都适用。所以，我将它称为"社会德教"。如果把它变成一个纯粹的宗教团体，就狭窄化了。

记者： 从1912年蔡元培提出废除读经等改革开始，到1919年五四运动前后的"新文化运动"，再到十年"文革"，以儒学为代表的传统文化几次被否定。直到现在，不少到过韩国、日本的人都说，他们比中国更尊敬孔子。为什么儒学会在中国命运多舛？

牟钟鉴： 这要追溯到100年前，近代中国落后挨打，引起国民的文化自卑和偏激情绪，觉得儒家文化阻碍了中国现代化，兴起"反传统、反孔教"，致使儒学成为"游魂"，民族文化根基一度被铲除，民族精神命脉一度被割断，找不到自己的精神家园，成为精神上的"流浪汉"，加上受功利主义大潮冲击，本来很脆弱的传统道德更加衰微。

王阳明说过，"抛却自家无尽藏，沿门持钵效贫儿"，把自己家里无尽的宝藏给扔了，却效法那些讨饭的孩子，这不挺可怜吗？一个民族如果没有了自己的文化，这个民族是名存实亡的。

现代化过程和社会转型中，各种矛盾层出不穷，需要传统道德维系社会稳定，以保证市场经济健康发展。欧美现代化过程中，有改革后的基督教道德维持精神生活。韩国与我国台湾在经济起飞中，有改良的儒家传统道德在配合市场化过程，文化上都未出现断裂。两岸三地和海外华人华侨中，"五常八德"依然是他们为人处世的价值观，超越了意识形态和政治制度的界域。

记者：百年来儒学几次被否定，耽误了几代人的国学教育。比如我这一代人，在"文革"中长大，没有接受过良好、系统的国学教育，加上经历"批林批孔"，儒学知识浅薄，甚至存在根深蒂固的偏见。我们现在亡羊补牢，重振儒学，还来得及吗？

牟钟鉴：一个民族的文化基因、文化血脉不是仅仅靠政治运动、社会运动就能铲除的。即使在"文革"中，"孔家店"倒了，而老百姓的血液里还有。历史证明，孔子是打而不倒、批而不臭的，他的思想已润于肌肤、浸入骨髓，成为一种民族性格，成为民族的文化基因。我们还有传统文化的根在，只是"丧魂落魄"，现在把"魂"找回来，与"根"对接起来。

现在国学的教育和复兴，让伟大的民族精神和传统美德重新归附到民族之体上，特别是要回归到作为根基的广大民众的生活中，使"魂"与"根"对接。这是重建礼仪之邦、道德之国的基础性工程。孔子说"礼失求诸野"，我把它改为"礼失求诸邻"。

但是，如果再不振兴，就有危险了。基因是会变异的，基因遗传是会断裂的。我们要有危机感、紧迫感，要有忧患意识。

陈水扁在台湾搞"台独"，其手段就是在文化上"去中国化"。大陆有些人也在不断否定传统文化，教育上重洋轻中、重智轻德、重理轻文，培养出很多高智商、精专业的博士，却没有中国心、道德魂，这实际上是做着"去中国化"的蠢事，应该猛醒了。没有文化的自觉自爱，是不可能真正爱国家的。

记者：党的十八大倡导的社会主义核心价值观，与儒家思想是什么关系？

牟钟鉴：有联系。我觉得相当一部分都与儒家思想有内在的联系。比如说，"文明"，《易传》里就有；"和谐"，《论语》里有"和为贵""和而不同"；"敬业"，《礼记》里有"敬业乐群"；"友善"，《孟子》里有"与人为善"；"爱国"，《北史》里有"尽忠报国"；"诚信"就更不用说了，《论语》里有"人而无信，不知其可也"，《中庸》《孟子》里论"诚"的内容很多。可以说，儒家思想也是社会主义核心价值观的思想源流之一。

记者："民主""平等"是舶来品吗？

牟钟鉴："民主"这个词是从西方来的，但儒家有民本思想，主张"民惟邦本，本固邦宁"，"民为贵，君为轻"；强调"水可载舟，亦可覆舟"，"民之所欲，天必从之"，突出民心向背的重要。尽管"民本"和"民主"有区别，但强调"民"的重要性，不能说它与民主没关系。

儒家的忠恕之道，最能体现平等精神。"忠"是"己欲立而立人，己欲达而达人"。"恕"是将心比心，"己所不欲，勿施于人"，这比基督教的"己所欲施于人"更好。

用儒家思想，办儒家事业

"政府支持推广国学十分重要，但推广国学不能搞运动"

王殿卿先生的寓所在北京望京西。与他见面，是在周六。八点半，小区旁的茶馆反锁着门，我们试探了一下，居然叩开。那天上午，重霾锁城，马路对面，就是外形奇特的望京SOHO写字楼，虽然百步咫尺，却凭空消失，不由让人怀念起"APEC蓝"。茶馆里梵乐低回，我俩两杯白开水，对聊俩小时。

王先生身材魁梧，性格开朗，谈笑风生，表情丰富，很会调动气氛，虽然年近耄耋，依然激情澎湃，充满活力。

记者：您长期从事学校德育研究，接触亚洲"四小龙"的德育情况比较早,儒学对"四小龙"有怎样的影响?

王殿卿: 新加坡的儒家伦理,是"忠、孝、仁、爱、礼、义、廉、耻"。他们20世纪80年代开设儒家伦理课,中学三、四年级需把儒家伦理读下来。

台湾是"忠、孝、仁、爱、信、义、和、平"八德,一直到现在也没变。从20世纪50年代开始,台湾将《论语》《孟子》《大学》《中庸》等儒家经典"四书"内容,列入高中课程。

我曾经去过韩国三次,感受最深的,是原汁原味的儒学。儒学从中国传到韩国、日本。韩国古代的120所书院,到现在还保留着,只是不执行原来的功能了。我考察过韩国十几所书院,有的是旅游景点,有的是民间传播文化和道德的基地。

韩国纸币上印有历史人物头像,其中一个叫李退溪(1502年—1571年),是古代朝鲜的儒学泰斗,被称作"韩国的孔子";一个叫李栗谷,被称作"韩国的孟子"。我第一次去时,就到了李退溪办的陶山书院,在庆尚北道。当地有好多宋代的文物,明代的也比较多,包括明代皇帝对朝鲜王朝官员的任命书,盖着皇帝的玉玺。韩国官员接待我时自豪地说:"我们也是'孔孟之乡'。"那次还碰上陶山书院的"忠孝礼教育馆"举办儒家伦理夏令营,这让我非常感慨,那时的中国,还没有学生夏令营是学儒家伦理的。

记者: 尼山圣源书院的教师都是义工,不但无利可图,还贴进去不少钱。社会上有些人不理解,甚至有些误解。你们为什么要这么做?

王殿卿: 知识分子要有社会担当,这是一种境界。我们办书院为的是什么?为官?我们都当过了。为职称?我们都有了。为钱?国家给的退休金够花了。我们为的是,在有生之年,能够为今后的中国教育发展蹚蹚路子，既是心愿，更是幸福。用牟钟鉴先生的话讲：用儒家思想，办儒家事业。这已经成为尼山圣源书院同仁的座右铭。

工作是一种职业，职业是为了饭碗，但是变成事业的时候，就要有精神了。中国人是有信仰的，有信仰不等于宗教，儒家不是宗教，儒家是文化，是中国人的价值观。

记者：这几年，很多地方都兴办起书院。您办了这么多年书院，如何看待以书院传承儒学这种模式？

王殿卿：当今民办书院的基本任务，是传承中国传统文化，培养有中国心、有中国精神的人才。不是现在学校里批量生产"标准件"，那容易制造出没有精神、没有思想、任人使用的工具。

我们办书院，是想为中国教育改革探索出一条路子。中国古代书院教育，在中国教育史上书写了辉煌篇章，培育出一代代名家泰斗、志士贤达，创造出光耀世界的文明，积淀了丰富的教育智慧和优良传统，为办好当今中国教育留下取之不尽的智慧之源。清末民初，书院逐渐被现代学堂所取代，开启"克隆"外来教育的时期。当今中国人要走自己的路，需要有属于中国自己的教育，在反思百年"拿来主义"得失的基础上，开发和承接中国古代书院的优良传统，建构以中华文化为主体、能够立德树人的中国教育，乃是当代中国"教育人"的历史责任。

"立德树人"是教育的根本任务，现在喊得很响，还未有效落实！民办学校可以凭借体制灵活性进行探索，体制内做不到的，体制外能做到。借助儒家伦理，继承书院传统，探索立德树人教育新模式，真正把孩子当人去培养，而不是单纯培训考试机器，为民族复兴培养大批德才兼备的人才。

记者：现在出现的国学热，政府起了很大的推动作用。但也出现一些不好的现象，有的地方搞形式主义，有的利用孔子赚钱。您怎么看这个问题？

王殿卿： 政府支持推广国学十分重要，但推广国学不能搞运动。有的地方把推广儒学作为政绩工程，搞"大跃进"，结果适得其反，让老百姓产生逆反心理。

有的地方以办书院为名敛财，把孔子当成"摇钱树"。有的暑期国学班，上几天就花上万元。前两天有人找我帮忙，要建一个占地3000亩的书院，我一听就不对味，道不同不相为谋，这样会害了儒学。

农村太需要文化，太需要精神
"目前乡村中的许多问题，恰恰是因为人伦和文化的基础受损"

与赵法生博士几次错过：我去尼山圣源书院采访时，他刚离开；他去书院讲课时，我又脱不开身。好在他频繁往返京鲁，干脆约定济南见面。连着几次他来济南，我俩都聊至深夜。因是同龄人，又都有浓烈的乡村情怀，我俩聊得酣畅淋漓，相见恨晚。

赵法生的阅历很丰富：文学学士、经济学硕士、哲学博士，担任过青岛海底世界总经理，从商界跨越到学界，投身儒学研究。

开办乡村儒学以来，赵法生一年中有半载在山东。2014年，他又在家乡青州开设三个乡村儒学教学点，还赴济南、烟台、滨州、潍坊、临沂等地讲课。

有天深夜，手机铃响。他一看："哟，儿子从德国打来的。"电话里，依稀听到对方说："您老是在外面跑，要注意休息，别太累。"放下电话，他脸上放光："儿子大了，知道疼人哩。"

种瓜得瓜，种豆得豆。我深为他欣慰。

记者： 听说您和同道们在山东泗水开讲乡村儒学，初衷是做实验。为什么要做这个实验?

赵法生：中华文明被称为乡土文明，乡村曾是儒家文化的沃土，曾经有一套完整的教化体系：私塾、宗族、宗祠、家谱、家训、家礼、乡绅等，构成乡村道德和自治秩序的基础。教化一旦荡然无存，是非、对错、美丑颠倒，道德底线就会垮塌。过去，一户人家出了囚犯，全家人抬不起头；现在，有人刑满释放却像英雄凯旋。

农村的孝道问题日益突出，我看到一份社会调查，部分农村老年人自杀率持续上升，有的老人说"药儿子"（喝农药）、"绳儿子"（上吊）、"水儿子"（投水）比亲儿子还亲，让人震惊和痛心！

儒学的当代困境，是失去了传承体系而游魂化。我们在书院几位老先生的支持下进行这个实验，是要从儒学的发源地再出发，通过儒家的孝道和五伦教育，重建乡村的伦理秩序和文化生态。为什么要选择孔子的诞生地？因为，如果连这里都不管用的话，那儒学确实是不再适合这个时代了。

记者：有些地方的农村现在有一种现象：一方面礼义廉耻缺失、伦理道德荒芜，另一方面却热衷宗教，邪教的传播也不是没有，就连孔子故里也是这样。个中原因是什么？

赵法生：据了解，从近代到1949年的100多年间，基督教在中国传了70万信徒，一些早期来华传教士，信徒寥寥，本人反倒钻研和翻译儒释道经典，成为很有造诣的汉学家。著名的德国传教士卫礼贤，甚至成了虔诚的孔教徒。

但是，从20世纪80年代起，中国基督徒激增。究其原因，历次政治运动尤其是"文革"之后，儒家传统缺少传承，一些群众失去精神寄托，各种外来宗教乘虚而入。

孔子故里也不例外，尼山周围一带的老百姓，至今仍然只知道有"孔老二"，不知道有孔子，而"孔老二"恰恰是对孔子的蔑称。

记者：儒家诞生于2500多年前，为什么对于当今乡村的道德建设依然有效？

赵法生：的确，并不是儒学的所有思想都适合于当代，它本身也要与时俱进。可是，孔子曾说，孝悌仁爱、恭敬礼让、诚信待人这些道德，即使夷狄也不能缺少，也就是说，儒家的基本人伦道德并不会因为地域和时代变化而丧失价值。相反，技术越发达，经济越发展，社会对于基本人伦道德的需求就越强烈，就像高速铁路需要更坚实的路基一样。目前乡村中的许多问题，恰恰是因为人伦和文化的基础受损。

不分青红皂白地批判传统，数千年形成的家庭价值和五伦之道被简单否定，家人内部的和谐相处越来越困难。家庭是村庄组成的共同体，家庭伦理失范所带来的矛盾必然溢出家庭本身，影响村庄风气，而由于教化真空和伦理失范引发的问题，恰恰是法律所难以根治的。

道德教化是儒家之长处，现在的乡村儒学发挥了这些长处，又将它们与现代村庄治理相结合，通过乡村儒学讲堂，构建了以家庭伦理为基础又超越传统家族制度，并面向全体村民的道德教化体系。事实证明，孝、悌、仁、爱、礼、义、廉、耻等儒家道德，父慈子孝、兄友弟恭、夫妇和顺、朋友有信等人伦之道，源于人心，发自人心，村民是认同的，也愿意躬行实践。只要教化对路，持之以恒，自能春风化雨，收到化民成俗的效果。

记者：我看到一则报道，有些人到农村讲儒学时，还没讲完，就走了一半人，原因是听不懂。我采访时，发现很多人对《弟子规》津津乐道，但也有人不以为然。儒学精华很多，您在讲乡村儒学时，为什么首先选择《弟子规》？

赵法生：农民文化程度较低，给他们讲儒学，不能照本宣科，要用浅显易懂的教材，要讲故事和体会，还要用老百姓熟悉的语言，力求生动活泼。《弟子规》是一本蒙学读物，源自《论语》"学而篇"，讲的是人生最基础的礼义规范，浅显易懂，合辙押韵，朗朗上口，很适合给农民讲课。

对怀疑《弟子规》作用的人，建议他走出办公室，到老百姓中间去，看看那些因这本小册子而化干戈为玉帛的家庭，问问那些因为这本小书而不再受儿媳虐待的老人。《弟子规》之所以有效，在于它重新唤醒了人性中的良知，这正是儒家教化之根本。当然，《弟子规》的思想毕竟源自几千年前，我们不能指望它包治百病。

除了《弟子规》，我们今后还要向老百姓讲解《论语》《孟子》《增广贤文》等。

记者：您是中国社科院的学者，老往乡下跑，会不会影响本职工作？别人能理解吗？

赵法生：当然有影响，我手头的两本学术著作出版时间不得不推迟。另外，有人怀疑我们的动机，有人认为乡村儒学不是真学问，也有人对儒学心存偏见，全部视为封建糟粕，说我们是在误人子弟。

其实，我们做这一场实验，是身为农家子弟对农家的牵挂。乡村从中国文化的蓄水池向文化沙漠转变，没有文化的人都在逃离乡村，何况文化人呢？农村太需要文化，太需要精神，太需要安身立命的支撑了。村民那渴望和理解的眼神，是对我们最大的奖赏。我们渴望更多的学界同道加入到儒学下乡的行列中来，共同唤醒民族文化基因。

（原载2015年2月13日《人民日报》）

手 记
姊妹文的由来

这两篇文章是姊妹文，于我而言，是意外收获。

《颁错奖》发表不久，我接到时任人民日报社总编辑李宝善的电话："我刚看了《文艺报》的《颁错奖》，你怎么没给我们自己发？"

我回答："我怕《人民日报》不合适发。"

"怎么不合适？"他说，"习近平总书记2013年在山东曲阜考察时强调，对历史文化特别是先人传承下来的道德规范，要坚持古为今用、推陈出新，有鉴别地加以对待，有扬弃地予以继承。发这样的文章，正逢其时。这样吧，你围绕社会主义核心价值观，再写一篇尼山书院的报告文学，我给你一个整版。"

我二赴济宁，又往北京，采访文中人物。谋篇布局时，我设计成姊妹篇：一篇报告文学，发"大地"副刊；一篇对话，作为延伸阅读，发"记者调查"版。我把两稿报给李总编，几天后，他让秘书传真给我三页纸，说是对报告文学的一点意见。我一看，大为意外，深受感动：洋洋洒洒千余字，与其说是一个批示，不如说是一篇文章，深刻阐述了他的观点。原文如下：

锦庚同志：

拜读大作，深感文字功夫了得，想改一字一词都难。

为什么要写这样一篇文章？习近平总书记近年来经常讲到传统文化的问题，强调要从优秀传统文化中汲取滋养，其中大有深意。改革开放以来中国经济发展了、生活改善了，但各种道德滑坡、诚信缺失、思想迷茫、精神空虚等现象引人注目，成因很复杂。从大的方面说，一是"文化大革命"的影响。"文革"十年，把传统文化、传统道德都批倒批臭了，造成价值观念的大混乱，影响深远。二是市场经济的冲击。"文革"造成的混乱还没有来得及澄清，改革开放就开始了，市场经济有积极的一面，也有消极的一面，一切向钱看、金钱至上的价值观大行其道，就是不争的事实。三是法治的不完善。法律是道德的底线，良好的道德风尚不仅是教育的结果，也是法治"管"出来的，法治和德治相辅相成、缺一不可。四是贫富差距拉大。现实生活中触目惊心的贫富分化现象，对社会心态造成剧烈冲击，引发普遍的心理失衡，导致各种各样急功近利、巧取豪夺、发泄不满甚至铤而走险的行为。五是社会转型。我国正在经历从传统社会向现代社会，从农业、农村社会向工业、城市社会，从"熟人社会"向"陌生人社会"转型，而价值观转型具有滞后性，跟不上社会转型的步伐，导致问题凸显。

核心价值观是社会制度的精神内核，是统领人们精神生活的灵魂。核心价值观缺失，思想理论、理想信念、道德规范等都无所依循。中央大力推动核心价值观建设，就是要重塑中国人的灵魂。我们讲马克思主义的指导地位，讲三个倡导、12个主题词的社会主义核心价值观，当然非常重要，这是规定价值观性质和方向的东西。但马克思主义、社会主义进入我们生活的时间毕竟太短了，要让国人理解它、接受它、消化它，不容易。而中国传统文化源远流长，是通过母亲乳汁传承下来的东西，是浸透在国人精神深处的东西，不管你承认不承认，它都在那里存在着，影响着国人的思想和行为。所以，从传统文化中汲取社会主义核心价值观的滋养，重新发现传统文化在当代生活中的意义，就是一种必然的选择。我相信，总有一天，中央会郑重其事地阐述这一点。

山东民间的儒学热，从一个侧面印证了传统文化在当代的价值。我们报道这种现象，就是为了启发人们对上述问题的思考，文章的中心思想应该在这里。现在的稿子，表层的东西比较多，深层的意味不够。比如，把《弟子规》的作用说得那么立竿见影，恐怕就简单了。其实最根本的原因，还是传统的东西本来就深深埋藏在人们心底，讲学起的是"唤醒""激活"的作用，否则，任何"教义"都不可能有如此效果。

此外，稿子的行文风格也有"两面性"：好的一面是与内容相匹配，但也有不够通俗、阅读理解较吃力的一面，比起《因为爱，所以爱》就"涩"了不少。当然，如果思想足够深刻，"涩"一些也不要紧。

希望你再好好想一想，在现有基础上再改出一稿，努力写出深意。请酌。

李宝善

2014年12月22日

根据李总编的要求，我对报告文学作了修改，删去一些"涩"的文句，力求做到通俗，随后把文章呈给李总编。李总编批示给文艺部，整版刊发。对另一篇对话，李总编也作了修改，开头那段有关总书记的话，就是他加的。他改后，批示给地方部，在"记者调查"版整版刊发。

时任人民日报副总编杜飞进分管文艺部，在审阅《尼山远望》版面时，特地给我打来电话："同一个作者，接连两天发两个整版，这在人民日报历史上没有过。你创造了一个纪录。"

我心里明镜似的：这哪是我的能耐？这是人民日报总编辑对中华优秀传统文化的支持，我只不过是个执行者。

7
邂 逅

一

隆冬的泉城，天亮得晚，路上已车水马龙，晨霭依然稠密，仿佛慵懒汉子，打着哈欠，睡眼惺忪。不过，空气中的年味，已越来越浓，触手可及。

火车站广场上，行人步履匆匆。远处的鞭炮声，更催紧旅客脚步。

售票厅里，排起串串长龙。春运正酣，游子思归，到处人拥人。幸亏开通网上售票，加之学生放假早，还提前俩月预售，窗口压力轻许多。

8点整，窗口开始售票。11号窗内，端坐一姑娘，戴着眼镜，面容姣好。姑娘眼盯电脑，口里应答，手敲键盘，接钱，点钞，递票，行云流水，娴熟自然。

她叫道日娜，蒙古语意为太阳升起的东方，蒙古族，来自科尔沁大草原。那里，有她深爱的阿爸。

早上7点，阿爸打来电话，问她起床没？

她说起了，马上要出门，8点要卖票呢，阿爸您有事？

阿爸说，没，没事。

她说，当班禁止带手机，等我卖完票，再给您打。

阿爸含含糊糊应道，好，好。

想到阿爸，道日娜暗叹口气。

爸妈感情深，阿爸苦等六年，才与阿妈结婚。阿妈长期患病，活得痛苦，硬撑着，要看闺女上大学。2007年5月，她即将高考，阿妈却撑不住了。阿爸精神崩溃，难以自持，被迫提前退休。

阿爸沉默寡言，不善交流，苦痛埋心，无法排遣，就着生西红柿下酒，也能灌醉自己。她看着心疼，私下央求姑姑，帮阿爸张罗新老伴。后来，阿爸喜迎黄昏恋，才从泥淖中走出。不过，与阿爸相处时，她从不谈阿妈。她深知，那是阿爸永远的痛。

2011年夏，道日娜从兰州交通大学毕业，与包小猪一道，被济南铁路局录用。包小猪进济南供电段，她到济南火车站，先当售票员，后当客运员，表现突出，"上挂"安全科锻炼。

在一线时，道日娜四班倒，没空回家，每年春节都在倒班，从没陪过阿爸。原以为坐办公室了，作息有规律，能陪阿爸过年了。她新婚燕尔，有个心愿，这次回家过年，她要领着包小猪去祭拜阿妈，告诉阿妈，自己非常幸福，阿爸不再悲伤。

不料，机关工作更忙。正常上班外，每四天一次，或在窗口售票，或在大厅导购，周六还要现场盯控。前些天，排出春节值班表，她除夕、初六现场盯控，初二窗口卖票。包小猪也被抽调，到客运段跑车，除夕出发，初二晚才返回。好好一个春节，原本充满憧憬，被分割得七零八落。

您好，老师。道日娜收回思绪，朝窗外甜甜招呼。旅客一个接一个，她不敢走神。在济南，老师是礼貌称呼，修鞋卖菜，扫地扛包，三百六十行，行行是老师，道日娜入乡随俗。

邂逅

二

　　售票厅里，出现一位老者，中等身材，脸庞瘦削，一件墨绿色羽绒服，衬出几分精神。

　　老者有些怪。一般旅客进门后，东瞅西瞅，看哪个队伍短，直奔过去。他倒好，并不排队，背着双手，踱着方步，慢条斯理，先往1号窗口凑，离窗口两三米时，眯着眼，盯着窗口，打量一番售票员，摇摇头，转身出来，又往2号移。

　　队伍里的人，眼珠跟着他转，眼神警惕，他一挨近，就往前挪步，贴着前面人，提防他插队。他无动于衷，目空一切。

　　1号，2号，3号……走近11号窗口时，老者脸忽泛光，咧开大嘴，目不转睛，身子前倾，脖子伸长，像只老鹅。

　　窗口内，一个眼镜姑娘，端坐电脑前，边与旅客对答，边啪啪敲着键盘。

　　排队，排队，到后面排队。队伍里，有人沉不住气。

　　老者歉意笑笑，排到队伍末，慢慢跟着走。前后左右的人，东张西望，表情焦灼，他倒一脸安然，偶尔踮起脚，或侧移一下身，眼神直勾勾，不离窗口左右。喃喃自语，瘦了，瘦了，累的。

　　队伍往前挪动，前面剩七八人时，老者作抹脸状，头略下倾，以手遮面。剩五六人时，他犹豫一下，离开队伍，慢慢踱到队尾，重新排起队。前剩五六人时，他又离开，踱到队尾，接着排队。

　　如是举动，轮番重复。大厅人声嘈杂，人来人往，行色匆匆，没人注意他。

　　1小时，2小时，3小时……老者眉飞色舞，神清气爽，看看时间，已近晌午，这才晃晃脑袋，背起双手，心满意足离开。

三

老者叫宝音巴图，人称老宝。今早 6 点到站，坐了一夜火车，累得腰酸背疼。

出站口，乘车人、接站人，簇拥着，欢天喜地走了，老宝形单影只，慢慢步出站外。天还没亮，风呼呼响，老宝缩起脖子，戴上羽绒服帽，甩甩胳膊，扭一扭腰，踢一踢腿，围着广场转。这么早，让闺女多睡会。他想。

磨蹭到 7 点，老宝掏出手机，拨通电话。闺女说，马上要出门，8 点要卖票，当班禁止带手机，下班再给您打。

老宝嘴里应着，心里怅然。转念一想，忙些好，年轻人，忙了才出息，像自己这样，想忙，没地儿。

老宝是来看闺女的。为一个电话，或者说，为一封家书。

前天上午，二妹海兰来电话。早上听儿子说，道日娜不来过年了，要上班。

老宝一愣，她打电话了？

没有，昨晚，儿子上网，在她 QQ 空间看到的。

老宝不懂啥 QQ 空间，但上网是知道的，年轻人都好这个。他嘀咕一句，说好来的，咋不来了哩？

海兰絮絮叨叨，儿子说，她在空间贴了篇文章，《致妈妈的一封家书》。

老宝心一沉，声音浑浊，她咋说？

儿子说了好多，我只记了大概，说很想阿妈，自阿妈走后，阿爸很痛苦，很堕落，直到娶了新媳妇后，才缓过来。说自己也结婚了，会做一个好儿媳，将来会做一个好母亲。还问阿妈，在天堂还好吗？她向阿妈保证，会孝顺好老人，会照顾好家庭，会努力工作，会做好人，做好事，存好心。

海兰声音低下去，呼吸重起来。老宝嗯嗯应着，没敢接腔，喉结蠕动，眼睛发涩，两颗老泪，滚落下来。

放下电话，老宝叹了口气，作出决定：闺女想家了，我也想闺女，我要去看闺女。

老宝话不多，心很细。闺女没了妈，像是丢了魂，自己娶新老伴后，闺女嘴上说高兴，眼皮下却藏着失落，他看在眼里，颤到心头。闺女毕业四年，年年春节都上班，本来说好，要带女婿回家，又没来成，能不难过？

老宝直奔火车站，只买到硬座票，已经很不错了，搁前几年，春运买张票，要挤破头。老宝逛到商店，买了牛肉干，还有乌日莫，乌日莫是奶制品，闺女喜欢吃。出门时，特地换上羽绒服，闺女两年前买的，平时不舍得穿。

昨天中午，老宝从通辽上车，到阜新后，换车南下，整整18小时，没怎么合眼。

老宝来看闺女，却没让闺女知道。

闺女是铁路职工。铁路人，逢年过节更忙。天南海北人，忙乎一年，谁不想回家？虽然有汽车，有飞机，但乘火车最多，每年春运，铁路最忙，济南又是中转站，听闺女说，每天接送200多趟车、发送五六万人呢。孩子够忙了，别给她添乱。这个理儿，老宝懂。

给闺女打完电话，老宝有了主意：待闺女上班后，悄悄去，看看她是咋工作的！

老宝踱出车站，寻到一家早餐店，填饱肚子，挨到8点，转悠到售票厅。看了半天，饱了双眼，怕被闺女发现，这才悠悠离开。嘿嘿，这孩子，脸上含笑，声音温软，动作麻利，老少无欺，行！

老宝踟蹰,在这等闺女?对了,早上听闺女说,女婿今天休息在家,我还是上家里等。

半年前,道日娜结婚时,老宝来过济南,乘过公交车,知道怎么走。

老宝步出售票厅,摸到公交车站,乘上83路公交车,第五站,就是八里桥。站对面,就是闺女家。

四

中午12点,接班人来了,道日娜点罢钱,把零钱兑换给邻窗口。这是车站惯例,便于窗口找钱。她把钱交给财务,核对了一遍账目和票据。几小时下来,卖出212张票,收款20458元,账目、票据和现金,一一对应,准确无误。

道日娜松口气。多收款,少收款,都是差错。多收款,须如数上交;少收款,要自己垫上。

道日娜乘上83路公交车。车内,暖洋洋的,乘客大包小包,尽是年货。窗外,车水马龙,可惜雾霾锁城,不像家乡,天高云淡,草木芬芳。

道日娜想,人生真有趣,一个草原人,阴差阳错,竟跑到黄河边安家。当年,离开科尔沁左翼后旗,跑到兰州上大学,觉得是到了天边,第一次坐长途汽车,被连串隧道晃晕,吐得稀里哗啦。在校园里,遇到帅哥一枚,死皮赖脸追自己,当初说好,先考察一个月,再决定牵手,结果再也分不开,因他姓朱,自己姓包,便给他取个外号,包小猪。临毕业时,室友热议谁先掰,自己最先举手,说包小猪是山东人,我是内蒙古人,我要回蒙古包去。包小猪说,没事儿,我跟你去住蒙古包。就这一句话,让自己铁下心,跟他一起来济南。原以为,阿爸望穿双眼,早盼闺女回家,肯定会反对,没想到,他先是愣一下,很快就说,山东除了夏天热点,别的都不错,山东人口碑好,只要你喜欢,就去吧,我放心。

想起阿爸,道日娜有些不安。早上电话里,阿爸吞吞吐吐,欲言又止,自己急着上班,没顾上细问。会不会出啥事?阿爸有高血压、糖尿病,天天要注射胰岛素,不敢出远门,不知身体咋样了?这是她最怕的。阿妈病重后,在医院躺了两年,她和阿爸提心吊胆,心惊肉跳,现在还有心病。

想到这,道日娜焦躁起来,这车咋搞的,慢慢腾腾,呼哧呼哧,像老牛似的,还每站都停,直达八里桥多好!

好不容易到站,道日娜窜下车,顾不得安危,嗖一下横穿马路,一路小跑。她要赶回家,给阿爸打电话,问个究竟。

到了门口,道日娜掏出钥匙,刚插进锁孔,门就自动开了,以为是包小猪。门启处,一张老脸,布满皱纹。

道日娜张着大嘴,半天合不拢,结结巴巴,阿爸,您,您咋来了?啥,啥时到的?

刚到,刚到,嘿嘿!那张老脸上,绽开一朵花。

(原载 2016 年 2 月 20 日《人民日报》)

手 记
报告文学如何走心

2016年初,一年一度的春运开始了。按照惯例,这也是铁路系统的宣传高峰期。这天,济南铁路局党委宣传部部长单玉晓登门,拿出一摞材料,向我推荐新闻素材。我挑出几份,给分社记者派了活。

交谈中,单部长随口说了件趣事:局里有位新招的女大学生,叫道日娜,是蒙古族,在窗口当售票员,其父思女心切,悄悄从内蒙古来到济南,混在购票队伍中,一遍遍地排着队,就为了看女儿一眼。

我心里一动,涌上一股暖流,当即对单部长说:"我想同道日娜见一面,详细了解一下。"

他眼睛一亮:"你感兴趣?"

"感动到我了!"我有些动情,"她父亲拨动了我心弦。"

天下为父母者,心是相通的。老宝深沉的父爱,一下子击中我内心,让我想起自己女儿。我自结婚时起,只与妻女共同生活过九年,长期三地分居。我是个观念守旧者,一直固执地认为,儿子是用来磨的,闺女是用来疼的,总想将女儿留在身边,好好照顾她,别让她受丝毫委屈,从未想过让她出国。她高中时,鉴于她数学成绩好,朋友建议学精算专业。据说,精算和同声传译是最难学的两门学科。精算发端于英美，要学好精算，必须精通英文，留学是最佳途径。为此，我下了很大决心，在要求女儿学成必须回国的前提下，将她送到美国，一去六年。此时，她正在哥伦比亚大学精算专业读研，平时只能通过微信通话（视频是后来的事）。都说儿行千里母担忧，孰不知，因行万里父累心。那几年，我真是牵肠挂肚，几天没她的消息，就心神不定、坐卧不安。所以，我特别理解老宝，如果我是老宝，我也会像他那样，绕着圈排队。所以，听到老宝的故事，我当即生发冲动，要写写这对父女，写写他们的父女情深，歌颂父女顾全大局的情怀。

作品见报后，引起热烈反响。有朋友反馈说，老宝的这个细微动作，被我放大、演绎后，洋溢着浓浓的人情味，"心被暖到了"。一些读者慕名到车站售票处，特地去看一眼道日娜。山东广播电台转播此文，并以此录制成广播专题《有一种爱，叫惦记》。山东省委宣传部还决定，把这个故事排成话剧，搬上舞台。这对我是莫大安慰。

由《邂逅》的写作，引发我对报告文学的一些思考。

评判现代报告文学得失，可谓众说纷纭、见仁见智：方家说，硕果累累，佳作迭出，生机盎然，成就喜人；作家说，捻断一把须，挠尽烦恼丝，殚精竭虑，呕心沥血；读家说，应景的多，传世的少，难吸眼球，滑坡了；评家说，尽评功摆好，缺揭露批判，多了甜味，少了辣味，萎靡了。

孰是孰非？作为一名写作者，我说句公道话：读家、评家之言，或有偏颇，不无道理。身为写作者，少强调客观，多反躬自省，找主观差距，闻过则喜，知耻后勇，往"高原"走，向"高峰"攀。

评判作品，标准千条，归结俩字：是否"走心"。读者的心像上锁的门，"走心"犹如钥匙，能让人敞开心扉。作品要走心，须厘清两点：为了谁？如何为？

为了谁？当然为人民。有两层含义：

其一，以人民为主体。人民是历史创造者，是时代动力源，也应是报告文学主人公。要站在人民立场，为天地立心，为生民立命，一切围着人民转，与人民同呼吸、共命运，不要围着权贵转、嗅着私利去、瞄着口袋写。

其二，心中装着读者。一篇文章，一部作品，需要人传播，而传播离不开读者。不为读者欣赏的作品，是没有传播力的。没有传播力，自然就没有生命力。那么，怎样把读者装在心里？答案可能很多，在我看来，首先要保持一颗同理心，尊重读者，理解读者，用情感打动读者。要想打动读者，首先要打动自己。即使能打动自己，由于笔力不逮，未必能打动读者。老宝打动了我，我忠实记录下来，能否打动读者，只能由读者评判。

写作好比说话，若无对象听，自言自语，会被人当傻子；若听者皱眉撇嘴，无趣走开，说者会兴味索然。有的作品，外表高冠华衣，实则机械图解，有硬度、无温度，纵有叫好，不会叫座；有的作品，媚世媚俗，阿谀奉承，或能取悦一时，终被大众鄙夷抛弃。因此，动笔前，要琢磨读者喜恶：这样写，读者喜欢吗？赞成吗？买账吗？能一气读下去吗？会保存收藏吗？把握不大，就沉一沉、放一放；答案否定，就忍痛割爱，不要孤芳自赏、闭门造车。

如何为？窃以为，关键在于融"三气"：

一是接"地气"。报告文学是混血儿，母本是新闻（通讯），父本是小说。或者说，它脱胎于通讯，借鉴于小说的表现手法。

与小说可以虚构不同，真实性是报告文学的生命。只有真实的东西，才能打动人。深入挖掘事实本身，就是动人的。报告文学是对真实性的文学书写，是用文学手法表现真人真事。它兼具通讯的新闻性和真实性，但更注重形象刻画和细节描写；它兼具小说的文学性和艺术性，但非虚构，是真人真事，所有的艺术加工，都不能失真。如果用一句话来概括报告文学的特性，我的体会是：大事不虚，小事不拘。有的报告文学名家在介绍经验时，说如何虚构细节。我不赞成"虚构"的提法，我认为应该用"渲染"。

这些特性，要求作者深入社会、深入生活，获得第一手材料。新闻有句行话，"脚板底下出新闻"。报告文学呢？更要"脚板底下出作品"。新闻以概述为主，问十句，可能只用一句；报告文学以描述为主，问一句，可能渲染成十句。所以，更要多跑、多问、多记。报告文学作家理由曾主张，写报告文学，应该"六分跑，三分想，一分写"。只有多接地气，多与群众沟通联系，多了解他们喜怒哀乐，多汲取他们身上营养，才能写出走心作品。

有人说，我是业余创作，没有时间采访，更没经费支持呀。时间可以挤，经费是道坎。那就扬长避短，量力而行，多关注身边人和事。英雄就在身边，只是形态不同：有赴汤蹈火、视死如归、奋不顾身、见义勇为，也有坚韧不拔、无私奉献、履职尽责、开拓创新。无力出长篇，就多写短篇。只要囊中藏锥，何惧囊中羞涩？近年来，报告文学颇受青睐，许多媒体开设栏目。《人民日报》恢复报告文学栏目后，"大地"副刊风生水起。媒体不缺稿源，缺的是优秀稿源。

二是树"正气"。浩然正气，是引人向善、催人奋进、激发活力、凝聚合力之气。作家既要记录时代变迁和社会变革，更要"成为时代变迁和社会变革的先导"。人活在世，固然需要警醒，需要戒惧，但更需要希望，需要寄托。鲁迅先生说，希望是附丽于存在的，有存在，便有希望，有希望，便是光明。报告文学当然要针砭时弊、揭露批判，但不能一味传递愤怒，更要把握时代脉搏，反映时代精神，树立时代风气，引领时代风尚，传播崇高、正义、公理、奉献、友爱、善良，让读者感受温暖、看到光亮、汲取力量、树立信仰、明确方向。人的道德修养、世界观形成，于舆论环境至关重要。盘圆则水圆，盂方则水方。汉王充《论衡》曰，"譬犹练丝，染之蓝则青，染之丹则赤"。意思是，好像白色的丝一样，放到蓝色的染缸中，就成为青色；放到红色的染缸中，就成为赤色。

三是有"人气"。所谓"人气"，就是人性光辉。人，是社会实践的主体。文学，归根到底是人学。报告文学同新闻一样，需要宏大叙事，但两者各有侧重：新闻"以事带人"，报告文学则应"以人带事"。写人，自然要揭示人性，这是人的本质特征。人与动物的最大区别，在于人有思想。人的一切言行，都受思想支配。人的浩然正气，便是人性光辉。人有高低贵贱，小人物的人性光辉，丝毫不逊于伟人。只要怀有善良之心，每个人都是闪耀的星星。因此，报告文学在叙事过程中，应着力刻画人物形象，让人物见动作、出声音、显性格、亮思想，有血有肉，栩栩如生，呼之欲出。罗丹说，对于我们眼睛而言，这个世界不是缺少美，而是缺少发现。目光冷漠，看到的是灰霾。目光热切，才能见彩虹。要把人性中最精彩、最感人之处展现出来，打动读者，引发共鸣。这一点，同小说既异曲同工，又各有千秋。正如《基希及其报告文学》的作者T·巴克所说的：在小说里，人生是反映在人物的意识上；在报告文学里，人生却反映在报告者的意识上。

　　文艺的性质，决定了它必须以反映时代精神为神圣使命。报告文学时代特质鲜明，既有很强的现实价值，也有长远的文史价值，是表现社会人生、反映时代精神的轻骑兵。作品只有走心，才能担当使命。

8
一个村庄的抗战

恕我孤陋寡闻。初闻渊子崖，直至去年初。

为搜集抗战史料，我赴成都大邑，造访建川博物馆。馆长樊建川送我一本书：《国人到此低头致敬》，书中列有 30 个低头致敬的地名，"莒南渊子崖保卫战遗址"赫然在目。

前些日子，我赴沂蒙山区采访。一位朋友说，你该写写渊子崖。

我脑子里，立刻跳出那本书。

这是"中华抗日第一村"，堪与三元里相提并论。朋友说。

是否"第一村"，我无法求证，但"三元里抗英"，太熟悉了，小学课本就有。

能与三元里媲美，足见渊子崖不凡。于是，我慕名而往。

一

西出莒南城，行十余公里，沭河东岸，有一村庄，便是渊子崖。

村北角，巍峨耸立一石塔，形六角，色紫红，高七级，上书"烈士纪念塔"，密密麻麻，刻满人名。数一数，242 位。第三级东南角，有一缺口，格外显眼。

村里早市正酣，熙熙攘攘，须侧身而过。与村民聊起来，才知读错音。渊子崖，不读 yuan zi ya，应念 yan zi yai，意为水边高地。相传早年有口深渊，故而得名。这一带，一马平川，所谓"崖"，土丘而已。

村内街宽巷直，布局整齐划一，乃30年前重建，难辨战时模样，惟村北林间菜畦，露出半截墙基，是老围墙遗址。

那场血战，发生在1941年，亲历者所剩无几。当年懵懂少年，如今已届耄耋，记忆零碎。不过，拼凑起来，画面依然完整，令人血脉偾张。

关于那天日期，后人众说纷纭：11月20日，12月19日，12月20日。我问老人，只记得农历，十一月初二。查了一下，公历12月19日。

冬闲的鲁南，大地醒得迟。那天早晨，太阳刚露头，渊子崖睡眼惺忪，空气清冷。早起的人，或去刘庄赶集，或往地里送粪。

忽然传来几声枪响，平原无遮挡，又是早晨，格外凌厉。林崇洲爬上房顶，打起手罩。远处，一条蔽天黄虫，正朝渊子崖游来。

不一会儿，看清了，前面是马队，后面黄糊糊一片。"不像是炸集，像是过队伍。"林崇洲嘟囔了一句，忽然醒悟，手捂成喇叭状，朝庄里发出警报："不好，汉奸又来啦！"

整个村庄惊醒了。地上干活的，也急急回家。

相隔这么远，咋知是汉奸？原来，他们与汉奸有过节。

抗战时期，沭河两岸，是日伪与共产党的"拉锯区"。西岸的小梁家村，盘踞着伪军，百姓称其汉奸队，时常过河骚扰，要钱要粮，前些天又来摊派，索大洋1000块、白面800斤，还有鸡鱼肉酒。其他村不敢违抗，只有渊子崖说不。

渊子崖林姓居多，一个祖宗下来，繁衍数百年，已延续75世，形成九大支，1500多口人，习武成风，剽悍正直，人心齐，血性强。

早年，一伙土匪打劫，村民捉住几个，铡去脑袋，毛贼闻风丧胆，再不敢送死。八路军挺进沂蒙后，渊子崖成了堡垒村，日伪视之眼中钉。

汉奸队长梁化轩恼羞成怒，带领150人马，兴师问罪。岂料，村民不吃这套，大声嘲笑："要钱一文没有，要粮有绿豆黄豆！"操起土炮，震天动地一声响，打得汉奸屁滚尿流、丢鞋掉帽。

这会儿，见来了队伍，林崇洲估摸，准是汉奸来报复。

庄长林凡义，22岁，干练沉稳，听到惊呼，操起枪奔出门，挨家挨户吆喝。全村闻风而动，提鸟枪，扛土炮，拎铡刀，纷纷奔向围墙。

林庆顶今年83岁，当年才9岁。他清晰记得，那天早上，父亲林九杰赶集归来，撂下一包咸鱼，操起鸟枪，夺门而出。

二

渊子崖东西长200米、南北宽300米，西望平原，东偎土岭，南临葫头沟，北依北大沟。为防匪患，1920年建起围墙，墙基由山石垒砌，墙体用黏土夯实，五米高，一米厚，有大小炮楼10座，墙角有瞭望孔，四面有门，夜晚关门加栓，西门是主道。

林凡义登上西围墙，副庄长林庆忠紧随其后。不一会，黄虫蠕近，离庄四五百米时，呜拉呜拉乱叫，沿田野四处散开，团团围住村庄，四周架起机枪，还有四门炮。大伙张目一望，黄压压一片，心里咯噔一下：哪是汉奸？尽是鬼子！

招"鬼"上门的，正是小梁家汉奸。这伙日军，有上千人，刚扫荡罢沂蒙山区，与八路军交过手，欲回新浦老巢，路过小梁家时，梁化轩乘机报复，谎称渊子崖有八路，领着日军，杀气腾腾而来。

大军压阵的凶险，乡亲们头一回见，有些惊慌。林凡义脱出一只袖子，往腰上一掖，提起鬼头刀，语调铿锵："鬼子已把咱们包围了，没处逃，也没处躲。不打，鬼子也不会放过咱，与其等死，不如杀他个痛快。一命换一命，值！一人杀两个，赚！"

林庆忠两手叉腰，双目圆瞪："咱渊子崖人有血性，有骨气，都是顶天立地爷们，生死关头，咱可不能当孬种！"

林凡义晃晃鬼头刀，又补了一句："谁不上前边，俺就剁了谁！"

听了这话，乡亲们不乐意了，这个说："凡义、庆忠，瞧你们说的，咱渊子崖人啥时怂过？"那个说："放心，宁可站着死，决不躺着活。大伙儿听你们的，同鬼子拼了！"

林凡义部署妥当，大伙儿四下散开，架枪支炮，装弹填药。武器五花八门：五子炮、生铁牛、鸟枪、大刀、长矛，还有铡刀、菜刀、铁锨、木棍等。

日军对村庄形成合围后，派梁化轩来劝降，说只要交出八路，奉上大洋、粮食，可保全村无恙。

村里确有几个八路，是区中队队员，昨晚在村留宿，其中有副队长高秀兰。不过，除高秀兰有把盒子枪，其他人都没武器。

林凡义响亮回答："你们来拿吧，来一个杀一个，来两个杀一双！"

"嗵，嗵！"日军开了十多炮。一炮落在林氏家庙，炸塌半边，大伙跺脚痛骂。两炮打在围墙上，好在土墙结实，只崩出小坑。

大伙摩拳擦掌，急着要开火，林凡义告诫："先别打，等鬼子靠近再打，节省点弹药。"

三咋咋沉不住气，探头探脑。三咋咋是外号，本名林崇乐，排行老三，说话嗓门大，故而得名。

三咋咋探出头,吆喝道:"小鬼子,你们有胆就过来,来一个,死一个……"

话音未落,砰一声,三咋咋一头栽倒。此时,他的儿子刚四岁。接着,林清臣也被撂倒。

林庆忠连忙嘱咐:"都别露头,先憋着火!"

众人把亡者拖到一边,盖上草,抹把泪,重新端起枪。

东北角响起炮声。这里有段围墙,是新修的,墙矮体薄,鬼子想从这撕开口。

林凡义和林庆忠一招呼,数十人扛着家伙,跟着他俩直奔东北角,架起五子炮和生铁牛。

这五子炮,炮长及肩,重百余斤,带着"肚子"。这肚子叫炮孩,共有五个,事先填好铁砂火药,打一发换一个,换下的炮孩再填弹药,可连着用。一炮出去,黄豆粒般的铁砂散开,射程一二百米,威力巨大。一门五子炮,需五人伺候:一个看目标,一个调炮位,两个装火药,一个点火。这样的五子炮,村里有九门。

生铁牛不带肚子,只能单打,每打一炮,须往炮膛填弹药。

日军四炮齐轰,炮弹像一群群鸽子,扑扑落在围墙上,发出巨响,炸出几个窟窿。炮一停,大伙发一声喊,忙垒上石头。

炮停后,机枪像炒豆,子弹如蝗虫。接着,数十鬼子端着枪,猫着腰,下到沟底,往围墙摸来。

林凡义手一按,大伙伏下身,屏住气,放鬼子靠近。当只剩五六十米时,林凡义低吼一声:"点火,揍他个龟孙!"

"呼嗵!呼嗵!"五子炮、生铁牛连声怒吼,鬼子倒下一片,其余鬼子仓皇后撤。

林守荣这门炮,只有三人:他是炮手,他爹林崇祥装火药,林凡章点火,还有一个小尾巴——六岁的儿子祥自胆忒大,趴在墙缝数数。每放一炮，都有三四个鬼子倒下。

"上阵父子兵哩！"说起这段历史，80岁的林祥自朝我亮亮大拇指，一脸得意。

日军不甘心，再次进攻，这回学乖了，队形散开。大伙放鬼子更近，直到看清眉毛鼻子，才给土炮点火，鸟枪齐射，又撂倒一片。鬼子落荒而逃。村民们一边欢呼，一边大声嘲笑。

日军很狡猾，听枪炮声，不像钢枪，察看伤口，尽是铁砂，知道不是正规军，恼羞成怒，四面齐攻，先炮轰，后机枪扫，再组织冲锋。

村民有了经验，炮响时，四下散开，躲避炮火，炮一停，迅速就位，待鬼子逼近后，居高临下，一枪一枪收拾。有几个鬼子窜到墙根下，大伙用枪够不着，就抱起石头砸，鬼子哭爹喊娘，抱头鼠窜。阵前，丢下几十具尸体。

三

不知不觉，太阳移到头顶。激战间隙，大伙才想起，自早上睁开眼，还空着腹呢。冬闲时，很多庄户一日吃两餐。照往常，这会儿，该是剔着牙，串门唠嗑。

这一上午，女人们变化很大。开始，拉着孩子躲藏，因为惦记男人，到前边探望，渐渐胆大，帮着搬运弹药，护理伤员，料理逝者，一刻未闲。见已晌午，掸掸衣襟回家，生火做饭。不一会，家家户户，炊烟袅袅，飘来阵阵油香，与硝烟味掺到一起。

几袋烟工夫，婆娘和孩子们来了，端着烙饼，提着瓦罐，拎着大葱，份量足足的，让大伙分享。林九兰的女人还拎来一坛酒。林九兰眉开眼笑，也不用碗，举起坛，仰起脖，咕咚咕咚，饮罢一抹嘴，递给旁人："喝！喝他个痛快，过会好杀鬼子！"大伙接过坛子,轮番畅饮。

林氏排行"秉九崇(庆)凡(守)祥",九兰三十出头,长凡义两辈。凡义身材中等,明眸皓齿,像个白面书生。九兰却膀大腰圆,怒发虬须,像个猛张飞,一顿能喝一斤白干。

日军冲锋时断时续,大伙耐着性子周旋。为了消耗鬼子子弹,有人想出妙招,用棍子支起帽子,一会在这露头,一会在那冒顶,回回招来枪声。

五子炮、生铁牛火力虽猛,奈何弹药有限,眼看就要耗尽。林庆忠急了,扯了一嗓子:"婆娘们,快回家找铁家伙,有啥拿啥!"

女人们拔脚往家跑。这些女人们,平时紧抠门儿,饭粒掉地上,也会撮起塞嘴里,这会儿却慷慨大方,扛铁耙,背铁犁,顶铁锅,飞也似奔来。

大伙砸碎耙齿、铁犁、铁锅,与火药混在一起。这些土弹药,杀伤力比铁砂更大,鬼子只要沾上,非死即伤。铁器用完后,大伙又装进小石子,威力虽不如铁器,也够鬼子受的。

太阳渐渐西斜。日军几番冲锋,连连受挫,遂改变战术,集中炮火,猛轰东北角,高秀兰被炸死,墙体多处坍塌,露出个大豁口,想堵已堵不上。

炮声停后,日军朝豁口冲来。林九兰痛失兄长和侄儿,眦睚欲裂,操起铡刀,几个虎步,跃到豁口边。林崇林也操一把铡刀,奔到另一边。

这时,一伙鬼子端着三八大盖,冲进豁口。一个鬼子刚伸出头,林九兰纵身跃出,一声怒吼,手起刀落,血光飞溅,鬼子身首分离。林九兰飞起一脚,踢皮球般,将人头踢出豁口。第二个鬼子刹不住脚,险些撞上林九兰。林九兰嗨一声,拦腰一扫,鬼子断成两截。

林崇林也跳将出来，挥起铡刀猛砍。

林九兰愈战愈勇，一边高声咒骂，一边左砍右削，不一会，脚下就横尸七具，他也成了血人，累得舌头耷拉出来，铡刀染成红色，刀锋成了锯齿。他的神勇，吓得鬼子目瞪口呆，招架不住，败退出豁口。

豁口失守后，林九兰转战到东炮楼，与林九先用石头瓦片掷敌。鬼子冲进炮楼，他俩急中生智，推倒一段摇摇欲坠的楼墙，砸死几个鬼子，乘机飞身跳下楼，抢起大刀片与鬼子拼杀，终因耗尽体力，双双阵亡。林九兰胸膛连中两刀，血往外喷，依然双目圆睁，骂不绝口，鬼子又在他头上、嘴上一顿乱刺。

时隔不久，林九兰的父亲、60多岁的林秉铎，也被鬼子一枪揭去脑袋。

四

激战持续九个小时，下午5时许，东北角失守，鬼子从豁口蜂拥而入。村民们勇敢迎上去，挥舞砍刀、长矛、铁锹，甚至镐把、扁担，一阵猛砍猛砸，鬼子猝不及防，狼狈招架。

激战中，林端五挥起铡刀，劈倒一个鬼子，不幸被另一鬼子射中。其父林九宣见状，大喝一声，挺起长矛，奋力刺死开枪的鬼子。旁边的鬼子慌了，朝林九宣开了两枪。林凡义奔过来，一刀劈了鬼子。林九宣拼尽力气喊道："凡义，拼到底，报仇！"倒在儿子身边。

林秉标有五个儿，个个英武，全家十多口，人人奋起反抗。三儿林九乾，砍翻一个鬼子后，身中数弹。林凡义正欲扶，鬼子刺刀已到脑门，命在旦夕。九乾妻子挥起镢头，砸中鬼子后脑，鬼子哼一声，栽倒在地，林凡义逃过一劫。九乾妻子扔掉镢头，抱起男人，号啕大哭。

林秉标闻声赶来，看到血泊中的儿子，心如刀剜，老泪纵横，拿起一捆草，轻轻盖在儿子身上，对儿媳说："孩子，现今不是流泪的时候，站起来和鬼子拼到底！"说罢，扛起门板，去堵豁口。

九乾妻子抹一把泪，毅然起身，紧随公公而去，两人再也没有回家。

87岁的林崇兴，当年13岁，是林秉铎孙子、林九兰侄儿，掰着手指告诉我，林秉铎和林秉标是堂兄弟，同住在东北角小圩子里，这一仗，两家共献上13条性命：爷爷林秉铎一门四英烈；堂爷爷林秉标一家更惨，死了九口，最小的重孙不满周岁。

日军万万没想到，一群泥腿子，连土八路也算不上，竟然如此顽强，打得他们狼狈不堪，遂不顾颜面，向上司请求增援，一门重炮很快来到。

日军一见援军，来了精神。一时间，大小炮一齐开火，东北角成为废墟。村民们抵挡不住，日军乘乱冲进村里，先用机枪扫射，再逐街逐巷追杀，见人就刺，见房就烧。

这场贴身肉搏，力量相差悬殊：一方年轻力壮，荷枪实弹；一方多为老弱妇孺，手无寸铁，青壮年既要舍命拼杀，又要保护老小，力不从心。

然而，整个渊子崖村，没人畏惧退缩！手无寸铁的村民，顺手抓起农具，笊钩、铁锨、镢头、洋镐、门栓、锹把、扁担，都成杀敌利器，一见鬼子就抡。

王彦治凭一把鬼头刀，连杀三个鬼子，又用拳头打倒一个，夺了鬼子的枪。后来，他被日军包围，无法脱身，果断拉响腰间手榴弹，与鬼子同归于尽。

三个鬼子冲进西炮楼,炮手林庆海抓起火绳,往火药罐一扔,轰的一声,炮楼火光冲天,林庆海和仨鬼子皆成火人。他高喊一声:"快来杀鬼子!"林凡义、林庆会、林崇松火速奔来,杀死仨鬼子。林庆海因烧伤过重牺牲,林崇松也在砍死一个鬼子后,中弹倒下。

林崇洲被弹片划破肚皮,肠子流了出来,他把肠子塞回肚里,破布一扎,坚持战斗。后撤时,林凡义和林庆会架着他走。

路过东围墙炮楼时,林守森、林崇福等人正在打枪。林守森是林崇洲儿子,林凡义忙喊:"守森,你大大肚皮被炸破了。"

此时,围墙外,鬼子正在冲锋。生死关头,林守森顾不了许多,头也没回,应了一句:"鬼子上来了,你先把他弄一边去。"

林凡义和林庆会架着林崇洲,到一个柴园,让他歇着。林崇洲怎么也不肯:"咱们的房屋在着火,乡亲们在遭难,我宁愿拼死,也不能躺在这!"说着,昏迷过去。林凡义留下林庆会照顾,自己飞身离去。

天近黄昏时,东南方向,鬼子后面忽然响起枪声。林守森仔细一瞧,一支队伍正朝这边奔来。他兴奋喊道:"八路军来啦,八路军来啦!"

可是,林守森的高兴劲还没过去,就惊见鬼子骑兵迎上去,双方交火后,那支队伍全部阵亡。鬼子掉过头来,继续进攻村庄。

五

弹尽粮绝,坚守无望,围墙上的人只好撤下。林守森躲进林守业家的柴园,却见满园鬼子,正在杀人放火。一个鬼子扭头看到他,端着刺刀扑来。他钻进一个地瓜窖,鬼子朝窖里放了几枪,又一阵乱刺,幸亏他躲闪得快,没有负伤,屏住气不吭声，瞒过了鬼子。

这地窖，帮了渊子崖大忙。家家户户都有地窖，鬼子攻进村后，一些村民抵抗不过，就躲进地窖。若没这地窖，恐怕要遭灭村！

远处，传来噼噼啪啪火烧声，还有断断续续的怒骂声、惨叫声。他依稀听到林庆会嗓音，因为林庆会口吃，容易辨识。

怒骂声、惨叫声渐渐平息，一股浓烟飘来，夹杂着烤肉恶臭味，林守森的心一阵紧缩。他清楚，这是鬼子在烧人！

夜深人静，林守森判断鬼子已走，这才悄悄钻出。他惦记着负伤的老父。可是，黑灯瞎火，到哪去找？

林守森哪里知道，就在他藏身地窖时，他的老父和林庆会正在遭受劫难！

原来，林庆会和林崇洲藏身的地方，恰巧也是林守业柴园。柴园藏着不少人，鬼子发觉后，堵住园门，见一个杀一个，还点着草垛，把人往火堆里扔。林庆会知道没有活路，举起长矛，刺死了一个鬼子。几个鬼子一拥而上，抓住林庆会。林庆会拼命挣扎，咬断鬼子一根手指。林崇洲忍住剧痛，抡起镢头砸向日军，因失血过多昏倒。鬼子将他俩抛进火堆。林庆会从火堆里跳出来，嘴里破口大骂。鬼子朝他身上乱刺，再往火堆抛。可怜两人，都被活活烧死！

林支华只有十几岁，被鬼子抛进火堆后，挣扎着爬出来，又被推进火里，一连数次，眼被烧瞎，身上的肉直往下掉，惨叫不已，直到烧死。鬼子兽性大发，发出阵阵狂笑。仅在这个柴园，就有30多人被烧死杀死。

两军交战，大凡老弱妇孺，只有引颈受戮的份儿。不过，出乎日军意料的是，渊子崖老弱妇孺，在经历最初的慌张、恐惧后，变得异常坚强，置生死于度外。

林九兰母亲性子刚烈，亲人接连阵亡后，她硬撑着给前方烧水，听说鬼子攻进庄，她两眼喷火，扔下烧火棍，左手拿菜刀，右手提铡刀，飞也似奔出门，迎着鬼子就是一菜刀，砍得鬼子脑浆四溅，接着又挥起铡刀，剁下一个鬼子脑袋。

十二三岁的林庆选，跟着大人搬石头堵缺口，一个鬼子端着刺刀刺他，他将石头砸向鬼子，无奈身单力薄，石头砸空。赤手空拳的孩子，竟徒手夺刃，双手紧紧攥住刺刀不放，鬼子往回抽，他双手顿时鲜血淋漓，骨头都露了出来，仍不肯松手。鬼子愣了一下，猛一使劲，一刀扎进他胸膛。

林九臣的老伴姓王，是个小脚，心慈胆小，吃斋念佛，连杀鸡也不敢看。听到鬼子炮声，她吓得两腿筛糠，不让老伴出门。林九臣一把甩开她，呵斥道："俺是个大老爷们，鬼子刀架到俺脖子上了，俺如果蹶腚躲起来，还不被人臊死？"操起家伙奔向围墙。

围墙失守后，林九臣被鬼子杀死。王大娘闻知噩耗，痛哭一场后，攥起一把菜刀，冲到巷口，正巧遇到林凡义。林凡义拦住她，她说："孩子他爹死了，房子也烧了，我横竖是死，要给他爹报仇！"

这时，三个鬼子追着林清杰过来，林凡义拉王大娘闪进院里。鬼子刚过门口，王大娘奔出来，举起菜刀，从后面砍死一个鬼子，另两个鬼子回头一看，见是个疯婆子，一齐将她刺倒。林凡义和林清杰乘机上前，奋力杀死俩鬼子。附近的鬼子赶来，开枪打死林清杰。

林凡义机智躲过，翻墙而去，跑到西小巷，遇到林清义、林九星等十多个老人，正合力与鬼子拼杀。这些老人都会武功，一伙鬼子被杀得只剩一人，林凡义奔过去，一刀劈倒鬼子。老人们说："凡义你放心，咱死了也不给渊子崖丢脸！"

林凡义离开后，这些老人又与数个鬼子肉搏，多数老人战死，剩余的被鬼子逮住后，鬼子逼他们投降，他们厉声痛骂。鬼子将他们挑死，抛进大粪池，又泼上汽油烧。当林凡义带着村民来增援时，林九星正从尸堆里往外爬，皮肤被烧焦，痛得直哆嗦，他对林凡义说："咱没给渊子崖丢脸！"说完咽了气。

大街小巷，贴身肉搏的场面处处可见：有夫妻并肩，有父子协力，有母女同上，喊杀声、咒骂声、惨叫声，不绝于耳。

小小渊子崖，天昏地暗，鬼哭神泣。

六

毕竟力量悬殊，村民渐渐不支，一些人落入虎口，日军疯狂报复。

村外西南角，有个大粪汪。鬼子将20多人押解到此，一阵扫射，踢入粪汪。林凡秀和弟弟林凡章也在此列。林凡秀命大，子弹从后背射进，又从前胸穿出，跌入粪汪后，头往上翘了一下，鬼子发现后，抱起石头砸，幸亏石头砸偏，加上天色已晚，未被鬼子察觉，捡回条命。

村南的葫头沟，有个深渊，叫石窝口。鬼子把十几个村民赶到渊边，排成队，挨个用刺刀捅，再踹到深渊里，河水很快成了血水。村民一边怒骂，一边奋力反抗，跑脱了一人。林崇都被连刺七刀，因系着厚腰围子，扎得不深，被踹到水里后，鬼子见他嘴边冒出水泡，知道他没死，又抱起石头砸他耳门。他在水中浸了半天，侥幸逃得性命，却落下终身残疾。

林九兰的六弟林九席，也是受害者之一，胸前、腰上、后背、脖子被刺四刀，幸亏未刺中要害。鬼子走后，他苏醒过来，自己爬上了岸。

林九席依然健在。果然是大难不死、必有后福，老人今年103周岁，是全村最长寿者，已五代同堂，由72岁的长子林崇金照顾，只是完全失聪，无法交谈。我提问时，他笑笑不语，皆由儿子代答，神态宁静安详，身上的刀疤，历经岁月消融，居然辨不出痕迹。

天黑时，村外响起激烈枪声，八路军山东纵队二旅五团大部队赶到。日军怕夜间作战吃亏，边放冷枪冷炮，边朝东南方向撤去。临走时，绑起剩下的十多个村民，再用粗麻绳串着，逼他们带路。走到板泉东边的土龙头村时，王康德、林富忠乘鬼子吃晚饭，挣脱绳子翻墙逃走，鬼子大怒，把剩下的人赶进一个园里，一口气刺死12人。王言平被刺后没断气，鬼子又猛踩两脚，踩得肚肠顺着刀口挤出，直到死去。16岁的王言智排在最后，前胸被刺三刀，大概是鬼子杀累了，刺得不算深。王言智昏死过去，夜里醒来时，鬼子已离开，他挣脱绳索，从死人堆里爬出来，经抢救才保住性命，后来当了八路军，被评为三等甲级残废。

这一夜，渊子崖火光冲天，映红半个天空，三条街被烧得精光，九成房屋被焚，多达883间。

此时，已接近年关，本该欢乐祥和，却家家举孝、户户哭声。

可恨的是，次日凌晨，乡亲们还沉浸在悲愤之中，小梁家的汉奸队竟趁火打劫，抢走牲口和粮食，还抓走30多个青壮年，乡亲们对汉奸恨之入骨。

后来，八路军逮住梁化轩，押赴渊子崖执行枪决。仇人相见，分外眼红，乡亲们涌上来，朝他吐口水、扔石头，恨不得生啖其肉。

这场浩劫，渊子崖损失惨重。去年 12 月，山东省档案局与临沂市档案局同步公布"渊子崖血案"档案：渊子崖自卫队员和男女村民被敌军杀害 145 人，伤 400 余人；毙伤日伪军 154 人。

《临沂地区志》和《莒南县志》的说法是：全村死亡 147 人。

渊子崖村的说法是：全村死亡 144 人，另有三个外村人，赶集路过时进村避难。

林守森在东炮楼看到的那支队伍，是中共板泉区区长冯干三率领的，有区指导员刘新一、宣传部长徐坦、宣传委员赵同，还有 40 多名八路军和区中队官兵。在与日军骑兵的激战中，这支队伍寡不敌众，除徐坦外全部阵亡。冯干三的头部和胸腹部都被刺刀戳穿，全身血肉模糊。徐坦身负九处枪伤，被发现时已奄奄一息，经抢救脱险。

值得一提的是，直到战斗结束，藏在林庆本家三间屋子的八路军军粮，完好无损，颗粒未少。

七

采访结束后，我再次拜谒烈士塔，恰遇凄风冷雨，仿佛天公垂泪。此塔建于 1944 年，中共沭水县政府所立，县参议会的题词，道出人们心声："云山苍苍，沭水泱泱；烈士之风，山高水长！"

我很好奇，塔角咋会有缺口呢？村民说了段往事：1947 年，国民党军 74 师路过此地，欲毁此塔，奈何石塔坚固，仅推倒塔基围栏，难撼塔身，一个军官气急败坏，向塔身开了一枪，崩掉一小块石片。

我纳闷：这是抗日纪念塔，国民党军为何嫉恨？仔细一想，莫非是蒋军内战失利，见到共产党建的塔，不分青红皂白，借机迁怒泄愤？果如此，就不单是留下个缺口，还留下个笑柄。

塔身上刻的242名死难者，有渊子崖村民，有冯干三、刘新一等八路军官兵，还有邻村群众。

林崇乐的孙子、村支书林祥华告诉我：虽然全村死伤惨烈，却无一人是烈士，无一家是烈属，没有抚恤金，没有优抚待遇，因战致残的老人，与普通村民一样，仅享受五保。

"同样是打鬼子，老百姓为什么不能评烈士、不能享受优抚待遇？"林祥华不解。

我无言以对。

塔上的英名凄神寒骨，抚摸着他们，我想起村民说的故事：自那场激战后，鬼子再也没来骚扰过，也不再向渊子崖要粮，每次路过都绕道而行，有的一见渊子崖就立定敬礼，有的还边走边向村民敬礼。

这符合倭人秉性：欺软怕硬。被人扔了两颗原子弹，本是血海深仇、不共戴天，却认贼作父，甘心为奴。

国难当头时，假如多几个渊子崖，多一些血性男儿，或许就不会有东北沦陷，不会有南京屠城，不会有国破家亡，也不会有十四年抗战。

国力强盛时，同样需要多几个渊子崖，多一些血性男儿。因为，强敌环伺，外患犹存。

一个人缺钙，会得软骨病；一个民族，如果缺乏血性，轻则受奴役，重则被灭亡。

无论现在，还是将来，莫忘渊子崖！

令人欣慰的是，2015年8月24日，民政部公布第二批抗日英烈和英雄群体名录，在七个英雄群体中，"渊子崖抗日楷模村村民"赫然在列，且是唯一的农民群体。

（原载2015年第9期《山东文学》）

手 记
中国需要渊子崖

第一次听到渊子崖,我被一组数字震惊:全村人与日军真刀真枪干,140多人被杀,日伪军死伤150多人。

我也为一个事实起敬:激战之后,鬼子要么绕道走,要么路过时会向村子和村民敬礼。

一惊一敬,让我血脉偾张、情不能已:国难当头时,假如多几个渊子崖,多一些血性男儿,那该多好啊!或许就不会有东北沦陷,不会有南京屠城,不会有国破家亡,不会有十四年抗战。

于是,我怀着敬仰之心,慕名前往,寻寻觅觅,感慨万端,写下此文。

2014年1月,为了写《台儿庄涅槃》,我专程飞往成都,了解川军出川抗日情况。要写台儿庄大战,不能不写川军。因为,川军在滕县打了一场恶战,师长王铭章英勇捐躯。

抗战之前,川军以爱打内战出名。从1912年成都的"省门之战",到1935年国民革命军中央军入川,各派军阀为争地盘,互相残杀,20多年间发生500多次混战,四川深受其害,民生凋敝。那时的川军,给人以喜欢"狗咬狗"的印象。

但是,当倭寇入侵时,过去水火不容的死对头,却能摒弃前嫌，握手言和，主动请缨杀敌，"兄弟阋于墙，外御其侮"。从1937年9月起，浩浩荡荡的30万川军、300万壮丁，义无反顾地出川抗战，先后参加淞沪会战、太原会战、广德泗安战役、徐州会战、武汉会战、长沙会战、南昌会战等28次大小战役，26万人捐躯疆场。

在中国抗日军队中，川军参战人数之多、牺牲之惨烈，居全国之首。有一种说法：在国民革命军的中央军中，每五六个参战者中，就有一个四川人。如果加上地方军阀的30万出川大军，这个数字更加惊人。

然而，同样是抗战时期，中国却有一大批人，甘做汉奸走狗，为虎作伥，出卖国格。据不完全统计，侵华日军共有300多万（一说近200万，一说430万），而协助日军的汉奸走狗，数量更庞大：伪军超过100万（一说210万），伪公务员近300万，伪警察170多万。三者加起来，近600万。

我在想，当年，假如多一些川军，多几个渊子崖，多一些有血性的人，就不会有这么多汉奸走狗吧？

我写此文，既是为了纪念渊子崖，更是希望中国多几个渊子崖。

中国需要渊子崖。

中国人需要血性。

9
从头再来

一个人，忙活几十年，退休了，该干些啥？选择或有不同，大抵不离俩字——休闲。然而，有位老军人，重新披挂出征，劳顿奔波，踽踽独行，采集素材，激情创作，退休 16 年，著述 1200 万字，已出版 15 部书，尚有 13 部待出版。

他叫陈明福，海军大连舰艇学院政治系原教授。"我想尽量延长有价值的生命。"他说。

退休当晚夜不成眠

2000 年 3 月 3 日上午，海军大连舰艇学院政治系，陈明福走出会议室，外面本来阳光明媚，他却眯着眼，有点诧异：这天空咋灰蒙蒙的？

陈明福低下头，打量着军装，轻轻掸了掸，拉拉衣摆，心里念叨："老伙计，你陪我整整 42 年，该和你告别喽。"一阵不舍泛上心头，眼睛竟模糊起来。

刚才，学院政委找他谈话，宣布他正式退休。曾经辉煌的过去，随着一声退休令，都云淡风轻了。他是专业技术四级，工资相当于正军级，已经 63 岁，对退休早有思想准备。然而，真要他脱下军装，他才发现，这身海军蓝，已经融入生命。

3月的大连，春寒料峭，槐树枝绽出细微的芽蕾，星星点点，那是春天的讯息。陈明福缓步行走在校园里，一股孤独感从心头涌起，发散到四肢。他摇头苦笑：奋斗一生，一旦退休，就像船儿失去了航向。

这天晚上，陈明福把自己关在书房，伴着孤灯，枯坐到深夜。人生还没咂巴出啥滋味，自己仍怀一腔热血，尚有未竟之志，怎么说老就老了？

他搬出一摞日记本，堆在桌上，数一数，有70多本，是他20多年的心路历程。翻阅这些日记，往事历历在目。他屈指一算：这辈子，经历了两次"从头再来"：第一次，从军事改行政工；第二次，从舰艇跨入院校。如今退休了，教学研究也到头了，今后怎么办？路该怎么走？

往者可鉴，来者可追，陈明福的胸腔里，依然激荡着豪情。在他看来，人的一生可分仨阶段：30岁以前是人生起步，30至60岁是奋搏创业，60岁以后是人生自由。

"现在，好不容易有了自由，我要第三次从头再来！"陈明福下了决心。

几十年来，陈明福勤耕不辍，已发表数百篇文章、出版17部著作，总字数600多万。"从头再来"，就得有目标。他的目标是：主攻纪实文学。

说干就干！第二天，陈明福撤下书架上的学科书籍，跑到新华书店，选购一批新书，制定作息时间表：体育锻炼2.5至3小时，读书写作8小时，看电视新闻和体育节目1.5小时，睡眠8小时，其余为吃饭时间。

第一个计划，就是完成"中华名舰系列"。这之前，陈明福已出版两部：《重庆舰举义纪实》和《中山舰沉浮纪实》。

第三部，他瞄向"致远"号巡洋舰。

甲午海战，是中华民族的耻辱，是国人心中永远的痛。身为老海军，陈明福更是如锥刺心。他早就想写致远舰了，现在成了自由身，他要付诸行动。

澄清百年谬传

要写致远舰，陈明福优势明显：熟谙海军、舰艇和战术，既有丰富的生活体验，又有扎实的军事理论。

甲午海战的史料浩如烟海，研读史料不难，难的是缺乏采访线索。陈明福船乘三等、车坐硬卧，先去广州，参观邓世昌纪念馆。

馆长说了一则故事：抗战期间，广州沦陷，日军烧杀抢掠，无恶不作，唯独不敢碰邓氏宗祠，路过时皆举手敬礼，军官甚至偷偷溜入拜祭。

陈明福肃然起敬：邓世昌血战到底的气概，竟然震撼折服了敌人！

他辗转打听到邓公曾孙女邓立英，直奔河北宣化，登门采访。

邓立英继承先祖遗风，一生正直做人，清苦度日。2003年春节前，陈明福得知她贫病交加，立刻寄去2000元，自己当月工资只剩900多元，还给军事科学院原政委张序三中将写信，反映情况。

老将军读信后，动情地说："全国都在扶贫济困，邓立英可是邓公的独苗苗啊！"但是民政部门认为，隔的代数太远，类似情况不好办。

陈明福不甘心，又给海军政委杨怀庆上将写信，说："英雄的后代在受穷,我们于心何忍?!"

杨政委很重视,批示给海军政治部下属的群工部。群工部立刻派人,专程慰问邓立英,送上5000元慰问金,还让驻延庆的海军某部定期慰问老人。

甲午海战史料中,涉及邓世昌和致远舰的很少,只有《清史稿》中的千余字。陈明福到北京第一历史档案馆查阅,从大连图书馆借阅多本日军将领的回忆录,花钱请人翻译相关内容。为掌握第一手材料,他四登丹东的大鹿岛。甲午海战的主战场,就在大鹿岛附近海域。

大鹿岛上,有一尊邓世昌塑像,面向月亮湾,昂首挺胸,站立舰桥,直视面前这片让他饮恨的海上战场。在他脚下,从太平洋涌来的深蓝、灰褐色的浪涛,一波驱赶着一波,撞向嶙峋礁石,瞬间粉身碎骨,化作滔天白沫,声似惊雷炸空,势如千军冲阵。邓世昌眉峰攒聚,目光炯炯,表情肃穆,似在凝神思考。

仰望邓世昌雕像,陈明福心潮澎湃:"我不写邓公和致远舰,有愧于邓公和其他甲午英灵,有愧于穿了40多年的海军服,有愧当一个海军教授和作家!"

电影《甲午风云》中,有这样一组镜头:致远舰开足马力,朝吉野舰直冲过去,吉野舰"嗖"地射出鱼雷,鱼雷在海水中疾进,随着一声巨响,致远舰被击中,全舰被火光和浓烟笼罩,顷刻沉入海底……

自甲午海战以来,无论是《清史稿》,还是其他史料以及各种教科书,都说致远舰是被日舰鱼雷击沉的。2003年4月首播的大型电视剧《走向共和》,仍沿袭此说法。

陈明福读海校时,专业是鱼水雷。上驱逐舰后,担任鱼水雷部门长,指挥发射过鱼雷。当他用专业眼光审视时,敏锐地发现破绽：

在致远舰中炮受伤、弹药已尽时，邓世昌决意与敌舰同归于尽，开足马力，用舰首对敌冲撞。敌方鱼雷怎么能在横向舰舷部位击中它？

发射鱼雷需要准备较长时间，以20世纪70年代的鱼雷性能而论，从发射准备、解除保险、选择战斗航向接敌，到算出准确的发射角、接近发射距离时射出，至少需要半小时。吉野舰仓促中怎能立刻发射鱼雷，并能准确击中致远舰？

假如确是吉野舰瞬间发射鱼雷，一举击沉致远舰，对日军来说，这个战功是谁立的？过程如何？在日方回忆录和历史文献中，为什么一声不响，一字不提？

凭着专业角度分析，陈明福判定，"鱼雷击沉"的说法完全站不住脚。

陈明福研读日本黄海海战史料时，发现日本舰队没有发射过一枚鱼雷，只是在北洋水师龟缩刘公岛后，用多艘鱼雷艇潜入港内，近距离发射鱼雷，致使多艘北洋舰船受创或沉没。

陈明福精心研读，抽丝剥茧，终于找到致远舰沉没的原因：据1895年《普拉茨塞海军年鉴》载，致远舰被日舰炮弹击中发射管内的一枚鱼雷，引起强烈爆炸。

为慎重起见，陈明福特地请教海军舰艇学院老教授黄性惠，两人反复推演，认为这个结论可信。

那么，为什么"鱼雷击沉"说会沿袭百年？陈明福分析原因：因致远舰是在短时间内迅速沉没，这是中鱼雷的标志，中炮弹不会是这种状态，后人可能只知其一，不知其二。

"发现"左宗棠

在创作"中华名舰系列"四部作品过程中，陈明福也在筹备另一个计划：写"中国近代海军统帅"系列，选定的人物是沈葆桢、丁汝昌、萨镇冰、陈绍宽。他设想通过这八部作品，展现近代以来中国海军发展的历史脉络。

2005年4月，陈明福到福州，收集沈葆桢史料，寻访萨镇冰后代。参观船政展览馆时，大厅立着的左宗棠铜像，引起陈明福的注意。在福州罗星塔公园，陈明福又被一组雕像吸引：左宗棠稳坐中间，左侧站着沈葆桢，右侧和身后立着两个洋人。细一打听才知，沈葆桢固然对福州船政功不可没，但创建和规划者却是左宗棠，他才是名副其实的"中国近代海军之父"。

现实生活中，常有这样的情形：一个强烈而单纯的刺激，就能改变人生的轨迹。陈明福就这样与左宗棠结缘。

陈明福是个说干就干的人，立刻开始补课，跑到大连市图书馆和辽宁师范大学图书馆，查找有关左宗棠的文献资料。

这场补课，让陈明福豁然开朗。左宗棠不仅是"中国近代海军之父"，更是中国历史上举足轻重的伟大人物，为中国领土完整立下卓著功勋，应该浓墨重彩、大书特书！

百余年来，左宗棠一直是个备受争议的人物，对其是非功过褒贬杂陈。近代以来，写左宗棠成为雷区，作者不敢写，出版社不敢出，怕"摆不平""吃力不讨好"。

左宗棠不仅功高盖世，而且品格卓绝，新疆占陆地国土六分之一，是左公拼上老命夺回来的，就凭这一条，中国历史上有几人可比肩？左公把自己俸禄的95%资助困难的下属、乡亲和办公益事业，甚至买武器装备，中外历史上有几人？这样一位名将、英雄、伟人，却一直得不到社会公认，岂非民族耻辱！碧霄苍天不能有眼无珠，朗朗乾坤不能云遮雾障，青史伟绩不能轻易湮灭！在历史新时期，对左宗棠这样饱受争议的人物，迫切需要有人登高望远，有胆有识，发一家之言，以振聋发聩。

进入21世纪以来，西方敌对势力大施鬼蜮伎俩，蓄意扶植"疆独""藏独"势力，挖空心思在新疆、西藏制造动乱，妄图将新疆、西藏从我国的版图中分裂出去。同时，推行霸权主义的国家，在东海、南海频频制造事端，拉拢和怂恿某些"声索国"，妄想占有或蚕食我海洋国土和岛屿。面对内忧外患，中华民族迫切需要弘扬左宗棠的骨气、勇气和爱国主义精神。

一番深思熟虑后，陈明福毅然决定，放弃"中国近代海军统帅"系列的创作，重新修正目标。他的考虑是：自己年近七十，岁数不饶人，做事应该分清轻重缓急，先选最重要的做。

"左公年近七十舆榇出征，我要学习他的精神，殚精竭虑，为他立全传，把他写深、写透、写活！"陈明福立下宏愿。

踏破铁鞋觅古迹

左公一生走遍大半个中国，经历无数风口浪尖的大事件。陈明福想，既然是写其真人真事，就必须沿着他一生的足迹走一遍，以严谨的治学态度实地考证和调研。于是，他设计了六条采访路线：湖南、陕甘宁新、福建、武汉、上海和北京。

陕甘宁新这条路线，是一次漫长而艰苦的旅行，陈明福在沿途驻军的帮助下，相继走访西安、银川、吴忠、武威、张掖、嘉峪关、酒泉、哈密、乌鲁木齐、伊犁、和田，背着一部旧电脑，边走边写。

盛夏，烈日下的新疆霍尔果斯口岸热浪炙人。陈明福双眉紧蹙，伫立良久，遥望着远处的群山出神：那边，有个巴尔喀什湖，面积超过八个太湖，19世纪中叶前隶属中国，1864年后被沙俄强占，如今属于哈萨克斯坦。假如当年让左公将新疆事务一管到底，继续以武力收复失地，这西边150多万平方公里的广袤土地，或许早已重新纳入中国版图，今天的巴尔喀什湖，岂不是国人旅游度假的天堂？怪不得王震将军感叹："可惜左宗棠只有一个，不然我们的领土面积比现在要大得多！"

穿行在辽阔的新疆，陈明福思绪万千：芬芳甘甜的哈密瓜，晶莹剔透的吐鲁番葡萄，碧绿青葱的天山草原，色泽纯美的和田玉石，优质高产的克拉玛依石油……如果不是左公当年舆榇出关，重整乾坤，眼前这些触手可及之物，或许像巴尔喀什湖一样遥不可及！

大多情况下，陈明福孑然一人。为了节省费用，他常常住二三十元的小旅馆，吃着粗菜淡饭。有一次，剩菜舍不得倒掉，放在茶缸里第二天继续吃，结果坏了肚子，上吐下泻，一路狼狈，苦不堪言。有的受访单位和受访人，包括左公后人，不相信这位貌似老农者，竟是将军级的老教授，以为是假冒伪劣，有的拒之门外，有的冷眼霜面。

更多的人，则是被陈明福感动。中国史学会原会长、国家清史编委会主任戴逸教授曾多次为左宗棠鸣不平，在陈明福虚心向他请教后，他感慨地说："想不到军队里还有这样一个人！"

2009年7月，《晚清名将左宗棠全传》出版，《左宗棠全集》主编刘泱泱细读全书后，抑制不住激动，撰文高度评价："作者知识渊博，功力深厚，且用功至勤……其文献钻研和实地考察之广之深，甚至超过有些专业史学工作者。"

陈明福登高一呼后，左宗棠成为民众的关注热点，尤其是年轻人，对左公推崇备至。有人称他是"晚清第一硬汉"，有人评价"左宗棠的历史存在，深邃地透视出民族之魂"。

为了告慰周总理

2008年，《晚清名将左宗棠全传》定稿后，陈明福又把目光瞄向旅顺口。

一个旅顺口，半部中国近代史。这块土地，是苦难中国的缩影，也是遭受帝国主义侵略、践踏、蹂躏、杀戮的典型。

1997年，陈明福写过一本《焦土血港》，因是10本丛书之一，限定在25万字上下，只好高度浓缩，许多重要史料没用上。那以后，他一直坚持积累资料，深入研究和思考，为重写旅顺口作准备。

陈明福重写旅顺口，除了还原历史面目、总结历史教训外，还有一个愿望：告慰周总理。

1950年1月，正在莫斯科访问的毛泽东，急召周恩来赴苏联参与谈判。周恩来随身带了一部历史小说《旅顺口》，是苏联作家所著，名噪一时。列车上，周恩来读着读着，两道剑眉渐渐紧蹙。后来，他与军事秘书雷英夫聊天时，直言不讳谈了自己的看法：这本书宣扬沙俄侵略掠夺战争，主导思想完全违背列宁的教导，书中极尽丑化中国人之能事，里面的中国人不是特务、奸商，就是妓女、骗子，把中国人写成这个样子，实在令人气愤！

1956年3月8日，周恩来再次说到《旅顺口》："这部小说是宣传大国沙文主义，为沙皇侵略战争歌功颂德……书里写的中国人没有一个是好的，这是对中国人民的歪曲！"

陈明福夜以继日，苦干一年，拿出近110万字的初稿。他原想与那部小说较劲，也取名"旅顺口"，后来考虑到，这只是一个中性名词，没有表达出立场，所以改为"沧桑旅顺口"，将字数压缩到80万字。2010年9月，《沧桑旅顺口》（上、下册）由人民文学出版社出版，引起媒体广泛关注。

第二年5月，大连《半岛晨报》编辑室主任纪扬请陈明福到报社，兴奋地告诉他，报社领导决定，连载他书中的内容，一天一个整版，连续刊登一个月，请他提供节选。陈明福满口答应。

从7月26日起，《半岛晨报》以"大连往事"为栏名，连续刊发32天，共计32个整版，全国有七八十家网站转发。《半岛晨报》一时洛阳纸贵，零售量激增，很多读者抢着收齐，作为藏品。

百花园里摘蟠桃

2013年6月15日下午，京西宾馆三楼会议室，第四届中国传记文学优秀作品颁奖典礼在此举行。这是五年一度的奖项，代表中国传记文学创作的最高荣誉。

仪式开始前，一位腰板笔挺、颀长消瘦的老者走进会场，东张西望了一会儿，找到自己的座签，怯生生地坐下。座签上写着：陈明福。

人渐渐多起来，陈明福左顾右盼，没发现一张熟面孔，只好静静坐着，显得有些拘谨。他觉得奇怪：站了半辈子讲台，十几人小课也好，数百人大课也罢，从未怯场过，今天是怎么了？

想了半天，他终于找到答案：自己不是"圈内人"，却好像孙悟空，侥幸在百花园摘了颗蟠桃。15时，颁奖活动开始。先上台领奖的，是五部长篇获奖作品的作者。每位作者上台时，银幕上都会显示评委会的点评语，并配音宣读。陈明福排在第四位。当他走上台时，音乐声起，银幕上出现评委会点评的字幕，并伴有配音：

古稀之年的陈明福，以高度的历史责任感和充沛的激情，历时六载，寻着晚清名将中兴名臣左宗棠的足迹，遍访其关内塞外、天山南北、万里海疆及生前所到之处，查阅数千万字的史料，搜集大量趣闻轶事。作品气势恢弘，文笔流畅，叙事生动，成功塑造了左宗棠鲜明的人物性格，展现了这位民族英雄传奇的人生历程，填补了百余年来在左宗棠传记写作中的缺憾与不足，对有关左宗棠的种种争议，亦力求给予客观公允的评价。

掌声中，陈明福往台上走，边走边扯衣摆。这是一件新衣服，棱角分明，有点不服帖。这辈子，他从没给自己买过衣服。这次为了进京领奖，他破天荒花470元，买了一长一短两件衬衣。

主持人说："陈老师，请您给大家讲讲写作中的艰辛和甘苦。"

陈明福原以为只是上台领奖，事先没有准备发言，脑子一片空白，好在毕竟是教师出身，不假思索，脱口而出："习近平总书记提出中国梦。"

接下来，话匣子便打开了："每个人都做过很多梦，但我从来没有做过这样的梦，能够来到京西宾馆这样神圣之地，能够获得中国传记文学最高荣誉奖。"

"我为什么写这部书呢？"陈明福语调铿锵激昂，"左宗棠可谓功高盖世啊,在晚清这样积贫积弱的情况下,守住了我们160万平方公里的新疆。我感动得热泪盈眶,这是我们中华民族的英雄,这是我们中华民族的精神!如果新疆丢失,内蒙古就会丢失;内蒙古丢失,塞外就会丢失,我们国家还成什么国家?所以我写了这部作品,可以说是'披肝沥胆、心力交瘁',这是我作为海军军人的责任!"

全场爆发出热烈掌声。

一晃三年过去,陈明福的书桌上,又堆起厚厚一摞新书稿。虽已年近八旬,他仍不敢懈怠,创作计划排得满满的。为了保持充沛体力,他风雨无阻,天天到游泳馆晨泳千米。

"岁月不饶人,我的人生已进入倒计时,没有丝毫懈怠的资本,唯有与时间赛跑,夜以继日,只争朝夕。"他说。

(原载2016年11月18日《文艺报》)

手 记
人生导师

　　文中主人公陈明福先生,是我的恩师,密切交往30多年,两人情同父子。人的一生学无止境,师亦无数,虽说"一日为师,终身为父",然真正敬若父母的老师毕竟少数,而数十年密切交往、念兹在兹、肝胆相照、亦师亦友的老师,更是寥若晨星,我很庆幸有这样一位恩师。

　　先生是宁波镇海(现属北仑)人,生于战乱年代,家境贫寒,12岁还没穿过棉衣,小学时曾辍学务农,砍柴谋生。中学寄宿时生活清苦,以盐当菜,在哥哥的资助下,艰难完成学业。1958年7月,考入大连海军指挥学校,从此将毕生心血献给人民海军事业。1963年底,分配到北海舰队驱逐舰部队,先后从事舰艇军事工作和机关政治工作,崭露出众才华。1981年5月,调入海军政治学校(海军政治学院前身)任教,从此教书育人、诲人不倦,桃李满天下。

　　课堂上,先生旁征博引、妙语连珠,古诗名句信手拈来,名人逸事脱口而出,深受学员欢迎,是学院的明星教员,先后三次荣立三等功,两次被评为全军优秀教员,两次被评为海军优秀教员,受到解放军总参谋部和总政治部表彰,是全军教材编审委员会委员、全军学术成果评委。1988年6月,被评为全军首批四名军队政治工作教授之一。1989年被授予专业技术大校军衔、专业技术四级。

课堂外，先生又是一位勤奋多产的作家。在职期间，出版《重庆舰举义纪实》等九部纪实文学，《朱可夫兵法》等八部军事论著和科普作品，《军人违法犯罪与预防》等五部军队政治工作专著和论著，《杞忧集》等三部杂文集，共计25部作品，达630多万字。

2000年，先生退休时，"老夫聊发少年狂"，立志"写出几部传世精品"，用四年时间，推出力作《海疆英魂》，第一次为民族英雄邓世昌立传，《人民日报》称赞"是一本宣传爱国主义的好书"。写完名舰系列之四《蹈海之路》后，用六年时间，出版125.8万字的《晚清名将左宗棠全传》（上、下册），后来又相继出版《左宗棠传略》《湖南出了个左宗棠》《卫国英雄左宗棠》。紧接着，他又聚焦旅顺口，书名原取"旅顺口"，接受我的建议后，改为"沧桑旅顺口"。

先生阅读能力极强，博闻强记，过目成诵，学富五车，满腹经纶。不顾年迈，又向新的目标挑战，立志写出几部大书，为中华民族的历史名人树碑立传。57.2万字的《苏东坡大传》于2020年出版，已经完稿的有72万字的《旷世奇才柳宗元》、100万字的《司马光正传》、110万字的《司马迁与史记》、60万字的《唐太宗大传》。

自退休以后，先生著书立说1200多万字，已出版15部，尚有10部待出版。加上他在职时出版的作品，共著述51部作品，多达1800多万字，其中出版41部，真正做到了著作等身。

先生出版的最后一部作品，是《左宗棠在西北的那些事儿》。2021年，在老友李忠孝建议下，先生写出书稿，共32篇。

我捷足先登,一把"抢"过来,先在人民日报社山东分社微信公众号"东岳客"连载,后在人民日报客户端、人民网推送。青岛出版社看到后,主动联系他,为他出书。

按惯例,后记一般由作者撰写。2022年4月,先生在为此书撰写后记时,绝对没有想到几个月后的变故——8月6日,他在大连傅家庄海域游泳时,突发疾病,踏浪西行,享年85周岁。此时,书稿尚在编审中,我与青岛出版社商量,把他写的后记改为跋,替他另写一段文字,简要回顾他的一生,悉作后记,权为先生的人生画一个句号。他的另10本书稿,恐难再问世,甚是遗憾!

我在大连海军政治学院求学时,先生是闻名遐迩的名师,我有幸聆听过他的课,因经常发表些散文和杂文,引起他注意,从此结下不解之缘。先生对我偏爱,让我指导他的研究生写作,还动员我考他的研究生。那时自己血气方刚,一心想到潜艇上建功立业,婉拒了他的美意,毕业后仍回到潜艇部队。

临毕业时,先生对我说:"你有文学悟性,有发展潜力,争取出几部文学作品。"我口上应承,手下慵懒,日月蹉跎,碌碌无为。转业后,虽如愿进入媒体,只满足于当记者。

毕业后,我和先生一直保持联系。先生自退休以后,每年春秋两季,都要回老家闭门创作。2009年"五一"假期,我回宁波时,听说他也在老家,便让表弟开着车,一路打探,摸到了他所在的小山村。村旁山谷里,有座晶莹剔透的水库,他正在游泳。我立在岸边犹感凉意,他却在深水里怡然自得。

那天,因表弟有急事,我未及深谈,便告辞了。看得出,先生神情黯然,面露不舍。过了一天,我打电话给先生,说前天没来得及细聊,想明天上午再与妻子同来。先生一听,哈哈大笑:"什么叫心有灵犀一点通?这就是!咱俩的心灵感应竟如此默契!"

5月4日上午,我与妻子驱车前往。先生推着自行车,正在马路旁翘盼。看见我后,在前面骑得飞快,领我进村。进了家门,他泡了两杯茶,拉着我和妻子坐下,郑重其事地说:"我有话要同你俩讲。"

见先生一脸严肃,以为他要托付啥重要事,赶紧坐下。先生开门见山:"你自投罗网,正中我下怀。尤其是小杨也来了,正好,咱们当面敞开谈。昨晚我到12点才睡觉,看历代文选,找到一句话想送给你,先问问你有什么缺点?"

我挠挠头,有点不好意思:"我胸无大志,比较懒。"先生眉头一扬:"说到点子上了,有点自知之明。你还记得当年我对你提的要求吗?"我赶紧回答:"记得记得,让我别忘初心,朝文学发展,出几部文学作品。"先生向我伸出手:"你的书呢?"我大窘,涨红着脸,吃哧半天,无言以对。虽然我出过两部作品集,但在先生面前,羞于提及。

"你已经40多岁,还在优哉游哉,难道就没有一点危机感?"先生一脸严肃,"所以,我今天要送你八个字:'胸无大志,鄙陋没世'。这是司马迁在《报任安书》中说的。你这个职务呀,说不定是混出来的。别看你发了那么多文章,新闻是易碎品,没有生命力。"

先生的话,字字如锤,敲打我心。我脸上红一阵、白一阵。妻子在旁捂嘴偷乐——后来她说,没想到我快五十的人了,竟然还被老师当面奚落,真是开了眼界!

当作家,是我的少年梦。先生一席话,惊醒梦中人。我俩越谈越投机,聊得兴起,我干脆连家也不回,与妻子夜宿老师家。那天晚上，万籁俱寂，偶尔传来几声虫鸣鸟叫。师生俩坐在庭院里，任春风拂面，彻夜长谈。

先生下硬任务："我给你定一个目标：五年内，写出一部有影响的作品。""是！"我身子一挺，像士兵领受军令，发狠应道，"请放心，我决不让您失望！"

次日上午，我陪先生登山。他昨晚说的那句"混出来"的话，刺痛了我，我要让他见识一下。我装作随意的样子，一边登山一边问，他退休后的详细情况，被我摸了个底儿透。

第二天，我在回济南的火车上，写了一篇5000字的人物通讯，题为《老骥伏枥为"立言"》。一到济南，就发邮件给他。

先生收到邮件后，十分惊讶："你动作咋这么快！对我的情况咋知道这么多？"我说："都是您前天告诉我的。"他说："我是随口说说的，没见你记一个字呀。"我有点小得意："您不是瞧不起记者吗？这就是记者的功力！"他咂吧着嘴："哎呀，真让我刮目相看！"

2009年8月14日，此文在《光明日报》以大半版刊出。先生激动不已："以前，部队记者也写过我几次，我会提供一些基本材料。没想到，我随口说说，你就能写一大版！能被《光明日报》登这么大版，是我这辈子的最高荣誉！"

五年后的2014年，先生回老家时，我和妻子又去看他。这次见面，我兑现了五年前的承诺：加入中国作家协会、中国报告文学学会，两部长篇报告文学《中国民办教育调查》和《国家记忆》，分别获得第六届鲁迅文学奖、中宣部第十三届"五个一工程"奖。

2015年10月1日，我回宁波探亲时，先生也正巧在老家，我和妻子再次前往。这回，我又奉上新作：46万字的《台儿庄涅槃》。说起这部新作，还有一段插曲。

那是2013年秋，先生路过济南，问我："记得去年，你在《人民日报》给台儿庄发了一个整版，报纸还在吗？"我找出这份报纸，刊发的是短篇报告文学《台儿庄复活》。先生把报纸带回宾馆，说要好好看看。

第二天上午，先生来到我办公室，一见面，就兴奋地说："台儿庄大战扬名中外，台儿庄重建也意义非凡，值得好好写一写，你应该出本书，书名我也想好了。"我赶紧问："是什么？"先生脱口而出："台儿庄涅槃。"我笑而不语，点开电脑，打开文档，请他坐到桌前，卖了个关子："您看一下，这是什么？"

电脑显示屏上，正是我的台儿庄创作提纲，所取的书名，恰是《台儿庄涅槃》！

"哎呀呀，没想到，没想到！"先生惊喜不已，晃着脑袋，两眼眯成一条缝，"咱俩真是心有灵犀，想到一块儿了！"我俩大笑起来。这笑声中，有先生的欣慰，也有我的庆幸。

这时，我提了个建议："要不，咱俩合作一把，您领着我一起完成这本书，如何？"

"好啊！"先生兴致勃勃，不假思索地答应了，"这样吧，你名字署在前，我署在后，以你为主，我给你打下手。"我连忙说："那哪成！您是老师，我是学生，我理当跟在您后面。"

"不行！"先生口气不容置辩，"这是你积累多年的心血，我不能掠人之美。我之所以同意与你合作，是因为我对军事史的研究，应该比你更深入一些，可以给你一些指导。就这么定了！"

台儿庄大战是70年前的事，又是国民党军队的正面战场。几十年来，受意识形态的桎梏，对这场大战的研究并不透彻，一些历史问题模糊不清、众说纷纭。我提出一些问题后，先生没有断然下结论，而是把问题带回大连，特地去图书馆借了一摞资料，反复核查。那段时间，我俩几乎天天通电话，经常围绕一个问题反复探讨，有时因观点不同，在电话里争得面红耳赤。

有一天，先生一字一句地说："你不论是对台儿庄大战的历史，还是对台儿庄的现在，都已经很熟悉了。更可喜的是，通过这些日子的通话，看了你写的一些东西后，我发现你的思想已经很成熟，有自己独到的见解，文学功底也相当厚实，早已不是当年的毛头小伙了，完全能独立完成这本书，我已经当不了你的老师，也没法为你提供更多的指导。这本书还是你独立完成。当然，只要有需要我的地方，我会全力以赴。"

恭敬不如从命。我前后历时六年，终于不负先生厚望。抚摸着我的新作，先生感慨良多："在我的众多学生中，你最有才气，品德也最好，是完全可以造就的英才，所以我对你的期望也最大。前些年不留情面批评你，就是用激将法激励和刺激你，迫使你发掘自己的潜能。所以，你每出一本书，都比我自己出一本书更高兴！"

顿了顿，老师眯起眼睛，深情地望着我说："当老师的，都希望桃李满天下。学生有成绩，是老师生命的延续。韩愈说，弟子不必不如师，师不必贤于弟子。人总是要老的，我已经七老八十了，仍在不懈努力。期待你青出于蓝而胜于蓝，大显身手，事业辉煌，远胜过我。这是我的最大愿望。"

先生这番掏心窝的话，让我大为感动，我起身给他深深鞠了一躬。正是从那一刻起，我萌发念头：老师即将八十华诞，我无以回报，就为他写一部传记吧！

坦率地说，写一部长篇传记，毕竟不像购买一份寿礼那么简单，需要付出大量的时间精力，需要具备足够的情感动力。

先生著书立说大半辈子，当然领这份情。所以，当我把39万字的《大器晚成》敬献给他时，他幽幽地说："有这一本书，我死可以瞑目了！"

说罢，他忽然想起什么，认真地说："我收回司马迁的那句话，另外送你韩愈一句话。"我一时没反应过来。他说："'胸无大志，鄙陋没世'已不适合你。'弟子不必不如师，师不必贤于弟子'更适合你。"

这篇《从头再来》，便是《大器晚成》的节选，在《文艺报》整版刊发。

先生仙游后，其亲属经过商议，一致决定由我写悼词、致悼词。他们说："你比我们还了解他，最有资格写悼词，也最有资格致悼词。"这是对我的最大认可。致悼词时，我泪眼婆娑，几度哽咽。

在我眼里，先生不是天才，只是一位苦难修行者。他的才学和成就，不能证明他天赋高，只能证明他比别人付出了更多努力，经历了更多苦难。他没有被苦难压倒，他把苦难踩在脚下。他没有顾影自怜，而是忍辱负重，挺起胸膛，把目光投向天际，把世界揣在怀里，铁肩担道义，妙手著文章。先生的视野里，既有久远的帝王将相、文豪大家，也有身边的平民百姓、芸芸众生。先生的胸怀里，既有国域疆土、民族兴亡，也有愤世嫉俗、怜贫惜弱。

如今，斯人已逝，风范长存。我怀念先生，敬仰他自强不息的进取，敬仰他夙兴夜寐的勤奋，敬仰他锲而不舍的执着，敬仰他心怀天下的担当。这些，正是共和国一代知识分子的可贵品格，也是我们这个时代所需要的精神脊梁。

10 老 汤

鲁菜,八大菜系之首,明清宫廷御膳主体,以鲜嫩香脆闻名,以汤为百鲜之源,烹调技法30余种,分爆、炒、烧、扒、塌、溜等,尤以爆、扒见长。爆法急火快炒,慢火收汁;扒法味纯质烂,汁紧稠浓。

济南佛山街,有家"老程猪蹄"店。店主程安国,剑眉阔嘴,年逾花甲,善做招牌鲁菜,人称"百姓厨神"。他的菜,是鲁菜,非鲁菜。说是,原汁原味,能唤起乡愁;论非,貌似曾相识,味迥然有别。最拿手的是扒蹄,香郁软糯,酥烂透骨。

有人说,老程的扒蹄味美,亏了那锅老汤。也有人说,老程这人哪,本身就像一锅老汤。

一

济南有条岔路街,东西走向。半世纪前,俗唤破烂街,雅称耶稣街。何故?放眼平房棚屋,一片衰败,唯有教堂鹤立。

程安国生于斯,长于斯,饱一餐,饥一顿,靠地瓜喂大。本是丫鬟命,偏偏小姐身:嘴馋。爹娘揶揄他,小国子投错胎喽,该生在富贵街。

富贵街叫公历街,南北走向,一头搭着岔路街,尽是大门楼子,墙高院深,出入者绫罗绸缎。解放济南城时,阔人望风而逃。

程安国属猴，从小猴性十足，鬼灵精怪。不过，最大特点还是嘴馋。有多馋？一事可见端倪。

五岁那年，小国子高烧不退，耷拉着头。娘背他上医院，转过街角，飘来一股肉香。小国子咦一声，头立马竖起，两眼放出精光，喉咙咕噜一声响：娘，俺想吃肉。

若是平时，娘当没听见，这会儿怜儿生病，一跺脚，拐进熟食店，买了二两猪头肉。店主刚包好，小国子一把抢过，狼吞虎咽。娘付完钱转身，只看见空荷叶。

娘哭笑不得，这是治病钱呢，眨眼没了。小国子舔着荷叶说：俺病好了，不打针了。娘摸摸额头，乐了：哎哟小祖宗，这是咋回事？肉还能治病？

上学后，程安国仍好吃，不光饱口福，还爱饱眼福。放学回家，看到娘做饭，就围着灶台转，一边流口水，一边问这问那，不时搭把手。

娘对爹叹气：咱国子啊，长大没啥出息，是厨子命。爹眼一瞪：恁的，你还没饿怕？厨子有啥不好？想吃啥就吃啥，是富贵命哩！

上初中时，班里有个同学，姓皮，与程安国交好。有一天，小皮说：国子，这个礼拜天，上俺家吃饭去？程安国眼睛发亮：有肉不？去，去！话音未落，口水已到嘴边。

皮家在经十路，距岔路街不远。程安国和同学进门时，小皮的爹系着围裙，从厨房探出头：来了？坐，坐。

程安国扯扯小皮袖子：咋你爹掌勺？

小皮神神秘秘：你知道聚丰德不？

谁不知道？济南的老店，赫赫有名，不过俺没进去过。程安国抿紧嘴，喉咙动了一下。

小皮有些得意：俺以前常去，俺爹原是那儿厨师，后来觉着工人阶级有地位，就到工厂开车床了。

程安国一听，腾地站起，一头钻进厨房，甜甜叫道：皮大爷，俺给您当下手。屁颠颠端盘递碗，甚是殷勤。

呵呵，好，好！皮大爷圆圆润润，慈眉善目。

菜出锅，程安国跑堂。刚端上桌，呼啦一下，几个脑袋挤到一起，筷子上下飞舞，盘子眨眼见底。若是往常，程安国早就上房揭瓦，今天心思不在嘴上，两眼不离皮大爷。

皮大爷看出来了：哟，小子哎，你喜欢厨艺？

喜欢！程安国咽了下口水。

待程安国举箸时，桌上杯盘狼藉，只剩几块扒蹄。程安国夹了一块，又香又烂，美味无比，与娘做的不一个味。

皮大爷哈哈大笑：若与你娘做的一样，俺半辈子大厨不白当了？这是用老汤炖的。

程安国鼓着腮帮子：皮大爷，俺跟您学吧？

行啊。皮大爷笑眯眯。俺多年没带徒了，看你是这块料，就收下你吧，往后做席时捎上你。

程安国得寸进尺：您这老汤，能给俺点不？

小子哎，你想走捷径？皮大爷摇摇头，你不懂调料，老汤给你也白搭，还是老实从头学吧。

皮大爷厨艺好，亲友街坊办红白喜事时，都请他做席。做席时，皮大爷必捎着程安国。做席是行话，当大厨、办宴席。"文革"教育荒废，程安国上四年中学，课堂没学到啥，倒在厨房长了本事。

1975 年，中学临毕业，程安国闯了祸：逮蛐蛐儿玩时，把人家地窖子蹬塌了。民兵扣住他，让家长领人，爹嫌丢人不肯去，还是班主任领回来。程安国没脸回校，辍学干临时工。皮大爷的本领，他已学得差不离，开始独立接活。

有一回，同学哥哥娶亲，请程安国做席。同学奶奶愁了一夜：百十口客人，十多桌菜，这么点小孩行吗？

济南的宴席，少不了三大件：整鸡、全鱼、扒肘子。鸡要现宰，鱼须现饬。两顿酒宴，程安国操持从容，行云流水，男方满意，女方颔首。

按习俗，男方办宴席，女方要赏大厨红包，名曰刀钱。刀钱多少，视满意程度，多则一两元，少则三五毛。

回家后，程安国打开红包，笑出声来：里面是5元大钞！5元啥概念？济南一般科员，月工资才十五六元。

正得意时，爹兜头一瓢冷水：小子哎，嘚瑟啥？别看你刀钱比皮大爷多，论功夫差远了，光他那锅老汤，就够你琢磨半辈子了。

程安国满脸羞赧。

二

光靠赚刀钱，糊不了口，临时工也不稳当。爹辗转托人，把他弄去学开车。那时，司机吃香，受人尊敬。程安国开货车，走南闯北。他有个嗜好：每到一地，必点特色菜，吃得可口，就给厨师敬根烟，讨教技法。几年下来，攒了一本菜谱。

1982年，程安国在街道开车，改革风刮来，鼓励经商。街道书记说：国子，你头脑活络，别开车了，做生意吧。程安国摇身一变，成商场经理，干得财源广进。

有一天，程安国遇邻区街道领导，聊起创收任务。程安国说：我们百把万。对方嗫嚅：我们……12万。程安国忍俊不禁：哈哈，我俩月就完成！

就为这句话，程安国被撬走。本来是树挪死、人挪活，程安国却挪出祸来。

那是半年后，他买了辆新车。车没坐热，街道书记找他：安国哪，我办事还骑自行车，你年轻轻的车接车送，不妥吧？

程安国不以为然：我是做生意的，得接送客户，买车也请示过，有啥不妥？

街道书记面露不悦：我是为你着想，年轻人嘛，要注意影响。

程安国脖子一梗：合同明白写着，我哪点违反了？

书记脸渐成酱紫。祸根就此种下。

有一天，街道突然宣布：程安国接受审计，公司停业整顿。原来，有人举报，程安国贪污受贿。

折腾数月，案子移交区检察院。程安国想，胳膊细，大腿粗，还是坦白从宽。该说不该说的，他都说了一遍。

办案人嫌没说到点，把他铐在暖气管上，三天四宿不让合眼。临了问他：你家电视机哪买的？多少钱？有没有证人？

程安国心里骂娘，嘴上话软，一五一十，有鼻子有眼。办案人听罢，面面相觑，出门核实。

黄昏，办案人露面，进门就松铐，满面春风：老程，你累了，咱们一块儿吃饭去，吃完饭送你回家！

事情到此，不了了之，再也没人提起，仿佛从未发生。程安国给挂起来，工资福利照领，不给安排工作，憋屈死了，开始上访，两年无结果。他心一横，上北京告状！

恰在这时，顾叔来了。顾叔是至交，在外地当领导，回家探亲时，上门开导：国子，你没被逮起来，不孬！不过别喊冤了，"文革"中冤的多了，你还啰啰啥？

程安国一听，泄了气：那我咋办？

咋办？顾叔一字一句，好好活着，别作践自己，让整你的人睁眼瞧着，比啥都强！

程安国醍醐灌顶，决定换种活法，开饭店！

老街道领导念旧情，朝他招手：国子，到咱这租门头房。

程安国疑惑：您那儿是商业街，别人一店难求，能租给我吗？

对方反问：你是别人吗？

良言一句三冬暖，程安国从头暖到脚。

门头房在文化路。程安国请顾叔取店名。顾叔沉吟，店名得有文化味儿，这儿过去叫"泺"，济南是泉源之地，就叫"鑫泺源"吧。

1989年5月，鑫泺源酒店开张，店面不大，六七张桌子。程安国起早摸黑，使出浑身解数。小店天天爆满，须提前三天预约。

到年底，程安国一盘算，净赚好几万！他长吁一口气：这个钱，虽然赚得辛苦，但赚得舒心，不用提心吊胆，不怕半夜敲门。

三

程安国有规矩：开饭店，菜品第一，赚钱第二。他精烹细烩，不敷衍，不懈怠。客人登门，垂头征询，闻过则喜。客人离席，若是光盘，如获褒奖；若有剩菜，琢磨改进。有了创新菜，请来友朋品评。所以，他的鲁菜，推陈出新，青出于蓝，更胜于蓝。

比如，他的"元鱼泡馍"，借鉴鲁西南羊肉泡馍、鲫鱼泡馍技法，颜色酱红，口感嫩滑，既甜且酸，还有肉香。"爆炒腰花"是济南名菜，刀功为要。他顺应口味变化，引进川菜的椒麻，口感焕然一新。"炖青鱼"是济南家常菜，价格实惠，但火候难控，腥味难除。他改变调料，小火慢炖，味道极鲜，馋得客人余兴未了，总要加盘。"葱烧海参"是老鲁菜，他琢磨出"双吃海参"，成为新鲁菜招牌。

"溜黄菜",久已失传,徒留其名,六旬老人仅存记忆。他苦思冥想不得法,某日半夜,忽然灵光一闪,赶紧窸窣起床。老伴吓醒,以为进了贼,嗔怪他:"冰天雪地的,明天不行吗?"他应道:"明天忘了咋办!"一路滑跌到饭店,忙到天明。几位老人尝后击节:"就是这味儿!"妻子取笑他:"哪是厨师,十足厨痴!"

鲁菜讲究制汤,汤分四类:高汤,鸡和猪肘骨合煮,当配料;奶汤,面粉加葱姜烩制,是成品菜;全汤,老母鸡、猪蹄、猪肘骨、火腿、鱿鱼、鲍鱼、虾仁、鲫鱼、干贝合炖,催奶佳品;老汤,乃卤制扒蹄、扒鸡、酱牛肉之汤,接续使用。

程安国精于制汤,高汤色纯而鲜,奶汤色白而香,全汤色浓而醇。然而,最上心的,还是老汤。初入道时,痴迷皮大爷老汤,拜师四年,尽得真传,仍不知足,穿巷陌,踏乡野,遍访名厨名方。

制汤需调料。济南普利街,有一调料市场,全国闻名。程安国混迹其中,买一问十。厮混久了,摊贩成朋友,知无不言。

老玉记扒鸡,济南百年老字号,张家所创,"文革"熄火。传人张大爷暗藏老汤,不敢示人。落魄时,程安国常串门,老少遂成莫逆。一个求知若渴,一个悉心传授。改革开放后,大爷挖出老汤,"老玉记"重现江湖,购者排队数十米。程安国常去帮衬,大爷欣然,赠以老汤。

程安国广尝调料,博采众家,终于自成一家。调料均为常物,妙在比例搭配。

鑫泺源开张日,程安国沐浴焚香,以五大香料(花椒、八角、丁香、桂皮、小茴香)担纲,辅以数十种调料,炖出首锅扒蹄。尝之,鲜味尚可,醇厚不足。他明白,新汤底子薄,若无老汤托底,

老汤

如酿酒之缺酒曲，而汤之醇厚，尚需时日。

程安国卤制扒蹄，工艺复杂：每天早上4点起煮，6点出锅，入汤卤制8小时，味入骨髓。存汤之法考究：禁入冰箱，以防渗入异味；每晚须加热，寒冬两天一热，以防产生异味。

开张仨月，老汤成色渐足，程安国面露喜色。

这天，热不可耐。收工时，程安国反复叮咛：记住喽，晚上10点热汤。

嗯哪。徒弟小刘年轻贪玩，嘴上应着，心不在焉，晚上出门纳凉，竟忘了。

次日凌晨，程安国一进门，劈头就问：汤热过没？

嗯……嗯……小刘脸色大变，低头蹭地。

程安国睚眦欲裂，一脚踹翻小刘：你个败家子，我仨月的心血啊，全让你毁了！

另一小徒凑到汤桶前，嗅了嗅，欢天喜地：师父，汤没变味，热热就行……

程安国暴跳如雷：死孩子，你懂啥？这三伏天，没变味也走味了，这是打底老汤，容不得半点不纯。重新做！

程安国端起汤，呼啦一下，倒进泔水桶，心如刀剜，朝小刘又一脚：我不要你了，你给我滚！

小刘扑通跪下，师父，我错了。

滚！程安国怒吼一声，抬腿再一脚。

程安国洗净锅，重新配方制汤，叫来众人，立下规矩：从今儿起，这汤是我命根子，啥时添水，啥时加料，啥时加热，我自个儿办，谁也不许沾手，谁坏规矩，我敲谁脑袋！记住了？

记住了！众人战战兢兢，唯唯诺诺。

又仨月，老汤渐醇。程安国拿捏到位，多一勺水嫌味淡，少一勺水嫌胶浓。所卤扒蹄，观之色艳，嗅之垂涎，入口即化，渐成招牌，老宾新客，进店必点。

一日，朋友登门，邀他管公司、当副总，年薪 10 万，配奔驰车。他咂咂嘴，又摇摇头："钱我喜欢，车我也喜欢，可我舍不得这锅老汤。"

四

程安国生性好动，年轻时心跑野了，臀下长刺，坐不安分。自打徒儿闯祸，他竟像着了魔，从未离开济南城，半天不见汤，犹如丢了魂。

某年夏夜，程安国鼾声如雷，猛然坐起，把妻摇醒。妻睡眼惺忪，问咋了。他挠着头：今晚汤热没？我想不起来了。妻嗔怪：瞧你一惊一乍的，你问我，我问谁哩？他拍着脑袋，舌头转起车轱辘：咦？好像热过了；不对！好像没热；热过了吧？好像没……

妻不耐烦：行了行了，别自己抽自己，赶紧睡吧，早点起来热不就行了？

不行，我不放心，还是去热一遍保险。边说，边哧溜下床。

悠悠 28 年，饭店几易店址，生意起起伏伏，这锅老汤续新水、补新料，从未干涸，更没走味，绵延至今。

程家独子程阳，细皮嫩肉，人见人爱。夫妻俩稀罕得很，捧在手里怕摔，含在嘴里怕化。

有年夏天奇热，程安国担心汤走味，在厨房装上空调，每天收工时，打开空调，给汤纳凉。

那时，家庭装空调少，阳阳半夜直喊热。妻同夫商量：要不，咱给阳阳装个空调吧？

程安国不以为然：给他扇扇就行，熬几天就过去了。

妻白夫一眼：哼，你眼里，儿还不如你那锅汤金贵！

程安国嘿嘿一乐：你懂啥？阳阳热咱还可以扇扇，汤若坏了，几年心血就白瞎了。

友人逗程安国：国子哎，你疼阳阳不？

程安国不假思索：咋能不疼？我命根子哩。

友人眨眨眼：阳阳和汤，哪个更疼？

程安国想了想，蹦出一字：汤！

后来，阳阳长大成人，处了个对象，烟台人。按规矩，要去女方家提亲。这是大事儿，程安国喜不自禁，不敢怠慢，颠颠当起司机，载着妻儿上路。

春暖花开，天蓝风轻。程安国心情大好，哼着小曲，生发感慨：哎呀呀，为了这锅汤，我已经22年没出家门哩。

正说到汤，程安国急踩刹车，迭声叫苦：坏了，坏了！误大事了！

妻子一个趔趄，吓一大跳：出啥事了？

程安国直搥脑袋：瞧我这记性，光顾着高兴，忘记交待人热汤了！

程阳不以为然：今天凉快，非要热吗？

要热，一天不能耽误。程安国想了想，松开刹车：今晚我得赶回来。

程阳撅起嘴：不是说好住一宿吗？

你俩留下，我一个人回。程安国态度决绝。

这一路，他唉声叹气，好好的气氛，被他搅得闷闷的。到烟台后，仍魂不守舍，坐卧不安，差点让亲家误解。

当晚10点，宾客散席，程安国心急火燎，拔腿就走，妻子不放心，追出来陪着。他一路狂奔，凌晨3点才到。进了店，絮絮叨叨："汤啊汤啊，对不住了，让你受委屈喽。"

扒蹄原属店内点菜，概不外卖。2003年，"非典"肆虐，满城风声鹤唳，路人行色匆匆，饭店空无一客，几欲关张。程安国急中生智，置扒蹄于店外，招徕客人，市民排队购买，饭店起死回生。

祸兮福所倚。程安国茅塞顿开，又烹制一外卖品：酱油螺蛳。

旧时济南，酱油螺蛳是美食，满大街有卖，2分钱一包。济南人称螺蛳为嘎啦油。小贩挑担推车，走街串巷，扯脖吆喝：嘎啦嘎啦油，先出角后出头，阴天下雨钻阳沟。吆喝声一到，小巷探出一串脑袋。后来，此景渐渐绝迹。

"非典"过后，济南评选风味名优小吃。评选现场如开流水席，一溜评委端坐，举箸握勺，浅尝辄止。程安国送评两物：扒蹄和螺蛳。评委尝后连连说，这两样都留下，过会儿要好好尝尝！最终，程安国独揽两个第一。

程安国的螺蛳，名承酱油，实乃老汤烹制，别有滋味，入口香脆，回味悠悠，不仅济南抢手，青岛、烟台也慕名订购。程安国日炒数百斤，方能满足市场。

五

程阳心气高，志向大，大学毕业后，先当教师，后入企业，高不成，低不就。有人指点：若学会你爹那一手，能让你撑着喽。他撇撇嘴：那活儿伺候人，干不了。无奈，理想丰满，现实骨感，蹉跎多年，一事无成，灰头土脸给爹打工。

起初，老程指望子承父业，悉心传授刀功、勺功、抽糊、宰剔。岂料，小程只想当老板、挣大钱，不想干苦力，对厨艺兴趣索然。这几年生意清淡，改做大众快餐，小程更觉失面，不情不愿。老程心灰意冷，唉声叹气，搬出顾叔之子顾晨。

顾晨是会计师，懂经营，会管理，对程阳苦口婆心：好男儿当自强，要脚踏实地，别好高骛远，当厨师咋没面子？啃老才没尊严哩。口袋空空，腰杆甭想挺直！凭你的底子，没有十来年，学不了你爹功夫，那就走条捷径，专门经营扒蹄。这样吧，我出钱、你出力，我设计、你跑腿，改造店面，成立公司，注册商标，叫响"老程猪蹄"品牌。

小程一听，头如捣蒜，老程也在旁偷乐。很快，饭店改头换面，更名"老程猪蹄"。父子默契分工：老程主内，负责烹制；小程主外，负责营销。日销扒蹄200只，"老程猪蹄"果真响了。

两年后，"泺源斋老程猪蹄"注册成功，上书"老济南的味道"，下写"秉承古老传承"，程安国头像居中，大厨装束，气宇轩昂。

这天，表姐找上门，大大咧咧，国子的扒蹄名气大，我家亲戚也卖扒蹄，让国子教给他配方吧。

程安国娘不知深浅，满口答应，对儿子说，国子啊，你大玲姐与咱家走得近，这层关系你得教。

程安国皱起眉头，大玲姐要吃啥菜，我可以给她做，这要求过分了，我不能答应。

老太太不乐意，咋的？光认钱，不认情分了？

程安国理更足，要说认钱，她才光认钱呢，指望靠配方发财，这不是糟蹋配方吗？挣钱要靠真本事，咋能半路抢劫！

老太太不解：你搞这配方，不就是为挣钱吗？

程安国慢声细语：打小您老就教育我，要学文化，要干正事。我搞这配方，是我喜欢厨艺，把它当事业干，不是光为挣钱。这是我多年心血，也是文化，是艺术，是知识产权，要保护哩，哪能随便教人？

老太太瘪瘪嘴，没词了。

去年秋，店里来一白净后生，尝罢扒蹄，惊讶不已，找到程安国，自称山东电视台导演，邀他参评"百姓厨神"，现场录像，若能上榜，电视播放。程安国问，收费不？导演说，不收。程安国想，当年错过中央台，肠子险些悔青，这回山东台也不赖。就说行。

那是数年前，一位美女登门，自称"舌尖上的中国"摄制组，欲拍扒蹄和螺蛳。一听要停业三天，程安国头如拨浪鼓，客人等着我哩，耽误不起工夫。美女三次登门未果，抱憾而去。后来，看了央视，程安国才知眼拙，捶胸顿足。

参评点在东营，往返需五天。程安国屈指一算，开店27年，这是第二次离济南。他对儿千叮万嘱，每晚10点，记得热汤。

程阳摸摸耳朵打趣，老爹，我耳朵长茧了。

程安国眼一瞪：小子哎，你若忘了，我揪下你耳朵！

连续四夜，每到10点，程安国就冲着手机嚷嚷，阳阳，热汤！

"百姓厨神"旨在发掘民间高手，推介名优鲁菜。菜肴若获评委首肯，将成某大型餐饮集团上榜菜，供应全国30余家星级酒店。程安国携一罐扒蹄，翩翩而至。评委一律支持上榜，还给出评语：软糯，酥烂，透骨，筋道。主持人问，好吃到什么程度？一位评委说，就俩字，（宁愿）死去！

节目播出后，"老程猪蹄"大噪。一日，程阳打车，说去佛山街南头。的哥脱口而出，去老程猪蹄？程阳诧异，你咋知道？的哥说，老程猪蹄名气大，我拉好几回客了。

九旬老爷子捋须晃首，咱国子有出息，成状元喽。老太太眼眯成缝，打小俺就看他有出息。老爷子揭发，喊，你当初咋说的？老太太装糊涂，咋说的？老爷子拿腔捏调，咱国子啊，长大没啥

老汤

出息，是厨子命……老两口你来我往，打起嘴仗。

几年历练，程阳从生涩变成熟。前些日子，同学聚会，聊起各自近况。程阳底气十足，侃侃而谈。举坐皆惊：什么什么，老程猪蹄是你家的？！

瞧着满桌惊羡，程阳悟出道道：有能耐才有尊严，有作为才有地位。回到家，急不可待，爹，我要跟您学厨艺，不光学做扒蹄，还想学刀功、学勺功、学……

程安国眼睛瞪成牛蛋，咦，你没喝高吧？

程阳郑重其事，学您老，把厨艺当事业干。

小子哎，这就对了！一招鲜，吃遍天。三百六十行，行行出状元。程安国端起架式，一脸正色，你听着，制汤如做人。做人走错一步，会抱憾终身；老汤不护好底，会前功尽弃……

程阳深深一揖，您老请放心，咱家这锅老汤，我一定传给您孙儿。

程安国仰天大笑：哈哈，敢情好，咱老程家后继有人喽！

（原载 2017 年 3 月 22 日《人民日报》）

手 记
被两个数字打动

2017年1月27日，除夕。放假日，我在单位值班。上午10时，朋友顾晨来访，提来两节猪蹄，是熟的，话题便围着猪蹄转。顾晨说，这猪蹄，用老汤卤制，做猪蹄的老程，是个实心眼，为了护这锅汤，22年没出济南城，一锅汤守了28年，没干过，没走味。

这两个数字，让我心里一动。此时，中央正在提倡工匠精神。什么是工匠精神？官方的解释是：对于个人，是干一行、爱一行、专一行、精一行，务实肯干、坚持不懈、精雕细琢的敬业精神；对于企业，是守专长、制精品、创技术、建标准，持之以恒、精益求精、开拓创新的企业文化；对于社会，是讲合作、守契约、重诚信、促和谐，分工合作、协作共赢、完美向上的社会风气。我的理解则是：不急功近利，不好高骛远，认准一个目标，把事情做到极致。我坚信，只要付出，必有收获。

我想，老程护老汤，不也是一种工匠精神吗？于是，我对顾晨说："你问一下老程，哪天有空，我想和他聊聊。"

顾晨一听，高兴地说："正月里天天有空，我让他亮出绝活，给你摆一桌，开开眼界！"

我摇摇头："我对吃不感兴趣，对美食是外行，别辜负了他手艺。这样吧，趁热打铁，初二下午，请他到我办公室，好好聊半天。我利用假期写出来。"

初二下午，顾晨陪着老程，如期而至。老程不善言辞，开始时，问一句，答一句，像挤牙膏。我顺着他思路，耐心陪着闲聊，抓住他的兴奋点，刨根问底，渐渐打开他的话闸。不料，话闸一打开，他就把持不住，滔滔不绝，说着说着就跑题了。我不动声色地插一句，按着我的需要，把话题拉回来。

不知不觉，聊到天黑。我已盆满钵满，他还意犹未尽。一旁的顾晨看傻了眼，调侃道："你这个闷葫芦，平时三棍子打不出个屁，今天咋成话痨子了？"老程嘿嘿笑着，摸摸后脑勺："徐老师懂我。"

《老汤》发表后，老程大喜过望，把报纸塑封装裱，挂在小店的墙上，当作招牌。简陋的小店，顿时有了浓浓的文化味儿。很快，小店成为网红店，很多人慕名而来，有的还带着《人民日报》，网上订购量激增。顾晨灵机一动，找人精心设计，配上老济南插图，把《老汤》做成单行本，薄薄20页，古色古香，搁在老程小店里。凡买两节猪蹄者，赠送一册。网上买两节者，也随寄一份。至今，这本小册子，已送出数万份。

有网友评价：语言简练，半文半白，结构精彩，醇厚幽香，像读民国时期作品。

自我评价是：有烟火味儿。

顾晨说，老程唠叨过多次：啥时请徐老师坐坐。不过，时至今日，我还没见识过他绝活，他长啥模样，我都快忘记了。

11
驯虫记

蟑螂是什么？害虫。地球人都知道。

提起蟑螂，人人憎恶：肮脏，恶心，污染食物，携带病菌，传播疾病……在中国，一场灭"四害"，蟑螂成全民公敌，人神共愤。在美国，政府年耗15亿灭蟑，高于防艾两倍。

偏偏李延荣不，慢条斯理，如数家珍：蟑螂是个宝哇，讲团结，守规矩，不挑食，能再生，繁殖快……别人笑他痴，他笑别人盲，竟与蟑螂合力，试图破解一道环保难题，洞开蛋白饲料天地，一举两得。

昆虫天性，无关对错。只要人类独具慧眼，巧妙利用，害虫亦成益虫。蚕吃桑叶吐丝，蜂采花粉酿蜜，蟑螂亦可被化敌为友，造福人类。

罗丹说，对于我们眼睛而言，这个世界不是缺少美，而是缺少发现。发现和创新，如龙之睛，似虎之翼。

一

初识蟑螂，李延荣27岁。

1990年秋，李延荣双喜临门：生女，乔迁。半夜，宝宝啼哭，他起床热奶。进厨房，拉开灯，眼睛猛一花：灶台上，一群黑东西，不会飞，能疾走，呼啦啦散开，眨眼销声匿迹。他吓一激灵：妈呀，啥玩意？

热罢奶，李延荣不放心，拉灭灯，侧起耳，睁大眼，潜伏黑暗中。直到耳朵侧酸，终于有了动静，窸窸，窣窣，来了！他屏住呼吸，瞅准方向，猛一拉灯。看清了，一群黑虫！

黑虫猝不及防，仓皇逃窜。说时迟，那时快，李延荣一个虎跃，死死摁住一只。劲使大了，脑袋撞上墙壁，嗡一声，金星直冒；胳膊撩落铁锅，咣一下，声如炸雷。妻子惊醒：咋了？进贼了？

小虫顽强抵抗，使劲挠手心。李延荣慌忙捏紧，以为是蛐蛐。细一看，色黑褐，体扁平，长翅膀，不会飞，有光泽，发臭气，不像蛐蛐。

李延荣生性好奇，凡事爱琢磨。他找出药瓶，盛了小虫，给同事辨认。同事大惊失色：哎哟，这是蟑螂，快碾死它！

在南方，蟑螂如影随形，老幼皆识，北方却少见。李延荣初闻乍见，如临大敌，回家折腾多日，才剿杀殆尽。

再识蟑螂，又悠悠18年。

2008年夏，留学澳洲的女儿暑假回国。一日，女儿正上网。李延荣问：鸿怡，看啥哩？音乐怪怪的。

鸿怡说，美国动画片，讲蟑螂先生的。

什么？李延荣皮肤一紧，蟑螂？还先生？

鸿怡抬起头，蟑螂咋了？完美造物呢。

多恶心的东西呀，怎么完美了？李延荣凑过去。

鸿怡现炒现卖：蟑螂存在久远，已在地球生活3亿年，恐龙不过1.65亿年，人类仅4万年；生命力强，能90日不进食、40日不进水，失去肢体能重生，头没躯体能活12小时，躯体没头能活40天；繁殖力强，一年能繁衍10万只；用于制药还能治多种病，消化不良、破伤风、脓肿、耳痛及性无能……

哎呀呀。李延荣咂巴嘴，想不到，这么脏的玩意，竟浑身是宝！

李延荣是章丘人，中专毕业分到济南物资回收公司，悟出道道：天生我材必有用，废品也是好资源。一双破胶鞋，不值钱吧？一回收，却是宝了：鞋帮制橡胶，鞋面可造纸。一台废电机，可析出银、铜、铁，身价倍增。调山东技术开发中心后，又迷上科技转化。有个电动机专利，定子与转子可功能互换，转让费5000元。他灵机一动：装在自行车后轮，可以取代链条！兴冲冲跑到自行车厂，要谈合作。厂长兜头一瓢冷水：没有链条，还叫自行车？后来，满大街的电动车，正是运用此原理。他懊恼不已：若当初买下专利，早大发了！看来，今后有想法，须尽快动手，别光说不练。

鸿怡一席话，勾起李延荣兴趣。他说，你再搜搜蟑螂，还有啥资料？

鸿怡一搜，满屏杀气，不是推销灭杀药，就是介绍灭绝法。也有知识介绍：学名蜚蠊，俗名骚甲、黄婆娘、油夹虫、偷油婆，还称小强，品种6000多，分布热带、亚热带。国内家居蟑螂中，有中华大蠊、美洲大蠊、澳洲大蠊、黑胸大蠊，也有德国小蠊、日本小蠊。

李延荣好奇，为啥叫偷油婆？

鸿怡说，蟑螂嘴馋，逮啥吃啥，荤素不拒，食物种类广泛，美洲大蠊喜欢油和腐败物，德国小蠊偏爱发酵物。

蟑螂的药用价值，其实《本草纲目》《神农本草经》《中国药用动物志》《全国中草药汇编》均有记载。《本草纲目》描述，"身似蚕蛾，腹背具赤，两翅能飞"。此貌，正是美洲大蠊特征。

甚至有个外国视频说，吃昆虫能"拯救"世界！柬埔寨将昆虫当午餐，泰国视昆虫为美食，有两万家蟋蟀养殖场，曼谷到处是卖昆虫摊位，蟑螂、蚕虫每只30泰铢，蝎子每只100泰铢。联合国粮农组织官员称，昆虫营养成分高，蛋白质丰富，繁殖速度快，生长效率是牛肉20倍，且碳足迹极其微小，只需少量的水，产生的温室气体微乎其微；昆虫是冷血动物，不必为保暖消耗热量，摄取食物少，有助于解决粮食危机、拯救环境。

哦。李延荣若有所思。

二

既然蟑螂用处大、繁殖快，何不人工饲养呢？李延荣又琢磨开。一打听，果然有人养，本省有多家，卖给药厂。

接受以前教训，李延荣说干就干，跑济宁，奔淄博，转滨州，登门讨教。未料，乘兴去，败兴归。这些农户均用粮食投喂，成本不低，养一吨上万元，最初每斤卖500元，因缺销售渠道，一路跌到15元，仍乏人问津，血本无归，欲哭无泪，一对夫妻还离了婚。他不敢造次。

时光荏苒。一晃，三年过去。

这天中午，李延荣去食堂吃饭。泔水桶满了，食堂职工叫苦：现在不让泔水养猪，没人敢收泔水，只好花钱求人，每趟400元，人家还不愿来呢。

李延荣纳闷，泔水喂猪，勤俭节约嘛，咋不让呢？细问才知，"泔水猪"易患病，有同源性感染风险，对人体有害，疯牛病的传播就是教训。

300多员工，每天泔水不少，怎么处理呢？李延荣挠起头，饭店餐馆这么多，该有多少泔水？

泔水油渍麻花，李延荣忽然想起"偷油婆"，脑洞大开：蟑螂不是嗜油吗？假如让它吃泔水呢？

李延荣手下有三个年轻人，都是研究生，姜丽娟学生物，左立学化工制药，张立伟学化学分析。仨人不以为然：西方科技那么发达，咋没想到利用蟑螂？

那倒未必。李延荣说，我同女儿探讨过，西方是分餐制，食物浪费少；国人喜欢聚餐，餐馆生意火，现在生活条件好，剩饭菜成大难题了。

嗯，是这理儿。几个年轻人颔首，昆虫处于生物链最低端，让蟑螂吃剩饭菜，理论上说得通。

李延荣找到章丘环卫中心主任安峰。安峰说，章丘的餐馆和食堂数百家，每天有40吨餐厨垃圾，家庭的没法统计。

哟，这么多！李延荣吓一跳，咋处理呢？

安峰摇摇头，餐厨垃圾油性大、水分高，夏天12小时变质，冬天30小时，没法焚烧，只能填埋，污染地表和地下水。

李延荣问，填埋场满了咋办？

安峰两手一摊，还能咋办？找新的呗。

李延荣追问，再满了咋办？

安峰语塞。

李延荣试探，如果我能处理一部分呢？

你？安峰面露狐疑。

李延荣说，我想养蟑螂，让蟑螂吃。

什么？养蟑螂？还让蟑螂吃？安峰眼睛一亮。有人试过生物处理，让蝇蛆、蚯蚓吃，都有局限，蝇蛆的卵和蛹不进食，蚯蚓怕咸怕辣，从没听说让蟑螂吃。你若能做到，我给你补贴！

李延荣大受鼓舞，此话当真？

安峰一跺脚，君子一言，驷马难追！

三

周末，李延荣对妻子说，今天我买菜，给你露几手。

妻子扑哧笑了，这半辈子，尽是我伺候你，你啥时露过手了？

李延荣忙乎半天，做了满桌菜，请妻子坐下，斟上酒。

妻子满脸警惕，你从没这么殷勤过，是不是有事求我？

李延荣嘿嘿一笑，确实有事商量。

说吧，要多少钱哪？财政大臣拉长声调。

不是钱的事。

不是钱？那好办！妻子换了态度。

是这样。李延荣剥了一只虾，放进妻子碗里，我想在家里做试验，养蟑螂。

哎呀，那多脏啊！妻子筷子一撂，你在外面折腾，我不管，在家里不行！万一跑得到处都是，咋办？

父女俩的讨论，她旁听一耳朵，并不吃惊，但要在家里养，接受不了。

哪能呢？李延荣赔着笑脸，你只管放心，我只是养几只，会千万小心的。

放哪儿养？妻子让了半步。

乘鸿怡出国，放在客卫里。

别弄得脏兮兮的，等鸿怡回来，住不下去了。妻子又让半步。

她全力赞成，正在为我搜集国外资料呢！李延荣得意洋洋。

妻子不再吭声。她了解丈夫，性子好，但脾气犟，只要认准理，九头牛拉不回。

2011年10月，李延荣买来金鱼缸，搁在客卫，讨来一把卵鞘，是美洲大蠊种。蟑螂一生，分卵鞘、若虫、成虫。卵鞘一厘米长，呈咖啡色，状如枕头，有两排细微孔，排列整齐。李延荣数了数，每排六至八孔。

那些天，李延荣一回家，就坐在鱼缸前，盯着卵鞘，纹丝不动。

20多天后，一只卵鞘的小孔忽然绽开，钻出一只小虫，通体雪白透明，像是白蚁，东张西望后，快速爬动。很快，小孔次第绽开，一只，两只，三只……其他卵鞘紧随其后，缸底爬满若虫。

李延荣投进一团剩饭，若虫快速围拢，津津有味吃起来。吃罢，四下散开，沿着缸壁往上爬，因缸壁太滑，纷纷掉下。

这时，李延荣惊讶发现，虫体颜色渐渐变深，两小时后，完全变成咖啡色。

蟑螂喜暗怕光，昼伏夜出。李延荣将窗户遮严，打着手电看。果然，若虫一见光，就四下逃窜。

李延荣想，蟑螂怕不怕麻辣呢？拉妻子进川菜馆，点了毛血旺，带汤打包。若虫一拥而上，吃得干干净净。

那段日子，夫妻俩经常下馆子，为的是打包。好一个蟑螂，无论酸甜苦辣，统统来者不拒，似乎永不厌食。

李延荣又想，蟑螂吃不吃腐败食物？会不会中毒？遂将剩饭菜捂馊，气味难闻。若虫毫不介意，胃口照旧。

李延荣明白了，蟑螂无味觉，也无嗅觉，而且免疫功能好，不会轻易患病。哈哈，它可不像蚯蚓那样娇气呢！

若虫天天见长。一天下班后，李延荣蓦地发现，若虫行动迟缓，不吃不喝，直至一动不动，莫非病了？焦急起来。到了半夜，他不放心，起床观察，发现若虫又动起来。不过，不是爬行，而是左右晃动，晃了一会儿，若虫头部忽然破裂，里面竟钻出一只若虫，原先的若虫变成薄壳。紧接着，像变戏法似的，一只只若虫破壳而出，又活蹦乱跳。不一会儿，缸底铺了一层虫壳。

呀，蟑螂会蜕壳！李延荣目瞪口呆。

次日早，李延荣来到鱼缸前。咦，虫壳没了。显然，又被若虫吃了！

李延荣发现，每隔一段时间，若虫就蜕一次壳。天气暖和时，周期短；气温下降时，间隔长。

时间一久，异味渐浓，飘得满屋都是，妻子难以忍受，央求丈夫，我快熏倒了，别在家养了，弄到外面去吧。

李延荣也担心，眼看蟑螂疯长，万一逃逸，就惹祸了，得赶紧转移。章丘有座花椒山，朋友承包的，山上有幢简陋房。他把鱼缸运上山，制了几个木箱，蒙上丝网，让妹夫边饲养、边观察记录。一有空，他就驱车去，半夜才回家。双休日，更是整天泡在山上。

若虫四个月时，开始长翅膀，不再蜕壳。这意味着，若虫变成虫了。记录显示，共蜕壳八至十次。

过了几天，李延荣发现，成虫屁股后面，冒出一个黑点，以为是屎。可是，"屎"越来越长，并不掉落，成虫走到哪里，都笨拙地拖着，一周后才落地。他恍然大悟：原来是只卵鞘！

过了一天，成虫屁股后，又冒出黑点。李延荣得出结论：美洲大蠊成虫，每周产一次卵。随后，他又观察到：饲养温度适宜时，卵鞘约25至30天变若虫，数量12至16只。

产卵的，自然是雌蟑螂。再观察，李延荣看出端倪：雌的肚子圆、屁股宽；雄的肚子细、屁股尖。蟑螂繁殖，属有性与无性结合。雌蟑螂交配一次后，会雌雄同体，不需交配，便可连续产卵。

网上说，蟑螂饥饿时，会残杀同类。为验证，他在鱼缸里放进100只蟑螂，一半成虫，一半若虫，断食断水。

30天后，成虫出现死亡，若虫依然活跃，还蜕壳呢，只是变瘦了。

这时，怪事发生：成虫死亡不久，同伴慢慢围拢，先略略试探，见没动静，就开始啃食。不一会儿，风卷残云。

过了几天，又见有趣一幕：若虫蜕壳时，因不动弹，同伴趋前啃咬，被咬者受惊逃跑，同伴撵着咬，撵几步就放弃了。

李延荣得出结论：即使极度饥饿，蟑螂也不轻易残杀同类。

网上还说，蟑螂遇到食物时，一哄而上，边吃边拉。李延荣观察后，并非如此。蟑螂取食时，不会在食物上乱爬，更不会拉在食物上，而是在食物周边围一圈，从外往里吃。吃时并非蜂拥而上，而是让里圈的先享用，外围的静候，不会硬往里挤，待里面吃饱退出，后面的才跟进，退一只，进一只，并不争抢，还挺有序。

他感叹不已，哎呀，居然有点绅士风度！

四

养殖蟑螂，须以量取胜。如何高密度养殖呢？李延荣想，光在一个平面养，密度难以提高，须立体养殖。

怎么个立体法？李延荣苦思冥想，有一天路过一处厂房，看到屋顶的波纹瓦，茅塞顿开，让人做成波纹水泥板，竖起来，中间留缝隙，投放进蟑螂。

果然，蟑螂吃饱后，自觉攀壁歇息。再投食时，呼朋唤友，簇拥而来。

反复测试后，李延荣选定最佳缝隙，既节省空间，又不影响蟑螂活动。他测算，100平方米的投影面积，可养18至20吨。

蟑螂寿命如何呢？李延荣继续观察。

资料说法不一，有说一年半，有说两年半。李延荣发现，生长九个月时，蟑螂陆续掉落，雄的居多，雌的占百分之三四。随后，雄的渐少，雌的渐多。最终，李延荣得出结论：美洲大蠊寿命九至十二个月，其中雄的九至十个月，雌的十一至十二个月。

观察中，李延荣意外发现，蟑螂的死亡选择，有其独特规律：掉落时，若四脚朝天，便无力翻身，只是徒劳乱蹬，不几天就死了；若是仍然趴着，会缓缓爬到低处，静静等死。

这一意外发现，给了李延荣灵感。他将底盘设计成倾斜，高端投食，低端清理。

这时，又遇到新问题：蟑螂自然死亡后，该如何处置？得找好出路。李延荣决定向专家请教，听说某大学L教授是昆虫研究专家，遂慕名登门求教。L教授听说他用蟑螂吃餐厨垃圾，既意外，又吃惊，让他给建个实验室，说要好好观察研究。孰料，实验室建成不久，此君竟跑到山东省科技厅邀功，称自己有个新课题，可以用蟑螂吃餐厨垃圾！幸亏科技厅跟踪李延荣多年，才没被蒙蔽。

李延荣只好自己想办法。他琢磨：我国蛋白饲料稀缺，蟑螂蛋白质丰富，如果把它烘干磨粉，制成动物饲料，说不定成大产业呢！

这样的饲料，功效如何？李延荣决定做试验：养鸡。将小鸡分成两组，一组喂普通饲料，不加抗生素；一组掺百分之五蟑螂粉，对比观察。

区别很快显现：那组普通鸡易患鸡瘟，半年病死一半；"蟑螂鸡"从未染病，生长速度快，肉质韧性好，骨头格外硬，公鸡五个月就出现第二性特征（即鸡爪上方的一节骨头），而普通公鸡一年才有。饶有趣味的是，"蟑螂鸡"像打了鸡血，只只凶狠好斗。有一次，一只公鸡忘了"祖训"，竟向大狗挑衅，狠啄对方几口。狗恼羞成怒，与鸡厮打。鸡哪是狗对手？自然败下阵来，肚皮惨被撕破，耷拉着一块皮。伤鸡若无其事，照吃照跑，伤口渐愈合，平安度过20天。不巧，蟑螂粉缺货，鸡改吃普通饲料。仅五天，伤鸡蔫头耷脑，步履蹒跚，伤口开始化脓。

一份试验报告，让李延荣茅塞顿开：蟑螂粉含有天然抗菌肽，具有免疫、复合功能；肉鸡饲料中掺入百分之二蟑螂粉，可替代抗生素药物。

鸡蛋也不相同。"蟑螂蛋"壳厚硬、黄不散，可斜插牙签，蛋清有三环，香味浓郁。

为进一步验证，李延荣买来60只成年肉食鸡。这些鸡乃工厂化养殖，从小到大不挪窝，刚买来时，竟立不稳，成天蹲着。李延荣将其分两组，一组喂普通饲料，一组掺蟑螂粉。结果，前者第三天开始死，第九天全亡；后者半个月能站，20天能跑，没一只病死，肉质口感明显改变。

为获取更可靠的数据，李延荣求助农业部食品质量监督检验测试中心（济南）。检测数据显示，"蟑螂鸡"肉中，未检出抗生素残留、农药残留和重金属残留，脂肪含量低于兔肉，硒含量是散养鸡的一点八倍。

持续观察三年后，李延荣申报30多项专利，已有两项获批，一为发明专利，二为实用新型专利。2014年秋，他成竹在胸，再度找到安峰。

什么！安峰惊讶不已，你还在捣鼓？以为你是胡咧咧呢！

李延荣认真问，我要餐厨垃圾，你能不能免费提供？

岂止是免费？我要给你磕头呢！安峰激动了。这年夏天，济南刚发生一起事件：填埋场旁村民不堪其臭，阻挠垃圾车进场，市区垃圾滞留三日，市民叫苦连天。

安峰说，这几年，章丘餐厨垃圾激增，餐馆和食堂每天产60吨，你帮我解决大难题了，你要多少，我送多少！

2015年底，李延荣辞掉企业职务，联合几位朋友，按照工厂化标准，建成封闭式车间，全身心与蟑螂打交道。

安峰早就急不可待，及时跟进，定期送来餐厨垃圾。

五

出济南城东，上济青高速南线，行20分钟，从埠村口出，行不远，漫山遍坡郁郁葱葱，尽是花椒树。车在绿树中蜿蜒，直达坡顶，有一处不大的院落，挂着招牌：章丘区餐厨垃圾生物处理中心。我慕名探访。

场外，堆着餐厨垃圾，刚送来，异味还淡。两个员工正在挑拣，有碎玻璃、塑料袋，也有动物骨头。员工说，蟑螂很精明，如果食物够，不吃骨头和塑料袋；如果食物少，也会慢慢咀嚼。至于大骨头、碎玻璃和金属物，则无法啃动。

垃圾经粉碎后，沿管道输往投食口。员工说，投食时，为了不留残余，有意少投，让蟑螂八成饱。

我问，一天能处理多少垃圾？

15吨。李延荣说。

场内光线暗淡，李延荣打着手电。几块大玻璃，围成封闭空间，里面排列着波纹板。手电光下，蟑螂密密麻麻，来回穿梭。李延荣说，这几年，蟑螂数量呈几何级增长：2014年400公斤，次年4吨，去年超过100吨，今年可达3000吨。

悠悠五六年，从手心上一把，到成百上千吨。这个巨变，让我震撼！

我注意到，底盘上，有卵鞘、蟑螂屎，还有垂死蟑螂，混杂在一起。李延荣解释，他设计了筛分装置，能将三者自动分离。

隔壁是孵化室，热烘烘的，有一股潮湿味。架子上，尽是孵化盆，盆内有孵化辅料，小若虫钻进钻出。

我好奇，一个章丘城，餐馆和食堂日产六十吨餐厨垃圾，那么全国的餐馆和食堂呢？

安峰伸出俩手指，2015年，6000万吨！

我心一沉，眼前幻现一座山——垃圾山。

据说，北京一天产垃圾两万多吨，如果用卡车载，车辆首尾相连，长达60公里，可绕北京三环一圈。

这是个黑色的数字，但也未尝不蕴着商机。李延荣说，按2015年数据，全国饲料需求量近两亿吨，如果都添加百分之二的蟑螂粉，需要蟑螂粉380万吨；15吨餐厨垃圾能产一吨蟑螂粉，6000万吨餐厨垃圾若投喂蟑螂，可产400万吨蟑螂粉，足可替代饲料抗生素。

有比较，才有鉴别。我问，国外有使用昆虫饲料先例吗？

李延荣拿出一沓资料。美国、加拿大已获准使用昆虫蛋白饲料，欧盟允许喂给宠物和收获皮毛的动物，并正在考虑用于水产。

安峰说，区政府已批复60亩地，支持李延荣扩建场地，将日处理餐厨垃圾100吨。

探访归来，我正撰写此文，李延荣通报喜讯：8月4日，中国工程院院士孙久林领衔，中国科学院、中国环境科学研究院等机构的昆虫学、固体废物处理处置、生物防治与植物保护等领域的几位专家评价后，得出结论："利用美洲大蠊处理餐厨垃圾技术"遵循自然界食物链规律，是充分利用美洲大蠊可以高效、快速、无污染转化餐厨垃圾的一项新技术，符合变废为宝的资源高效利用方向，是国际、国内环保新理念的具体实践；该技术的副产品美洲大蠊虫体、干粉及卵鞘可作为昆虫蛋白饲料，实现餐厨垃圾资源化和循环利用；该项目关键技术具有自主知识产权，技术水平达到国际领先，创新了一种餐厨垃圾处理模式，经济、社会效益显著，应用前景广阔。

30多年前，未来学家托夫勒在《第三次浪潮》中预言，继农业革命、工业革命、计算机革命之后，影响人类生存发展的又一次浪潮，将是世纪之交要出现的垃圾革命。随着城市化经济的高速发展，"垃圾革命"号角早已吹响。

中国与昆虫渊源深远：养蚕史逾4000年，是养蚕缫丝和织绸鼻祖，有"嫘祖始蚕"之说；蜜蜂养殖始于东汉，养蜂专家姜岐"以畜蜂豕为事，教授者满天下"。如今，养殖蟑螂，转化垃圾，造福人类，或许又将创造奇迹？

我们充满期待！

（原载2017年9月6日《人民日报》）

手　记
世事洞明皆学问

　　《红楼梦》第五回里，有这样一副对联，"世事洞明皆学问，人情练达即文章"。这"世事洞明"说的是，对于人世间的各种事情，都看得透彻明白。这是很高的境界，非常人能及。对新闻价值的判断，与记者的眼力密切相关。如果记者在观察、分析、判断问题时，能有这样高超的洞察力，在平凡生活中慧眼识珠，以独特视角挖掘新意，岂不是处处皆新闻？

　　有一次，山东省科技厅一位副厅长告诉我，某人有项新发明，用蟑螂处理餐厨垃圾，建议我去采访。

　　蟑螂？又脏又丑，我每遇到，必灭之。我嘴上敷衍，心里哂笑：用蟑螂处理垃圾？天方夜谭，异想天开，不靠谱！

　　两年后，这位副厅长见我没动静，又提起这事，说那人了不得，养殖蟑螂已达上百吨，一天能吃掉十多吨垃圾！

　　我心里一动，半信半疑：真的假的？靠谱吗？

　　他急了：你去看看，不就知道了嘛。

　　我急急赶去。养殖场像车间，蟑螂被封闭在黑暗中。我用手电一照，头皮顿时发麻，下巴险些掉下：妈呀，黑压压，密麻麻，仿佛千军万马！

　　发明者李延荣，年龄比我略大。他养的蟑螂，能将餐厨垃圾吃干榨尽，蟑螂烘干磨粉拌入饲料后，还能完全替代抗生素。

李延荣不善言辞，初接触时，有问才答，略显木讷。接触多了，才知他内秀：眼光敏锐，勤于钻研，意志坚韧，历经磨难而矢志不渝。这不正是成功者的特质吗？

我边观察求证，边查阅资料。一组数据，让我震惊：

2015年，我国城市生活垃圾1.856亿吨，如果用2.5吨的卡车运输，卡车首尾相连，长度近50.4万公里，能绕赤道12圈。家庭餐厨垃圾无法统计，仅餐馆食堂产生的餐厨垃圾，一年就有6000万吨，因含水量高，无法焚烧，只能填埋。

在北京，日产垃圾两万多吨，装载卡车若排队，长达60公里，可绕三环一圈；2011年到2020年，北京填埋垃圾需耗土地3200亩。

垃圾处理不当，既占用大量土地，污染水体、大气、土壤，危害农业生态，也影响环境卫生，传播疾病，危害生态系统，攸关一国生存和发展。

跟踪半年，心中诸多问号，被一个个拉直。我坐不住了：这项发明若能推广，无论是在生态治理领域，还是食品安全领域，都将引发一场革命！

一阵羞愧从心底冒出：如此利国利民的创举，竟被我哂笑怠慢，实在不该。于是，我决定写写他。

稿子写好后，发表过程一波三折。最初，我传给《人民日报》"大地"副刊主编董宏君。宏君说："你刚发过一个整版，太近了，要不先搁搁？"我听懂了，她这是婉拒。

宏君同志好是好，就是有点"女包公"。虽然我们关系很好，但她认稿不认人。我知道她的脾气，从不为难她，有稿子先给她，她看不上的，我再给别人。尽管如此，我对她还是很敬佩的，敬佩她的坚守和风骨。这种坚守和风骨，正是"大地"副刊的可贵品质。

我把稿子给地方部，想发记者调查版。编辑让我往新闻角度扭一扭。我觉得高往低扭没必要，就给了光明日报。文艺部主任彭程很喜欢，回复说，副刊只发3000字左右，破例给我发5000字，让我自己压。

我想了想，实在舍不得删，冒昧给时任人民日报社社长李宝善打电话，说有篇稿想请他把把关。李社长问："什么稿？"我说："是报告文学。"李社长说："你的报告文学还要我把关？"我说："不是请您把关文学性，而是新闻性，因为这是一件很有社会意义的事。"

李社长看后，在稿子上批示："从报告文学角度看，这是一篇好文章，但事情是否靠谱，必须请权威部门和专家鉴定。"

我对山东省科技厅那位副厅长说："你们必须请院士出面鉴定，哪怕花100万也值。"

科技厅果然找了一位院士和几位著名专家，三个多月后，拿出一沓厚厚鉴定报告，认为这是填补国际空白的成果。让我意外的是，此次鉴定，所花费用不到5万元。

我立刻把鉴定报告传真给李社长，李社长看完后，当即批示在副刊整版刊发。

《驯虫记》见报后，媒体纷至沓来，不仅有新华社、央视等央媒，还有路透社、英国广播公司（BBC）等外媒，李延荣成了公众人物。参观取经、寻求合作者络绎不绝，除山东本省外，河北、河南、江苏、上海、浙江、云南、福建、陕西、贵州、甘肃等地访客接踵而至，有政府部门，也有国企和民企。

当李延荣被聚光灯围拢时，我默默退到圈外，开始检讨得失。

有人定义，百分之九十的人不知道、不理解、不认可、不接受的事物，才是新生事物。还有人说，很多人输就输在，对于新兴事物，看不见、看不起、看不懂、来不及。反观自己，对蟑螂处理垃圾的认知，起初也是看不见、看不起、看不懂，麻木不仁，因无知而傲慢，态度可憎，幸好幡然醒悟，将功补过。

大千世界，无奇不有，尚有无数未知，等待人类探讨。罗丹说，对于我们眼睛而言，这个世界不是缺少美，而是缺少发现。人人都有生活，生活缤纷复杂。目光冷漠，看到的是灰霾。目光热切，才能见彩虹。无论是记者，还是作家，都要善于发现。以"春江水暖鸭先知"的灵敏，在"乱花渐欲迷人眼"中保持清醒，方有"蓦然回首"的惊喜。

作家的思维，因敏锐而广阔，因广阔而深邃。人们常常会惊叹文学大家的洞察力：常人看不见，他看得见；常人看得朦胧，他看得清晰；常人看得肤浅，他看得深刻；常人看着迷茫，他看出路径；常人看着悲观，他看到希望；常人看作浮华，他看出警示。面对纷繁世界，如果作家缺乏洞察力，其作品必然肤浅苍白、空洞无物，难以吸引读者。

文学是生活的反映，也是时代的标识。作家的洞察力并非与生俱来，它是思想境界，也是生活积累。它要求作家登高望远，做到"胸中有大义、心里有人民、肩头有责任、笔下有乾坤"，也要求作家沉下心来，力戒浮躁，匍匐大地，贴近生活，感悟生活，发现真善美。正如德国作家歌德所言："把手伸入人类生活的深处吧！人人都在生活，但是只有少数人熟悉生活。只要你能抓住它，它就会饶有趣味。"

眼力就是观察力、发现力、判断力、辨别力，是善于发现问题、迅速捕捉亮点、精准抓住要害的能力。敏锐的洞察力，绝非一朝一夕之功，它需要我们做有心人，耐住寂寞，持之以恒，方能集腋成裘、积沙成塔、水滴石穿。

文艺工作者"要把握时代脉搏，承担时代使命，聆听时代声音，勇于回答时代课题"。这是作家的职责，也是我的目标。而要达到目标，首先必须学会发现，掌握敏锐的洞察力。

12
芝麻开门

任庆生的人生，丁楼村的命运，皆从那声"叮咚"起逆转。

那是麦子快黄梢时。晚上九点，任庆生一家刚放下碗，卧室的电脑，忽然"叮咚"一声。任庆生头嗡一声，身子像弹簧，从椅子上蹦起。

"爱华，快，来单了！"

"没，没听错？"媳妇声音颤抖。

"真的！"

犹如乾坤大挪移，夫妻俩闪到电脑前。砰一声，两颗脑袋撞到一起。

为了这声"叮咚"，他俩天天盯着电脑，已守候仨月。

岂止仨月，他俩已盼 30 年。

岂止 30 年，丁楼村祖祖辈辈都在盼。

盼啥？

芝麻开门！

一

鲁西南平原的曹县，有个偏僻小村，因丁氏落户早，故名丁楼，上千口人，任乃大姓。庆生初中毕业后，先到晋城挖煤，后到淄博打工，误踩锈铁钉，扎穿脚掌，险些破伤风。

家贫人落魄，换作别人，娶媳妇准难。村里光棍有一打，偏庆生交桃花运，不知使啥手段，竟与女同学好上。这周爱华，模样俊俏，县企业工人，爹是中学校长，娘也是教师。同村小伙愤愤然：臭小子，貌似忠厚哩！

1992年，庆生结婚时，没钱置床，翻出奶奶灵床，仅两尺七宽，加两摞砖，铺一块板，就当婚床了。邻里摇头：可惜了一朵鲜花哟，插在牛粪上！

婚后三年，爱华生娃。为给产妇挡风，庆生到本村卖布人家，赊一面幔子，52元，欠了两年，被债主堵三回门，勉强还清。

爱华有个闺蜜，叫葛秀丽，是军嫂，随军了，2009年底回村时，对爱华说，她会玩电脑，还在网上卖牛肉哩。

说者无意，听者有心。此时，企业倒闭，爱华在家种地。她对丈夫说："咱也开个网店试试？"

"啥店？"庆生头一回听说。

"就是在电脑里卖东西。"爱华解释。

"那是传销，忘了俺吃的亏了？使不得，使不得！"庆生头像拨浪鼓。一年前，他跟着别人搞传销，卖治疗仪，赔了数千元。

"咋是传销哩？"爱华不明白。

"你想啊，电脑里见不到人，咋着去对话？你咋卖给人家？不可能的事儿，肯定是传销！"庆生自以为是。

"那秀丽咋能卖呢？秀丽说，好多人开网店哩。"爱华噘起嘴，"咱整天侍弄几亩地，哪年能出头？不行，俺得试试。"

庆生挠起头："咱家欠一屁股债呢，哪有钱买电脑？"

"俺找爹娘借。"爱华拔脚出门，借来1000元。庆生凑了400，买来组装电脑。他是村电工，接宽带不难。

卖啥好呢？庆生灵机一动："卖影楼服装，咋样？"村里四户人家专门做这个，已近20年。

"嗯，这主意好！"爱华拍手。

他俩拜秀丽为师，按淘宝网提示，开通网店。在丁楼村，这是破天荒第一家。

正月里，别人串亲戚，他俩像母鸡抱窝，轮流守着电脑，天天盼单来。

一天，两天；一月，俩月。乡亲外出打工，村庄渐坠寂静，不见青壮年，只剩老人、孩子和狗。电脑却睡大觉，无声无息。庆生恨不得钻进去，给自己下个单。

眼看4月将过，"叮咚"终于来了！对方发来链接，问这款衣服价位。

夫妻俩慌了手脚。庆生吼道："快拿课本！"

是小学一年级课本，女儿读过的，内有拼音。他俩担心普通话不准，拼不出字，提前备好了。

爱华递上课本，庆生急忙让位，说："俺手笨，还是你来。"

"平时挺能，这会儿咋了？"爱华白他一眼，"俺心里也慌慌的。"

"咱俩一起来。"庆生按妻子坐下，"先打上46。"

爱华翘起兰花指，用劲戳4和6，庆生心疼了："轻点，轻点，别戳坏喽！"

接下来，要打"元"。俩人手忙脚乱，课本翻得哗哗响，又满键盘找字母，眼力竟不够使，嘴里念叨：y—a—n。

框里出现一溜字，就是不见"元"。庆生傻了眼，还是爱华反应快："少个u。"

俩人照课本再戳：y—u—a—n。第三个就是"元"。爱华生怕它跑了，赶紧戳"3"键，"元"跳上桌面。

"祖宗哎，可找到你了！"庆生松口气，刚抬头，"啪哒"一声，额头一滴汗，摔到键盘上。

爱华又白他一眼："瞧你这点出息！"

"喊，还说俺呢。"庆生幸灾乐祸，"你鼻尖上是啥？"

打完这仨字，燃掉半支烟。对方回复："这是第一单生意吧？看样子，你是新店，就不讨价还价了，我买36套。"

庆生赶紧摸出笔，先算乘法，再算减法，眉开眼笑："俺的娘哎，总价1656，净赚630！"

俩人又是一阵忙乱，费劲敲上：谢谢！

很快，桌面显示，对方已付款。照规则，款放淘宝平台，买方确认收货后，卖方才收到款。

这晚，夫妻俩兴奋莫名，一夜没合眼。天一亮，庆生急急出门，敲开做影楼服装人家，赊了三十六套，雇车拉到县城。

托运前，庆生犹豫：万一他不给钱，上哪撵他去？上门去要？他不承认，打俺一顿咋办？

这一想，庆生心里怦怦跳，要把货拉回。再一想，拉回去，货咋办？电脑不白买了？欠的债咋还？

几番纠结，庆生一跺脚：罢了，豁出去了，舍不得孩子，套不着狼！

办完托运，庆生心又悬空。回家一说，爱华也忐忑起来。俩人茶饭不思，天天盯着电脑。

第七天晚上，对方确认收货。刚显示钱已转到银行，爱华就掏出银行卡催促丈夫："明早你上银行查查，钱到没？"以前，家里没钱存，用不着银行卡，这是特为网店办的。

次日早，庆生跨上摩托车，一溜烟赶到银行。一查，乖乖，1656元，一分不少！

庆生如数取出，跨上摩托，拐进邻村饭店。饭店虽小，却是周村唯一，最贵炖鸡块，20元一盘。庆生头一扬，声音高八度："给俺炖一盘，捎家走！"

二

第一桶金到手，庆生脑洞大开，对媳妇说："快，咱再注册个网店！"

爱华不解。庆生启发："你钓过鱼没？"

爱华奇怪："这关钓鱼啥事？"

庆生颇得意，晃晃脑袋："你说，是一根竿钓的鱼多，还是两根竿钓的鱼多？"

果然，两根"竿"此起彼伏。电脑"叮咚"不断，就像下蛋母鸡。年底一盘算，净赚7000多！

转年春，广东学校发来图片，订63套演出服。这单赚了2000多。庆生又开窍：学生人数多，演出服需求量大。没有样品？到网上找！

网上琳琅满目，他俩如进宝山，选了几款下载，大咧咧挂在网页，当作自家样品。这一招，果然灵，订单骤增。当年，净赚2.6万。他俩自鸣得意，暗喜找到捷径，浑然不知侵权。

要货人多了，庆生想，不如自己加工，成本更低，不用求人。2012年，他翻盖四间配房，买辆面包车，让爱华守电脑，自己管进料、包装，请人裁剪，又买五台缝纫机，拉给五户人家，让她们在家加工。这一下，别人也跟着做演出服。这年，赚了十六七万。

庆生正美着呢，祸从天降。

2013年初，夫妻俩相中一款儿童装，一股脑下载到网店，很快卖爆。

二三月间，爱华看到，第一个网店角落，不时闪出一行字，大意是，某款服装属于侵权，请马上下架。这款服装，正是爆卖的儿童装。因字号小，又是稍纵即逝，爱华没在意。

进入4月，爱华忽然发现，网店"挂"了，问淘宝后台管理员，才知因为侵权，网店被查封。

夫妻俩一听，跌足叫苦：哎哟，这个网店，已获两个蓝冠，再使把劲，就可戴上皇冠了！

淘宝网店分等级制：五颗"心"换一个蓝钻，五个蓝钻换一个蓝冠，五个蓝冠换一个皇冠。皇冠是顶级。

刚获两个蓝冠时，有人出价3万买，庆生一口回绝："这就像俺孩子，一天天养大的，哪忍心卖？"如今，"孩子"被扼杀，夫妻俩抹起眼泪，悔恨自己糊涂，不懂法律，钱迷心窍，赶紧清理第二个网店，撤下盗版货，自己设计，找模特拍照。

这边厢，夫妻俩闭门思过，黯然落泪；那边厢，村民们有样学样，竞相效仿。

庆生网店开张后，在村里传开，几个后生心痒痒。他们刚出校门，眼高手低，外出打工怕苦，下地刨地嫌累，本就痴迷电游，一听有这好事，缠着爹娘买电脑，也要开网店。爹娘望子成龙，咬着牙往家扛电脑。

一时间，庆生家你来我往，门槛快被踏破。夫妻俩古道热肠，倾己所知。当年，村里就开了14家网店。次年，增至三四十家。第三年，达到七八十家，邻村也跟着兴起来。

这时，有个老汉坐不住了。谁？老泥瓦匠任庆勇。

庆勇生于1949年，当过工程兵，退伍后做泥瓦匠，长年在外闯荡，年过半百才回村，在家开代销店，后来叫小超市。

见网店赚钱，庆勇动了心，撺掇儿子干。儿子在深圳当焊工，遂买来电脑，白天干电焊，晚上开网店。他给儿子发货，也是卖儿童演出服。儿子发现，辛辛苦苦焊一天，收入不如一晚上，干脆辞工作回家，专心做网店。

　　庆勇识字，头脑活络，儿子整电脑时，他眼观心记，瞅出点门道。心想，得学会打字，可以帮儿一把。于是，儿子不在时，他就坐在电脑前，东摸摸，西捣捣。这一捣鼓，瘾头上来，再也放不下。

　　泥瓦匠既是手艺活，也是力气活。庆勇掌如簸箕，茧似铠甲，指节粗大，搁在键盘上，犹如张飞捏绣花针。打字时，他握紧右拳，翘起中指，瞪圆眼睛，屏住呼吸，像在地里点种，啪啪作响。每戳一字，喘口粗气，比干活还累。但是，戳出的字，总不是想要的。最想戳的那句话，怎么也上不了桌面。那句话，他见儿子敲过，觉得妙不可言，既是亲切问候，也是文明用语，看第一眼，就喜欢上了。

　　见公爹煞有介事模样，儿媳妇不乐意了："爹，你别瞎捣捣，把生意弄跑喽。"

　　"哪能，哪能。"庆勇讪讪离开，心里老大不服，只要瞅着没人，屁股就往电脑前挪。

　　蒲松龄说，有志者，事竟成，破釜沉舟，百二秦关终属楚；苦心人，天不负，卧薪尝胆，三千越甲可吞吴。

　　捣鼓半年，凭着粗大"一指禅"，庆勇心中那句话，终于被他戳出来："亲，您好！"

　　这下子，庆勇信心大增，手指灵巧多了。后来，儿子不在家时，他偶尔也招呼几次。

　　儿子生意做大后，超市容不下，转到村外去，买了新电脑。

庆勇掏出身份证，对儿说："你把旧电脑留下，帮俺开个网店，俺自己干。"

儿子扑哧笑了："您恁大年纪，赶啥时髦？还是享享清福吧。"

庆勇脸一板："老人家说过，世界是你们的，也是我们的。你们年轻人有梦想，俺们老年人也有。俺再不赶趟时髦，就来不及了。"

儿子肃然起敬，赶紧照办，手把手教，说："要评史上最老电商老板，俺投您一票。"

庆勇想了想，谦逊地纠正："加俩字，最老农民电商老板。"

2013年，庆勇放单飞，最大拦路虎，还是打字。开始，半天戳不出一个，谈着谈着，就卡了壳，急得上火，客户以为他不诚心，故意怠慢，不耐烦，下线了。有时，照着拼音，戳出来的是白字，客户产生误解，生意也告吹了。慢慢地，庆勇顺手了，心里想的字，基本能戳出。

庆勇连干四年，年收入少则五六万，多则八九万，比前大半辈子挣的还多。

三

星星之火，可以燎原。庆生夫妻这粒火星，果然燎了一大片。

电商门槛低，一台电脑，一条宽带，不需很多资金，也不需多高技术，如果顺利，能一夜脱贫，也能一夜致富。21岁的任恒，就是靠它脱贫致富。

任恒柔柔弱弱，细得像麻秆。爹病逝时，他18，弟弟才7岁，母子背着一身债，相依为命。他是顶梁柱，打工，养猪，难以为继，学着开网店。拿不起货，娘照着古装剧，依葫芦画瓢，做古代盔甲。凭一台电脑，任恒还了债，娶了亲，还在县城买了房。

任庆方虎头虎脑，初中毕业后，跟着姐姐到无锡打工，学会网上充话费，尝到电商甜头，听说村里兴起网店，脑袋一拍，扛起电脑，不告而辞。一到家，进东门，串西户，摸影楼服装行情。娘以为他游手好闲，嗔怪："恁大的人，整天东游西逛，还让爹娘养着，不害臊？"不给他做饭。

庆方心大，敢想敢干。他琢磨，拿别人货，要被掐脖子，不如自己做。在村里招工时，没人愿干。有人撇嘴，这小子，做事不着调。无奈，爹、娘、姐姐、姐夫、大伯、刚过门的媳妇，成了他的工人。后来，人手不够，他到邻村招工。邻村人稀罕：丁楼村？兔子不拉屎，还有老板办厂？见庆方胸脯拍得山响，被唬住了，以为是大款，乖乖跟着走。

这下子，轮到丁楼人咋舌了：自古以来，咱只配给别人打工，哪见过来咱这打工的？风水倒转喽！庆方这娃，能耐哩！于是，邻里抄着手上门，探头探脑："庆方，还缺人手不？"

庆方大人大量，满口应承："叔，婶，来吧！"

现在，庆方有百余员工，居全村之首，年收益上百万，购置六间门面房，在县城买两套房，还合办两家培训中心。

与庆方拍脑袋不同，任安普返乡，则是反复权衡，深思熟虑。

在这穷乡僻壤，年轻人只有三条路：打工，当兵，上大学。接到大学通知书时，安普踌躇满志，憧憬未来：在城市找份工作，成个家，把爹娘接去享福。大学时，他与师妹相恋。毕业后，双双到济南发展。他搞软件开发，打拼五年，渐成骨干，收入递增，去年20万。

照理说，势头看好，应该百尺竿头。然而，今年4月，安普却令同事大跌眼镜：辞职，回村，开网店！

这几年，安普每次回乡，眼瞅着丁楼在变：以前，村道坑洼，卜土杠天，车子进不了村，2011年还没一辆车，没一家饭店；现在，326户人家，有280辆车，直接开到家门口，有六七家饭店、宾馆、洗浴、KTV齐全，主要快递公司都入驻了。以前，空心村，静悄悄，过年才有年轻人；现在，不仅没人出门谋生，还有2000多人上门打工，远超本村人口。

目睹变化，安普思量：自己收入虽可，但工作压力大，生活成本高，济南房价暴涨，买不起房；家乡电商风生水起，已形成产业集群，与其削尖脑袋在城里钻，不如转身，家乡也有一方天地！

他同家人一说，媳妇称好，爹娘点头，亲友也认可："大城市有啥好？砸锅卖铁，住个'鸟笼子'，伸不直胳膊腿，哪有在家里舒坦！"

当然，也有人不赞成："凤凰该往外面飞，哪有飞回草窝的？"

"什么草窝？"马上有人反驳，"咱现在是金窝！"

其实，回窝的"凤凰"，不止这一对。

任安莹长安普两岁，1987年生人，华南师大研究生。当老师，不是她理想。生化分子专业，也非她所爱。家里做影楼服装，是"四大家"之一，有20多名工人。读研二时，家里开起网店，她便中止学业，回村助力爹娘。丈夫大学毕业，在外省工作，也被她拽回。

吸引安莹返乡的，除了电商前景，还有村风变化：以前，没打工的人窝在家里，扯闲话，搬是非，闹得鸡飞狗跳，邻里不和；现在，家家两眼一睁，忙到熄灯，哪还有空扯闲篇，关系和谐多了。以前，很多婆媳兜里空空，一分钱捏出水来，你掐我，我掐你，水火不容；现在，儿媳赔着笑脸，求婆婆带娃、做家务，哪还会去得罪！以前，说句普通话，被人取笑装样。听别人说"你好""谢谢",浑身起鸡皮疙瘩;现在,张口闭口,"亲,您好"!

因丁楼村的带动,大集镇成"淘宝镇"。全镇31个村,有27个"淘宝村"。2016年10月,全国评出1311个"淘宝村",山东108个,其中菏泽市61个,曹县占48个。

对"带头大哥"庆生,乡亲们念着情。2011年,庆生入党。2014年,高票当选村支书。如今,他家大业大,产品卖到全国,还销往马来西亚、新加坡、印度。今年夏天,他到农行贷款,银行要5月至7月销售流水账。光是5月份,他就打印287页纸,每页有52个单,也就是52个客户。银行吓一跳,赶紧说够了够了。

在丁楼村转悠时,墙上一句话,引我生共鸣:

网络改变生活,知识改变命运。

(原载2017年10月30日《人民日报》)

手 记
网络改变生活

　　电商的功过是非，自其诞生以来，一直纷争不断。孰是孰非，我无意参与，我感兴趣的是：电商是如何干预生活的？它给普通百姓，特别是偏僻乡村百姓，带来哪些变化？为了管中窥豹，我来到丁楼村，这是菏泽市第一个淘宝村。

　　当我沉浸其中，扑面而来的，是一股和煦春风。这股春风，便是电商带来的。沐浴着这股春风，村民们的命运发生颠覆性变化：

　　丁楼有做演出服装的传统，以前一家一户，小打小闹，日子过得不富裕。2009年，村民任庆生开了第一家网店，引得村民纷纷效仿。农民攥惯锄头的手指敲起键盘，办起工厂，在家里做起跨国生意。一村带动一镇，全镇有27个淘宝村。

　　于是，我用文末两句话，点明此文的主题。

　　出乎我的意料，《芝麻开门》发表后，反应最快的，竟然是千里之外的西安。

　　见报当天，陕西省委常委、西安市委书记王永康读完后，即在报纸空白处挥笔批注："请周至、蓝田等县委书记认真研读三遍！农村电子商务大有可为！于海夫同志要抓紧培训、推广！"

我从网上获悉，周至县闻风而动。在全县干部学习会上，县委副书记用陕西话全文宣读《芝麻开门》。

在山东菏泽，《芝麻开门》故事发生地，更是一石激起千层浪。陪我去丁楼的，是时任菏泽市委副书记李建华。文章发表后，她转我一篇读后感，署名解维俊。解是菏泽市市长，我去采访时，见过一面，相谈甚欢。我想当然地说："他秘书水平这么高？"她哈哈大笑："是解市长自己写的，你别小瞧他，他以前是文学青年呢！"解市长为证清白，特地拍下他几页文稿手迹，用微信发给我。

几天后的11月8日，《菏泽日报》头版浓墨重彩：头条是市委书记孙爱军的署名文章：《开启电商发展新时代——读报告文学〈芝麻开门〉之后的批示》，长达800字，称赞"作品镜头感强，语言传神，引人入胜，令人百读不厌，给人以深思和启迪"，并提出，"我们正处于一个被电商改变的时代，电商发展前景无限。希望更多社会主体投身到电商发展的时代大潮中来，汇聚起推动菏泽决胜全面小康、实现后来居上的强大新动能"。

二条是市长解维俊的署名文章：《凝眸电商，击节叹赏——〈芝麻开门〉读后》。文中说：

> 徐锦庚是人民日报社山东分社社长、著名报告文学作家，作品获奖多、影响大。
>
> 10月30日，人民日报为"宣传落实十九大、反映当下火热生活"，着力推出了"新时代之光"专栏，开篇之作是《芝麻开门》，作者是徐锦庚。《芝麻开门》写的是我市曹县丁楼村庆生、庆勇、庆方等人开网店、搞电商、

靠网络改变生活的故事，是作者以文学笔触记录新时代、新征程的动人篇章，是真实、生动反映菏泽农村电商发展的精品力作。反复阅读、品赏、咀嚼，沉浸其中，充满着别样的亲切和感动，充满着别样的自信和振奋，令人击节！

《芝麻开门》是来源生活、带着温度的优秀作品。徐锦庚社长深入我市调研，采访多地多人，在全面了解、把握全市农村电商发展的基础上，聚焦我市第一个淘宝村——曹县大集镇丁楼村，撷取几个有代表性淘宝户的有趣故事，娓娓道来，妙语连珠，绘就了一幅鲁西南偏僻小村的新时代民生民风民俗的崭新画卷。情节鲜活。如任庆生夫妇打"元"时手忙脚乱的窘态，老泥瓦匠任庆勇戳字的"一指禅"。情节带着泥土的芳香，沁人心肺，令人陶醉。用典精彩。主要是贴切、形象。芝麻开门的典故，来源于《一千零一夜》里阿里巴巴和四十大盗的故事，"芝麻开门"是一句打开宝藏大门的暗号。一声声"叮咚"，等的是任庆生们打开财富之门的回应。任庆生们找到了"密码"，对上了"暗号"，打开了大门。语言生动。有人读后脱口说出有山东快书的韵味，果然。方言的原汁原味，加上作者的精雕细刻，愈加传神，使人物形象活灵活现，跃然纸上。意境深远。全文讲的是故事，有的是语言和情节，文末一句"网络改变生活，知识改变命运"看似有意无意之间，实则是画龙点睛之笔，聚焦了全文，升华了通篇，化有形于无形，使意境顿然高远。

《芝麻开门》是菏泽农村电商发展的缩影。电商已成为菏泽一张靓丽的名片。发端于丁楼村淘宝户的星星之火，因了新时代大势，因了人民群众对美好生活的向往、需要和追求，在广袤的曹州大地上，早已星火燎原，红红火火。文章展现了任庆生们强烈的开放意识、互联网意识和运用网络的能力。一台电脑，一条宽带，连通的是村外精彩的世界。一个键盘，一串订单，架起的是实现农产品商品化、加工产品市场化、劳动力资源价值化的桥梁，通向的是奔康致富、追求美好生活的彼岸。在掌握了互联网的农民面前，世界会更丰富、更宽广。文章揭示了我市电商先行者示范、引领、带动的发展奥妙。榜样的力量是无穷的。任庆生夫妻开淘宝店挖到了第一桶金，传遍了十里八乡。于是，群起而效之。很快，丁楼村就成了全国的淘宝村，大集镇就成了全国的淘宝镇，曹县出了48个淘宝村，几近占了全省的一半。我市农村电商的裂变式发展，任庆生们功不可没。文章透露出返乡创业大有可为。文章里的主人公，大多有外出打工、创业的经历。创业成功返乡，返乡成功创业，网络使然。我市目前有160万人在外发展，返乡创业潜力巨大。乡村振兴战略，建设智慧社会，特别是互联网和快递物流的普及，使创业发展的外部条件渐趋相同，返乡创业前景广阔。

《芝麻开门》催促我们要更好更快地发展农村电商。任庆生是一个农村电商的人物形象，是一个代表。他是先行者，也是成功者。我市农村电商发展坚持"抢先一步"的理念，抢抓互联网机遇，精心谋划，抓培训，抓典型，抓园区，抓扶持，抓品牌，抓环境，抓提升，实现了领先一步，正在积极创建全国电子商务示范市，正在筹办全国第五届淘宝村高峰论坛，正在寻求实现全市农村电商发展的新突破、新跨越。《芝麻开门》发表后，在全国反响热

> 烈。有的省的领导批示各县学习，有的县召开领导干部大会全文朗读，要学习借鉴，给我们平添了动力和压力。停步意味着倒退。要系统总结成功经验。把全市 10.8 万多电商活跃卖家、3100 多个村级服务站、38 万多从业人员等情况摸清摸透，总结规律，顺势推动。要分析找到瓶颈。找准影响发展的症结，下决心攻坚克难，补齐短板，优化环境，创造更加良好的外部条件。要实施提升战略。适应新要求，在"抢先一步"的基础上努力做到"更高一等"，提升理念、提升标准、提升竞争能力。要确定主攻方向。主攻产品品牌化、产业园区化、产业规模化、人才高端化、市场国际化。
>
> 《芝麻开门》写的是丁楼村的电商事，是记载、反映我市农村电商发展的历史一页。感谢徐锦庚社长对菏泽电商、对菏泽倾注的心血。击节叹赏之后当是愈加奋发。
>
> 愿更多的人们看到《芝麻开门》！
> 愿更多的人们找到"芝麻开门"！

两篇文章的下方，以通栏形式并转二版，全文转载《芝麻开门》。事后听说，《菏泽日报》如此高规格处理，历史上还是第一次。

人民日报高级编辑朱悦华，研究我的短篇报告文学后，撰写《初心致远》一文，刊登在 2018 年第 3 期《新闻战线》。其中一节"倾听《芝麻开门》"，这样评价：

> 电子商务带给农村的新气象，乡亲们精彩的创业故事，让他感触良多。他以记者的敏锐和作家的灵动，抓住人物

特征，寥寥数语，勾勒出新时代农民的创业群像。

同样是打字，爱华"翘起兰花指"，庆勇运用"一指禅"，"握紧右拳，翘起中指，瞪圆眼睛，屏住呼吸，像在地里点种，啪啪作响。每戳一字，喘口粗气，比干活还累"。一个灵巧敏捷，一个粗重笨拙。费劲打出第一个字时，庆生如释重负，"祖宗哎，可找到你了！""啪哒"一声，额头一滴汗，摔到键盘上。

透过"打字"细节，朴实的庆生、聪明的爱华、不服老的庆勇，跃然纸上，呼之欲出。

"一天，两天；一月，俩月。乡亲外出打工，村庄渐坠寂静，不见青壮年，只剩老人、孩子和狗。电脑却睡大觉，无声无息。庆生恨不得钻进去，给自己下个单。"

《芝麻开门》通篇在讲故事。互联网给农村带来的变化，作者的欣喜之情，通过故事中的人物自然流露，寓理于事，融情于景。如"亲，您好"这句话的"出场"，巧妙展现了农民素质的提升：

"那句话，他见儿子敲过，觉得妙不可言，既是亲切问候，也是文明用语，看第一眼，就喜欢上了。

……

捣鼓半年，凭着粗大'一指禅'，庆勇心中那句话，终于被他戳出来：'亲，您好！'"

全文短语，精心熔炼，字字珠玑，节奏感强，活泼隽永，方言俗语，摇曳生趣。"卜土杠天"，这个形容"尘土飞扬，遮天蔽日"的鲁西南俚语，也被作者融进文中。

作者的思想感情，如同果汁出自果肉，自然而然流露出来，不着痕迹，尽得风流。最后，借丁楼村墙上一句话

"网络改变生活,知识改变命运"巧妙表达主旨,画龙点睛,升华主题。

《芝麻开门》如新鲜橄榄,回味久长;如小桥流水,自然朴实。立意新鲜、情节完整,有故事、有情趣。好似信手拈来、行云流水,实则匠心独运、文心深沉。一个小村庄浓缩了时代变迁,真人真事,读来却如小说般饶有趣味。这正是报告文学的魅力所在吧!

快速反映生活、干预生活,推动社会发展——《芝麻开门》将报告文学"文学轻骑兵"功能发挥得充分、饱满。这种场景,久违了!

13 行走的脊梁
——泰山挑山工纪事

岱宗夫如何？齐鲁青未了。

造化钟神秀，阴阳割昏晓。

荡胸生曾云，决眦入归鸟。

会当凌绝顶，一览众山小。

泰山，五岳之首，华夏脊梁。游人至此，莫不仰其雄奇，叹其峻秀。然而我，却折服于一群小人物：肩负重担，脸淌汗珠，步履沉稳，目标坚定，一步步，一级级，不气馁，不懈怠，历尽艰辛，直达玉皇顶。

他们，就是挑山工。

轮盘上的将军

人生在世，皆有辉煌。陈广武的辉煌，在那个轮盘上。

一张泛黄照片，见证他的辉煌：数十壮汉，簇拥一硕大轮盘，弯腰弓背，负重前行，状如蚂蚁搬家。轮盘上，立一大汉，手握喇叭，威风凛凛，势若将军，横刀立马。那汉子，便是陈广武。

照片摄于1982年冬，云步桥。陈广武袖揣相框，往事在目：20世纪80年代，泰山建索道、扩工程，进口几大件，件件数千斤。

山势险峻，道路狭窄，坡陡弯多，人力难及，直升机也不敢冒险。负责人上门求助。他沉吟半晌，蹦出一字：干！

俗话说，没有金刚钻，别揽瓷器活。陈广武就是金刚钻！

陈广武生于1942年，大津口乡沙岭村人。沙岭居泰山东脚下，涉13道河，小道直达岱顶，自古就兴挑山。年轻时，生产队缺粪肥，他在岱顶五所搞清洁，收集粪便，夜宿碧霞祠，伺候香火，开门关门，防火防盗，一干12年。其间，插眼拔空，挑几趟山，挣俩活钱，150斤担，四小时不歇，一口气到顶。

泰山兴起旅游后，庙宇维修、宾馆改造、索道建设，一砖一瓦，材料设备，都须挑上山，挑山工成为热门，陈广武干脆当头。

1982年冬，"大家伙"来了，是索道驱动轮，需搬到南天门。此时，陈广武年富力强，经验丰富，手下百余人。急难险重活，自然想到他。

驱动轮是铁的，直径三米，重两吨多，要挪到山顶，需大架抬。大架的构成，是陈广武琢磨的。选两根电线杆，粗大结实，作顺杠（竖杠），中间绑两根由子（横杠），形成井字形，固定住轮盘。顺杠两端，绑若干由子。每根由子两端，各绑短顺杠。短顺杠两端，再系绳索，穿上杠子，两人一组，四人一抬。杠的布局、绳的捆绑，都极为讲究，既要结实平稳，又要受力均匀，稍有差池，轻则压伤身体，重则盘毁人亡。

搬运轮盘，还有一大难题：云步桥宽仅三米半，盘道阁坊狭窄。大架须精心设计，太宽，通不过；太窄，不平稳。

这天，朔风呼啸，寒彻入骨。汉子们内穿单衣，外裹棉袄，64人上肩，36人拉纤，还有几个打闲的，从中天门出发。行不多久，头就冒汗了。大家脱掉棉袄，打闲的抱着，一路紧跟，歇息时，赶紧递袄裹严——越往上，风越大，极易着凉。陈广武举着喇叭，奔前跑后，嗓子嘶哑。

接连三天，众人喊着号子，行快活三里，过五大夫松，攀朝阳洞，越对松山，经方台子，绕翠屏斋，穿六个阁坊，登3328级台阶，终至南天门。

1993年夏，又来一大块头：索道液压缸。相比驱动轮，它更庞大：长九米半，重近四吨，上粗下细。沿途七个弯道，这么长家伙，只能直上，不能拐弯，咋办？

为扎大架，陈广武绞尽脑汁，一夜白头，终于画出图：缸两端绑由子，由子两端绑顺杠，大顺、二顺、三顺；顺杠再绑由子，大由、二由、三由。大架扎成后，连缸带架，重逾四吨，长13米。

"上！"陈广武手一挥，150名汉子，光着脊梁，呼啦而上，前端48人，后端64人，齐齐上肩，38人拉纤，打一声号子，往上登一步。

又到了云步桥，这里的弯最急，人称"三瞪眼"，无法用肩扛，须举杠过顶。这么重，岂是人力能举的？好在陈广武事先有备，学习鲁班，在崖顶安绞盘，借力使力，这才解围。

为安绞盘，陈广武险些进局子。

崖顶有一巨石，三间屋大。安绞盘，须在石上打眼。仨石匠力使大了，石头破裂，碎石滚落下山，砸断三棵树。这还了得！景区民警堵上门，沉下脸，对陈广武说，带上铺盖卷，跟我走吧。索道公司慌了，赶紧求情，钱我们赔，关了他，这百十号人没头了哩，这大件咋办？民警想想也是，挥挥手，饶了他。

泰山石阶，最陡莫过十八盘。烈日下，一片古铜色脊梁，铺满盘道，似一群苍鹰，直冲霄汉；队伍中，一颗颗汗珠子，大如豌豆，在台阶弹跳，摔成八瓣，落地锵然。队伍过后，阶梯一片潮湿。那场面，令人血脉偾张！

陈广武指挥若定，众汉子一鼓作气，苦干四天，把巨缸送达山顶。劳动者的勇敢智慧，也被他们镌刻在山。

不过，陈广武创造辉煌，也落下病根：搬运液压缸时，因心力交瘁，得了胸疼病。

几年后，陈广武回村，料理果园。如今，76岁仍在果园忙碌，骑着旧摩托，揣着救心丸，整日腔下冒烟。这摩托，1983年买的，全乡第一辆，35年下来，依然灵便。

老人生性乐观，说话风趣。有一次，他骑车进城，被民警拦下，发现驾驶证过期，要扣车。他急中生智，掏出救心丸，苦着脸说，俺有心脏病呢。民警吓一跳，敬了个礼："大爷，您走好！"

我问老爷子："您信神吗？"

"不信！"他头一梗，愤愤然，"俺在山上伺候12年，神却不保佑俺！"

原来，他膝下两子，长子也是挑山工，前些年，在山上意外死亡。

"那么，您信啥呢？"我刨根问底。

"自食其力！"

泰前五朵花

银行行长千金，女挑山工，两者之间，范英荣画了等号。

范大姐小名秀荣，生在青岛，命运奇特：父亲是银行行长，1949年7月，酒后突发急病，下午三点咽气，她六点降生。母亲悲愁无助，几次欲扔她下海，狠不下心，怀里抱着她，手牵仨孩子，投奔婆家。婆家在泰前，泰山前脚下。

受孩子所累，母亲孤苦一生，劳作一世。穷娃当家早，秀荣六岁学做饭，摊煎饼，擀面条，从未上过学，16岁出工。苦难磨砺人，她泼辣要强，不让须眉。记工分，男壮劳力十分，她九分半，是妇女队长。

在泰前大队三队，还有四姑娘：张金华、訾胜兰、刘景春、常爱玉，都是苦出身。常爱玉文盲，刘景春上一年学，张金华学两年，訾胜兰学三年。五人年龄相仿，脾气相投，个个"铁姑娘"，男人干啥活，她们一样不落，都拿九分半，人称"五朵金花"。其他女劳力，仅拿六七分。

生产队种地，地里不来钱，十分不过七八毛。到了年关，工分折算成粮，剩余分红。歉收年份，肚里瘪瘪，口袋空空。队长揽来副业：挑山。山上有单位，有游客，垒墙盖瓦，煤面油盐，都从山下担。

开始，姑娘们担六七十斤，三步一喘，五步一歇，赶不上男劳力。长者点拨：孩子，紧走不如慢逛荡，别歇着，越歇越累。姑娘们咬着牙，两肩轮换，渐渐赶上队伍，终于一气到顶，分量逐渐增加，能挑百余斤，远超体重。时间久了，两肩积厚茧，后颈长疙瘩，像一层盔甲。褂子还没褪色，肩膀头早烂了。

虽是苦力活，姑娘干得欢，喘着气上山，唱着歌下山。为啥欢？能挣钱呗！红门到岱顶，6811级台阶（2000年重修后，7800级），一天一趟，百斤三块钱。这点汗水钱，不全揣口袋，只能抽两成，其余交队里记工分。这两成，多数交爹娘，仅剩几个子儿，攒起来，买双鞋，添双袜，恣得很。

有一次，队里接大活，送电缆上山。一捆电缆上千斤，需26人抬。男劳力不够，五朵金花齐上。抬到十八盘下，一个中年汉累垮了，两腿哆嗦，瘫在道上，站不起来。

众人激将，瞧五朵金花，没一个叫苦，你大老爷们，咋装熊哩？

中年汉哭丧着脸，哪是装熊？是真熊哇！爱谁谁，刀架脖子上，俺也上不了！

杠子须两人抬，半道上，到哪找人手？无奈，只好绑住杠子一头，25人凑合抬。此时，人人体力透支，多一斤，重千钧。壮汉尚且吃劲，何况姑娘？好家伙！五朵金花瞪圆眼，绷紧牙，一步不落，步步跟紧，一直抬到山顶。

挑山累不怕，最怕雪天滑。有一次，鹅毛大雪飞舞，姑娘们鞋缠草绳，给宾馆送馒头。登上南天门，穿过天街，刘景春贪近，抄便道。便道不是道，游客踩出的。送达后，五人变四人。咦，景春呢？

左等右等，不见人影。姐妹们沿着便道下，扯着脖子喊，毫无回应，慌了手脚。积雪盖过鞋面，一步三滑。行至坡下，赫然看到，刘景春浑身泥巴，趴在地上，货担压脖子，嘴巴贴雪地，动不得，喊不出，正在嘤嘤哭。

馒头抬到宾馆，欲点个数验货。打开布袋，傻了眼：满袋碎末，无一囫囵。原来，馒头冻得脆硬，全摔碎了。

刘景春抹把泪，一跺脚，明天说啥也不来了！

第二天，她又没事人似的，照样嘻哈上路。姐妹们撇嘴，昨天谁赌誓来着？她脸一红，俺想添双袜哩。

金花们能干，也能吃。有年夏天，受队长指派，她们上朝阳洞割牛草，夜宿山上，在农家打尖，整月未下山。队长挑着面条，上山犒劳。姑娘们馋坏了，狼吞虎咽，一气吃数碗。刘景春最馋，连吃11碗，撑得肚滚圆，眼也直了。队长目瞪口呆。

有一次，姑娘们带着干粮，上摩天岭栽树。过了饭点，范英荣饿虚了，连吃七个煎饼，仍没觉饱，又顺了訾胜兰一个，足有一斤。

几年后，姑娘们谈婚论嫁，舍不得娘家，不愿远嫁，要么留本村，要么嫁邻村，要么招婿上门，户口无一外迁。此后，有的做工，有的务农，五朵金花，各枝绽放。然而，一段佳话，流传至今。

采访时，五朵金花，我只见三朵：范、訾硬朗，张大姐抱病。一朵凋零，常爱玉病故多年；一朵萎靡，刘景春重病卧床，不便探望。

聊起当年挑山，老姐妹眉飞色舞，高门大嗓，神态再现铁姑娘。

大姐们说，那时啊，苦是苦，累是累，就是不缺精气神！

独臂侠

寻找梁京申，缘于一幅图。

这是侧影图，游客抓拍的：一个汉子，难辨面容，似从水中钻出，左袖垂落空荡，左肩压副重担，无倚无靠，悬在空中，正在费力登阶。图片无背景，只写"无臂挑山工"。

我的心，瞬间被电击：无臂？！他是谁？哪里人？咋保持平衡？如何换肩？按图索骥，辗转打听，寻到红门30公里外，终于得见。

在良庄镇山阳东村，梁京申伐树归来。一照面，顿觉欣慰：还好，右手健全，孔武有力。

老梁生于1962年，身材敦实，皮肤黝黑，脸上沟壑纵横，模样沧桑，远比实际年龄大。不过，目光坚毅，中气十足。语气平静，往事却揪心。

1990年11月19日，老梁在徂徕山采石，打好炮眼后，塞进炸药，插入雷管，点上炮焾，躲到一边。左等右等，不见爆炸。眼看天麻黑，他有些焦躁，上前查看，手刚拨了下，"轰隆"巨响，腾起一股气浪，将他掀出老远，失去知觉。醒来时，躺在别人怀里，全身血肉模糊，被拖拉机载着，正颠簸而行。一扭头，左臂只剩残肢。"俺的手呢？！"他撕心裂肺。

　　镇医院不敢收，拖拉机又拉进城。幸亏抢救及时，保住了命，左臂却连根截了。

　　出院后，老梁想，自己废了，孩子还小呢，还要养家糊口，可不能趴下。次年开春，他来到泰山，沿着盘道，捡拾塑料瓶、易拉罐，背到山下，卖几个钱，收入寥寥。

　　这时，挑山工吸引了他。这活他不怕，从小扛着扁担长大。他来到中天门，找到赵平江。

　　赵是挑山队长，瞅瞅他，摇摇头，这活你干不了。

　　咋干不了？

　　你走路都晃荡，这么陡盘道，摔倒咋办？货摔坏谁赔？

　　他低声下气，俺试试，少担点，先担沙子砖头，行不？

　　赵拗不过，答应了。嘴里嘟囔，挑那么点，还不够俺开票呢。嘟囔归嘟囔，还是吩咐工友，帮他捆绑沙袋。

　　第一次，老梁挑60斤，晃晃悠悠上路。游客大为惊讶，叽叽喳喳：呀，一只胳膊哇！真可怜！

　　见众人围观，老梁发窘，好像身在动物园，自己成动物。他本腼腆，不善交流。若在别处，早避开了。可盘道狭窄，无处可躲，硬着头皮上。

　　虽然挑惯担子，也走惯山路，可独臂挑担登山，还是不适应。他习惯使右肩，挑累了，缺一只手，无法换左肩，只能歇担。

歇多了，耽搁工夫，得学会换肩。

盘道人来人往，老梁怕换肩不当，被游客笑话，每到平坦无人处，赶紧练习，右肩甩左肩，左肩甩右肩。一个月后，掌握要领：甩肩时，担子往上一颠，让扁担颤起，迅速扭身后错，肩膀落在中心。

学会换肩后，老梁开始加担，每次加五斤。加到100斤时，换肩自如，货担平稳，耍杂似的。挑的货，也不止于建材，鸡蛋、啤酒，百十斤易碎品，从未失过手。

工友们见了，啧啧称奇，也学他换肩，但无论咋学，总不得要领，只得作罢。

人的得失，是守恒的。命运关你一扇门，必为你开一扇窗。

为了多挣钱，老梁越挑越重，最多能挑180斤。人家一天两趟，他三趟。然而，残疾的身体，注定多份风险，尤其恶劣天气。

有个大雪天，盘道白茫茫，工友们缩在被窝里。老梁舍不得歇息，独自挑沙上山。盘道陡滑，他一个趔趄，身子前扑，担子失衡，右手急撑台阶，咔嚓一声，疼痛钻心，担子滑脱滚落。起身一看，无名指弯曲，关节外凸，大概折了。他忍住痛，费劲重整担子，一步一挨。登上南天门，低首回眸，整个盘道上，只有一串脚印。回到工棚，他没吭声，舀了勺盐，烧盆热水，浸泡止疼。

晚上，手指滚烫，肿成两指粗，痛楚阵阵，犹如鸡啄米。老梁辗转难眠，寻思天明下山，回家疗伤。

天亮后，痛感减缓，天气晴朗。老梁来了精神，打消念头，连挑五天，这才下山，配点消炎药。

独臂的老梁，成为泰山一道风景。游客称他"独臂侠"，有的争相合影，有的帮挑几步，有的塞给他钱，10元，20元，50元。一份钱，一片情，点滴暖心。他已习惯被围观，坦然承受各种眼光。那眼光，有惊讶，有好奇，有怜悯，有钦佩，有感动，有激励。

每隔十余天，老梁独臂骑车，往返百余里，回家取粮食、干农活。家有八亩地，春播秋收，独臂劳作。每次返山，驮一摞煎饼，捎一袋咸菜，车子存放红门，背着粮食上山。

一天，两天，三天。一年，两年，三年。从春夏，到秋冬，从酷暑，到严寒。老梁挑山不止，连挑25年，直到2016年底。他用这血汗钱，养育俩闺女，新盖五间房，支撑一个家。家境不算好，从不缺欢笑，也充满希望。

这两年，老梁不再挑山，除了干农活，还养牛，五母三犊。他能吃苦、肯下力，谁家有重活，伐树扛木头，都爱找他，每天100元。俩闺女初中毕业，大闺女成家，他当了姥爷，二闺女在外打工。

老梁的手，骨节粗大，糙如锉子，无名指弯曲变形。握着这糙手，我心里叹服：铁打的汉子！

梦是蝴蝶翅膀

"俺为理想而来。"玉国一张口，让我吃一惊：为理想挑山？

泰山建货运索道后，挑山活锐减。中天门挑山队，鼎盛时300多人，现仅剩十余人。玉国入伙俩月，年龄最小，"挑龄"最短。

玉国姓夏，生于1982年，东平县接山镇人，初中毕业上驾校，开过货车，当过维修工、电焊工、空调工，有俩孩子。2015年冬，游玩泰山时，第一次见挑山工，就喜欢上了。两年后，终于遂愿。

"你理想是什么？"

"自由。"透过厚镜片，玉国目光淡定。光头新理，刚冒硬茬。近视 700 度，电焊所伤。

"挑山工自由？"

"想干就来，愿离就走。想轻就轻，愿重就重。想挑就挑，愿歇就歇。随时兑工钱，兼顾家里农活。"

午饭后，玉国送货玉皇顶，有仪器，有蔬菜，单上写 91 斤。我试了试，不太压肩，但要登山，绝非轻活。

我本想选副轻担，体验一回，犹豫再三，最终放弃。年少上山砍柴，上百斤柴担，如履平地。可是，养尊处优久了，早没这副筋骨。别说挑担登山，徒步也需勇气。这些年，十上泰山，均乘缆车。

玉国挑起担，沿山涧上行，我紧随其后。行不远，拐向盘道。

过了云步桥，玉国将担搁在护墙，脱下外套，绑在担上，掏出手机。一会儿，响起悠扬歌声，是小虎队的《爱》。他说，听着音乐，来了精神，担子也轻快了。刚来时，只会背，不会挑，练了几天，才学会。

收拾停当，玉国上路。挑山工明白，久歇无久力。这时，歌曲换了，仍是小虎队，《蝴蝶飞呀》：梦是蝴蝶的翅膀，年轻是飞翔的天堂，放开风筝的长线，把爱画在岁月的脸上，心是成长的力量，就像那蝴蝶的翅膀……

"你听！歌词多好，句句唱到俺心里！"玉国停下步，扭过身。青皮头上，闪闪发光，额头缀满豆珠。

我顿悟：他的理想，恰如蝴蝶翅膀，虽然弱小，却在飞翔！

我紧随其后，头挨脚后跟。忽然发现，他抬脚处，一串水珠，晶莹剔透，沿阶而洒。那是他汗珠！

蝼蚁也有理想，何况人类？一代代挑山工，在蜿蜒盘道上，在串串汗珠中，寄托多少梦想！

有个小伙，高中毕业，来此挑山，邂逅几位外宾，简短几句英文交流，让外宾大为讶异，鼓励他参加高考，还送他几本书。小伙发奋，复习半年，如愿考上大学，改变自己命运。

孙殿峰也是高中毕业，知道知识的力量，勒紧腰带，省吃俭用，用挑山所得，供孩子上学。放暑假时，领着挑山，激励孩子，不读书，没出息。孩子少小励志，八九岁时，背八块砖，十多岁时，挑20斤沙，从山脚至山顶。长大后，一路读完博士，娶研究生为妻，供职科研机构。

梦圆，也有梦碎。民办教师樊继友，大津口村人，暑假挑山，妻在山上帮工，随其下山，遇山洪暴发。过河时，妻不慎滑倒，他急拽，一同掉进激流，冲到瀑布之下，双双遇难，抛下幼儿。

开山到了。抬头望去，险峰高崖，嵯峨峻拔，巨石嶙峋，苍松蟠虬，吸翠霞而天矫。

转过对松山，就是十八盘。十八盘长800米，垂高400米，逾1800级，羊肠逶迤，陡如天梯，尽头就是南天门。"仰视天门窔辽，如从穴中视天"。

玉国小憩，我挑起担子，蹒跚拾级。岂料，登不足百级，两腿筛糠，如坠重铅，胸似鹿撞，气如牛喘，牙呲眼突，腰塌力竭，身子晃荡，险些后仰，不敢造次，慌忙搁下。玉国接过担子，垂首弓背，不疾不徐，沉稳踏实。我喘着粗息，亦步亦趋，脸上淌汗，心里羞愧。

挑山有诀窍：之字行走，边道换肩。玉国却是直行。歇担时，我问其故。他说，走之字形，虽然平缓省劲，但路程延长很多，不易避让游客。

"山再高，往上攀，总能登顶；路再长，走下去，定能到达"。终于，南天门到了！从高山仰止，到触手可及，负重两小时，洒下多少汗水！

这天，济南到泰安，一路雾霾深锁，巨锅般笼罩。泰山脚下，仍是中度污染。然而，岱顶阳光明媚，天空透蓝，空气清澈，呼吸畅快。泰安人揶揄，出逃千里，不如登高千米。果不其然！

交货后，为赶时间，玉国两级一跨，疾步而下。我双腿发软，不敢效仿，只好碎步紧跟。行至开山下，邂逅王荣泉。他是玉国工友，也是刚交货，捎回一段护栏。

王荣泉48岁，岱岳徂徕人，18岁上山，已挑30年。在"现役"工友中，"挑龄"最长。

"你喜欢这活？"

他笑了："不喜欢，能干30年？"

也是。没人强迫，自觉自愿，劳累筋骨，蜗居工棚，吃煎饼，啃咸菜，一干30年，足以说明一切。

"为啥喜欢？"

"自由呗！农闲时来，农忙时走，不耽误农活，还可挣俩钱。"

答案惊人相似。然而我想，自由需付代价，理想更须力行。

"除了自由，还有啥？"

"自豪。"王荣泉头一扬，"俺也是泰山建设者！"

我肃然起敬。

北大教授杨辛先生，46次登泰山，耳濡目染，激情澎湃，深情吟诵：挑山工，挑山工，性实在，不谈空。步步稳，担担重，汗如泉，劲如松。顶烈日，迎寒风，春到夏，秋到冬。青春献泰山，风光留大众。有此一精神，何事不成功！

告别泰山，回眸远望，蓦然发现，十八盘上这群背影，不正是行走的脊梁吗？

（原载2019年1月2日《人民日报》，获第八届徐迟报告文学奖）

手 记
发掘平凡中的非凡

2018年6月12日至14日，习近平总书记在山东视察时指出，以永不懈怠的精神状态和一往无前的奋斗姿态，真抓实干，埋头苦干，在决胜全面建成小康社会、夺取新时代中国特色社会主义伟大胜利的征程中，脚踏实地做好各项工作，努力做新时代泰山"挑山工"。

2018年10月底，时任山东省委书记刘家义召开省委意识形态和宣传思想工作委员会专题会议，传达了这段讲话，希望媒体予以宣传，还特地点了我名："锦庚哪，你是大作家，除了新闻外，可以写文学作品。"会后，我在时任山东省委常委、省委秘书长王清宪（现任安徽省省长）办公室聊天时说，我可以写篇报告文学。清宪秘书长一听很兴奋，说最好写一个整版。我说，报社对整版控制很严，把握不大，争取半个版吧。

我走后，清宪秘书长向家义书记汇报："锦庚想写篇报告文学，我建议他写一个整版，他说整版有难度，争取发半个版。"

家义书记很高兴，当即说："我同庹震同志说！"

正在这时，我的腰椎间盘老毛病又犯了，此事便耽搁下来。

11月底，山东省委同人民日报社在临沂共同举办弘扬沂蒙精神研读会，时任人民日报社总编辑庹震、副总编辑张首映出席，我陪同他们。

晚餐时，家义书记突然问我："锦庚哪，你的挑山工写好了没有？"

我有点措手不及，如实汇报："我的腰椎间盘毛病犯了，还没来得及去采访呢。"

家义书记转向庹震总编："锦庚想写篇泰山挑山工的报告文学，这是好事啊。总书记在山东视察时提出，要努力做新时代泰山'挑山工'。锦庚说，他只能发半个版，发一个整版有困难。我想向你申请一下，能不能给他一个整版？"

庹震总编把皮球踢给首映副总编："副刊是首映管的，这事得问他。"

首映副总编朝我"开火"："你发了那么多个整版，我哪次没给你了？你还让书记来要版？"

我慌忙解释："我哪敢劳驾书记要版？是书记自己提的。"

家义书记赶紧揽过去："是是是，是我主动申请的。首映，就看你的了！"

首映副总编连忙表态："既然书记提要求，我当然同意。徐社长，就看你的了！"

在座的，有时任中央党校副校长李季，有时任省委副书记杨东奇，还有清宪秘书长。大家一听，都笑起来，纷纷看着我。

家义书记将我一军："锦庚哪，现在版面有了，你可以放手干了。我们都等着呢！"

我嘴上应承，心里叫苦：这不是把我放火上烤吗？

以往，我写报告文学时，都是有感而发。换言之，是有创作冲动。即使写得不好，不发就是了，别人未必知道。这次却是命题作文，且有这么多省部级领导知道，如果写得不好，岂不丢人现眼？

此时，人民日报正着手全彩改版，时间从2019年1月1日起，需要储备一批重头稿件，在改版时推出。因1月1日没有副刊版，庹震总编和首映副总编商定，1月2日的副刊版发我的作品。

时间只剩一个月，我没法再拖，只好忍着痛、扶着腰，来到泰安，采访了十多位新老挑山工。

此前，我曾十登泰山，但都是乘缆车。为体验生活，我本想选副轻担，无奈受腰痛困扰，别说挑担登山，徒步也需勇气。跟着挑山工上山时，我挑起担子，蹒跚拾级。后来，我在文中写道："登不足百级，两腿筛糠，如坠重铅，胸似鹿撞，气如牛喘，牙呲眼突，腰塌力竭，身子晃荡，险些后仰，不敢造次，慌忙搁下。"

长期以来，在世人眼里，他们卖苦力、住窝棚，是弱势群体，是关爱对象。采访之前，我也这样想。

泰山中天门山谷里，散落着一些窝棚，三三两两，倚山而搭，石块垒墙，木条作椽，盖着塑料布，只有半人高，须弯腰进去，空间狭窄，塞着两张床，转身都困难。窝棚旁，有座小平房，卧室兼厨房，烟熏火燎，黑不溜秋。墙壁上、屋顶下，挂满塑料袋，花花绿绿的，装着煎饼、咸菜、馒头、面条，以防老鼠，是挑山工的一日三餐。平房虽然简陋，相比窝棚，仿佛豪宅。这便是挑山工的住地。

眼前的景象，让我心情沉重：挑山工干着苦力，居然住这么破、吃这么差。怜悯之心，油然而生。

然而，当我走近新老挑山工，同他们倾心长谈时，感受渐渐变了。

老一代挑山工陈广武，经验丰富，敢作敢为，面对重达数吨的大件，开动脑筋，精心设计，借鉴鲁班经验，指挥上百号人，像蚂蚁搬家，把大件挪到山顶。从他身上，我看到劳动者的勇敢智慧。

挑山活吃苦受累，男劳力尚且费力，"五朵金花"却不让须眉，不惧重担，在苦累中享受快乐，"苦是苦，累是累，就是不缺精气神"。从她们身上，我看到劳动者的坚忍乐观。

挑山工是重体力活，需要好体魄，非残疾人所能为。梁京申在劳动中失去左臂，没有自暴自弃、消沉颓废，敢与命运挑战，风雪无阻，连挑25年，春播秋收，独臂劳作，养育俩闺女，新盖五间房，支撑一个家。从他身上，我看到劳动者的自强不息。

干挑山工，是生活所迫吗？"80后"夏玉国，"挑龄"最短，"为理想而来"。他的理想，就是自由："想干就来，愿离就走。想轻就轻，愿重就重。想挑就挑，愿歇就歇。随时兑工钱，兼顾家里农活。"48岁的王荣泉，没人强迫，自觉自愿，劳累筋骨，蜗居工棚，吃煎饼，啃咸菜，一挑30年，喜欢这活的原因，除了自由，还有自豪："俺也是泰山建设者。"从他俩身上，我看到劳动者的人生态度。

采访中有段插曲。我从网上看到，媒体报道中，有位女挑山工，叫"范荣英"，慕名而访。居委会主任领着我，来到"范荣英"家。老太太年逾七旬，当面一问，才知闹了乌龙：她不叫范荣英，叫范英荣。居委会主任不好意思，说平时只叫"婶"，不叫老人姓名，她想当然以为，女的嘛，应该叫啥"英"。我提到"五朵金花"，老人口气坚定，说只剩她了，另外四人早死了。后来，泰山管委会送我《挑山工口述史》，厚厚的一本，内有范英荣的口述和照片，也错写成"范荣英"，老人在口述中，同样说另外四人不在了。

回到济南，构思文章时，我对"五朵金花"爱不释手，想单独写一节。如果没有此前的乌龙，我也许就按老人说的，写成她是"唯一健在者"。但这个乌龙，让我忐忑：另外四人，会不会还健在呢？越想越不安。于是，我二赴泰安，在管委会帮助下，终于确认另外四人下落：一个去世多年，一个重病卧床，另外两位都健在！三位老姐妹，数十年未见，生死两茫茫，终于坐在一起，泪眼涟涟。我暗自侥幸：险些酿成大错！

这段经历，让我心有所悟。

我们常说，耳听为虚，眼见为实。这次采访过程，让我认识到：耳听固然有虚，眼见未必为实。

不要说我们普通人，即使先贤圣哲，也会被自己的眼睛蒙蔽。《孔子家语》中，记载了这样一件事：有一次，孔子受困缺粮，七天粒米未进。弟子颜回讨来一些米。饭快熟时，孔子看见，颜回用手抓锅里的饭吃，假装没看见。饭熟后，颜回请孔子吃饭，孔子故意说："我刚才梦见了先父，这饭很干净，我用它先祭过父亲再吃吧。"颜回赶紧说："使不得！刚才煮饭的时候，有点炭灰掉进了锅里，弄脏了米饭，丢掉不好，我就抓起来吃掉了。"孔子叹息道："人应该相信自己的眼睛，但即便是眼睛看到的仍不一定可信；人依靠的是心，可是自己的心有时也依靠不住。学生们记住，了解一个人是多么不容易呀。"

人为什么会被眼睛蒙蔽？

一是离真相不够近，眼睛没有看真切。正如美国战地摄影记者罗伯特·卡帕所言，"如果你拍得不够好，那是因为靠得不够近"。这就提醒我们，观察事物切忌急功近利、浅尝辄止，须沉下心来，拨开迷雾，抽丝剥茧，寻求真相。

二是被表象迷惑，没有认清本质。事物的本质和规律，往往隐藏于现象之中，不是看一眼就能抓住的。只有克服困难和惰性，锲而不舍，追根溯源，艰辛探索，打破砂锅问到底，才能透过现象看本质，得到真理和事实。

三是随波逐流，缺乏独立思考。人有惯性思维，容易被别人的话"拐"走，顺着别人的角度思考问题。我就是受别人的观点影响，带着同情之心走近挑山工的。这就要求我们锻炼逆向思维，独辟蹊径，勤于思考，从内心深处分析，形成自己的独立观点，而不是人云亦云。

采访归来，我咀嚼回味，陷入沉思。

卖苦力、住窝棚、啃咸菜，挑山工为什么心甘情愿、乐在其中？因为他们懂得知足。这种知足，既有物质层面，也有精神层面，看似混沌质朴，实则充满智慧，可谓把握了人生真谛。正是这种知足，才使他们以苦为乐、以劳为荣、心态平和、健康向上。

挑山工职业，不能说是高尚。这毕竟是原始的劳动形态，工具简陋，技术简单，方式直接。然而，当挑山工甩着满头汗珠，在崎岖山路健步、在陡峭盘道登攀时，他们的行为，已升华为"勇挑重担、永不懈怠"的精神力量，给人激励，催人奋进。他们虽然是普通劳动者，但他们敢作敢为、有智有慧；不惧艰辛、以苦为乐；自强不息、挑战命运；崇尚自由、充满自豪，是令人尊敬的劳动者。

从挑山工身上，我们可以汲取很多精神力量。

比如，要志存高远、坚定目标。实现中华民族伟大复兴，是我们的"中国梦"。这个伟大目标，好比泰山之巅的玉皇顶。心中有理想，脚下才有力量。要登上"玉皇顶"，必须秉持永不懈怠精神，不断挑战自我、超越自我，勇攀创新和变革高峰，才能领略"一览众山小"的景致。

比如，要踏石有印、步步着力。在实现"中国梦"征程中，必须像挑山工那样负重登山，以永不懈怠的精神状态和一往无前的奋斗姿态，真抓实干，埋头苦干，善始善终，善作善成，始终保持迎难而上的政治品格，时刻准备应对重大挑战、抵御重大风险、克服重大阻力、解决重大矛盾，善于用压力激活潜力，在艰难困苦中创造不平凡的业绩。

我在沉思中顿悟，颠覆肤浅认知，为原先的怜悯羞愧。关怀弱者，固然是美好德行。但是，我们对挑山工的怜悯，貌似关怀弱者，实则是以优越者的姿态，居高临下俯视劳动者。对挑山工来说，他们希望得到的，不是同情和怜悯，而是理解和尊重。人有高低贵贱，但小人物的人性光辉，丝毫不逊于伟人。目光冷漠，看到的是灰霾。目光热切，才能见彩虹。作为文字工作者，我们既要像挑山工那样登高望远，做到"胸中有大义、心里有人民、肩头有责任、笔下有乾坤"，又要沉下心来，力戒浮躁，匍匐大地，贴近生活，感悟生活，发现真善美，以热切目光，深入劳动者的内心世界，发掘平凡者的非凡，讴歌人性光辉，把握时代脉搏，反映时代精神，引领时代风尚，传播崇高、正义、公理、奉献、友爱、善良，让读者感受温暖、看到光亮、汲取力量、树立信仰、明确方向。而这，恰恰是新时代迫切需要的精神激励。

酝酿标题时，我取名为"行走的脊梁"。取"脊梁"，是因为泰山是五岳之首，被称作华夏脊梁。这是一种精神象征，象征着中华民族坚忍不拔、威武不屈的精神。而挑山工恰是这种精神的生动体现。取"行走"，有两层含义，一是挑山工是在日复一日、年复一年地行走攀登；二是挑山工是一个流动性的群体，自古有之，代代传承。

诗人卞之琳的《断章》，表达出我对泰山挑山工的敬意：

你站在桥上看风景，

看风景人在楼上看你。

明月装饰了你的窗子，

你装饰了别人的梦。

《行走的脊梁》见报后，2019年1月7日，中宣部新闻局《新闻阅评》专门出了一期专刊，评析这篇作品：

> "人物鲜活。泰山挑山工的伟大，突出在'勇挑重担，永不懈怠'。作品精心筛选几个很具代表性的挑山工典型，用栩栩如生的人物刻画，从多角度诠释泰山挑山工精神。"
>
> "刻画精神。作品的标题生动贴切。作为五岳之首，泰山具有很强的象征意义，被誉为'华夏脊梁'。挑山工挑重担，需要有坚挺的脊梁；挑山工自古有之，代代相传，具有流动性。如果泰山是巍然不动的脊梁，挑山工无疑是行走着的脊梁；脊梁也是精神的象征。作品反映的，正是挑山工的精神。"
>
> "寓意深刻。作者用白描手法，写出挑山工负重登山，步步着力、扎稳根基、善始善终、善作善成，生动诠释习近平总书记讲话的宏旨要义。"

2021年1月，此文获得第八届徐迟报告文学奖，4月27日晚，第八届"徐迟报告文学奖"颁奖活动在徐迟故乡浙江湖州南浔举行，我到现场领奖。

可以说，此次采写泰山挑山工，我的收获满满。

14
第一书记到俺村

2012年以来，山东连续从省直单位选派四轮、3342名党员干部，带动全省各级选派5万多名党员干部，到扶贫工作重点村、党组织软弱涣散村、乡村振兴示范创建村担任第一书记。这里讲述的，是几位第三轮省派第一书记的故事。

第一书记不好当，十八般武艺，样样都得会使。既要强班子、找路子、脱帽子，还须结对子、解梁子、树牌子，时不时会遇到挠头事。这不，挠头事来了——

一眼井

进屋前，李清明使劲跺脚。春来天暖，昨夜漫天鹅毛，今天雪踪无影，留下一地泥泞，清明满鞋盔甲。

"来了？"屋里烟雾腾腾，七八个人，高高低低，跷腿坐着，看不清面孔，正吞云吐雾。清明不知谁问，盲应道："来了。"

"李书记，您坐。"张付印搓着手，"这些是村两委成员。屋里乱点儿，您将就点。"他是蔡口村支书。曹县毗邻河南兰考县，蔡口距兰考城仅30公里。在庄寨镇，蔡口基础最差，综合排名全镇垫底。

赶了半天路，清明嗓子发干。桌上没杯没水，倒积了层厚灰。

旧沙发空着，难辨颜色，却是豪华家当。清明臀刚落下，"吱嘎"，臀下热烈欢迎。

正寒暄，一女两男，抄手缩脖，在门口探头探脑。女的打头："第一书记来啦？欢迎欢迎！"清明是省农业农村厅的副处长，第一天上任。

"村民，村民。嘿嘿。"张付印有些窘。

"进来坐，进来坐！"清明起身招呼。村民这么热情，他心里一暖。

仨人伸伸脖子。屋里满满当当，没有空位，支书也站着。"不坐了，杵着就行。"女的倚门而立，捏了把鼻涕，往门框一抹，"第一书记，俺们啥时喝上水啊？"

"就是，就是，"俩男附和，"村里停水三天了。"

清明一愣，问张付印："咋停水了？"

张付印干咳一声："村里欠镇自来水公司水费，钱凑不齐。"

清明急了："赶紧凑钱啊。没水，日子咋过？"

张付印咧咧嘴："不好凑哩，俺垫了好几万！"

两委们七嘴八舌：唉！隔三岔五就停水，少则几天，多则半月。如果有人拎桶出村，甭问，准是去邻村借水。水压也不够，夏天像条线，得半夜储水，太阳能成了聋子耳朵。

"为啥？"清明问。

"停水是缺钱，水小是路远。"张付印念起苦经，"赖账户说，水是天上落的，交啥钱！原先交费的，见别人赖账，也不交了。管水员嫌工资少，三天两头撂挑换人，水费成了糊涂账。镇自来水公司说，企业得吃饭，你不交费，俺就停水。村子太偏，是供水末梢，加上水管老化，跑冒滴漏，水压就低了。"

清明挠挠头，拍拍他肩膀："你再垫一次，赶紧把水送上，先度过这关，不能影响村民生活。办法咱再想。"

张付印嗯了一声，面如苦瓜。仨村民欢天喜地走了，留下一串泥印子。

有钱真好使，刚交上，水就来了，可问题没解决。清明思忖：村民连吃喝都没保障，咋谈幸福指数？更别提乡村振兴了。都说新官上任三把火，看来，这第一把火，得先烧水了。

清明频频跑县里，争取来30万元，乃省拨专项资金，想改造管网，一盘算，主管道5公里，次管道15公里，全村上千户、4000多口，这点胡椒面撒不均。他同班子商量，还是打口井划算。

仨月后，井打好了，500米深。经检测，井水符合饮用标准，煮粥香，泡茶甜。水压足足的，太阳能派上用场了，不再入出村借水，也不用半夜储水。

清明心里甜滋滋的，烧起第二把火：换智能水表，解决收费难。以前是机械表，先用水，后交费，给赖账的钻了空子。清明想，与其磨破嘴，不如让表管，先刷卡，后用水。

这活，如果雇人干，连本带工，户均七八百，是个负担。清明打听到水表厂，上门采购，村干部义务安装，每户不到200元。

有几户不肯出钱。清明区别对待：确实贫困的，从扶贫款里出；心疼钱的，先晾着。全村改造结束时，被晾的脸上挂不住，主动要求换表。

趁着火旺，清明再烧第三把：招聘管理员。条件诱人：水费归他。但有前提三项：还清自来水公司旧账；负责维护管网；预交5万元保证金。

竞标开始了，班子成员坐镇，村民团团围观。三条汉子手捧5万元，雄赳赳登场。清明一看，一户住村中，一户住村东，一户住村西，都姓张。村中张是包工头，常年在外，想帮哥揽个活；

村东张务农，身子骨较弱；村西张是经营户，卖瓶装水。

要公平竞争，保证金是把尺。清明宣布：保证金6万！

"俺拿！"三人齐声。

清明沉吟，又叫价：7万！

村中张年轻气盛，看出村西张是对手，同他飙着劲。

涨到9万时，三人相持不下。村中张朝村西张瞪眼，话带火药味：如果你中标，俺也不让你好好干！

气氛沉重起来。清明已无退路，心一横，拍桌朗声：10万！

现场寂静，无人接茬。清明同班子合计后，降了条件：9万！

"俺拿！"出乎意料，村东张抢话，另两张沉默。村东张拨开人群，半支烟工夫，挤进来，"咚"，4万元重重搁下。

清明长吁一口气。

第四把火，还是烧水：让井生财。这眼井出水量大，可满足两万人，有点大材小用。村里有个旧窑场，已废弃多年，清明动员村西张竞标，办起扶贫车间，就地取材，生产瓶装水，安排贫困户就业，年交村集体8万元，作为扶贫资金。

接连四把火，热了蔡口村的水，也暖了村民的心。

一座房

乍见这房子，王新利倒吸口凉气，连退几步。

三间配房，四周墙仅剩墙根，四根柱勉强支撑，凉亭似的，摇摇欲坠，一阵风能刮倒。

新利是军转干部、省高院主任科员，今天刚到双堰新村，让村支书高礼明领着，挨家走访。在惠民县大年陈镇，农家无论多寒碜，院墙门得气派，这是门面。瞧这户，墙门两层楼高，飞檐彩绘，红瓷砖贴面，红铁门把关，王府似的。一转眼，咦？旁边这户，墙门低矮，败草参差，门檐残缺，剩三根木棍，如豁嘴老叟。

"这两户家境，"高礼明咬耳，"一个全村最好，一个全村最孬。"扯扯新利袖子，欲绕过去。新利不依，径直走进。一进门，就被这配房吓一跳。

屋里出来个老汉，面皱背曲，满头白发，步履蹒跚。高礼明说，他叫高守富，92岁，儿子高洪宗在外打工，儿媳头年病故，俩孙女，一个已出嫁，一个读大三，平时就老汉在。

高老汉目光警觉，不太友好。高礼明讪笑着，拽新利出门。

摸完村底，新利召集两委开会，说："高守富配房这么破，咋不修呢？万一倒塌，人命关天！"

两委们面面相觑。高礼明叹口气："他和邻居高敬群家，结怨近百年，延续三代人，已成仇家。这个结太深，俺们解不开呀！"

原来，两户同宗，毗居上百年，后为宅基地翻脸，配房既拆不了，也建不成。高老汉年轻时风光，老来困顿；高敬群当过乡干部，日子红火，儿孙绕膝。有一年，高敬群翻建配房院墙，墙门高出一大截，飞檐水滴在隔壁院墙。高老汉觉得吃亏，儿子更急红眼。这天，高敬群次子高宗玉在屋顶施工。高洪宗蹿上屋顶，一把抱住高宗玉，说要同归于尽，双双摔下，高宗玉腿残致瘸。又一次，高洪宗骑三轮，路遇高敬群儿媳接孩子放学，竟故意撞倒母子俩。为此，两家打起官司。调解后，高洪宗恨意难消，整日斜眼瞪睛，还腰藏尖刀。高敬群家提心吊胆，被迫将孩子转到外县上学。村干部为防不测，让高老汉撺儿子出门打工。

新利沉吟良久，说："冰冻三尺，非一日之寒。要让两家握手言和不易。但咱不能绕着走，要想办法帮他们化解。问题主要在高洪宗，他们家境困难，咱要多多关心，哪怕是块石头，也要把它焐热！"

从此，新利成高老汉家常客，前后登门20多趟。开始，高老汉疑他拉偏架，冷着脸。新利闻其外甥在镇里工作，拉他当救兵。渐渐地，高老汉有了笑脸。

每次进高家，新利都要围着配房转。心想，配房是高家心病，要想感化父子，得从配房入手。建房得有钱，省高院调研后，拨款支持。他又找高敬群，让其放弃宅基地索求。高敬群本是明白人，只是心里怄气，才不肯让步，这些年身心疲惫，经新利一说，爽快答应。

邻居让步、公家盖屋？高家父子直掏耳朵，以为听错了，高洪宗急急返家。村里人惊讶发现，他脸上居然有笑容！

两家墙门直角相抵，一出门就顶头。新利建议，墙门改向朝南，两家墙门并排；配房墙基缩半米，两家间留条小弄，避开隔壁墙门飞檐滴水。这回，高家父子脖不梗了，新利说啥应啥。

去年底，配房落成，共三间，玻璃门窗，水泥地面。院墙和墙门一色红砖，内抹水泥，外漆白灰。

这以后，高老汉腰直溜、腿灵便了，高洪宗也长脸变圆、圆眼变细了。腰里的尖刀？早没喽！

一段路

地上一堆烟头，烟盒已瘪壳，自己口干舌燥，王玉利仍无动于衷。奚楚窝了一肚火，瞅着那张犟驴脸，恨不得擂一拳。但心下想：我是第一书记，一定要沉住气，不能因小失大，给单位丢脸。他是鲁商集团派出的。

临沭县石门镇紧挨江苏东海。上任后，奚楚五访五问，才知捧了烫手山芋。王岔河村有四个自然村：东岔河、西岔河、花园、小寺，仅剩四名村官，数名党员挨处分，西岔河负责人一个被免、一个辞职，花园负责人被免。

花园、东岔河、西岔河之间，道窄路颠，车子难行，他费尽周折，申请资金，拓宽村间道路，已修到西岔河地界，只剩527米，就可接通主道，却被这老家伙搅局，非说占了他地，几次拦在施工车前，死活不肯让。受他唆使，两个同宗兄弟跟着起哄，也说地被占了。

王玉利地被占了吗？奚楚底儿摸得透：没有！

王岔河的地，地头外，大多有排水沟，两三米宽，是集体的，沟外侧是路。一些村民贪便宜，悄悄往排水沟填土，日积月累，填满排水沟，再种上庄稼，堂而皇之占为己有。村班子软弱，没人管。拓宽道路时，需征用部分排水沟。王玉利所谓的地，其实就是排水沟，是集体的。

这段路，涉及27户，大家心知肚明，这是集体用地，别人没吭声，唯王玉利兄弟仨，为拿补偿，胡搅蛮缠。在奚楚主持下，村班子达成共识：过分要求一概不给！

奚楚在工地找到王玉利，边递烟，边说理。王玉利烟照接，口不松。最终，两人不欢而散。

奚楚较起真来，领着村干部现场丈量，结果不言而喻。王玉利恼了，撒泼骂街。奚楚压抑住怒火，内心告诫：他文化低、见识浅，咱受过高等教育，又是党员干部，不能一般见识，要耐心做工作，精诚所至，金石为开嘛！

这么一想，气就顺了。过些天，奚楚买来油、米、蛋、奶，拎到王玉利家。王玉利睃一眼礼物，神情愉悦，让座上茶。哪知，一提起修路，立马翻脸，不依不饶。

奚楚苦口婆心："且不论地是集体的，即使是你的地，征用也是为了大伙事。路不修好，乡亲们进出不便……"

王玉利粗暴打断："关俺啥事，俺又不走！"

奚楚说："你的地呢？不也在路边吗？"

王玉利哼一声："俺才走几次？"

这么油盐不进，奚楚没辙了，铩羽而归。

几个村干部打退堂鼓："路咱不修了，别给自己惹事。"

"不行！"奚楚摇摇头，"这是出村的路，乡亲们都盼着呢。就是引咎辞职，我也要把路修通！"

听说奚楚屡遭刁难，花园和东岔河小伙不干了，相约来到西岔河，敲开王玉利家门，袖子一撸，怒目而视："听说你不让修路？唵？！"

一见这阵势，王玉利腿就软了，赔着笑脸："哪能，哪能呢！"

一物降一物。三只拦路虎，就这么被搬开了。奚楚路遇王玉利，抿着嘴乐："何苦呢？敬酒不吃吃罚酒！"王玉利脸上红一阵、白一阵。

折腾半年，路终于修通，从两三米扩到五米。奚楚一鼓作气，又打通几条断头路，修了环村路。村民赞其"环城高速"。

王岔河村种蓝莓，有300亩。过去，每逢采摘季，路窄难进车，客商不愿来，只得运到外乡镇。路通后，蓝莓很抢手，村民们比着种，面积扩到1500亩。

王玉利更便利，车子径直到田头。有人逗他：这路走着咋样啊？他脸一红："当初，要是修成六米宽，就更好了。"

"哈哈哈！"众人笑喷，"早知今日，何必当初呢！"

一排树

初春之晨，空气中有股甜味。许元推开房门，深吸一口，胸腔里也甜起来。他绕过越野车，去开院门。

许元是省委党史研究室处长，刚到孙李社区任职。社区属于武城县四女寺镇，下辖两个建制村。他住在南小李庄村，房东是对小夫妻，在德州城打工，房闲着。院子宽敞，可停车。今早，他要去县城开会。

打开大铁门，许元朝胡同瞅了一眼。胡同南北向，对面是幢旧宅，锁着门。因旧宅往里缩了一截，胡同形成葫芦肚，十来米长。许元甚中意，他的车身长，调头不方便，有了这个肚，可以轻松倒进院里。客人来访时，也可临时停车。

许元转身进院，脚刚踩上车踏板，忽然觉得不对。哪儿不对呢？说不上，好像胡同有些异样。折回门口，朝胡同瞅了几眼。这一瞅，倒吸口冷气：葫芦肚中央，立着一排树！

确切地说，是一排小树枝，共七八株，小拇指般粗细，近两米高，树干灰白泛青，树梢几片淡绿色叶子。土路黄褐色，背景又是土坯墙，小树毫不显眼，若非叶子随风摇曳，感觉不到它存在。

许元拍拍脑袋。昨晚开车回来，分明无物。那么，定是半夜栽的。谁半夜做好事呢？他不假思索，拨村支书电话，想问一下，驻村绿化项目提前了？但他马上摁断。自己刚驻村，项目还没启动呢。即使启动，也不会从胡同开始啊！即使从胡同开始，也应该在路两边啊，咋会在路中央呢？

许元急着赶路，顾不上细想，将车子开出院门。这时，才发现小树霸道：本来宽敞的葫芦肚，被一分为二，拐角几乎成直角。

许元连打几把方向，险些碾着小树，只好下车，叫来几个邻居，站在汽车前后，指挥他一步三刹，把车挪出葫芦肚。

天黑时，许元返回村，车子停在村口，夹着公文包，进东院，出西门，在月色中时隐时现。深夜，他回到房间，泡了杯茶，点上一支烟，摊开工作日记，回放夜访镜头：

村民甲：这排树，准是老支书李云功种的，故意找茬呢。他落选村支书，肚里有气，啥活动也不参加，有大半年了。

村民乙：那个旧宅子？老支书的。他为啥不住？建新宅子了呗，就在河西。

村民丙：李云功为啥住河西？自己捣鼓的。当支书时，把自家地从河东调到河西，之后就建宅子、挖鱼池。那儿靠近大屯水库泵站，听说要扩建，哪家地挨着了，就给补偿哩。

村民丁：新老支书不对付，老支书受冷落，估摸你屁股坐到新支书那边了。

村民戊：李云功和俺是亲戚，俺这个哥哥呀，是个死心眼，但不是小气人，你别多想。俺琢磨，他是觉得那块地浪费了可惜，想种几棵树多混点钱。老支书咋了？也是农民一个，要养家糊口哩。

……

第二天，有人看见，许元夹着包，出了村，往河西去了。

这排小树，竟成村中一景。围着它，天天都有新脚印。有人耳语，它短命，不会活过明天。有人断言，它是导火索，肯定会引爆啥。

可是奇怪，一天，两天，三天；一周，两周，三周；一月，俩月，仨月……小树非但没挪走，还越长越直溜，越长越水灵。只是越野车再没进过胡同，要么在路上跑，要么停在村外。村里也风平浪静，没见谁吹胡子瞪眼，也没人跳脚比嗓门。

不过，党员很快与众不同：墙门钉上大红牌匾，写着"共产党员户"；胸前别着金色徽章，上有镰刀锤头；手拿铁锨扫帚，打扫卫生，清运垃圾。村子也在变：土路铺上水泥了，村道安上路灯了。

有人惊讶发现，队伍里，慢慢出现老支书影子。他的脸变化着：开始是僵的，后来会动了，再后来起皱了。嘴角也在变：先是耷拉着，后来翘起来，再后来露出牙齿。偶尔，还能听到久违的笑声。

节日慰问的对象也在变。除鳏寡孤独、老弱病残外，多了老党员、老复退军人，李云功也在列。有人提意见，访贫问苦应该，哪有慰问老支书的？不过，说归说，每次都缺不了李云功。只有会计知道，老支书那份，是许元垫的。

转眼，社区"一部四会"选举出炉。监事会的负责人，就是李云功。几个村民看到红榜后，特意跑到胡同里。咦？那排小树还在！

冬天来了，树叶凋零了，小树又成了树枝，风来时没再招摇。

一天早晨，有好事者瞥见，老支书扛着锄头，直奔葫芦肚，在地上刨啥。过了会儿，许元开门迎出，同老支书拉扯，似乎还争执。好事者叫声不好，敲开邻家门，说有人干架了，咱们快去拉！待回到胡同口，哪有人影！

好事者不甘心，趋步向前。怪了，那排树一株没少。只有一株，挪动了一两米，拐角不再是直角。

（原载2019年10月30日《人民日报》，见报时标题改为《第一书记的故事》）

手 记
百里挑"一"

此文是以通讯形式发的,我之所以收入其中,是因为,我是按报告文学要求写的,是一篇"双栖型"作品。

2019年1月2日,《人民日报》"大地"副刊整版刊发我的《行走的脊梁》后,当天上午,《人民日报》要闻六版主编董建勤打电话给我,说很喜欢这篇文章,希望我也能给他们写一篇。我说好啊,需要写什么呢?她说,总书记提出乡村振兴,最好是聚焦乡村振兴。最后,我们商定写第一书记。

后来,董主编告诉我,在总编室的选题策划会上,报社编委、总编室主任杨涌听说是约我写,特别支持,当场决定,可以争取发5000字。这样的体量和篇幅,由单个记者署名,在要闻版也是罕见的。

之后,六版就与我绑定成为"命运共同体",时不时与我联系。版面上每有第一书记报道时,董主编就用微信转给我,说得很客气,是供我参考。其实我明白,她是在催稿。由于催稿太紧,我戏称她是"逼债的黄世仁"。

第一书记工作涉及方方面面,包括帮贫济困、发展经济、强化班子、化解矛盾等。一篇通讯不可能面面俱到,必须集中一个主题。我考虑,帮贫济困、发展经济、强化班子的报道较多，化解矛盾的报道较少，这类题材也不好把握，但恰恰是化解矛盾，最能检验第一书记的能力水平。而对记者来说，有矛盾才有故事，有冲突才有起伏，记者有写头，读者也有看头。于是，我将报道主题确定为化解矛盾。

主题确定后，便开始收集素材。山东从2012年起，连续从省直单位选派四轮、共3342名第一书记。我请省委组织部推荐一批典型，他们给了我20多份材料。这些材料总结得都很全面，但看不出特色。我下乡时看了一两个村，没找到感觉。我分析，第一、第二轮相隔太久，时效性不强；第四轮是2019年4月才去，业绩不明显；第三轮4月份刚结束，已通过考核，并有了结论。于是，我向省委组织部要来第三轮的全部总结材料，自己从中筛选。

第三轮共有612人，我守着厚厚一摞材料，一份一份看，从字里行间、只言片语中寻找"故事眼"，筛选了10人，反复比较后，去掉四个相似的，选出六人，再与他们一一电话沟通，最后确定四人。可谓是百里挑一。本想请他们以回访的形式，带着我去村里实地采访。但他们有的走不开，有的同我的计划凑不到一起，加上这些村都地处偏远，实地采访的时间和交通成本太高。最后，我改变计划，请他们分头到我办公室，每人谈半天。

六版编辑康岩很用心，在编辑过程中，多次与我沟通。他编好后，特地发回给我，征求我的意见。我的四个小标题是：一眼井，一座房，一段路，一排树。他在我标题后面，各加了一句话，变成："一眼井，滋润民心"；"一座房，推倒心墙"；"一段路，环城高速"；"一排树，幸福常驻"。概括得很好。不过我觉得，他的标题过于实，限制了想象空间，同我的叙述风格不太符合，因为我是通篇讲故事；我的标题虽然趋于中性，但有悬念，更适合讲故事。所以，我提出还是用我的原标题。尽管我说得未必对，但他很谦虚，从善如流，爽快同意。

我的原标题是《第一书记到俺村》，见报时改为《第一书记的故事》，但我还是喜欢原标题。受版面限制，原来的一些铺陈闲笔给删掉了，少了点咀嚼和回味。不过，在寸土寸金的要闻版，能发这么大版面，已经很不容易。此次收录，我恢复了原来的一些铺陈闲笔。

文章发表后，康岩写了一篇编辑体会：《期待更多的"舍不得"》。文中说：

> 那段时间，恰巧徐社长频繁外出。为免版面焦虑，他每采访完一个，就抓紧写成稿子传回。等到四个故事凑齐，全篇6200字。考虑到版面的承载量，还要为美化版面和照片打出提前量，我们把文字压缩到4000多字。这1000多字的删改和压缩，真是费尽心思、难以取舍，需要字斟句酌、反复推敲，生怕影响贯穿全篇的文气。编完之后，生怕有闪失，又发回给徐社长，请他再润色把关。自当编辑以来，这还是我第一次这么郑重其事。
>
> 在我们看来，这篇稿件是六版讲好故事的一次突破和创新。第一书记的报道铺天盖地，实话说，大多数流于工作总结，甚至有的就是当地政府的政绩宣传。这篇稿子，清晰的架构、好看的故事、丰富的细节、传神的描写、筋道的语言，都值得点赞。
>
> 当然，编辑的精心策划、记者的给力采写，没有版面都是空。当晚值班的韩晓丽、洪岩主任，推迟了中宣

部三个系列人物的指令稿，腾出版面。美编在做完特刊美化后给我们做图，到凌晨三点半正式压版。虽然晚，但遇到好稿子，辛苦也被我们抛却脑后，夜班的时光变得轻快和愉悦。

徐社长是报告文学大家、鲁迅文学奖获得者，对上乘文字的追求是精益求精的。可以说，徐社长的稿件，是一次文学对新闻的"反哺"。上海分社副社长李泓冰在一次微信聊天中，说《人民日报》的稿件有一种"人民体"，这是在长期的新闻写作中日渐形成的套路。有了套路，写稿就会变得有些程式化，先写什么再写什么，仿佛有了固定格式。对于徐社长而言，融文学语言、散文叙事、小说笔法于一炉的写作方法，恰好摆脱了记者写稿的路径依赖，对"人民体"进行一次矫正、修补和突破。他的白描手法，寥寥几笔，便勾勒出人物轮廓和山东农村的风土民情；镜头化叙事，几个段落，事件的起因、发展、结局就跃然纸上；方言土语的加入，既增加了逼真的现场感，也让人物形象更立体、突出；最宝贵的是，短句纵横全篇，恰如反弹琵琶，大珠小珠，嘈嘈切切，落得一地风流，诗意满篇。对读者而言，这样的稿件才够味儿、吃劲儿，仿佛与作者展开一场阅读的角力。

现阶段，中央要求各级新闻媒体践行"四力"。作为版面编辑，我们想说，当遇到好稿，编辑会油然而生一种"舍不得"，因为那是记者付出大量心血采写出的沾泥土、带露水、冒热气的文字，触发我们根本不忍心敲击键盘上的删除键。希望能有越来越多的稿件，能打开编辑心底的"舍不得"。

人民日报地方部有个传统，每周都会写一篇业务研讨文章，评析国内分社记者一周来所发的稿件。这一周，地方部编辑柯仲甲专门评析此文，标题是：《叙事节奏，一个应引起我们足够重视的问题》。文中说：

> 山东分社徐锦庚社长的新作《第一书记的故事》，无论是文本创新、精炼生动的语言，还是让人如临其境的现场感等方面，都尤为突出。而令编辑品读后印象最深刻的，则是文章对叙事节奏的掌控。
>
> 先看整体布局。四个小标题简单明了，"一眼井""一座房""一段路""一排树"。然而，第一书记的日常工作里又何止面对一眼井、一座房、一段路和一排树？百倍之都不过分。作者匠心独具之处，在纷繁复杂的工作中选择了独特的四个一，一下就抓住了读者，掌控了节奏——毕竟读屏时代，读者想看的是孤峰突起，而不是群山逶迤。平淡叙述第一书记的千头万绪，远不如用尽笔墨刻画一次"剪断一团乱麻"的精彩故事。
>
> 四个小标题每个都是独立的、独特的故事，在如何掌控故事演进节奏方面给我们不少启示。以第一书记李清明"打通"一眼井为例：
>
> ……
>
> 这是"一眼井"开头聚焦的场景，足足用了600多字，而"一眼井"的故事总共也才1300字。用这么多笔墨，值吗？答案显然是肯定的。作者一上来就把李清明这个新官面对的最大困难摆在读者面前，而且用大量对话把矛盾冲突推到顶点。读来自然就会像吃了热辣辣的火锅

后想来一口冰镇啤酒那样——读下去、读完才能解渴。

按照惯常做法，这一"扬"之后，便该是一"抑"——第一书记自然会烧起三把火，把这水给"浇灭"。而作者却没这么做。在"抑"的部分，我们仍旧看到作者用心描绘了一个小幅度的跌宕起伏，仍然张力十足：

……

到此，作者方才让故事的跌宕起伏告一段落，轻轻收笔。"一眼井"如此，"一座房""一段路""一排树"也莫不如是。

当然，要让文章有节奏感，既要注重把控宏观上故事的演进节奏，在微观上更要精打细磨，用简洁有力的语言调控节奏。

比如，"清明满鞋盔甲"（"一眼井"）简单六个字，画面感极强又留有余味，让人读起来有嚼头，同时又刻画了一个从省城下来便直插田间地头，勤勉的第一书记形象；

"一女两男，抄手缩脖，在门口探头探脑"（"一眼井"），寥寥几笔，让这几人的急切心情和寒冷天气间形成了强烈对比，更突显出"水"对于李清明而言是多么棘手；

又比如"只有一株，挪动了一两米，拐角不再是直角"（"一排树"），则是精妙的收尾之笔，不叙述、只描写，留待读者品味。而这株挪动了位置的树，显然也意味着第一书记理顺了民心、赢得了拥护。

而在"一段路"中，"过些天，奚楚买来油、米、蛋、奶，拎到王玉利家。王玉利睃一眼礼物，让座上茶。一提修路，立马翻脸。奚楚苦口婆心：'且不论地是集体的，即使是你的地，征用也是为了大伙……'王玉利粗暴打断：

'关俺啥事，俺又不走！'油盐不进，奚楚没辙了"的描绘，则在矛盾冲突的顶点大量运用短句和对话，加快节奏、放大互动，仿佛把读者带到了针锋相对、火药味十足的现场。

细细品读全文，这样精彩的笔墨俯拾皆是。作者的表达高度克制、点到为止，但又非常生动形象，字数不多，信息量却很大。同时，我们看到，作者大量运用短句和人物对话，越是在矛盾冲突激烈处，越是如此，迅速加快节奏的同时，让人读起来轻快爽利不拖沓。若非有着对生活深入细致地观察、长年累月坚持积累，落到纸上的文字绝不可能如此精彩。

徐社长之前已有《行走的脊梁——泰山挑山工纪事》《"懒汉"治村》《驯虫记》等令人拍案叫好的文章见诸本报，但都以"报告文学"体裁发在副刊。这回《第一书记的故事》却是要闻六版。这个变化意味着什么呢？

编委会反复倡导创新表达、出新出彩，而很多分社记者在采写中常常心存疑虑：这样写可以吗？这样写符合人民日报的要求吗？无形中自己给自己戴上了枷锁。其实，好文章一定是受欢迎的。关键在你是不是写得那么好，能不能用有实力的创新佳作去撬开所谓的樊笼。和如何把握叙事中的节奏感一样，这个问题同样是值得我们深思的。

15
风光正好三涧溪

2019年10月1日，北京天安门广场，庆祝中华人民共和国成立70周年盛典现场。群众游行活动开始了，10万群众、70组彩车，组成36个方阵，广场成为欢乐的海洋。33号彩车上，一位中年女性，英姿勃发，挥舞鲜花。她叫高淑贞，是济南市章丘区双山街道三涧溪村党委书记。

此时，高淑贞心潮澎湃，耳畔响起习近平总书记的谆谆教诲。2018年6月14日，习近平总书记视察三涧溪村时语重心长：要加强基层党组织建设，选好配强党组织带头人，发挥好基层党组织战斗堡垒作用，为乡村振兴提供组织保证。

高淑贞勇担当，真抓实干，奋发有为，敏锐把握机遇，顺势而为发展。三涧溪村脱贫致富，村集体净资产上亿元，人均年收入2.8万元，荣膺"全国民主法治示范村""全国平安家庭创建先进单位""全国妇联基层组织建设示范村"等殊荣。2019年底，又被评为"全国乡村治理示范村"。

涧溪春晓，风光正好。

下马威

初夏的早晨，田野满目葱茏，空气湿润清新，暗香浮动。高淑贞骑着摩托车，在公路上奔驰。

这是2004年6月2日，高淑贞到三涧溪村走马上任的第一天。新官上任，这样的早晨，本该意气风发，但昨晚那个下马威，影响了她的心情。

39岁的高淑贞，原是乡村教师。几年前，东太平村选不出村支书，上级派她去。治理四年，村庄甩掉穷帽子，成为先进村。回校任教刚两年，又领命来到三涧溪村。

三涧溪是大村，1100多户，3300多人，分三个庄：东涧溪、西涧溪、北涧溪。三涧溪曾经"阔"过。20世纪80年代，村办多家厂，年赚上百万，集体家底厚，村民生活富，是远近闻名的先进村。后来，因种种原因，村子衰落了，人心一盘散沙，班子软弱涣散，村支书六年换六任，最短干七天。

昨天晚上，街道领导领着她，来村里宣布任命。谁想，全村党员，来了刚过半数。交接时，只有一张收支表，写着几笔应收款，实际收入为零，负债80多万元！

高淑贞表态："我是三涧溪的媳妇，一定会全心全意干好，希望大家支持我。"

话音未落，有人反问："你带来多少钱？能给村干啥？"

有人泼冷水："谁也治不了，神仙来了也白搭。"

有人起哄："哼，有好戏看喽，看她咋哭的！"

不到半小时，会议草草结束，众人一哄而散。

想起昨晚的不愉快，高淑贞心里较上劲儿了：瞧不起我？好！你们等着，咱们比试比试！

换班子

接连几天,高淑贞忙着串门,先到熟悉人家,再去左邻右舍。摸了一遍底,心里有了谱。脱贫致富,关键在人,要把村庄治好,先得有个好班子,把人心拢起来。

高淑贞登门问计。拜访第一人,叫马厚滋,是老支书。村民说,他行得正、有主见。

马厚滋68岁,身材瘦高,短发直立,眉毛上挑。因患哮喘,说话费劲,慢声细语,但从不重复,句句在点上。他辈分高,高淑贞叫他厚滋爷爷。

说到用人,马厚滋先推荐叶恒德——心中有数,是个明白人,做事稳妥,有分寸。

马厚滋推荐的第二人,叫李云宽——交给他啥任务,他绝不会推卸。马厚滋任大队长时,李云宽是生产队长,了解他。

他推荐的第三人,叫李东刚——为人正直,讲原则。前些年,李东刚管煤车过磅。司机都想多装一些,超载部分是多赚的,但李东刚丁是丁,卯是卯,只要超过一二百斤,就非要卸掉,朋友也不行。

他还推荐马素利、徐绍霞,他俩和叶恒德,都是现任村干部。

高淑贞听罢,赶紧去找叶恒德,因为叶恒德正想辞职。

叶恒德老伴身体不好,眼睛看不见,说是白内障。高淑贞说:"我陪嫂子去看病。"

到了章丘,医生一检查,吃一惊:哪是白内障,脑里有颗瘤,压迫了视觉神经!

叶恒德慌了。高淑贞找了辆车,拉着人,直奔济南大医院,马上动手术。叶家一时凑不够钱,高淑贞拿出一万元。手术很成功。

看到高淑贞忙前跑后,叶恒德动心了,答应继续留任。

在一家钢球厂，高淑贞找到李云宽。他是火炉工，正干得满头大汗。见了她，很吃惊："你咋来了？"

高淑贞诚恳地说："云宽哥，我刚回村里工作，经验不足，人手不够。厚滋爷爷推荐你，我想请你回村，帮帮我。"

李云宽擦了把汗，直摆手："谢谢你们高看我。我干了那么多年，力没少出，气没少受，连工资都没有。我还得养家糊口哩。我在这里挺好，活是累了点，可工资不少挣，每月6000多元呢，不求人，不受气，自由自在，多好！"

"6000多元？"高淑贞瞪大眼睛，"我可给不了这么多，只能答应给600元，而且还得先欠着，等将来有钱了再补。如果村里没钱，我把自己工资给你。"

李云宽很干脆："多少钱，我不在乎。我愿意为村里做点事，就是不想置气。"

"说得好！"高淑贞称赞道，"这是我婆家村，我既是做媳妇的，又是党员，有责任把村子建好。你是三涧溪人，又是老党员、老干部，更有这个责任。"

李云宽黑脸膛红了一下，神情有点羞愧。高淑贞趁热打铁："再说了，厚滋爷爷为啥推荐你？因为他了解你，知道你能为村里做事，知道你口碑好。只要真心为老百姓做事，老百姓会拥护的。"

李云宽有点招架不住："你口才好，我说不过你。等我回家，和你嫂子商量商量？"

"大老爷们，这点事都做不了主？"高淑贞激将道。李云宽被逼到墙角，没了退路："好好好，我答应。容我同她吱一声，行不？"

高淑贞乐了："行！"

后来，高淑贞又说动李东刚。2004年12月，村党支部换届，

84名党员投票,高淑贞全票当选,叶恒德、徐绍霞、李云宽各48票,马素利45票。高淑贞任书记,叶恒德任副书记,马素利、徐绍霞、李云宽任委员。之后村委会换届,马素利当选村主任,李云宽、徐绍霞当选村委。三年后,选举第九届村委会时,李东刚进入班子。

补牛蒡

村旁,有个城东工业园,需要征地。征地涉及补偿,每亩地补1200元,每亩青苗补七八百元,都有统一标准,共约2000元。

三涧溪地薄,庄稼长势一般,种树更不行。树的补偿比庄稼高,果树分幼苗期、出果期、盛果期,幼苗每棵30至60元,出果期200元左右,盛果期600元左右。

冯占伯有三亩地,挨着水井,湿润肥沃。征他家地时,地里正长着牛蒡。

章丘一带一般不种牛蒡,补偿标准中,没有牛蒡。村民不识牛蒡,村民小组计算时,参照普通作物标准。冯占伯坚决不干,说这是名贵中药材,咋能跟麦子比?比树还贵哩!

村民说,牛蒡不是吃的吗?咋会比树贵?准是想讹钱!村民小组不知咋处理,就把矛盾上交,让村委会处理。村委会吃不准,又交给村党支部。

高淑贞也不认识牛蒡,说:"我们不能拍脑袋,还是要调查一下。不该补的,一分不多给。该补的就要补,别让他吃亏。"她主动上门,同冯占伯商量。

冯占伯端起架势,说:"牛蒡是名贵中药材,我这是块肥地,每亩有两万多元收入。如果地被征,今后都种不了,损失可大了。我这地还有20年承包期,要按20年计算,一次性补给我!"

高淑贞噗嗤笑了："大伙儿都不认识牛蒡，只同意按普通作物补。你这狮子大张口，要一个黄金价？"

冯占伯说："北京就有牛蒡补偿规定！"

高淑贞耐心解释："按征地规定，补偿标准不能跨地区，只能执行章丘标准。但是，对牛蒡，不要说章丘，连济南也没有规定。你说的北京标准，我们只能参考，能不能达到，我说了不算，尽量去争取。"

离开冯占伯家，高淑贞想，他说的也有一定道理，不能因为现有标准里没有，就一推了之。她找人咨询，又上网查，吓了一跳：牛蒡价格随行就市，每年都有波动，行情好时，一亩地真可收入几万元！

高淑贞向办事处反映，办事处说，章丘的补偿标准里没有，没法按外地标准补。她把办事处的意见反馈给冯占伯，冯占伯梗起脖子："如果没有合理补偿，我就不答应！"

冯占伯不肯签字，耽搁了征地进程。签了字的村民，也拿不到补偿，便怪罪起他，嚷嚷着：把牛蒡铲了！

这让高淑贞作难了。一边是冯占伯的合法权益，一边是补偿政策的空白，咋办？

挠了半天头，高淑贞有了主意，找到用地企业，提出折中办法：参照当年牛蒡价格，差价由公司补足。

公司老总不同意："按协议，我们已把补偿款交给政府。要想多给他，也应该是政府给。如果我们多给了他，别人也有样学样，咋办？"

"你们交给政府的补偿款，是按普通作物核定的，同牛蒡的标准相差太悬殊。如果政府把补偿款多给他，别人就减少了，村民们能答应？"高淑贞进一步说："请放心，村民不合理的要求，我们不会支持。但村民合理的要求，我们还是要支持的。冯占伯不是无理取闹，他不肯签字，征地进度就会受影响，你们的损失更大。你们算算看，哪笔账更划算？"

公司老总想想也是，没有更好的办法，便照高淑贞说的办。

最后，冯占伯以每亩两万元价格，如愿拿到补偿。

冯占伯痛快地说："高书记，你已经尽心尽力，我不能再让你作难了。我签字！"

建公寓

自从到了三涧溪，高淑贞特别喜欢春天。春天，是播撒希望的季节。在她眼里，还有一层特别含义：每年的中央一号文件，就是希望的种子。

高淑贞一到任，就反复琢磨2004年的中央一号文件。2005年的中央一号文件，再次以"三农"为主题。她的许多迷茫、困惑，都在这两个文件中找到答案。从那时起，她就开始盼春天，盼中央一号文件，就像农民盼报春鸟。每年的中央一号文件，她都会反复研读，透过字里行间，寻找发展机遇。

2006年的中央一号文件，拉开社会主义新农村建设帷幕。高淑贞捧着文件，逐字逐句地读。

读到第十七条，"加强村庄规划和人居环境治理"，高淑贞眼睛一亮，埋头往下看，"加强宅基地规划和管理，大力节约村庄建设用地……"她怦然心动。三涧溪因地处章丘近郊，受城市建设规划影响，20年来没批过新宅基地，很多家庭子女成家后，无法分户建房。

高淑贞兴冲冲地赶到街道办事处，跟领导谈了想法：抓住新农村建设机遇，为村里建几栋公寓楼，集中解决分户群众的住房困难。

领导不以为然："新农村建设是'以奖代补'，要先干起来，干成后再补助。有实力的村才能干，三涧溪干不了。"

高淑贞想，村子不发展，我咋向村民交代？不让村民得实惠，村民咋会拥护我？别人能干成，我咋就干不成？

双山街道有18个村，四个村被列入新农村建设试点，三涧溪不在其中。千载难逢的良机，高淑贞不甘心错过，就向章丘一位领导反映。她迫切的态度、胸有成竹的信心，让这位领导很赞赏："淑贞呀，社会主义新农村建设，就需要你这样的领头人，有一股干事创业的激情！你分析得有道理，我对你信得过，就帮你推一把！"

随后，三涧溪村被追加为试点村。此时，另四个村已开始规划审图。高淑贞率村两委班子成员，加班加点，一路追赶，规划许可、建筑许可、土地预审，过了一关又一关，手续一应俱全。高淑贞干得风生水起，引起上级重视，将三涧溪列为新农村建设示范村，予以政策倾斜支持。高淑贞抓住机遇，接连上马道路"村村通"、自来水"户户通"项目。

2007年11月，四幢公寓楼交付使用，分到房的村民们，兴高采烈拿到了钥匙，三涧溪村过年般热闹。

盖澡堂

高淑贞打听到，凡被列入示范村的，公益建设都能"以奖代补"，比例为四六开，政府扶持六成，村里自筹四成。她琢磨：村里公益设施薄弱，这样的机会，打着灯笼也难找，要争取搭上顺风车，把优惠政策用足。

有天晚上，开村民代表会，六七十人到会，会议室挤得满满的。开了两个多小时，屋里烟雾腾腾，隔两三米看不清人。高淑贞眉头紧锁："吸烟不只是个人习惯，也事关社会公德。社会主义新农村建设，人的文明素质也是重要内容。我们定个规矩，今后，村里开会时，不要再吸烟，要吸烟到外面吸。"

高淑贞继续说，一到冬天，会议室一股怪味，有的人整个冬天不洗澡。现在村里条件在改善，大家也要养成洗澡习惯，这是一种文明的生活方式。

话音未落，会场就炸了锅。

"城里人冬天有暖气，我们只能烧煤炉，能用热水擦一擦，就很不错了。"

"城里有澡堂，我们如果有澡堂，我也会洗。谁愿意脏兮兮过日子？"

……

高淑贞明白，别看众说纷纭，其实都盼洗热水澡。三涧溪有个习俗，每年腊月廿二，扫尘之后，村民会拖家带口，到城里的工厂澡堂，洗去一年尘埃，干干净净过年。

听着大家议论，高淑贞提出想法："要不，咱们建个澡堂？"

众人一听，纷纷说好。几个懂基建的，当场算了起来：乖乖，要五六十万元呢！

高淑贞一打听，建公共浴池也能扶持，便同叶恒德、马素利、李云宽等人商议，趁机列入建设项目，一共列了13项。

项目要先经办事处筛选，再报到章丘审批。负责筛选的，是办事处副书记王恩峰。他一看三涧溪村的报表，眼睛就瞪圆了："咋这么多项目？需要600多万元？"

高淑贞笑着说，"多是多了点，可都是村里紧缺的，是村民眼巴巴盼着的，我们已经压了又压，没有虚价。"

王恩峰用笔尖点着项目，一栏一栏往下看。"咦？建澡堂干啥？"他皱起眉头。

"村民反映，冬天没地方洗澡。"

王恩峰撇撇嘴："明水热电厂有澡堂，你们可以上那儿洗嘛。"

高淑贞念苦经："相隔10里路呢。再说车子也过不去，老头老嬷嬷咋办？"

王恩峰担心："有四成资金是需要你们自筹的。你们能行吗？别成烂尾工程。"他拿起笔，征询高淑贞意见，"要不，把这项给划了吧？"

"别，别！"高淑贞慌忙拦住，说道，"村里没有供暖，冬天洗澡成了大问题。虽然过去都这么过来了，可现在条件不一样了。中央不是说了嘛，要让人民群众共享改革发展成果呢。请放心，自筹部分，我们会全力想办法解决，决不会拖后腿。"

"好吧。报上去试试。"王恩峰放下笔，感慨地说，"这么一大摊项目，如果都能批复、都能建成，三涧溪就一步跨十年喽！"

庆幸的是，报上去的项目全部获批。高淑贞兴奋地说："先建澡堂，尽快让大家冬天洗上热水澡！"

三个月后，公共浴池盖成。村两委决定，水和煤由村集体负担，村干部义务打扫，村民每月免费洗一次，再洗时付一元钱。

公共浴池开放那天，村民们犹如赶大集，扶老携幼，端着脸盆，挎着换洗衣服，浩浩荡荡，浴池门前排起长队。

周边村民羡慕不已。上皋、徐家、吴家等邻村人慕名而来，只需花一元钱，就可美美享受一番。

一个澡堂，除了解决村民洗澡难、培养讲卫生习惯，还教会他们很多文明常识。

凤来栖

农村招商不是容易事，无工业用地指标，土地难以改变用途。高淑贞没少为征地忙乎，多为城东工业园效力。工业园能解决就业，但无法为村集体创收。高淑贞想，要增加村集体收入，村里必须招商引资。

有一天，村民李云岭兴冲冲上门："天桥区有家公司，面临拆迁，正在找厂址。老板是位女强人，叫杨莲英，看了几个地方，都不满意，想来村里看看。"

高淑贞问："她愿意搬到乡下来？"

李云岭笑嘻嘻："我把你抬出来了，她听了很感兴趣，说要来会会你。"

高淑贞问："企业是生产啥的？不会有污染吧？"

李云岭说："是医疗设备，采血笔、采血针，都是出口的，对环保要求严，不会污染环境。"

"好啊！"高淑贞很高兴。

几天后，李云岭领着客人上门。两人一见如故，越谈越兴奋。高淑贞问："你们用工量大吗？"这是她关心的事。

杨莲英说："我们是劳动密集型企业，主要靠手工装配，是轻体力活，也是细活，最好是女工干，村民也可以领回家干，按件计酬。"

"太好了！"高淑贞拍着手，"这活再合适不过了！"

杨莲英相中一处厂房，提出条件："你们必须在10天内，在厂外建一条硬化路，还要建一个配电室。"

"没问题，我答应你！"高淑贞沉着应道。

送走杨莲英，高淑贞约上徐绍霞、李东刚，到叶恒德家碰头。

高淑贞说:"杨总经常出国,见多识广;产品主要出口,有发展前景;用工模式灵活,妇女在家里就能就业。我算了一下,月收入能有两三千元呢。这样的企业,打着灯笼都难找,一定要想办法引进来。"

叶恒德老成持重,沉吟道:"这么好的事,能轻易让我们碰到?她的企业有那么好吗?"

"这好办。"高淑贞回答,"她来考察咱们,咱们也可以上门考察她。"

叶恒德知道她的性格,只要认准的事,非要做成,便笑着说:"咱们一起去看看,帮你参谋参谋。"徐绍霞和李东刚也跟着说去。

第三天,几个人来到杨莲英工厂。周围已拆成废墟,只剩下她一家厂,进出很不便。高淑贞明白了,杨莲英要求10天修好路,不是故意为难,而是急于搬家。

杨莲英领着一行人,里外转了一遍,车间一尘不染,井然有序,比她介绍的还要好,几个人啧啧称赞。在杨莲英办公室,高淑贞看到一摞荣誉证书,有"山东省十大巾帼英雄",有"山东省三八红旗手",更坚定信心。

杨莲英又提出新条件:七天内,硬化好厂区外的路。

高淑贞略一思忖,快言快语:"七天之后,你再去看。"

回到村里,高淑贞立即召集村两委,详细介绍情况,统一大家意见,接着战前布兵:"恒德哥,这片地是你庄里的,修路征地的事,你马上搞定,别耽误施工。素利,你配合恒德哥。"

徐绍霞担心:"万一人家不肯征,咋办?"

叶恒德微微一笑:"这事交给我了,保证不拖后腿。"

高淑贞心里一暖:这位老大哥,干起事来,从来不讲条件。

修路的任务交给村民赵大起,他有支施工队。高淑贞让赵大起火速赶来，下达任务："明天就动手，白天黑夜干，务必在七天内干成！"

"七天？"赵大起有点犹豫，"那里是个石岗子，工程量不小。再说，她可能说说而已吧，哪会那么准？"

高淑贞说："只要她有诚意，七天后准会来。"她明白，杨莲英如果不想来，不会提这个苛刻条件。既然提了，既有急的成分，也是在考察她，看她是否诚心，是否有能力。

第六天，杨莲英提前来了。

工地热火朝天，正在浇筑混凝土，高淑贞也泡在工地上。她掸掸身上的土，捋了下凌乱的头发，说："杨总，请放心，明天保证完工！"

"哎呀，高书记，你真的很能干！"杨莲英由衷感叹，临走时表态，"只要你能确保我同村集体签，我就一定来！"

村委会同杨莲英签订厂房租赁协议，公司每年支付租赁费50万元，每五年提高租金百分之十，为期30年。

公司搬来后，三涧溪70多人进厂务工，230多人领零件在家装配。

……

三涧溪的脱贫路，就这样越走越明亮，越走越宽广。

2020年6月13日，三涧溪人头攒动。济南市脱贫攻坚暨乡村振兴工作现场会上，高淑贞激情满怀："我们将牢记习近平总书记嘱托，按照产业兴旺、生态宜居、乡风文明、治理有效、生活富裕的总要求，建设好三涧溪村，加快全面振兴步伐！"

（文中个别人物为化名）

（原载2020年7月15日《人民日报》）

手 记
破译乡村治理的"密码"

此文节选自我的长篇报告文学《涧溪春晓》。

三涧溪,山东章丘的一个村庄。一听名字,就很有诗意。

一个村庄,居然也有"八大景":"北岭西望火车烟,南涧卧牛石万千。马蹄浣衣多少妇,月牙弈棋赛神仙。赵家垂柳千条线,石岗避暑月更天。砚窝留名奇石古,胡岑枝荆到顶园。"景入诗,诗如画。

诗意的村名,画般的村貌。这个中国北方的村庄,表面看去,小桥流水,诗情画意,波澜不惊,犹如风景。其实,真正走进去,才发现,村庄并不宁静。几乎每天,都有矛盾冲突,都有暗流涌动。

这个看似宁静、实则充满斗争故事的村庄,就是主人公高淑贞"唱念做打"的施政舞台。在这个舞台上,她由生涩到成熟,从蹒跚学步到游刃有余。十多年,三涧溪,由穷到富,由乱到治。

三涧溪是中国乡村的缩影。《涧溪春晓》展示的,既是一位村官的奋斗历程,也是一个村庄的治理故事。

2020年,是脱贫攻坚收官之年。在国务院扶贫办支持下,2019年9月,中国作家协会启动"脱贫攻坚题材报告文学创作工程",根据扶贫办推荐的25个典型,选派25位优秀作家,深入脱贫攻坚一线,积累创作素材。我领受的任务,就是采写三涧溪。

对三涧溪,我不陌生。我在人民日报社山东分社工作十多年,一直关注这个老典型,多次安排记者去采写,还率分社党员骨干去参观学习。2011年11月,我曾陪同人民日报社副总编辑米博华先生,深入三涧溪村,调研新型农村合作医疗,在《人民日报》头版头条发表《新农合是个宝,病先看钱后掏》。2019年下半年,我特地回访,后来在头版头条发表《村里的变化可大了》。2022年11月,我再次带着记者王沛到村里蹲点,在头版头条发表《在乡村振兴中显身手》。

一个普通村庄,能够三度荣登《人民日报》头版头条(如果加上习近平总书记视察山东时的报道,可以说是四次),在《人民日报》历史上罕见。这足以说明,三涧溪可圈可点。

基于这些因缘,接到中国作家协会的采写指令后,我欣然领命。

最初,我的打算是,挖掘扶贫脱贫素材,讲好勤劳致富故事。然而,当我融入三涧溪,触摸其灵魂深处时,渐渐有了新的感知。

同其他脱贫村不同,三涧溪曾经"阔"过。老铁匠马世昆,人称"劈铁大王",在改革开放初期,组建钢铁冷断加工队,带领乡亲走南闯北,1979年,为集体创收18万元,这在当时,是个天文数字。以后年年上台阶,到1987年前后,断钢队每年为村里创收120万元,年交税25万元。多年间,三涧溪的水电、提留、摊派、日常运转等费用,均来自断钢队。在马世昆带领下,村里办起多家企业,还建有幼儿园,集体经济厚实,村民生活富裕，是远近闻名的先进村。

然而，到20世纪90年代，马世昆却受人排挤，气出脑溢血，黯然辞去村支书，最后郁郁而终。三涧溪陷入混乱，班子软弱涣散，人心一盘散沙，违法乱纪不断，村庄脏乱不堪，村支书像走马灯，六年换了六任，最短的仅干七天，村集体欠债80万元，重新堕回穷村，成了烂摊子。

2004年，在苦无良将情况下，乡村女教师高淑贞临危受命，回到婆家村，担任村支书。15年来，她强班子，治村容，勇担当，敢亮剑，励精图治，奋发有为，敏锐把握机遇，顺势而为发展。三涧溪走出泥淖，再次脱贫致富，村集体净资产上亿元，人均年收入2.8万元，还跻身全国先进行列，荣膺"全国民主法治示范村""全国平安家庭创建先进单位""全国妇联基层组织建设示范村""全国综合减灾示范社区"等殊荣。2019年底，就在我采访时，三涧溪又被评为"全国乡村治理示范村"。

三涧溪贫富交替，有迹可循：过去贫穷，是因普遍贫困、苦无出路。脱贫致富，靠的是苦干苦熬、勤劳致富；后来返贫，乃因人心涣散、勾心斗角。脱贫攻坚，受益于国家扶持、区域优势。国家扶持显而易见：自2003年以来，连续17年，中央一号文件皆为"三农"，近年更是倾力扶持，多方力量叠加，乡村躬逢其盛。区域优势在于，作为章丘的城郊村，三涧溪被征土地多、就业机会多，脱贫水到渠成。

所以，三涧溪的脱贫攻坚，有其鲜明特点：不仅由"穷"到"富"，更是由"乱"到"治"。换言之，其脱贫攻坚的主要任务，不再是寻找致富门路，而是如何提高治理能力、提升文明素养。

鉴于此，我改变创作初衷，围绕八字着墨：成风化人，由乱到治。

中国乡村急剧变化，处于多年未有之变局，亟待新的治理方式。

过去，人们为生计疲于奔波时，"饥寒起盗心"，文明素养容易被忽略、遮掩。脱贫致富后，"仓廪实而知礼节，衣食足而知荣辱"，文明素养的要求浮出水面。如何提升农民文明素养、提高乡村治理能力，既是后脱贫时代面临的紧迫问题，也是现代农村的主要矛盾。

随着城乡一体化推进，农村人口流动加速。改革开放初期，全国外出务工不足200万人，到2018年底，农民工总量达2.88亿人，其中外出农民工1.73亿。乡村变革和快速转型，打破封闭保守的社会格局，农村人成为社会人，乡村社会原先的同质性、封闭性、排外性，逐渐被个性化、开放性、多元性取代。人被裹挟进入现代社会，思想观念仍在缓慢转型中，"身子已住楼房，头脑还在平房"。农民受小农意识桎梏，有的安贫乐道、不思进取，有的得过且过、目光短浅，有的懒惰成性、坐等帮扶，有的铺张浪费、薄养厚葬，有的迷信封建、求神拜佛。由于缺乏利益联结，村民各种各的地，各干各的活儿，各吃各锅里的饭，乡土人情趋淡，人际关系疏离，社会凝聚力弱化。

在经济利益驱动下，一些农民趋利忘义，传统道德摇摇欲坠，糟粕思想趁虚而入，人生观扭曲，价值观错位，社会责任感缺乏，法治观念淡薄。有的自私自利，贪占集体利益，只想索取、不想奉献，只想享受权利、不愿承担义务。有的只在乎自己一亩三分地，"老婆孩子热炕头"，事不关己、高高挂起，集体意识淡化，对公共事务漠不关心，不愿为公共事务出力。有的急功近利、利欲熏心，养殖者滥用激素和抗生素，将工业品掺入食品中，影响食品安全；种植者过量使用化肥、农药和除草剂，污染作物、水体和土壤。

与此同时，人们民主意识唤醒，利益需求多元，对政府要求增多，监督愿望增强。当需求无法满足时，产生失望和焦虑，引发社会治理问题，矛盾纠纷日趋复杂，由过去的家庭、邻里矛盾为主，转变为经济纠纷为主，涉及宅基地、土地承包、项目征地、林地收益等，加上在选举、医疗、环保、交通等方面的纠纷，导致群体性矛盾冲突，化解难度增大。多重矛盾的叠加交织，加上城乡、贫富、区域之间差距拉大，农民"不患寡而患不均"，获得感打折扣。

这些情况，在三涧溪村，都或多或少存在。

还有一个现实不容忽视：大批农村精英迁入城市后，留下的多为文盲半文盲，导致农村缺乏生机活力，治理人才短缺，治理主体弱化，村官素质下降。有的年龄偏大，"七个人八颗牙"，文化程度偏低，综合素质不高，缺乏乡村治理能力。有的不思进取，目光短浅，怕担责任，得过且过，缺少干事创业激情。有的作风简单粗暴，听不进群众意见，搞一言堂，遇事拍脑袋，凭主观想象决策，缺乏民主意识。有的怕吃苦、怕吃亏，工作不深入，作风不扎实，缺乏艰苦奋斗精神。

党的十九届四中全会提出，要构建基层社会治理新格局。基层是国家治理的最末端，推进国家治理体系和治理能力现代化，必须紧紧依靠基层、聚力建强基层。乡村治理的关键，在于自治、法治、德治三位一体，以自治增活力，以法治强保障，以德治扬正气。自治属于村庄范畴，法治属于国家范畴，德治属于社会范畴，"三治"互为补充、相得益彰。

村民自治的重要目标，就是强化主体意识，提高参与公共事务积极性，让农民说事、议事、主事。乡村治理重在春风化雨，挖掘道德力量，德、法、礼并用，引导农民向上向善、孝老爱亲、重义守信、勤俭持家，增强乡村发展软实力。

"三治"能否融合，关键在于村两委班子。而班子坚强与否，取决于党支部书记。雁飞千里靠头雁，船载万斤靠舵人。

村官资源匮乏，权力有限，当好不易。要当好乡村领头雁，尤为不易。高淑贞是鲜明独特的"这一个"。这位别样的村官，让我想起《亮剑》中的李云龙。

三涧溪是个大村，3000多人，"苗不一样齐"，有占集体便宜的，有告黑状的，有暗中使绊子的，还有存心找茬的。歪风邪气，时不时就冒出来。历史遗留问题多，纠缠着很多人利益。作为村支书，如果不愿得罪人，光想和稀泥，会一事无成。治村理事，要敢于斗争，敢于亮剑。高淑贞就是一路斗争过来的，总是以昂扬向上姿态，遇到困难不躲，遇到障碍不绕，敢碰硬，不退缩，头拱地，往前冲。比如，村里修路，冒出几个"拦路虎"，其中还有丈夫的长辈，她大义凛然，毫不畏惧，剑锋所向，六亲不认，"杀猴给鸡看"，果断"敲硬壳"，让别的村民心存畏惧，不敢再出幺蛾子。

自古以来，人类社会每前进一步，都离不开矛盾运动，有矛盾就会有斗争。大到治国理政，小到治村理事，莫不如斯。只有奔着矛盾问题去，迎着风险挑战上，在大是大非面前立场坚定，在危机困难面前挺身而出，在歪风邪气面前坚决斗争，才能攻坚克难，战无不胜。

敢于斗争，不是莽撞蛮干，还须善于斗争，注重策略方法，讲求斗争艺术。高淑贞毕竟是个村官，不可能事事如意，所向披靡。为了解决问题，她能伸能屈，原则问题寸步不让，策略问题灵活机动，有时甚至妥协让步，火候拿捏到位。比如，村里迁坟时，有户人家仗着亲戚是干部，上边有人撑腰，任凭她赔笑脸、套近乎，横竖不买账。她迂回侧击，先礼后兵，祭出"敲山震虎"招数，再适当放宽条件，让这户人家心悦诚服、乖乖就范。比如征地时，一个心术不正村民，撺掇另一个"炮筒子"，合伙给村里出难题。她巧使"离间计"，除夕夜冒雪送年礼，以怀柔战术感化，在斗争中注重团结，把"炮筒子"争取过来，让心术不正者孤掌难鸣，掀不起风浪。

敢于斗争，还须善于团结。否则，一味杀伐施威，终会众叛亲离。一个篱笆三个桩，一个好汉三个帮。团结协作，是一切事业成功的基础。一个村官，要想干成事，就得善于用人。毛泽东同志曾精辟指出，政治就是要把我们的人搞得多多的，把敌人的人搞得少少的。

高淑贞深知，三涧溪由富返贫，症结是组织涣散、人心浮动，搞"窝里斗"。所以，她想办法把人拢起来，用人之道别具一格：人尽其才，变短处为长处。比如，让爱挑拨的人管调解，让爱打架的人管治安，让爱挑事的人管监督，让爱提意见的人出点子。有个年轻人，性子急，脾气倔，动辄吹胡子瞪眼，好用拳头说话。一般人看他，那是一身毛病。高淑贞却发现他为人正直，原则性强，只要用到正道，会是棵好苗子，就让他组建"为民服务队"，专门负责拆违、清障等棘手工作。事实证明，此人用对了。

对有缺点的年轻人，高淑贞都想法用起来，给他们戴上"紧箍"，用其长，束其短。昔日人见人嫌的混混儿，成了她的座上宾。一些村民不理解，在背后讥讽她，说她用"歪苗""收破烂儿"。她说："如果只盯着人的缺点，天下无可用之人；

如果善于发现别人的优点，到处是可用之人。对这些小年轻，你推一把，就是对手；你拉一把，就是朋友。'歪苗'只要从小扶正，也能长成参天大树；'破烂儿'是放错地方的资源，可以变废为宝。"

几句平实话语，道出用人精髓。

当干部就要有担当，有多大担当才能干多大事业，尽多大责任才会有多大成就。农村脱贫攻坚，关键在于领头雁担当作为。担当作为，正是高淑贞的亮点。

天下事，在局外呐喊议论，总是无益，必须躬身入局，挺膺负责，乃有成事之可冀。高淑贞先在娘家村，后在婆家村，一干20年，清路障，拔穷根，换班子，摸家底，夺资产，打官司，建公寓，迁祖坟，盖澡堂，修学校……一桩接一桩，一件接一件，之所以能善作善成，很大程度上，就在于她躬身入局，担当作为，不怕跑断腿，不怕磨破嘴，始终激情洋溢，就像不知疲倦的陀螺，一个人带动一村人。

高淑贞干中学、学中干，境界逐步提高。起初，她去娘家村任职，想法很朴素，"给娘家人长长脸"。随着眼界和格局打开，从自发上升到自觉，"让百姓过上好日子"成为信念。婆家村亲戚一大堆，她刚到任时，亲戚们指望能沾光。后来发现，算盘打错了。涉及村民利益，她总是一碗水端平，不偏不倚，亲不向，外不推，努力写好"公"字，公平，公正，公开，公道。遇到不好推的难事时，她不仅不优亲厚友，还"胳膊肘儿往外拐"，先拿亲戚开刀。脚跟站得正，说话有人听。她能一呼百应，威信就是这样建立的。

几则抵押贷款的事，足见高淑贞的担当。

猪倌王元虎缺钱，高淑贞领着他，挨家挨户借，几年借了

22家，自己签名担保，帮他筹款上百万元。担保是有风险的，万一王元虎还不出，她须代为偿还。不仅如此，她还拿出房产证，为王元虎抵押贷款。

村里有家企业，生产医疗设备，环境要求高。恰巧，旁边有个养猪场，导致环评通不过，企业同猪场闹僵。高淑贞调解无果，一跺脚，用自家住房抵押，又向姐妹借钱，凑足53万元，先把猪场买下来，这才"解扣"。

村里欲建育苗基地，需要300万元。集体账面有钱，但不能动。银行"荣誉贷"政策，她够格享受，但须以个人名义，还要押上自家房产。应该说，"荣誉贷"是把双刃剑，押的是个人信誉，搞砸了名誉受损。投资项目虽然好，也不是非做不可。不做，没人说话。做成了，村民未必领情。何况，300万元不是小数，万一搞砸了，家庭难以承担。为了村里发展，她又是一咬牙，押上房子和"荣誉"，鼓动老公"以私谋公"。

最让我动容的，是高淑贞"抬尸"。

村民姚玉花脑中患瘤，手术后意外死亡。家人医闹未果，拒领尸体，打起官司，因证据不足，法院不予立案，拖了一年半，毫无进展，反而欠数万元尸体保管费，不交不让拉尸体。在高淑贞努力下，保管费免除了。雇人抬尸需500元，其家人舍不得出。高淑贞拉上副书记，硬着头皮，壮着胆子，去帮他们抬尸体。这样的活，即使男人也忌讳，何况女人？这得需要多大勇气！

高淑贞不仅勇于担当，还善于担当。脱贫攻坚中，她政治站位高，机遇意识强，不逞匹夫之勇，巧妙借力使力，乘势而上，顺势而为，做到事半功倍。

她是春天里的早行人，自从当了村支书，特别喜欢春天。

春天，是播撒希望的季节。在她眼里，还有一层特别含义：每年的中央一号文件，就是希望的种子。她盼春天，盼着一号文件，就像农民盼报春鸟。每年一号文件一出来，她学深悟透，活学活用，从字里行间寻找村庄发展新机遇。

比如，三涧溪因地处城郊，受城市发展规划限制，20年没获批新宅基地。2006年中央一号文件提出，加强宅基地规划和管理。高淑贞马上动念，向街道领导汇报，但遭到否定。领导说，三涧溪太乱，也没钱，干不了，她的任务是确保稳定，守住摊子，别出事就行，不要折腾。这年，街道18个村中，有四个村被列入新农村建设试点。高淑贞不甘心，主动请缨，得到上级支持，三涧溪被追加为试点村。村里没有钱，她"空手套白狼"，让施工单位垫资，建起四幢楼房。当村民乔迁新居时，另四个试点村的项目还没影呢！

按照中央政策，凡被列为新农村建设示范村的，公益事业都能享受"以奖代补"，政府扶持六成，村里自筹四成。三涧溪被列为示范村后，高淑贞一气列了十多项新建、改造项目，共需600多万元。街道领导担心她贪多嚼不烂，劝她少报些。但她觉得机会难得，要把优惠政策用足。最终，项目全部获上级批复，并一一建成。这么多项目，单凭一村之力，财力不逮。正是高淑贞抢抓机遇，尽心尽责，做事靠谱，谋事有基，成事有道，得到上级鼎力支持，才使村庄"一步跨十年"。

可以说，三涧溪的脱贫致富，受益于历年中央一号文件，赶上改革开放好时代，可谓"最是一年春好处"。三涧溪的跨越发展，受益于三涧溪人抢抓机遇，搭上国家政策顺风车，"早起的鸟儿有虫吃"。在脱贫攻坚中，三涧溪注重提升村民素养，从"富口袋"转向"富脑袋"，走在其他脱贫村的前列。鉴于此，我把书名定为"春晓"。

2020年初，我刚采访了三分之二，新冠疫情暴发，整个社会进入静止状态，我无法继续采访，为了不耽误出版，只好将就着结稿。全书共33节，写了33个故事，每个故事都围绕"起因——冲突——解决"展开。

书稿送审时，章丘区委宣传部请的几位专家，提出一堆意见：这个例子不合适，那个故事太敏感。他们说：三涧溪获得那么多荣誉，为什么不写成绩，净揭些问题？这些修改意见，我一条也没采纳。不是我不谦虚，而是这些意见太固化，曲解了我的本意。我写三涧溪，是想顺着高淑贞这条主线，在错综复杂的矛盾中抽丝剥茧，厘清成绩背后的脉络，探寻事物发展的规律，破译乡村治理的"密码"，为基层治理提供一份鲜活"样本"。

春节后，人民文学出版社社长臧永清给我打电话，说是听施战军（《人民文学》杂志主编）介绍，在中国作协组织的25位作家中，我是唯一写"后脱贫时代"的，具有强烈的前瞻性，希望我能交给他们出版。在中国出版界，人民文学出版社地位显赫，我自然求之不得。

《涧溪春晓》出版后，《济南日报》以每天半版篇幅，连载了全文，中央人民广播电台、山东人民广播电台录制成有声书连播。后来，入选中宣部2020年"优秀现实题材文学出版工程"作品、中国图书评论学会2020年10月"中国好书"榜单、人民文学出版社2020年"20大好书"、中国出版集团"中版好书"2020年度榜50部作品之一，翻译成罗马尼亚语、俄罗斯语、意大利语、阿拉伯语、英语、土耳其语、西班牙语。

16
黎明前的火炬

  1920年2月中旬。这天黄昏，一条杭州来的客货混装船，沿着浦阳江溯流而上，缓缓靠上黄宅码头。一个身手敏捷的年轻人，身子一纵，从船上跳下。年轻人身着长衫，留着三七分头，眉间开阔，眼眶凹陷，鼻梁坚挺，嘴唇棱角分明，手拎一只旧皮箱。

  皮箱有些分量，年轻人换了一只手，撩起长衫前摆，掖在腰间，迈开步伐，朝山谷快步行走。夕阳下，两侧群山一阴一阳，阴面深黛，阳面金黄。山这边，是浦江县。山那边，是义乌县。他的家乡分水塘，就在半山腰的垭口。

  这位年轻人，便是陈望道。

  两个多小时后，前面出现一些光亮，星星点点，散布在山麓间。陈望道心里一暖：分水塘到了。

自我革命

  一别经年，陈望道发现，家乡虽然年味浓浓，却掩饰不住暮气沉沉，乡亲们眼睛浑浊空洞，举止缓慢迟滞。是生活粗粝所致，还是这世道暗无天日，让他们看不到希望？陈望道心里沉甸甸的。

  大半年前，有感于国内局势混乱、国民沉沦，他激愤写就《扰乱与进化》，发表在上海《时事新报》副刊《学灯》上。此时，他想，《扰乱与进化》写的，虽是泛泛国民，何尝不是写自己父母，还有分水塘的父老乡亲？看来，自家的命运，分水塘的命运，是与泱泱中国的命运系在一起的。覆巢之下，安有完卵？

在浙江一师任教期间，陈望道念念不忘社会改造，在《校友会十日刊》撰文，呼吁废除旧制度、改换新制度。没想到，有朝一日，这事儿会落到自家头上。

这天上午，陈望道正在收拾行李箱，有人在门外喊："重阳伯在吗？"

陈望道走出房门，见是一个小老头，扶着一把锄头，倚在大门上，朝里面探头探脑，一看到他，满脸绽出笑容："哟，是参一啊，多年没见，还这么白白净净。"陈望道原名参一，在日本留学时改的名。

小老头皮肤黝黑，满脸皱纹，约莫五十开外。陈望道觉得面熟，一时想不起来，只好茫然应着："进屋坐坐吧。"

"不了，站着就行。"小老头有些拘谨，"不认识了？我是先塘的张水财呀。"

"哎呀，是水财哥啊，快快进来！"陈望道跨前一步，要拉张水财的手。

张水财慌忙后退一步，摆摆手："不了，不了，我还要去干活，说几句话就走。"

先塘村是陈望道外婆家，张水财比陈望道略大几岁。陈望道去外婆家玩时，常跟着他上树摘果、下河摸鱼。一晃几年不见，才三十出头，竟衰老得不敢认了。

陈望道一把拽住张水财胳膊，用力握住他的手，这才发现，他手掌像钢锉。

张水财赶紧抽出手："我手上净是灰，别弄脏了你。"

陈望道毫不介意，问道："水财哥，你没外出做生意？"

"做啥生意……"张水财讪讪地笑着，有些不自在，"我是你家的佃户。"

"啊？！"陈望道大吃一惊，"你自家不是有田吗？怎么成我家佃户了？"

"唉！"张水财长叹一声，"前几年，为给我爸妈治病，把田都卖了。"

"这样啊！"陈望道十分关切，"老人病治好了？"

"唉！都走了。"张水财又长叹一声，"我是人财两空，只好租你家的田。"

陈望道默然片刻，忽然想起："你找我爸有事？"

"这个……"张水财挠挠头，面露难色，"我家孩子多，日子本来就紧巴巴。前些天，县里来征丁，不去当兵的，要交征丁税，我家只我一个壮劳力，离不开，只能交税。今年年成不好，稻谷歉收，这一交，谷桶就见底了，只够勉强过个年。所以，想来向重阳伯求个情，能不能减减租。"

陈望道急忙问："你要交多少税？"

张水财苦着脸："要交三成田租。"

陈望道心里一沉。自古以来，村里就有规矩，租佃三七分，东家得七分，佃户得三分。佃户粮食本来就不多，再交征丁税，无异于雪上加霜。想不到，苛捐杂税这么重，乡亲们活得这么苦，怪不得衰老得快！他问道："你想减多少？"

"我和几个佃户商量过了，想求重阳伯减两成，这样勉强能挨到夏收。他们抹不开面子，托我来求情。"张水财说。

"走，我领你去找我爸。"陈望道说罢，转身在前面走。

祠堂里，陈君元正同几位宗亲议事，看到陈望道走进来，就说:"参一啊,我们正商量祭祖的事呢,你来得正好,给出出主意。"

陈望道朝几位长辈道一声安,垂手对父亲说:"爸,水财哥有事求您。"

张水财碎步趋前,低声下气地说明来意。

陈君元吸着烟,眯着眼,没吭声。

"减租?"一位长辈接过话茬,"我家的佃户也说要减租,我没答应。交税是按收成定的,我家交的税更多,如果再减租,一大家子喝西北风啊?"

"我家佃户也提了,我也没答应。"旁边一位长辈附和。

"小户人家家底薄,经不起折腾。大户人家家底厚,省着点就过去了。"陈望道人朝着父亲,话说给几位长辈听。

"什么话!"一位长辈不乐意了,"小家有小家的难,大家也有大家的难。自古以来,这租田交租,天经地义。租不起,可以不租嘛。"

陈望道微微一笑,不紧不慢,递上一顶高帽子:"我问过了,以前年成不好时,老辈人也给佃户减过租。几位长辈都是善人,向来慈悲为怀、怜贫惜弱,老辈人的这份善心,想必也传承下来了。"

听了此话,几位长辈面面相觑,一时语塞。

陈望道不失时机,又加了点补药:"其实,响鼓不用重槌敲,几位长辈比我明事理,可能早有打算,我也是多余说的。"

几位长辈张了张嘴,不知如何接话。沉默一会儿,一位长辈睐陈君元一眼,踢过皮球:"重阳哪,你是族长,这破规矩的事,还得你拿主意。凡事得讲个理儿,讲个公平,对吧?七里八乡,户看户、村看村,都盯着呢,不能光拍脑袋,要看看左邻右舍。

不然的话，一碗水没端平，别人会戳脊梁骨。"

陈望道听出话里有话，接过话头："爸，三伯说得对。这是积德行善的事，如果见危不助、见死不救，别人会戳脊梁骨的。"

三伯一听着急了，赶紧说："我的意思是……"

陈望道打断他的话："三伯深明大义，教导得对，我记住了。谁家没个急事难事？我们应该互帮互助，有福同享，有难同当。不能光顾自己吃肉，也要让别人喝点汤。今后，我要向各位长辈学习，多帮帮别人，多积德行善。"

三伯干咳一声，尴尬地笑笑："参一啊，你这几年洋墨水没白喝，我说不过你。还是让你爸拿主意吧。"

"是，是。三伯说得是，听我爸的。"陈望道就坡下驴，对着父亲，"爸，您说呢？"

陈君元白了儿子一眼，拔出烟嘴，沉吟片刻，说："是啊，大家说得都在理。小家有小家的难，大家也有大家的难，凡事要讲个公平。我看，要不就折中一下，减一成，行不？"

几位宗亲对视了一下，不情愿地点点头："好吧。这已经不少了。"

"爸，您看……"陈望道有些失望。

陈君元手一举，阻止儿子往下说，转向张水财："你看呢？这样行不？"

"欸，欸！好，好，我这就去告诉他们。"张水财哈着腰，转身欲走。

"等等。"陈君元想了想，补了一句，"你家人口多，如果粮食不够，我给你赊些，明年再扣。"

"欸，欸！那敢情好。这个年，我可以过安稳了！"张水财大喜过望，朝陈君元鞠了一躬，扛起锄头，乐颠颠走了。

待几位宗亲走后，陈君元朝儿子狠狠瞪一眼："哼，这几天，整天听你说这革命、那革命。这下倒好，先革起老子的命来了！今后，家里的亏空，你给填上！"说罢，一跺脚，背着手，气呼呼地往家走。

"是，是，我来填，我来填！"陈望道吐一下舌头，连忙跟上。

寒夜孤灯

庚申春节过后，陈望道惦记着翻译《共产党宣言》的事。

陈望道留日归国后，在浙江第一师范学校任教半年。因"一师风波"，年前愤然离开杭州，去了上海。邵力子把他介绍给戴季陶，戴季陶又引他见了陈独秀。俩人郑重托付他翻译此书。戴季陶说："别看这么薄薄一本，要准确翻译，难度不小。你试译一下，译成后，我就在《星期评论》上连载。"

要翻译，得找个偏静地方。哪里合适呢？他转悠到柴房，眼睛一亮，腾出一块空地，摆上两条长凳，搁块木板当桌。

吃过晚饭，陈望道来到柴房，点上一盏煤油灯。漆黑的小屋，霎时光亮起来。他把英日版本《共产党宣言》和参考资料摆在案板上。

煤油灯光昏黄摇曳，陈望道摊开两个译本。虽然他中文功底深厚，兼修英文和日文，留日期间大量接触社会主义，但细细研读后，仍感到十分棘手。这时，他才理解，为什么戴季陶说请他"试译"。

开宗明义第一句，就让陈望道颇费踌躇。他在纸上写了划，划了写，绞尽脑汁，反复修改，最后敲定为："有一个怪物，在欧洲徘徊着，这怪物就是共产主义。"

油灯下的陈望道,并没有意识到,他郑重写下的这句话,在民众心里回荡了数十年!直到 22 年后,在延安窑洞的另一盏油灯下,共产党的理论家博古反复推敲,才将"怪物"改为"幽灵",把"徘徊"改作"游荡"。

日译本中的汉字词汇,陈望道没有完全照搬。最明显的,是对国名的翻译。日译本中,国名采取音译,这是旧式译法,他采用现代的国家名称。有一个国名,日译本称"和阑"。开始,他译作"荷兰",但对照英译本,发觉不对。反复琢磨后,他得出结论:日译本译错了,正确的国名应是"丹麦"。

得益于深厚的中文功底,陈望道注重在韵律节奏、直白易懂、生动形象上下功夫。如"同业组合、被雇职人",他换成简短的"行东、佣工";"阵营、渣滓、革命要素",他换成形象的"营寨、赘疣、革命种子"。这么一换,想象力和理解力大增。一些原本抽象难记的词,如"生产机关、社会组织、农业的革命",他换成具象易懂的"生产工具、社会的状况、土地革命",既易懂,也易记。特别是"土地革命",此概念融入《共产党宣言》思想后,使《宣言》犹如教科书,在后来的革命实践中,产生直接的现实指导作用,影响广泛而深远。

为了体现鲜明的立场,使《共产党宣言》更具号召力、战斗性,他还增加一些更为尖锐的词汇,体现更为激烈的斗争立场。如,表示两种阶级对立状态时,日译本用的是"相敌视",他改为"对垒"。分析资产阶级发展状况时,日译本用的是"没落",他换成"倾覆"。

陈望道发现,日译本中的一些词汇,偏重书面语,严谨有余,不易传播。于是,他有意识口语化。如,将"战栗"译为"发抖"、将"精神"译为"智识"。现在,"智识"已很少用,"精神"

倒是常见，但在新文化运动时期，"智识"是个高频词，知识界无人不晓。

陈望道注意到，英译本的第三人称代词"they，their"，日译本却变成第一人称代词"吾人，吾人の"，即中文"我们，我们的"。他心生狐疑：两位日译者翻译时，为什么要转换人称呢？是无意的叙事视角转变，还是特意的立场转换？

对幸德秋水和堺利彦，陈望道并不陌生。他想，他们转换人称，绝不是无意，肯定是特意。因为，他俩都是著名的社会主义运动活动家，视自己为共产党人，使用第一人称，更能表达立场。

"那么，我是忠于英译本，还是像两位日译者，表达鲜明立场呢？"陈望道一边哈着气，给冻僵的手取暖，一边原地转着圈，陷入深思：两位日译者，都是我仰慕的对象，他们信仰社会主义，视自己为共产党人，我虽然还不是共产党人，但他们的信仰，就是我的追求，我也应该朝这个目标前进，早日做一个共产党人！

"对，我也要表达鲜明立场！"陈望道立刻坐下，拿起毛笔，郑重写下"我们""我们的"。

早春的江南山区，春寒料峭，晚上寒气逼人。每天晚上，家人都要给他准备两样东西，一是火熜，二是汤婆子。火熜暖脚，汤婆子暖手。

靠着这点温暖，伴着不熄油灯，陈望道熬过一个个长夜，反复推敲每一个词、每一句话，力求既准确、又通俗。实在困了，收拢笔墨纸砚，打开铺盖卷，将书案当床板。

"十大纲领"，是非常重要的内容，常被人段落翻译。陈望道发现，日英译本完全相同。他译完之后，隐隐约约，总觉得不对劲。

哪里不对劲呢？他一会儿站起，一会儿坐下，苦思冥想。这种感觉，若隐若现，稍纵即逝，就像空气中有道光，他一伸手，明明抓住了，又倏然不见了。如此多次反复，搅得他心神不宁，无法继续进行。

"我就不信，今晚非要找到你！"陈望道发起狠来，笔一撂，起身又转起轱辘。油灯下的身影，一会儿长，一会儿短，一会儿圆，一会儿扁。

渐渐地，窗户开始发白，天破晓了。油灯慢慢暗淡，灯芯昏昏欲睡。陈望道忽然觉得，自己就像这根灯芯，也快熬干了。他俯下身子，"噗"一声，吹熄灯芯。

灯芯熄灭的一刹那，陈望道心里，忽然冒出一束亮光："十大纲领"具有很强的操作性和指导性，可以在实践中照方抓药，但在两个译本中，都是采取"名词化"的叙事性翻译，感染力和号召力都打了折扣。

"我们为什么要翻译《共产党宣言》？难道仅仅是为理论研究，仅仅是宣扬政治主张？不！是为了指导行动、付诸实践，尽快改变旧中国的面貌，改变中国人的命运！"陈望道的思绪如电闪雷鸣，似暴风骤雨，"对！应该采取'动词化'的施事性翻译，每一条措施都有明确的施为动词，把'十大纲领'变成可复制、可实施的措施，增强其理论的行动推力，激活它的革命实践性！"

此时，天已大亮。晨风中，飘来一阵炊烟味，肚子受不住诱惑，"咕咕"叫起来。他贪婪地吸了几口，端坐下来，添水研墨，轻蘸墨汁，静心屏息，笔下行云流水。

"吱呀。"门开了，母亲张翠婠拎着篮子进来，取出粽子、红糖，摆在案桌上。

陈望道迫不及待地夹起一只，张嘴往里塞。

张翠婳心疼地说:"慢点,蘸着糖吃,别噎着。"

陈望道含含糊糊应着,三两口就消灭了一只。

张翠婳爱怜地笑了,悄无声息地带上门。

过了一会儿,她在门外轻声问:"红糖够不?"

屋里回答:"够了,够了!"

又过一会儿,张翠婳探头进来,小心问:"吃了没?"

"吃了,吃了!"

"甜不?"

"甜,甜!"

张翠婳近前一看,红糖好好的,感到奇怪:"咦,咋没蘸红糖?你不是说甜吗?"

陈望道抬起头来:"您刚才说啥?我没在意听。"

儿子这一抬头,把母亲吓得不轻,连退两步:"你嘴上黑乎乎的,啥东西?"

"没啥呀。"陈望道抹了一把嘴,"咦,怎么尽是墨汁?"低头一看,不由得哈哈大笑。原来,自己稀里糊涂,竟然蘸着墨汁吃粽子!

"你呀你,着魔了!"母亲又好气,又好笑。

转眼到4月底。这天上午,当一缕阳光投进柴房时,陈望道搁下笔,长吁一口气:终于完成了!

《共产党宣言》问世时,马克思30岁,恩格斯28岁。陈望道翻译《共产党宣言》时,比马克思小1岁,比恩格斯大1岁。

错印封面

一天傍晚,陈家正在吃晚饭,门外有人喊:"陈先生,陈先生,有你的电报!"

电报是星期评论杂志社发来的,邀请陈望道去担任编辑。他带上译稿,告别家人,兴冲冲赶往上海,直奔星期评论杂志社。

陈望道正欲上楼,忽然传来男人哭声。三楼阳台上,围坐着五人,哭者正是戴季陶,另外四人在劝慰。有俩人他见过,叫李汉俊、沈玄庐,是杂志社主力。另俩人,一位面庞瘦削、梳着背头,一位戴副眼镜、剃着光头。戴季陶止住哭,介绍了一番。原来是沈雁冰、李达。

坐下后,陈望道才知原委。

原来,《星期评论》创刊一年来,刊登了不少观点激进的文章,社会各界反响热烈,发行量有十几万份。当局十分忌惮,截留各地寄给编辑部的书报信件,又没收编辑部寄出的杂志。自47期以后,当局干脆勒令禁止,已寄出的被没收,未寄出的不准寄。他们正在商量,打算出满53期后,6月6日停刊。

陈望道四下打量,过道上,角落里,堆满《星期评论》旧刊。他忽然想起来,打开皮箱,取出厚厚一沓稿纸:"糟糕,我的译稿咋办?"

"本来是要在刊物上连载。现在看来,连载是不可能了。"戴季陶接过来,浏览了一遍,露出赞许神情,"译得非常好!刊物没能连载,真是可惜了。"

李汉俊读过大量马克思原著,深知《共产党宣言》的重要性,曾动过翻译念头,自忖中文功底不够而作罢,听说陈望道翻译好了,十分吃惊,接过来,边看边叫好。

戴季陶沉吟道:"这样吧,书稿你先保管,怎么处理,再想办法。"

陈望道没赶上编辑刊物,却赶上给刊物收摊子,帮着李汉俊,把杂志拿到街上，避开警察，悄悄分发给市民。待收拾停当，已是6月27日。

杂志社编辑俞秀松，是陈望道在浙江一师的学生。晚上，陈望道找到他，把《共产党宣言》译稿和日、英文译本交给他，托他带给陈独秀，请陈独秀校阅把关。

俞秀松不敢怠慢，第二天上午，来到陈独秀寓所，将译稿郑重交给陈独秀。

陈独秀看罢译稿，连连称好："中国共产主义运动基础薄弱，没有本像样的理论书指导，怎么行？这译稿可是及时雨啊！"

他找到李汉俊："陈望道立了大功，把《共产党宣言》翻译出来了，你这个马克思主义理论家好好看看，帮忙润色润色。"

李汉俊说："我已经先睹为快了，只是不知如何处理。别看这本书字数不多，翻译难度可不小，有很多新名词，我自感力所不逮，不敢动手。望道了不起！"

"是啊，有志者，事竟成。"陈独秀感慨不已，"你尚且知难而退，望道不事张扬，却终成大事，就更值得钦佩了。你多费点心，帮他把把关。"

对陈望道的才学修养，陈独秀大为赞叹。此时，新青年杂志社正需要编辑，他觉得陈望道堪担重任，便邀请陈望道担任。

1920年8月，上海共产主义小组成立，这是上海第一个共产党组织。小组发起人共有8人，即陈独秀、李汉俊、沈玄庐、陈望道、俞秀松、施存统、杨明斋、李达，陈独秀任书记。小组成立后，把出版《共产党宣言》译本列入计划。

这天，陈独秀约陈望道和李汉俊等人碰头，商议出版译本的事。

李汉俊挠挠头："现在局势趋于紧张，《星期评论》也被迫停刊了，公开出版《共产党宣言》会有麻烦。"

陈望道眉头紧锁："是啊，上海的华界在军阀统治下，租界在帝国主义统治下，哪里能容忍《共产党宣言》公开印刷发行？"

李汉俊接着说："还有一个难题，到哪里筹集出版经费呢？"

"钱的事，我想办法。"陈独秀踱着步子，"听说维经斯基带来一笔共产国际经费，我找他商量。"

维经斯基是苏共中央和共产国际代表，这年春天秘密来华，先在北京见了李大钊，经李大钊介绍，南下上海见陈独秀，对陈独秀印象很好。

听说要出版《共产党宣言》中文译本，维经斯基当即拍板："在中国组织出版工作，是我们的工作内容之一。给你们一笔经费，你们干脆建一个印刷所，今后还要经常印资料呢。"

陈独秀、陈望道等人立刻张罗起来，在拉斐德路（今复兴中路）成裕里12号租了一间房子，秘密开设又新印刷所。

这天，陈独秀和陈望道、李汉俊等人来到印刷所。《共产党宣言》刚印出，散发着油墨清香。

这是一本小32开的小册子，高18.1厘米，宽12.4厘米，封面是水红色的，中央印有大幅马克思半身坐像。肖像上端，依次印有四排字：社会主义研究小丛书第一种，共党产宣言，马格斯、安格而斯合著，陈望道译；肖像下方，有"马格斯"三字。在书封底，印有"一千九百二十年八月出版，定价大洋一角。原著者：马格斯、安格而斯；翻译者：陈望道；印刷及发行者：社会主义研究社"。

翻开书本，里面无扉页，无序言，无目录，内文共56页，每页11行，每行36个字，采用繁体字和新式标点，用五号铅字竖版直排，页侧印有"共产党宣言"的页边字，页角注汉字小写页码。

"哎呀，糟糕，印错了！"眼尖的陈望道惊叫一声，"怎么印成'共党产宣言'了？"

陈独秀仔细一看，可不是嘛，封面上，果然印着"共党产宣言"！

"快停下，快停下！"陈望道连忙朝印刷工人喊。

可是已经晚了，500册已经装帧好。

"怎么办？毁掉重印？"几个印刷工人慌了。

"不行！"陈独秀摇摇头，"我们本来就缺经费，这样太浪费了。"

"好在扉页和封底的书名没印错，"李汉俊安慰道。

"这样吧，"陈独秀思忖片刻，果断决定，"再印500册，这批书就不要出售了，全部赠送。把封面重新排版，下个月再印1000册，封面改成蓝色的。"

当然，他们并没有料到，这一错误，却为后人鉴别这个版本的《共产党宣言》提供了铁证。

译本出版后，陈望道寄赠给鲁迅和周作人，请他们指教。

鲁迅读后，对周作人说："现在大家都在议论什么'过激主义'来了，但就没有人切切实实地把这个'主义'真正介绍到国内来，其实这倒是当前最紧要的工作。望道把这本书译出来，对中国做了一件好事。"

（原载2021年6月18日《光明日报》，见报时标题改为《当阳光照进柴房〈宣言〉响彻东方》）

手　记
追本溯源

此文节选自长篇报告文学《望道——〈共产党宣言〉首部中文全译本的前世今生》。

2020年10月中旬，我接到一个陌生电话，是浙江文艺出版社社长虞文军，说他们有个百年党建的选题，他请文艺报社总编辑梁鸿鹰推荐作家，梁总编推荐我来写。我因另有任务，无暇分身，便推荐了另一位著名作家。

过了一段时间，文军社长又来电话，说梁总编认为，这类题材我把握得更好。我便问，具体是什么选题？他据实回答："陈望道翻译《共产党宣言》。"我一听，当即答应："行！我有兴趣，也有把握。"

我为什么这么说？原来，2008年10月，我调任山东后，听说东营市广饶县大王镇刘集村珍藏过一本陈望道翻译的《共产党宣言》首印本，出于职业的敏感，专程赶到刘集村走访，萌发了挖掘那段历史的念头。

经过几年的挖掘和梳理，2014年1月，我与铁流合著的长篇报告文学《国家记忆：一本〈共产党宣言〉的中国传奇》出版，讲述刘集村的一群泥腿子，在这本小册子的启蒙下，点燃鲁北平原农民革命斗争的星火。同年，《国家记忆》荣获中宣部第十三届"五个一工程"奖。

文军社长十分兴奋，全力当起"店小二"：我想去陈望道家乡分水塘村，他立刻联系义乌市委宣传部，并陪同实地走访；我想了解浙江早期共产党组织的情况，他立刻请浙江省委党史和文史研究室副主任、著名党史研究专家王祖强提供相关资料；我想去陈望道工作过的复旦大学，他又设法找到陈望道的儿子陈振新教授和第一个研究生学生陈光磊教授，并安排专人专车陪同前往。

收集素材，只是写作的基础性工作。如何谋篇布局，考验作家的政治高度、思想深度和视野广度。

我接的任务是写陈望道，但我反复斟酌，决定写"望道们"。因为，陈望道是《宣言》的译者，不是《宣言》的著者，著者是马克思和恩格斯。在著者与译者之间，有一条长长的时光隧道，由西而东，崎岖坎坷，流急滩险。一大批仁人志士，高擎这束火炬，胸怀变革之志，追望真理之道，在黑暗中摸索。前行路上，有的彷徨徘徊，有的误入歧途，有的分道扬镳，有的慷慨赴死。更多的人，矢志不渝，坚贞不屈，前仆后继，接力传递，使革命之火在东方终成燎原之势。作为火炬传递者之一，陈望道不是孤军奋战，周围有一群"望道"。鉴于此，我决定追本溯源，从两位德国青年开始，一路寻踪觅迹。

如果按汉字算，《共产党宣言》不到两万字，七篇序言几乎都是千字文，最短的不足400字。但是，大道至简，为文亦然。文不在长，在有魂魄；字不在多，在有精髓。这本薄薄小册子，有着撼天动地之伟力，为苦难深重的中华民族点燃新的希望之火，直接催生了中国共产党的成立，更滋养了一代代中国共产党人。可以说，一本书影响了一群人，一群人改变了中国的命运。

在写作中，我力求从小角度纵深切入，在世界共产主义运动和中国革命的大背景下，梳理马克思、恩格斯著述《宣言》和陈望道翻译《宣言》的由来，诠释毛泽东的著名论断"十月革命一声炮响，给我们送来了马克思列宁主义"，反映中国共产党筚路蓝缕的光辉历程，刻画20世纪初一批中国革命者的群像。陈望道则是其中的重要角色，书中用三分之一篇幅书写他的传奇经历，将其个人抉择置于时代洪流之中，展现他对真理的上下求索和对信仰的不懈追求。

在酝酿书名时，我巧妙地借用陈望道之名，但不作名词，而作动词，取意"追望真理之道"。

有人曾经问我，陈望道是这本书的主角吗？我说不是，他是书中的重要角色。那么这本书的主角是谁呢？是《共产党宣言》。书中所涉及的人物，都与《共产党宣言》有密切关系，所有人的故事都是围绕《共产党宣言》展开的。

很多人物的故事，都深深打动了我。最让我感动的，是马克思和恩格斯真挚伟大的友谊。

1842年11月底，他俩第一次见面时，气氛是冷淡的，还发生激烈交锋。但是，不到两年，1844年8月下旬，两人第二次见面时，情形却完全不同。恩格斯从英国曼彻斯特返回德国途中，专程绕道巴黎，登门拜访马克思，原打算见上一面就离开。没想到，两个人在一家叫雷让斯的咖啡馆见面后，有说不完的话题，一谈就是10天。后来，恩格斯回忆这段往事时说："我们在理论领域的完全一致是很明显的，我们共同的工作从此开始了。"这让我羡慕不已。我在想，在我们的一生当中，如果能遇到一谈就是10天的知音，那真是人生一大快事啊！

马克思一生颠沛流离，命运多舛。在普鲁士政府的长期迫害下，他先是被普鲁士当局驱逐，又被法国政府驱逐，先后9次搬家，被迫放弃国籍，这位思想上的富有者，经济上却是赤贫户，全家常常囊空如洗，衣食无着，穷困潦倒，贫病交加，妻子和四个儿女先他而去，白发人送黑发人。在他遭遇种种磨难时，恩格斯始终不离不弃，成为他坚定的同盟军，在经济上资助他，还搬到布鲁塞尔，在他家的旁边租房子，以便尽可能地照顾他。列宁曾经说过："如果不是恩格斯牺牲自己而不断给予资助，马克思不但不能写成《资本论》，而且势必会死于贫困。"

1883年3月14日，马克思逝世，年仅65岁。三个月后，恩格斯为《共产党宣言》新的德文版作序。也许是痛失最亲密战友之故，这篇序言仅有420个汉字。恩格斯笔下字字如泪，他说："本版序言，不幸只能由我一个人署名了。马克思——这位对欧美整个工人阶级比其他任何人都有更大贡献的人物——已经长眠于海格特公墓，他的墓上已经初次长出了青草。"

读到这段文字时，我不禁潸然泪下！

马克思生前只出版《资本论》第一卷，留下大量手稿。这些手稿，在德文中还夹杂着英文和法文，有时一个单词，用一种文字开头，却用另一种文字结尾，在外人看来杂乱无章。恩格斯中断自己的研究，埋头于《资本论》第二、三卷的整理、补充和出版。从接手这项工作，到《资本论》第三卷出版，耗费了整整12年！在人的一生中，12年是多么宝贵，对一位世界工人运动领袖来说，12年更是千金难买。可以想象，如果恩格斯这12年用于自己的研究，会出多少伟大成果。

自古以来，为了同志和朋友，抛头颅洒热血、义无反顾献出生命的人不少。然而，有多少人能够经历日复一日的煎熬、心甘情愿为别人付出12年的生命光阴呢？绝无仅有！多么至真至诚的友谊，多么伟大无私的爱！

我对马克思、恩格斯推崇备至。不过，崇敬的侧重点不同：我崇敬马克思的深邃思想，崇敬恩格斯的伟大人格。

《望道》系国内首部系统全面考证《共产党宣言》的报告文学，是"回望建党百年"国家出版基金专项资助项目、2021年度中国作家协会重点扶持项目、浙江省"十四五"重点出版规划项目、浙江文化艺术发展基金2021年度主题出版类资助项目。

自2021年12月出版后，作品受到文学界、出版界和读者的广泛关注，相继入选"中国好书"2021年12月榜单、长安街读书会2021年12月"干部学习新书"书单、2021年度"浙版传媒好书"、出版商务周报2022年1月"50本'潜力股'新书"榜单、"百道好书"2022年2月榜单、中宣部出版局好书荐读活动2022年5月书单、中国教师报2022年度"十本书"特色榜单、两项国家级翻译出版工程（2022年经典中国国际出版工程、2022年丝路书香工程），翻译成意大利文、阿拉伯文、尼泊尔文、英文，入选浙江、山东、四川、广西等省、自治区党政干部学习推荐书目。

2022年12月19日，中宣部公布第十六届精神文明建设"五个一工程"获奖名单，《望道》荣获特别奖。作为中宣部鼓励精神文明建设成果的最高荣誉，"五个一工程"是我国最权威的综合性文艺评选项目。能够两次得到中宣部和评委的认可，我感到非常荣幸。很多人都说，"五个一工程"奖的评选标准特别严，评委是用放大镜来检视的，不能有任何瑕疵，要求作品必须传播正能量、弘扬主旋律。这个要求，与我的创作观很契合。

追本溯源，不忘初心，心有所信，方能行远，这既是我的创作初衷，更是我的人生态度。当然，这也是我对读者的热忱期待。

17
生死救援

    你说 习惯了遮天蔽日的烟波

    你说 听惯了警铃呼唤的脉搏

    你说 你愿为任何人赴汤蹈火

    你说 这就是使命和职责……

这首直击心灵的《逆行者》，是电影《烈火英雄》的主题曲，词曲作者张文汇，是山东日照市的消防志愿者。2019年3月30日，四川凉山森林失火，27名森林消防队员、3名当地干部群众壮烈牺牲。其中，5名是山东籍消防队员。看了报道，张文汇深受触动，激情迸发，仅用两个半小时，就一气呵成。他的首唱发表后，点击量突破千万。

艺术源于生活。在张文汇的家乡山东，就有这样一群"逆行者"。自2012年1月至2021年10月底，全省消防救援队伍共出动74.84万次，出动车辆136.04万辆次，出动指战员838.13万人次，抢救被困人员9.24万人，疏散被困人员22.85万人，抢救财产价值255.57亿元。本文讲述的，是其中几则小故事。

"哪里有什么岁月静好，不过是有人替你负重前行"。消防队员，既是"逆行者"，也是"负重者"！

舍命半小时

褚夫宽赶到现场，倒吸一口冷气：金誉石化公司厂区北侧，火光映红半边天，爆炸声此起彼伏，槽车横七竖八，房屋、围墙全部倒塌，地上尽是钢梁钢管、车体部件、砖块碎石。200米外的楼房，门窗全部震碎，墙体严重损毁。公司门口，数吨重的地磅被掀起。

33岁的褚夫宽，是临沂市消防支队临港开发区大队大队长。半小时前，他还在酣睡中，一场灾难突如其来：金誉石化公司气体装卸区，槽车卸载液化气时，液相连接管口脱开，液化气大量喷出，与空气混合。

内行人知道，液化气同空气混合后，一旦比例达到1.5%～10%，衣服静电，甚至一根大头针落地，都会引发爆炸。果然，在场的人来不及反应，灾难就瞬间发生，数辆槽车飞上天。时间，定格在2017年6月5日零时57分。

一听是金誉石化，褚夫宽心一沉。第一次去金誉石化督查消防时，他曾问分管负责人，万一着火了，如何扑救？那人嗫嚅："救不了，只能跑，至少跑出5公里。"褚夫宽勃然大怒："胡闹！周边群众怎么办？！"细问才知，金誉石化主要产品是碳四、碳八，危险性远甚于液化气，一旦爆炸，后果不堪设想。

现场情况十分复杂：从燃烧介质看，既有气体，也有液体；从储罐类型看，既有立式油罐，也有液化气球罐。此外，生产装置上还有硫酸泄漏。幸亏产品比较畅销，现场没有碳四、碳八储存。

更大的危机，一触即发：气体装卸区，八辆满载液化气槽车、四辆汽油槽车，正被疯狂的火舌肆虐围攻，随时可能引爆；两套装置仍处于生产状态，旁边矗立着53个储罐，总储量近7万立方米，一旦火势失控，不仅工厂毁灭，还会殃及周边企业，临港区或将不存！

入伍9年，褚夫宽灭火无数，但火场仅限民房、草垛、垃圾箱、绿化带。这样的危情，还是第一次遇到。看到队员紧张，他在心里默念：镇静，绝不能慌！

临近爆炸区的，共有18个液化气储罐。1000立方米、2000立方米、3000立方米各六个。爆炸点在1000立方米罐区。万幸的是，1000立方米罐均为空罐。其余则装满液化气。

褚夫宽发现，在2000立方米、3000立方米储罐区，12个储罐距火场仅二三十米，若能在火势蔓延前关阀断料，就能为灭火创造一线生机。

里面随时可能爆炸，后果无法预估，谁进去关阀？当然是自己！他明白，作为大队指挥，危难关头，如果队里需要牺牲一人，这个人必须是他自己。

他需要一个助手，派谁去呢？开始，他想派中队长刘龙。又一想，现场需要指挥，万一出事，就没人指挥。炽热的火光，映红队员的脸。环视他们，他不忍心点将，但已容不得犹豫，就近指着一个年轻人："小鹏，你跟我去！"20岁的王小鹏，入伍才两年。

要关阀，须有企业的人配合。一听要进火场，几名职工下意识后退。褚夫宽厉声道："要死，我陪你们一块死！不关阀，万一爆炸，咱们谁也跑不掉！"

两名技术员答应了。褚夫宽欲兵分两路，他和王小鹏分头行动。细一想，改变主意，让小鹏跟着他。小鹏太年轻，经验不足，他要带在身边，确保安全。他打定主意，万一发生爆炸，就把小鹏压在身下。

刘龙说："还是让我去吧,你留下来指挥。"

褚夫宽摆摆手："你孩子刚出生,要照顾。我孩子长大了。"他有一对双胞胎,九岁。

提到孩子,他想起妻子。妻子尚在梦中,不知灾难降临。他拿出手机,转过身,留下语音："你老公进去救火了,明天可能见不到了,你要照顾好孩子!"

说罢,他把手机交给刘龙,沉着交代："我俩进去后,无论发生啥情况,任何人不得进去,必须听从上级指挥,不许擅自行动!"

墙体被破拆出口子,四人钻进去,直奔储罐。沿途,泄漏管道的啸叫声、火焰四射的喷溅声,撞击着耳膜,也撞击心理极限。

1000立方米储罐旁,就是2000立方米储罐,风险性大,褚夫宽揽了过来,让两名技术员去稍远的3000立方米储罐。两路人马,各负责六个罐,每个罐有两个大阀,管道上还有一些小阀。这些阀常年开启,已有五六年没转动,每转一圈都很费劲。开始,他俩戴着手套,不一会儿,手套沾满油污,使不上劲。褚夫宽一把扯掉手套,徒手抓住阀盘,阀盘有毛刺,磨得双手血淋淋。

1000立方米罐体周围,仍在熊熊燃烧。火焰炙热,烤得人睁不开眼。浓烟弥漫呛鼻,令人窒息。突然,"轰"的一声巨响,又一辆槽车飞上天,碎片砸着管道,接口泄漏,气体"滋滋"作响,瞬间变成喷射状火焰,让人心惊肉跳。褚夫宽已忘记害怕,只有一个念头:快关阀!

1个,2个,3个……他俩从东到西,一路关闭30多个阀门。两名技术人员也已关好,跑出去了。褚夫宽一低头,发现罐底有把关阀工具,对王小鹏说:"手关可能不够紧,咱们再用工具加固!"于是,他俩又从西到东,把所有阀门加固了一遍。

10分钟,20分钟,30分钟!对他们来说,这30分钟中的每一秒,都是九死一生的漫长煎熬。

褚夫宽一瞥,不远处,就是消防泵房,遂对王小鹏说:"你先撤出去,我去启动消防泵。"转身直奔过去。

到跟前才发现,消防泵、发电机已悉数被毁,一辆爆炸的槽车,甚至飞越百余米,把水罐也砸漏了。

舍命半小时,生死两重天:关阀断料后,火势明显减小,为后续扑救赢得宝贵时间。

七进火场

2015年12月26日,正值周六,聊城大街熙熙攘攘。10时半,东昌府区南湖小区浓烟滚滚。火情就是命令!消防车呼啸而至,梁佃军率队赶到。他是聊城市消防支队特勤中队指导员,六次荣立三等功,曾以优秀士兵资格,被保送到院校深造。

失火的是四号楼,共18层,每层五户,浓烟弥漫整栋楼通道,很多居民来不及疏散,正在窗口拼命呼救。火灾现场,浓烟比明火更恐怖,杀伤力更大。

消防队员迅速进入楼道。很快,一批居民被解救出来,只剩下高层居民。火借风势愈发肆虐,浓烟像狰狞乌龙,围着楼房翻滚。

特勤中队是尖刀班,专啃硬茬。梁佃军组织队员,两人一组,每人身背两瓶压缩空气,负重30公斤,从一楼进入,沿楼梯徒步攀登,往上搜救。爬到10层时,梁佃军发现情况糟糕:弥漫的浓烟下,能见度极低;经浓烟长时间熏烤,楼梯和过道凝结一层焦油,十分湿滑,即使穿着防滑鞋,也很难站稳。

楼道上堆满杂物,行走困难。越往上爬,烟雾越浓,隔几步就看不清楚,队员们打着手电,后面拉着前面的衣服,摸索着上行。

爬到15层，发现一个女孩，六七岁，在浓烟中踉踉跄跄，已经神志不清，眼看就要晕厥。此时，梁佃军的呼吸器已报警，他立刻换上新气瓶，给孩子戴上备用面罩。受场地限制，消防登高平台只能升到13层。为确保孩子安全，他决定亲自护送，抱起孩子，沿楼梯往下走。

危急时刻，意外发生。梁佃军一不留神，脚下一滑，失去重心。他正左手抱着孩子，条件反射般向右侧倾倒，身子垫在孩子下面，右胳膊重重磕在台阶上，孩子则安然无恙。

经这一摔，两人的面具脱落，其中一个损坏。梁佃军将好面具给孩子戴上，呛人的烟气直冲胸腔，喘不过气。他屏住呼吸，把孩子转移到13层窗口，攀上窗台，跨进登高平台，护送到地面。

因吸入大量烟气，梁佃军面孔涨红，剧烈咳嗽干呕，右胳膊疼痛钻心，鲜血染红衣袖。他顾不得歇息，换上新气瓶，乘登高平台返回13层。在14层，发现一对母子，孩子仅一两岁，被浓烟呛得哇哇大哭，母亲陷于无助。他接过孩子，护送母子到消防登高平台，再运抵地面。

梁佃军还没站稳，一个男子拽着他胳膊，带着哭腔央求："我老婆孩子还在11楼东户，求你救救他们！"他答应一声，迅速换上新气瓶，三进火场。

这家孩子仅两三岁，但室内密封良好，滚滚浓烟被挡在门外。这当口，楼道浓烟凶猛，梁佃军冷静观察后，没有盲目带母子逃生，而是用床单封好门窗缝隙，备好湿毛巾，让母子俩避到阳台，等待救援。

接着，梁佃军和队友挨户敲门，直到呼吸器亮起红灯。回到地面后，他连续几次漱口，水都是黑的，人已十分疲惫，被队友强按住休息。

随着救援行动推进，高层居民大多脱险，转移到楼顶天台。但在11、12、13层，还有部分人员被困。支队长张洋决定组织力量，再次进入。梁佃军主动请缨："我对楼内结构熟悉，可以缩短救援时间，我去！"危急关头，正是用人之际，张洋同意了。于是，梁佃军四进火场。

梁佃军发现，火势正从10层向上蔓延，立刻领几名骨干，携带水带、水枪，冲入火场。在10层管道井，他找到一个着火点，迅速组织扑灭。地面结着厚厚油污，他们几次滑倒，只好背倚走廊，艰难扑救。他提醒队友："大家还不能放松，要趁热打铁，巩固成果！"

大火扑灭后，部分楼道的浓烟还未消散。为确保万无一失，梁佃军又连进三次，同队友一道，携带呼吸器和瓶装水，乘登高平台到达13层，背负重物，登上19层平台，送到在此避险的居民手中。然后，从18层开始，逐层逐户细致搜索。

经过两小时奋战，消防队扑灭明火，驱散浓烟，成功营救39人。群众无一伤亡。

地下170米

"咯噔"，罐笼一震颤，往下坠了一下，罗永的心也跟着下坠，"完了！"他在心里说，赶紧抓住笼沿，手心尽是汗。其实，抓得再紧也白搭。脚下，竖井深达200多米，若坠落，会摔成肉泥。幸好，罐笼只是一颤，又稳住了。

罗永是去探险的，或者说，是去救命的。井下，可能有被困矿工。

2015年12月25日7时56分，平邑县一石膏矿垮塌，多人被埋井下。各方救援队伍云集，临沂市消防支队也火速赶到。18时10分，救援人员从探测视频中发现，六号矿井有微弱灯光闪现，疑似有生命迹象。不过，探测器卡在井下，动弹不得，随后失灵，情况不明。

一线生机，一线希望。眼下，急需经验丰富的消防员，携带侦察、救生、通信、照明器材，深入井下侦察，救助被困人员。

石膏矿在地下，人员上下、设备进出、矿石外运，均靠罐笼。六号井垂直深度220米，有一主一副两个罐笼。矿难发生时，因缆绳断裂，主笼坠入井底。副笼经紧急修复，勉强可用。但是，一旦发生二次垮塌，将是一条不归路！所以，下井探险者，除了经验丰富，还须有强大心理素质。

"我去！"危急时刻，罗永挺身而出。他是陶然路中队的中队长，21年兵龄，二级警士长。他深知，自己是支队最老的兵，若要派人下井，非他莫属。

与罗永同行的，还有矿上一名老工程师，姓梅。两人带上装备，进入罐笼。救援现场灯火通明，亮如白昼，罐笼刚没过地面，就陷入一片黑暗，罗永不由得心一紧。他参与过多次井下救援，但都是些小井、水窖，这么深的井，且如此险恶，还是第一次。

竖井直径10余米，往下看，深不见底。罐笼悬空下降，罗永的心也悬在空中。刚下降10多米，罐笼"咯噔"一下，打起摆子。井壁没有照明，梅工举起强光灯一照，"啊"了一声。罗永仔细一瞧，心头又一紧：受垮塌影响，地下岩层出现断裂，井壁裂缝两三指宽，有水渗出，悬着很多碎石，不时坠落，有的直落井底，有的砸在罐笼顶，升降轨道已有轻微变形。罐笼重达数吨，一旦被卡住，罐笼里的人难以生还。

梅工惊魂甫定，问罗永："小伙子，你今年多大？下过井吗？"

"39岁。"罗永回答，"下过小井，没下过恁大、恁深的。"

"哎呀，还这么年轻。"梅工有点惋惜。

两人互相打气，一人盯住一侧，特别是盯紧升降轨道，这是他们的生命之轨。眼下，最担心的，是轨道变形过大，更怕断裂。

大概是轨道变形的缘故，罐笼每行一两米，就会"咯噔"一声、颤一下。每"咯噔"一声，他俩的心就紧一下。"咯噔"久了，心就像悬在嗓子眼，一不小心，会从嘴里蹦出来。罗永手握对讲机，一再提醒地面"慢点，慢点"。

下降约半小时，水雾愈来愈浓，抬头望上去，井口只有一点白光，井壁裂缝渗出的水开始往下淌。降至70米时，井口白光彻底消失了，对讲机杂音变大。井上指挥员喝令：安静！任何人不得说话！

突然，头顶传来一串沉闷声：乓乓！乓乓！梅工惊道："不好，有大石头掉下来了，快往里躲，抓紧点！"两人心怦怦直跳，精神近乎崩溃：石头万一砸中罐笼，轻则砸毁笼顶，重则砸落罐笼，都是灭顶之灾！

声音越来越近，每一秒，都是漫长的恐怖。当声音到达头顶时，一团脸盆大小的黑影，忽一声，从眼前一闪而过——灭顶之灾躲过了！惊吓之余，两人身子发软，几乎站立不住。

罗永以为，石头落井底时，会发出很大回音。奇怪的是，撞击声渐深渐远，最后竟无声无息。想了想，他明白了：下面还有150米呢，声音被井壁吸收了。

降至120米时，裂缝水量加大，井壁出现错位，往外突出30厘米，梅工赶紧用榔头敲击罐笼——这是约定的紧急信号，地面紧急刹车。受惯性作用，罐笼一时刹不住，随钢缆上下弹动，两人顿时失重，赶紧下蹲。

停稳后，两人站起身，仔细观察轨道状况。还好，轨道变形不大。梅工说，再往下走走。罗永通过对讲机，让地面操作继续下降。

"快停，快停！"行至170米时，梅工失声惊叫，使劲敲着罐笼，罗永忙用对讲机叫停。

罗永拿灯一照，大吃一惊：挨着梅工一侧，下方轨道已经折断。断口距笼底仅30厘米！如果罐笼滑出断口，极有可能坠落，即使不坠落，也会被卡住，升不上去！两人的心，又是一阵狂跳。

罗永向地面指挥报告后，两人扯着嗓子，朝井下接连喊话，又用榔头敲罐笼、井壁。持续几分钟后，侧耳细听，没有任何反应。井壁水流哗哗直响，下面传来沉闷水声，"咕咚，咕咚"。显然，井下积水已很深。

梅工经验丰富，担心120米的错位处，井壁被水浸泡久了，容易坍塌。罗永不甘心，又朝下面喊话、敲榔头，见仍无回音，这才向地面指挥报告。

地面指挥立刻下令升井。上升过程中，裂缝水量明显增大。到120米处时，罗永通知放慢速度，缓缓滑过关口。

眼看就到地面，两人紧悬的心渐渐放下。就在这时，罐笼突然一震，卡住了，仅露出一个小口。罗永一猫腰，举起梅工双腿，一把将他推出井口。幸亏梅工经验丰富，让人用保险绳绑住罐笼，指挥大家左拽右拽，终于校正位置，罐笼顺利上升。

听了罗永和梅工的汇报，救援指挥部决定，在距井口数十米处，另钻一个小口径孔，放下生命探测器。遗憾的是，井下无回应，未发现生命迹象。

此次矿难，经奋力救援，共有15人获救，其中四人被困36天后获救，创造了奇迹。

命悬一线

2018年8月,两次台风过境,五莲县遭遇强降雨,河水急剧上涨。19日13时许,狂风暴雨中,老杨驾着他的小面包车,载着妻子,来到涓河边。

老杨五十开外,是许孟镇村民。这样的天气,本不适合出行,但他有急事找岳父。涓河对岸,就是岳父家。

往日清澈平静的涓河,这会儿怒涛奔涌,河水已漫过桥面。老杨犹豫了一下,决定冒险上桥。刚到桥中央,一个浪头打来,车子被冲到桥下。面包车重1.3吨,在洪流中却像截木头,被裹挟着向下漂移。庆幸的是,距桥400余米的河心处,河床隆起,车子被沙石阻滞。但只要河水再涨,面包车就会被吞噬。情况万分危急!

13时22分,五莲县消防大队警铃骤响。大队长孟祥鹏命令:许孟镇中队、五莲山路中队立刻出发!

许孟镇中队到达现场时,代理中队长张刚刚发现,泛滥的河水灌满两旁的泄洪渠,原本40余米的河道,陡然增宽一倍。面包车倾斜着,大半被淹,老杨夫妻从车窗钻出,身子半在车内、半在车外,惊恐不安。

很快,孟祥鹏也赶到现场,随他同到的,还有五莲山路中队,中队长叫唐润泽。临时救援指挥部就建在河堤上。这时,乌云低垂,黑锅般罩在头顶,水位还在上涨。大家明白,此番救援,必须争分夺秒!

孟祥鹏迅速拟定三个方案:架设救援通道;搭建救援绳索;直接下水营救。

几组队员分头行动:一组队员找到合适位置,准备用救生抛投器架设缆索；一组队员尝试在安全绳保护下，通过漫水桥搭建救援绳索，开辟救援通道；一组水性较好的队员，尝试直接涉水营救。

情况紧迫，直接下水救人最为高效，值得冒险一试。然而，在洪峰急流中，涉水谈何容易！从岸边到河中央，短短40米，成为难以逾越的天堑。

第一次，唐润泽带领消防员王世文，系好安全绳，穿好救生衣，仅仅走出十几米，便被河水冲得失去平衡。第二次，唐润泽和张刚刚搭档，换一处下水，两人前进20米，仍抵挡不住急流，安全绳被拉得笔直，随时会被冲走，孟祥鹏赶紧叫停。接连两次救援，全部失败。

另一路救援人员，由于水势汹涌，单凭人力，无法涉水上桥，行动也告吹。

此时，水位又上升，只剩右侧车体露出河面。老杨紧紧搂住妻子，望着岸边，神情绝望。

最后的希望，寄托在抛投缆索上。然而，风骤雨急，抛投器难以使用。即使能打过去，对岸无人接应，安全绳也没法固定，怎么办？

时间一分一秒过去，水位仍在上涨、上涨！在场的人都行动起来，打电话、发信息，把能找的人都找了一遍，终于将村民召唤到对岸。时机终于成熟！孟祥鹏果断下令："抛投！"

"嘭"的一声，抛投器发射出缆索，准确落到指定点。对岸村民齐心协力，将绳索牢牢绑在树上。

湍急的河面上，凌空架起一道缆索。这哪是普通缆索，分明是生命通道！大家松了一口气，老杨夫妻更是欣喜万分，失声哭泣。

有了这道缆索，需要一个体力好的人，攀爬过去，给老杨夫妻俩送救生设备。王世文一拍胸脯："我水性好、体能强，我上！"支队冬训比武时，他多个项目获第一。队友在他身上绑紧两套救生衣，腰上固定三根安全绳，一根是保护他的，另两根送给被困者。

　　1米，2米，3米……王世文手脚并用，在缆索上快速前行。但是，离岸20米时，缆索负重下垂，贴近水面，王世文身体浸入水中，河水呛进嘴里，睁不开眼，三根安全绳受急流冲击，勒得他喘不过气，速度开始放缓。岸上队员有劲使不上，急得直跺脚。

　　风雨飘摇中，王世文奋力露出头，咬着牙，一点点往河心挪，终于到达老杨夫妻身边。攀爬40米绳索，平时只需几十秒，这次他却用了10多分钟。

　　王世文本想站在面包车上，尝试几次，激流湍急，根本不容立脚。他只好双腿盘紧，左臂挽住缆索，身子吊在缆索上，腾出右手，解开救生衣，指导夫妻俩穿好，再解下安全绳，指导他俩扣上。就在这时，面包车突然一晃，周边形成巨大漩流，王世文措手不及，左小腿一阵剧痛。

　　等到老杨夫妻扣好安全绳，王世文已耗尽体力，无力发声，只好朝岸上挥手。孟祥鹏一见，果断命令拉绳，迅速将他拉回岸。落地后，王世文无法行走，这才发现，左小腿有道伤口，长达五厘米，险些伤到筋脉，血肉模糊，估计为车子所剐，两只胳膊也都磨脱了皮。

　　两岸河堤，人越聚越多。此时，围观者纷纷涌上，喊着号子，帮助消防员拉绳使力。老杨妻子率先获救，老杨随之成功脱险。

　　众人瞩目下，这场鏖战将近两个小时，终于成功。沿岸的群众热烈鼓掌，齐声叫好。

（原载2021年11月10日《人民日报》）

手 记
致敬逆行者

2019年4月初，一则新闻令我心头一紧

3月30日18时许，四川省凉山州木里县雅砻江镇立尔村发生森林火灾，着火点在海拔3800余米，地形复杂、坡陡谷深，交通、通信不便。火场在雅砻江边上，距木里县车程六七个小时，平均海拔4000米，多个火点均位于悬崖上。森林公安部门后来侦查确认，这场火灾为雷击火，着火点是一棵云南松，位于山脊上，树龄约80年。

3月31日下午，扑火人员在转场途中，受瞬间风力风向突变影响，突遇山火爆燃，部分扑火人员失去联系。

截至4月1日18时30分，确认30名扑火人员遇难（4月4日，新增一名扑火遇难者）。为哀悼遇难的扑火人员，应急管理部官网首次变灰。凉山州决定4月4日为全州哀悼日，全州范围内停止一切公共娱乐活动。牺牲人员被批准为烈士，记一等功。

4月2日，凉山森林火灾牺牲人员名单公布。我在浏览这份名单时，心里沉甸甸的：27名森林消防指战员，平均年龄仅23岁，这一个个冰冷的名字，都是一条条鲜活的生命啊，转瞬之间，就化为乌有！

看着，看着，我心里咯噔一下：这份名单中，竟有五人是山东籍！2000多公里外的一场灾难，竟然让山东五个家庭痛不欲生！

行走在街道上，经常能看到消防车鸣着警笛，从身旁呼啸而过。即使坐在家中，也常听到窗外传来长笛声。每当此时，心里第一反应是：喔，哪里又着火了。在我小区附近，有一家消防中队，每天上下班路过时，常看到官兵们或训练、或出动、或凯旋。因为司空见惯，也就习以为常，并没多想。

这场灾难，让我想起一篇文章。

有位叫苏心的女作者，写过一篇短文，说自己的一位大学同学S，生孩子时落下病，老公体贴她，让她做全职太太，自己挣钱养家。S因调养得好，已是珠圆玉润，常在朋友圈发些文字，诸如"岁月静好，现世安稳"之类。

有一天，苏心给单位采购红酒，知道S老公是经销商，就联系了他。S老公很兴奋，送来几个样品，同她一起去见老总。碰巧老总在开会，让他们在车里等一会儿。S老公不肯在车里等，说这样不礼貌，执意站在车旁，带着谦卑笑容，专注地看着会场方向。北方的二月寒风料峭，他穿着单薄的西装，脸上冻出一层鸡皮疙瘩。

酒桌上，为了表示诚意，S老公频频敬酒干杯，中途时去洗手间。苏心看他脸色难看，就追了出去。洗手间门口，S老公弯着腰在洗手池吐，表情痛苦不堪。

苏心想起S秀的那些幸福，不由苦笑：她一定不知道，老公工作会如此辛苦，那些光鲜背后，不过是咬紧牙关的支撑。

苏心由此反省自己：迷席慕蓉的诗，做琼瑶的粉，为赋新词强说愁，唯独没想过父母的辛苦和劳累。

苏心由此说：那个替你负重前行的人，就是这个世界上最爱你的人。你要学会珍惜那个人。

文章不长,说的也是生活琐事,同消防队员风马牛不相及,我为什么会想起它?因为文章标题,此时引起我共鸣:"哪里有什么岁月静好,不过是有人替你负重前行。"

于是,我走进山东消防总队,近距离接触这些年轻人。

别看他们生龙活虎,面对面交谈时,却腼腆羞涩,正襟危坐,问一句,答一句,像挤牙膏,鼻尖还渗出汗珠,煞是可爱,让我备感亲切。从他们身上,我看到了自己的青春。

即便他们的讲述轻描淡写、平淡无奇,我仍能听出惊心动魄,听出扣人心弦,听出义无反顾,听出视死如归。

此文最初标题是"十万火急",刊发过程并不顺利。

11月9日,是全国消防日。人民日报文艺部对稿子很满意,安排在10月27日整版刊发。他们将大样的电子版传给我,让我再校对一次,说待庹震总编一签发,就可以见报了。

未料,稿子并未见报。后来问原因,才知道,庹总编考虑到标题太敏感,会让人与香港局势产生联想,要求"稿子先放一放"。原来,2019年6月起,在美西方反华势力的纵容下,香港发生持续数月的修例风波,整个城市乌烟瘴气、一片混乱。在外人看来,山东消防与香港局势八竿子打不着,但人民日报地位特殊,任何敏感字眼,都有可能被人过度解读,被境外势力放大利用。都说人民日报是"政治家办报",由此可一叶知秋。

2021年10月,又一个消防日即将来临。此时,庹总编已升任社长。鉴于他两年前说的是"先放一放",没有直接枪毙,并且香港局势已经平稳,我向他请求刊发,并建议标题改为"生死救援"。庹社长从善如流,稿子在时隔两年后,除了更新开头的数据外,其余一字未改,仍整版刊发。

18
拔节生长的雄安

雄安，作为地理概念，特指雄县、容城、安新及相关区域。巧取"雄安"，寓意深长：雄韬伟略，长治久安。

700多年前，容城诗人刘因忧国忧乡，登雄州城楼，发千古之问："江山自古有佳客，烟雨为谁留太行？"斗转星移，答案终于出现。2017年4月1日，一则重大消息正式对外公布——"日前，中共中央、国务院印发通知，决定设立河北雄安新区。"

一晃，五年过去，新区建设如何？我怀着好奇，踏上这片热土。

从北京西站出发，高铁一小时到达。雄安站地上三层、地下二层，造型为"青莲滴露"，宛如荷叶上的露珠。

出站西行，沿津雄高速疾驶，天高云淡，大地苍茫。约半小时，出高速口。路南塔吊耸立，是新区起步区；路北楼群蜿蜒，由东而西，依次是容东片区、容城县城、容西片区。

在雄安，我邂逅这样一群人。

啃了块硬骨头

李长友生于1971年，年富力强。然而，在150人的管理团队中，他已是"老人"，年纪最大。他的搭档祁海涛，小他17岁。这支队伍，平均年龄32岁。

长友的项目在容西片区。容西安置房建设共 10 个标段，9 个由央企承建。中建七局四公司承建 C2 标段，他是项目书记，海涛是项目经理。C2 标段体量不小：建筑面积 39.8 万平方米、总造价 18.3 亿元，但在 10 个标段中，却是"幺弟"，不及"大哥"三成。

雄安建设启动后，中建三局率先参与，中建七局坐不住了：1982 年，中建三局千里南征，承建时称"华夏第一高楼"——深圳国贸大厦，三天一层楼，创造了"深圳速度"，成为改革开放的代名词；1998 年，中建八局响应国家号召，主动融入浦东新区建设。"雄安新区建设，七局不能缺位！"

中标 C2 标段后，四公司调遣精锐，长友来自华北区域，海涛来自河南区域，两支队伍联袂。2020 年 12 月 30 日，长友和海涛会师容城，暂住宾馆。

元旦夜里，大家齐齐冻醒，以为宾馆空调坏了。天亮才知，容城降温至零下 27℃，据说是 60 年一遇，空调外机全被冻坏。

2021 年 1 月 2 日上午，容西片区安置房开工。四顾两茫茫，哪处是 C2？谁也说不清，只能靠手机定位。寒风如刀子般，大家裹得像粽子，仍冻得直哆嗦，手机也自动关机。为了标识地块，大家扛着铁锹，在四周刨坑插旗。脚踩在铁锹上，刚一使劲，人就摔个嘴啃泥——冻土坚硬，铁锹打滑。挖掘机也打怵，一铲斗下去，机身直颤抖，只刨出一排白点。好不容易挖开，冻土深达一米。

腊月二十九，C2 项目部率先建成，第一个亮灯入住。次日除夕，七局领导赶到工地，陪大家过年。新区管委会、雄安集团的领导，也上门慰问，称赞他们雷厉风行。

中建实力雄厚，过去承建项目，大多单兵作战，优势明显。这次尽是"中"字头，高手云集，同台竞技，比拼意味强。新区建设，质量为先，加之工期、安全、扬尘、防疫、信访，这些指标同步考核，检查频次高，设排名榜，是骡是马，每月都得"遛一遛"。检查制度严，一旦发现质量问题，必严厉处罚。每家施工单位，小心翼翼，如履薄冰。这些精英团队，啃骨头无数，这是最硬的。

工期的紧迫，让长友和海涛"压力山大"。从打桩到交付，仅18个月，今年6月30日，必须统一交付。这期间，要完成土建、精装、市政、绿化、道路。C2标段上空，有条高压线，对角穿过，迁移难度大，耽误9幢楼施工。333省道横穿工地，导改耗时长，导致无法连片施工。每天任务须当天完成，哪怕延误半天，也会打乱全局。为了抢工期，他们早上6点起，半夜2点睡，每天睡四小时，往床上一倒，就鼾声如雷。

施工队伍庞大，日常管理是考验。仅在C2标段，就需建千间宿舍，解决3000人吃喝。食堂、超市、理发室、医务室、淋浴房、洗衣房，样样齐全。人员高度集中，防疫也是难题。污水不得直排，须达中水标准，用于喷洒降尘。

绿色、创新、智能，雄安三大要素。即使施工现场，也初见端倪。在C2项目部，有智慧工地科技展示中心，工人在岗表现、是否戴安全帽、有无安全隐患、车辆人员进出、机械作业状况，屏幕上一目了然。传统塔吊作业，靠对讲机联络，俗称"盲吊"，效率低、安全性差。塔吊装载防碰撞系统，吊钩可视化，驾驶员对着屏幕，就能轻松准确操作。此外，还采用倾斜摄影，配备无人机，每天空中巡查，拍摄视频、图片。这些信息，与相关部门联网，业主可随时监管。

建筑信息建模（BIM），是施工创新之一。以往，土建工程中，各类图纸现场协同施工时，常会碰撞冲突。每遇这种情况，须修改图纸，返工重建，影响工期。现在施工前，先进行BIM深化设计，可预见问题，提前优化，避免碰撞，化解冲突。

我搭长友的车，进入容西片区现场。这是一个庞大工地，四周树着围档，只有一路出入，人来车往，川流不息，因入口处检查严格，车辆排成长龙，走走停停。长友说，这里工人多时近10万，现在也有六七万。容东片区建设时，规模更大，有十四五万人。

安置房主体已完成，室内正精装修，长友带我走进样板房。这套面积120平方米，三室两厅两卫，布局同德仲家相同。

精装修分A、B、C级，我问："这里是什么标准？"

"B级。在安置房装修中，B级是很少见的。这里所用材料，都是一线品牌。"长友说，"省委、省政府要求很高，连踢脚线与户内门、柜体的面板颜色，也要保持一致。对客厅窗户、楼梯护栏，都提出了具体标准。"

我很惊讶："管这么细？"

"开始，我也不理解。"长友说，"后来，想明白了。雄安新区建设，是'千年大计，国家大事'！"

"雄一代"落户了

有时，人生只在一念间。一念之间的选择，往往改变人生。比如陈傲天。

傲天生于1995年，在武汉长大，上高中时，数学和英语成绩好。班主任说："高考时，你报金融专业吧。"他没啥概念，嗯嗯应着。

一天，他找表哥玩。表哥大专毕业，学的是测绘。他顺口问道："测绘专业好吗？"

"当然好。找工作容易，收入也不错。"表哥说，"将来你也考测绘吧。"

他心里一动："考哪所学校好？"

"当然是武汉大学！"表哥说，"武大的测绘专业，是全国最好的。可惜，我没这能耐！"

他记在心里，高考时，果然填了。

进了校门，他直呼幸运：上《测绘学概论》时，居然六位院士共同授课！在测绘界，宁津生、李德仁、陈俊勇、刘经南、张祖勋、龚健雅，每位都是如雷贯耳，李德仁甚至是两院院士。同学们兴奋不已，争着请院士签名，还在网上发帖：史上最豪华的课！

傲天迷上了测绘，大学毕业继续读研。

2018年底，傲天开始找工作。同学转给他招聘信息，是雄安城市规划设计研究院的。他第一次知道，在遥远的北方，有一个雄安新区。上网一查，觉得不错，遂投了简历。

笔试顺利通过，他到北京面试。测绘岗位招四人，应聘者满满一屋，有数十人。一聊，尽是学霸，不是北大、中科院的博士，就是清华的本硕连读，他顿觉矮了半截。

面试还算顺利。最后一道题，面试官提问："在新区开展'多测合一'，有什么优势？"

"多测合一？"他第一次听到这个词，完全懵圈了，只好胡乱回答，驴唇不对马嘴。

面试官相视一笑，摇摇头，没再细问。

出了考场，傲天有些泄气。成绩公布后，他名列第五，没戏了。回到武汉，他到另一家单位应试，顺利过关，与对方签了协议。

2019年4月，傲天接到陌生电话，自称是雄安新区的，说前面四人中，有一人放弃，他可以替补。

傲天有些惋惜："哎呀，我已同别人签约了。"

对方正欲挂电话，傲天突然说："等等！让我再想想，好吗？"

"可以。"对方说，"不过，你明天得答复我。"

放下电话，傲天思量：近水楼台先得月，武汉测绘界人才济济，发展空间有限，很难脱颖而出；雄安是新兴城市，需要测绘人才，大有用武之地。不过，与签约单位毁约，去条件艰苦的雄安，爸妈会同意吗？

爸妈权衡再三，支持他去雄安。

2019年7月，傲天来到雄安。他原以为，这里是荒郊野外。到容城一看，哎哟不错，还是个县城呢，比想象中好多了！

研究院共招69人，都是应届毕业生。傲天惊讶发现，研究院刚成立，仅有两名领导，新区规建局副局长兼院长，一名干部兼办公室主任。他们手下的兵，就是这69个"菜鸟"。

一张白纸绘蓝图，新区规建局举足轻重，配备多名副局长，均为挂职支援专家，大多来自国家部委。一位副局长分管测绘，相中傲天，带到身边，悉心传教，让他受益匪浅。

很快，傲天就与"多测合一"打了照面——在专家指导下，参与编写新区"多测合一"的制度标准。

傲天在市民服务中心办公，这是雄安第一座建筑，号称"雄安第一标"。在他眼皮底下，周边的工地上，一天一变样，慢慢长出建筑群：商务、会展、酒店、公寓……每天都带给他惊喜。雄安，一天天长高了！

很快，这座创新之城，带给他更大惊喜：不仅往天上"长"，还往地下"长"，将实现三"城"共存：地上城、地下城、云上城。

何谓"地下城"？地下分四层：浅层空间，包括商业、娱乐和人行通道；次浅层空间，以市政设施为主，包括管廊和物流；次深层及深层空间，以保护资源为主。

啥是"云上城"？拓展数字空间，国土空间的规、建、管、养、运、维，均实现数字化、智能化管控。

傲天也与雄安同生共长，成为一名设计师。现在，他已成"多测合一"行家，在培训班上从容讲授，为200多人解疑释惑，俨然是"多测合一"代言人。各单位遇到疑问时，都向这个毛头小伙请教。

"我很庆幸来到雄安。"别看傲天稚气未脱，谈吐却有板有眼，"是雄安为我提供平台、创造机遇，是专家的言传身教，让我快速成长、充满自信。如果留在武汉，可能还是个'菜鸟'！"

"你是怎么规划人生的？"我问。

"我决定在雄安扎根，户口已迁来，马上就落户。"傲天神情自豪，"我是'雄一代'呢！"

一群痴情汉子

第一次扣大罩时，田汉卿绝对想不到，有朝一日，他会有这份闲心，研究起白洋淀的渔猎文化。

汉卿生于1963年，安新县圈头乡东田庄人。圈头居白洋淀中心，是纯水区乡，男人捕鱼捞虾，女人编苇织席，鱼为籽粒，水作田畴，"晚潮鱼簋急，夜火蟹帘多"。

汉卿在白洋淀泡大，打小跟着爹捕鱼。淀里的渔民，多有家传绝活，汉卿爹擅扣大罩。大罩呈圆锥形，底部一个罩圈，上接四根罩柱，顶端安一罩拐，围上罩网，状似喇叭。罩网用尼龙线织成，分上、下口网。上口网称蒙网，下口网叫罩包。

大罩捕捞大鲤科，须在宽水域作业。汉卿家有条四舱船，高中毕业后，他棹船，爹扣罩。这天，他将船摇到淀中央。爹说，你跟我学了这么久,该试试身手了,今天你掌罩吧。汉卿有些兴奋,摩拳擦掌,走到船头。

早春的白洋淀,睡意惺忪。朝阳红彤,淀面雾气袅绕,美得像仙境。淀水清澈见底,却难觅鱼踪——因水温低,鱼偎窝恋苇,不爱吃食,也不爱游动。汉卿按爹指点,选一处枯萎苇堆,举起大罩,腾空跃起,使出吃奶力气,猛地往下扣。水花四溅,犹如碎银子,丈余高的大罩,瞬间没入水中,只露出罩拐。水面平静后,泛起一串水泡。他一脚踏在船头,一脚踩住罩拐,操起三股叉,对准水泡,狠狠扎下,往上一提,哈!一条大鲤鱼摇头摆尾。

汉卿拔罐子般,连扣几罩,头上热气腾腾。舱底的鱼,渐渐多起来。他脱掉棉衣,掬了一捧淀水,送进嘴里,淀水清洌甘甜,让他浑身舒畅——这清澈一幕,深深刻入脑海,成了他的乡愁。

此后的记忆,渐渐浑浊:先是淀水污染,不敢直饮;之后两度干涸,淀底能跑车;再通水后,污染渐重,鱼虾渐少。淀区渔民除了打鱼,没啥技能,只好赴天津、内蒙古、东北,甚至渤海,操持旧业。头脑活络的,倒腾起水产,全国各地水产市场,随处能闻白洋淀口音。淀区渔业衰落,渔具弃如敝履,渔法乏人问津。

汉卿去东北捕过鱼,到河南开过矿,还办过印刷厂,后来经销水产品,在县城安了家,还当选县政协常委。这几年,经过治理,白洋淀水清了,鱼多了,生态环境转好。然而,少年那份记忆,始终萦绕于心,挥之不去。

千百年来,白洋淀渔民融南汇北,穷尽技巧,渔具五花八门:罟、罩、罾、罱、篮、篓、筌、筒、钩、卡、叉、回。渔法种类繁多:拉、拽、拖、引、布、刺、挂、圈、陷、围、诱、驱。这些家传如果失传,该多可惜,愧对祖宗啊!汉卿心急火燎,萌生大胆念头:写一本书!

写书？谈何容易！自离开校门，汉卿很少动笔。凭着记忆，他一笔一画，艰难写了数十页。他发现，这是一个大工程，光凭一己之力，恐难遂愿。咋办？"对了，找石矿去！"

石矿姓夏，是他同学，本乡桥东村人，县地方志办公室主任，刚编纂完《安新县志》，白洋淀资料多，也想记录乡愁。两人一拍即合：抢救性发掘，留住乡愁。

一个篱笆三个桩，两人又找到赵克琪。老赵年逾花甲，也是水乡人，安新白洋淀摄影家协会首任主席，听了他俩想法，欣然加盟。汉卿人脉广，打前站，石矿和老赵跟进，录制视频，拍摄照片，整理文字。

拉缅、出汕、搬罾、扽打钩、跑风网、放鹰（驯养鱼鹰捕鱼），这些绝活，知者甚少，濒临失传，编写殊为不易。汉卿年轻时，曾对绝活着迷，四处拜师。然而，渔家有传统：传子不传徒、传媳不传女。无论他如何虔诚，仍处处碰壁。岳父有捕圆鱼（鼋鱼）秘招，他好话说尽，岳父不为所动："老祖宗的规矩，不能破！"

就在这当口，雄安新区设立了。三人劲头更足。走访老渔民时，张口闭口雄安。老人们乐了："这些陈芝麻烂谷子，雄安新区用得上？甭磨叽了，只管问！"

放鹰是绝中之绝。漾堤口村的刘永昌，四世放鹰，驯养、猎捕术藏掖着，秘不外传，这回和盘托出。说到关键处，老人连比带划，绘声绘色，直到他们听懂、录全。

漾堤口村有位冯八十，八十多岁，精通多项渔法，讲得口干舌燥，还道出至理箴言："人本身不识水物，长期跟它打交道，就摸透了它的习性，鱼教人会嘛。"

岳父捕圆鱼的秘招，让汉卿心心念念。老人早已去世，幸亏传给仨儿。为得到秘招，汉卿拉着媳妇，多次登门求教。

三舅哥面露难色："咱家家规严，爹要怪罪呢！"

"爹走十多年了，咋怪罪你？"汉卿哈哈大笑，给他点上烟，拿话激他，"年岁不饶人啊，我们讨教过的老人中，已经走了三四个，我们着急啊！您也一把年纪了，咋地，想带到棺材去？"

汉卿媳妇是教师，知书达理，也跟着帮腔："三哥，汉卿不是偷艺，是抢救性发掘呀，是为新区作贡献呢。眼看要搬出淀区，您这手艺使不上，荒废了多可惜！不如记到书里，给后人留个念想。"

三舅哥不吭声，低头抽闷烟。扔掉第八个烟蒂时，他一跺脚："我豁出去了！"

有些渔法，如拉虾、戗虾、罩靶子，须夜间作业。拍摄作业场景时，汉卿棹船，石矿打灯，老赵拍摄。淀里蚊蠓多，白天成群结队，晚上似轰炸机群，灯光一亮，舍命扑来，直往口鼻钻。老赵双手握相机，腾不出手，任蚊蠓叮咬。拍摄打冬网时，雪花飞舞，老赵全场跟拍，手指都冻僵了。

为拍摄鱼类照片，他们买来大鱼缸，根据鱼类习性，布置不同水草，先后暂养 30 多种鱼类。缸前挂一帷幕，老赵藏身幕后，通过幕帘孔洞，长时间蹲守，捕捉鱼的最佳游姿。

虾篓诱捕青虾时，青虾进"须口"，是爬进去的，还是鞠进去的？众说纷纭，莫衷一是。他们采用相同方式，记录下全过程，得出结论：虾是爬进去的。

春去秋来，他们踏遍白洋淀，访尽老渔民，筛选渔具渔法，共编入九大类、98 种，配图近千张，展现四季捕捞场景，还请人手绘示意图，多达 300 幅。

只要功夫深，铁棒磨成针。2020 年 6 月，《白洋淀渔猎文化》（上、下）问世。

我在白洋淀采风时，汉卿和石矿是向导。阳春三月，大堤满目葱绿，柳枝嫩芽初萌，樱花含苞欲放，空气清新透彻，阳光柔和温暖，传递着春的气息。

他俩给我的"见面礼"，便是这两本书，捧在手里，沉甸甸的。我感慨："你俩不愧是白洋淀文化的记录者！"

"我们是喝白洋淀水长大的。无论走到哪里，我们的根在白洋淀，魂也在白洋淀！"石矿说。

汉卿接过话："雄安新区建设，是白洋淀的千年良机。我们是白洋淀巨变的见证者！"

一个幸运家庭

"俊楼果然住俊楼了，哈哈！"曹德仲打趣。

俊楼姓袁，容城县城关镇白塔村人，1965年出生时，家里正盖新房——甭看是平房，全村皆为土坯，唯她家砖木，仿佛鸡中一鹤。娘甚得意：娃就叫俊楼吧！俊楼处对象时，听说男方住土坯房，娘委屈得不行。俊楼脖子一梗："嫁鸡随鸡呗，我认了！"

俊楼嫁在大河镇南文村，男人就是曹德仲，小她一岁。德仲初中毕业时，赶上包产到户，八户人家凑钱，买了辆小四轮，他风光驾驶，运肥料、拉石子。几年后，小四轮卖了，他与人合办作坊，印学生作业本，兼顾农活，一干半辈子。膝下一对儿女，均已成家，四代同堂，其乐融融。万般皆知足，唯有一憾事：没住上楼房。

其实，房子早就翻盖，且是砖混的，可还是平房。每回进城，看到漂亮楼房时，俊楼就挪不动步，进城里亲戚家，东瞅瞅、西摸摸，咂嘴感叹："啧啧！瞧这楼房，多敞亮！这辈子能住上，死也闭眼了！"

听了这话，德仲发窘，拿电影里的话搪塞："面包会有的，一切都会有的！嘿嘿！"

"喊！天上还能掉馅饼？"俊楼撇撇嘴，"真掉了馅饼，也砸不到咱头上！"

雄安新区设立后，南文村列入首批拆迁，采取货币补偿，砖混1500元左右，砖木1100元左右。两口子扑哧笑出声："哎呀妈呀！馅饼砸到咱头上了！"

从拆迁到回迁，过渡期一年。政府发补贴，每人800元，村民自行安置，或租房，或投靠。德仲进城租房，虽是上楼，人家屋檐下，找不到感觉。

听说回迁到容东片区，德仲心里猫挠，隔三岔五往工地跑，看着挖基坑、树塔吊、起高楼，回家后，喋喋不休，眉飞色舞。

俊楼朝他额头一点，嗔怪道："瞧你这猴急样儿，我当年怀娃时，也没见你这么上心过！"

德仲揶揄："还说我呢，你做梦都念叨上楼！"

回迁时，按户计，人均可置换50平方米、购买20平方米，购买单价7000元。德仲夫妻加母亲，要了两套房，大的120平方米，小的90平方米，补偿款还有剩。他盘算好了，大套自己住，小套出租。儿子一家四口，要了三套房，分别是120、90、70平方米。女儿一家三口，也分得两套房。分房采取摇号，德仲的两套，大套在和谐园，小套在和顺园。

拿到钥匙那天，德仲一家直奔和谐园。房子在九号楼九层，打开房门，眼睛一亮：板楼结构，南北通透，全套精装修，贴着墙纸，铺着木地板，下面还有地暖，双层窗玻璃，铝合金窗框。

"敞亮，敞亮！"俊楼从南蹿到北，又从北蹿到南，念念有词，"我没做梦吧？德仲，你掐我一下。"

"好咧！"德仲作势，摆出一副凶相，狠狠掐了妻子一把。

"哎哟，疼！疼！"俊楼咧着嘴，直叫唤。

去年11月，德仲搬进新家。我登门时，满屋都是新的：新沙发、新茶几、新餐桌、新冰箱、新电视、新空调。

"好马得配好鞍。嘿嘿！"德仲直乐。

凭窗远眺，一览无余：楼群错落有致，马路宽敞通达，水渠波光粼粼，行道树绿姿婆娑。

德仲指着窗外："这是档案馆，馆前面是幼儿园，马路对面是悦容小学。"

"我孙女上小学四年级，我每天接送。"俊楼说，"出门才两三百米，菜在锅里炖着，也不耽误事儿。"

"另外一套房呢？"我问。

"出租了。"德仲说，"每月2000元，房客在新区上班。"

"住惯了农村，进城习惯吗？"我问。

"水往低处流，人往高处走，环境这么好，还能不习惯？"德仲由衷地说，"你瞧，人在街上走，就像逛公园。每天晚上，我们都要遛一圈儿，享受享受。"

俊楼的名字，引起我的兴趣。德仲来劲了，眉毛上扬："这名字取得好吧？俊楼，俊楼，果然住俊楼了，哈哈！"

"嘻嘻！咋样？"俊楼有几分得意，"咱娘有远见吧？"

"哪是你娘有远见？是咱们幸运，赶上中央政策好！"德仲认真纠正，"从平房搬进楼房，从一房变成多房，我们是雄安建设的受益者！"

此刻，窗外阳光明媚，白玉兰魁伟挺拔，迎风傲立，枝头晶莹如玉，洁白如雪，一片生机盎然。

雄安的春天来了！

（原载2022年4月27日《人民日报》）

手　记
"千年大计"的微观表达

2022年4月,是雄安新区建设启动五周年。应新区管委会邀请,中国报告文学学会组织五名作家,于3月中旬赴雄安采风。考虑到我正在参加十三届全国人大五次会议,学会特意将活动安排在会议之后。会议一结束,我就直接从北京去了雄安。

这是我第一次踏上这片热土,一切都觉得新鲜。我让车子载着我,绕着起步区转了一圈,足足跑了两个多小时,整个起步区成了一个大工地,到处塔吊林立、车水马龙,十多万人的建设大军散落在此,竟然显得稀稀落落,不似想象中那般热火朝天。

雄安新区建设,是"千年大计,国家大事"。如何反映这项伟大工程?是宏观叙事,还是微观表达?采用宏观叙事的方式,站在中央决策的高度,俯瞰工程建设全过程,梳理项目的意义、进展、成效,能呈现大视野、大格局,让读者一目了然。这是人民日报的报道优势,也是通讯的惯常写法。不过,在几千字的篇幅中,宏观叙事也有其弱点:感染力较弱,代入感不强。而这,恰是微观表达的强项。

就在作家们开始采风时,人民日报采访组也来到雄安新区。不用问,他们肯定会采用宏观叙事。为了与我的同事错开,我选择了微观表达。围绕我关心的四个问题：基础工程是怎样建的？哪些人参与建设？当地的文化如何传承？当地百姓的利益如何保障？我把目光瞄向四类人：建设者、参与者、见证者、受益者。建设者便是来自各地的建设大军，参与者是加盟进来的新雄安人，见证者是当地的群众，受益者则是拆迁户。这四类人，基本代表了新区所在的人群。他们都是雄安的主人。

走进他们中间，扑面而来的，是他们崭新的精神风貌：建设者的精细，参与者的热忱，见证者的自豪，受益者的欣喜。从他们身上，我看到了雄安的美好未来。

19
龙山寻根

来山东13年，走动最勤的，是章丘。

东出济南城，车行不远，南仰群山迤逦，脉连岱岳，倚鲁中山地；北望一马平川，腹衔黄河，接鲁北平原，"盖青济之喉襟，登泰莱之要冲"，山水相连，河湖交织，万木葱茏，景色如画。这就是章丘。

最初去章丘，是仰慕李清照。她外表纤细柔弱，骨子里却仗剑行侠，一边低吟浅唱，"莫道不销魂，帘卷西风，人比黄花瘦"；一边对酒当歌，"生当作人杰，死亦为鬼雄。至今思项羽，不肯过江东"，婉约而不柔靡，倜傥而具逸思，独创"易安体"，流芳百世。

到章丘才知道，这里自古多名士。战国时期阴阳家代表人物、五行创始人邹衍，"尽言天事"，创立"五德终始说"和"大九州说"。唐朝名相房玄龄，辅助李世民，"筹谋帷幄，定社稷之功"，成就"贞观之治"。宋朝李格非，苏轼之门生，李清照之父，亦是文学名流，诗文俱工致。元代张斯立、张友谅叔侄，一门两代宰相；刘敏中、张养浩、张起岩，不仅官位显赫，且各领文学风骚。明代戏曲家李开先，"嘉靖八才子"之一，留下传奇戏曲《宝剑记》。清代辑佚大家马国翰，一生辑书千卷，泽被后世；刑部郎中李慎修，刚正不阿，嫉恶如仇，史称"白脸包公"。近代商业资本家孟洛川，以德为本，以义为先，以义制利，创建"瑞蚨祥"，"祥"字号遍布全国。这些英才俊彦，薪火相传，一脉相承。

去章丘次数愈多，敬仰之情愈重：其历史，一如身旁奔涌黄河，源远流长；其人文，仿佛脚下黄褐土地，底蕴厚重。

这回，我奔龙山而来。我来龙山寻根。

壹

沿102省道往东，横穿毗邻两河。西河叫巨野，东河谓武原。两河自南往北，蜿蜒而下，宛如巨龙交颈，汇为一流。相传，刘邦打天下时，韩信率兵出征，路过此处，欲出奇兵，不从庄内穿过，在两河交汇处架起石桥，挥军直扑临淄，大败齐军。后人为纪念韩信，称此桥为"韩信桥"。后来，因筑杜张水库，水位上升，石桥被淹。

古时，海岱往返中原时，两河是要道，为"济左走廊"锁钥，兵家必争。东汉时，耿弇讨张步之战，就爆发在此。《水经注》载："耿弇之讨张步也，守巨里，即此城也。三面有城，西有深坑，营也。与费邑战，斩邑于此。"

张步，琅邪人，聚众数千，自封武威大将军，占据齐地，后受命刘永，自封定汉公。建武五年（公元29年），武帝派建威大将军耿弇讨伐。张步派费邑守东平陵，遣费敢守巨里。耿弇攻下巨里，直取东平陵，在城外大战费邑，将其斩落马下。

两河之间，夹一大庄，这便是龙山。别看龙山不显山、不露水，却身世显赫：北行4公里，是焦家遗址；东行200米，是城子崖遗址；向东北3公里，是东平陵城遗址；往西500米，是西河遗址。此四处，皆为全国重点文物保护单位。

外人若对遗址陌生，用一句通俗话，就足以明了：从距今8500年到公元310年，龙山一直是济南乃至山东的中心，能清晰呈现中华文明的进程。

一天，茂密森林中，忽然响起呐喊声。一群彪形大汉，身子佝偻，长发豹眼，裸膀跣足，持棒举石，奋力追逐猎物。猎物张皇失措，东奔西突，无处藏身，蹿出深山。猎人紧追不舍，转过山口，眼前豁然开朗：天高云淡，地平坡缓，河湖交错，土肥草丰。猎人煞是喜欢，放弃追逐，折身返回。几天后，猎人领头，迁徙队伍扶老携幼，走出大山，滨河而居，伐木筑巢，生火炊食，掘壕放水护城。

这幅场景，发生在距今8500年前。自那以后，龙山炊烟不息，历时1500年。这段历史，留下西河遗址，史称"西河文化"。

山东史前文化大致走过五步：西河文化、北辛文化、大汶口文化、龙山文化、岳石文化。其中，"西河文化"和"龙山文化"，首先在龙山发现并命名。

贰

出龙山庄，往东北行，须臾间，前面横亘个土坝，高三四米，宽约30米，灌木丛生。坝上立一巨碑，上书"平陵古城"。此时，朔风凛冽，密云低垂，残阳若隐若现，仿佛一钩冷月，悬在碑顶上。领路的龙山街道黑陶办主任颜世洪说，这土坝就是古城墙遗址，少则1000岁，多则2500岁，可以并行六辆马车。我蹑手蹑脚，不敢落重步，生怕惊扰沉睡的遗址。

站在城墙上，放眼望去，一溜绿坝，从脚下往南延伸，折向东,转向北,再转向西,然后折返,回到脚下,断断续续,若隐若现,形成方形状。环绕在内的,便是当年城址,面积四平方公里,曾经宫殿巍峨、作坊林立,如今已夷为耕地,正种着油菜苗,近看株株柔弱,远观一片葱绿,恰应了"草色遥看近却无"。

据考证,东平陵的作坊,有制陶铺,有冶铁坊。冶铁始于战国,盛于两汉。战国初期,使用铁质农具,带动矿石采掘,产生铸锻业。两汉时期,成为中国冶铁中心,铁匠名扬天下,制作的宝剑,距今2000年前就是名产,皇帝用于赏赐公卿重臣。而欧洲直到18世纪中叶,才用炒钢法冶炼熟铁。有鉴于铁的重要地位,汉武帝下令,在全国设铁官49处。山东有14处,其中一处,就在东平陵。

最初知道龙山,缘于东平陵。因为,它是济南之父。

春秋时,谭国在城子崖筑平陵城,齐国灭谭后,平陵城归齐,为平陵邑。战国秦汉之际,在现址筑新城,亦曰平陵城,为区别老城,故在新城前加"东"字(另一种说法是:汉昭帝时,因咸阳设置平陵县,故此改称东平陵)。秦统一全国后,在此置平陵县。秦亡汉兴,实行郡、国并行制度。西汉初年(公元前204年),设济南郡,郡治就在东平陵,"济南"之名由此而来。济南郡设有工官、铁官,是汉代著名的手工业城市。

刘邦死后,吕后专权。公元前187年,齐王刘肥因惧怕吕后,为求自保,将济南郡献给吕后。吕后封吕台为吕王,将其从陕西调到济南,在此建立吕国,王都设在东平陵城。吕后死后,济南郡复归齐国。公元前164年,汉文帝设济南国,封刘邦之孙刘辟光为济南王,东平陵城成为济南国王都。至东汉末年,有刘邦后裔13人相继为济南王。王莽代汉自立后,将故乡东平陵更名为乐安。

随着政权更迭，城头变幻大王旗：公元26年，汉光武帝改称济南国；东汉末年，曹操在此任济南国相；三国时期，曹魏置济南郡；公元265年，晋武帝改置济南国。每次更迭，均以东平陵为治所。西晋永嘉年间（公元310年），郡治迁往历城（今济南），东平陵县废。后魏时，复置平陵县，属济南郡，北齐时又废。唐武德二年（公元619年）再置，属谭州，贞观初谭州废，属齐州。唐贞观十七年（公元643年），改名全节县。唐元和十年（公元815年），并入历城县。至此，东平陵经历三置三废，终于完成历史使命。

不过，别看东平陵"辈分"高，在城子崖面前，它还是个晚辈。如果东平陵是济南之父，城子崖则是济南之祖。

叁

龙山庄东侧，矗立一座土堡式建筑，造型拙朴，貌似原始土城，上书"龙山文化博物馆"。数百米外，就是城子崖遗址。

参观罢博物馆，馆长张宗国领着我来到遗址发掘现场。遗址发掘后，绝大部分已重新覆土，只有最初发现处被罩在一间大屋里，防止风吹雨淋。

驻足在遗址前，目光穿越百年，隐约看到一个年轻的背影。他叫吴金鼎，一介书生。正是他的惊鸿一瞥，造就城子崖辉煌。

胶济铁路有个平陵站，就在龙山村。1928年3月24日上午，车站里走出俩年轻人。其中一位，天庭饱满，目光深邃，鼻梁高挺，嘴唇宽厚，他就是吴金鼎，山东安丘人，1901年生，正在清华大学国学研究院读研，假期约了同学，考察东平陵城遗址。

在龙山村，他找了向导，跨过武原河。河畔有一隆起台地，高四五米，状如城垣，村民呼之"城子崖"。台地中央有条古驿道，是昔日往返登州、莱州、青州的必经之地，也是内地通沿海要道，为齐鲁之天然分界。两侧土崖壁立，高丈余，崖上黄土颓败，枯草飘零。

行至崖口，三人停下歇脚。不经意间，吴金鼎偶一回头，蓦然发现，在阳光投射下，两壁断崖的横截面呈现出一条清晰地层带，延续数米长。他急忙掉头，奔到台地前。

土层中，隐约露出大片灰土，夹杂着陶片、石块、贝壳、兽骨，还有堆积很厚的红土，火烧遗迹明显，疑似陶窑遗址。

吴金鼎在灰土层寻找，轻易抠出两枚骨锥。骨锥颜色斑驳，工艺粗糙。他凝神屏息，反复端详，突然双手颤抖，呼吸急促，孩童般狂呼起来："天哪，这是一条古文化地层带！"

因目的地是东平陵城，吴金鼎不便久留，心里却割舍不下。次年7月底，他二赴城子崖，又发现一处火烧红土层遗迹，还掘出一枚完整的石斧。8月至10月，他三次专程到城子崖，发现大量石器、骨器。特别让他兴奋的是，从遗迹深处，掘出一种油光漆黑的陶片，很罕见。他取名"油光黑陶片"，认定"或系龙山文化之特点"，兴奋得夜不能寐，"于床上矢言：将来机会苟如我愿，吾将在鱼脊骨中上百丈长之深沟，以窥龙山文化之底蕴"。后来，这种黑陶片成为龙山文化最显著的标志，如今被称作磨光黑陶片。

在长达两年间，吴金鼎六赴龙山，栉风沐雨，在荒郊野外徘徊踯躅，与陶片、石器、骨器深情对视，最终得出结论：城子崖遗址及孙家庄南崖之灰土层，是龙山文化之最古层。

肆

在城子崖，看到一个骑驴人的背影。

1930年初春，寒风凛冽。城子崖荒草萋萋，稀疏的小树裸着身子，在寒风中摇曳。荒坡上，一头小毛驴摇头摆尾，背上铺着棉毯，驮着一个中年人。中年人头戴礼帽，身穿长袄，手提缰绳，走走停停，左顾右盼，脖子伸得长长的。他的脸上，写满喜悦、期许和欣慰。他叫李济，吴金鼎导师。

李济何许人也？毕业于美国哈佛大学，中国第一位人类学及考古学博士，中国考古学奠基人，供职国立中央研究院，是历史语言研究所考古组组长。研究院由蔡元培任院长，所长是傅斯年。此次，他奉傅斯年之命，来查核城子崖遗址。

实地勘察后，李济喜形于色：这是为数不多的史前文化遗址！他向傅斯年力荐：发掘城子崖！

李济胸中郁积着一股闷气。这股闷气源于一个歪理邪说：中国文化由西而来。

这一说法由来已久。早在17世纪中叶，德国耶稣会教士基尔什尔提出，"中国文明来自埃及"，此论在西方流传甚广。荷兰莱顿大学历史学教授忽恩甚至称，中国人是《圣经》中该隐的后代。如此梦呓，竟被奉为"史实"，传播200多年。

1625年（明天启五年），西安发现《大秦景教流行中国碑》。碑中除汉字外，还标有几个叙利亚字母。西方人据此得出"中国文化由西方传入"结论。

1853年，法国人哥比诺著文称，中国文化来自印度。另一个法国人歧尼认为，中国文化源于埃及。

19世纪后半叶至20世纪，西方学者不断提供"证据"，反复证明"中国文化西来说"。

20世纪初,"西来说"甚嚣尘上,中国的"石器时代"被全盘否认。中国远古文明的历史传说,被斥为"无稽之谈"。中国文明的古老源头,均被引向西方。美国学者劳弗尔称:"中国从未有石器存积一处……故据现代所知者言之,不能谓有中国石器时代。更从典籍考之,尤无所谓中国人之石器时代。"此谬论竟获许多中国学者附和。

1914年3月,应中国政府聘请,瑞典地质学家安特生担任农商部矿政顾问。1921年4月,他主持发掘河南仰韶村遗址,认为仰韶文化即是"早期中国人的文化",否定了"中国没有石器时代"的说法,但仍坚持中国文化来源于西方。他在《中华远古之文化》一文中称,"因仰韶遗址之发现,使中国文化西来说又复有希望以事实证明之。"

后来,随着研究深入,安特生修正了偏见,否定"中国文化西来说",但其早年的"仰韶文化自西而来"观点却盘踞深远,成为西方贬低中国文化的依据。

在20世纪初,西方学者一边倒地认为,中国文化是外来文化,以彩陶为代表的新石器时代晚期文化,是由西向东传播的。有的学者甚至认为,古代中国文明的许多因素,皆从西方传入。

梁启超等人相信,中国历史上有过石器时代,无奈缺乏依据,底气不足,中国学术界莫衷一是。

1930年11月6日,在城子崖发掘新闻发布会上,李济说了这样一番话:

现代中国新史学最大的公案,就是中国文化的原始问题。中国文化的基础是在夏、商、周三个朝代奠定的,要能把这将近2000年的文化,找出一个原委,中国文化的原始问题,大都可解决。"这个时期的晚期，虽已文字大备，然而经了秦始皇一把火，传下来的可靠的史料，实在有限得很。所以我们要求这一时代的史料，除文字外，不可不注重无文字的器物。器物制作，最足以代表时代的精神。……因此我们认定凡出石器的遗址，都可以供给我们研究这期历史的材料，城子崖既有石器的遗存，就是我们选择城子崖发掘的第一个理由。"

接着，李济说了另一个更重要的理由："这几年在奉天、山西、河南、甘肃一带所发现的石器时代的遗址，大部分都包含着一种特殊的陶器，陶器上有彩画的装饰。这种带彩的陶器，与中亚、小亚细亚以及东欧所出的均有若干相似处。这就是外国考古家注意中国这种发现的基本原因。由这种材料的比较，就有好多学者指它们为中国文化原始于中亚的证据。所以近数年，那沉默了30年的中国文化原始于西方的学说，差不多又复活起来。……这种带彩陶器所占据地方，只在中国西部及北部、东北部的大平原……城子崖的地点居这东北大平原的中心点，它不但出了陶器，并且出了与西部、北部石器时代遗址完全不同的贵重陶器。这种石器时代的遗存，在中国内地尚是头一次发现，与中国商、周的铜器文化的关系很密切。它的重要性，是研究这类问题的人一看就知道的。"

可见，发掘城子崖，旨在探索中国文化来源，求证中华文明起源。

伍

在城子崖，看到一群模糊的背影：太昊，少昊，蚩尤……

他们是东夷族群的先祖，也是龙山文化的典型代表。史前的中国，中原居民属华夏族，山东居民属东夷族。太昊生活在大汶口文化晚期，淮阳曾是"太昊之墟"，其后人多北迁至山东。少昊和蚩尤生活在龙山文化早期，少昊部落及其后人，遍布山东的汶、泗、沂、沭、潍、淄流域。蚩尤的九黎部落，起于"少昊之墟"曲阜一带。

后来，蚩尤向西北发展，与华夏族相遇。华夏族有两支力量，此时正东进，炎帝在南，黄帝在北。蚩尤先遇炎帝，将其击败。炎帝遂联合黄帝。在冀南的涿鹿，黄帝三战蚩尤，"而后夺其志"，蚩尤战败被杀。黄帝尊其为"兵主"（即战争之神），挺进东夷族大本营曲阜，建"天子位"。

城子崖古城始建于龙山文化时期，其起始年代有多个版本，最新说法是，经碳十四测年法测定，最早为距今4300年。此后，延续到岳石文化，即距今3500—3900年，相当于夏代。

遗址发掘先后三次，前两次由傅斯年负责。第一次是李济主持，从1930年11月7日到次年8月。第二次是梁思永主持，从1931年10月9日到31日。

1934年10月，中国第一部田野考古报告集《城子崖》刊行，李济在序中说："有了城子崖的发现，我们不仅替殷墟一部分文化找到一个老家，对于中国黎明期文化的认识，我们也得到了一个新阶段。"

第三次是时隔60年后，从1989年至1993年，历时四年。这次发掘，有一个重大发现：1930年发掘的"龙山文化城墙"系误判，实际是岳石文化城墙。其依据是，两者的夯土结构迥然有别：龙山文化城墙是堆筑，夯筑技术比较原始；岳石文化城墙是版筑，工艺相当先进。尽管如此，1930年发掘的，是发现的第一处岳石文化城墙，表明即使在岳石文化时期，城子崖也举足轻重。

岳石文化城墙上，外侧的版筑痕迹明显，两层之间还铺着草木灰。墙体上方，布满密密的圆形孔。张宗国说，这是集束棍夯留下的夯窝。所谓集束棍夯，即五六根棍子绑在一起作夯具。

凭栏怀古，不胜感慨：在遥远的史前文明洪荒年代，一大群劳动者，一边喊着号子、一边挥汗夯筑时，可曾想到，数千年后，这堵墙依然矗立，成为他们存在的证物？

掘开的城子崖，宛如一幅路线图，悉数展示历史更替。

城子崖的文化堆积层，厚约3米，最深处可达7.65米，分三个层次，代表三个历史阶段。最下层是龙山文化，中间层是岳石文化，最上层是周文化。

龙山文化和岳石文化，是城子崖最有价值所在，东夷部族的先民居住于此。蹊跷的是，在夏代末或商代初期，城里的居民全部离开城子崖，原因不明。从商代至西周前期，约700年，城子崖成为废墟。直至西周后期，约公元前976—前922年间，周穆王封懿公于谭，城子崖才重新辉煌，形成谭文化，属于周文化层。

以前有种说法，谭国始于商代。第三次考古发掘时，因发掘面积较小，只发现零星商代遗迹。董作宾先生考证，谭国国都在城子崖，从发掘情况看，商代时还不是其国都。

不过，论城市辈分，城子崖还不是最高的。若它是祖父辈，"焦家遗址"则是曾祖辈，早在距今5500年前，就建成原始国家雏形，是大汶口文化中晚期城址的典型代表。而"西河遗址"，更是太祖辈。

龙山时期，粟、黍、稻、小麦已齐备，可能还有豆科、葫芦科、莲子和蔬菜。先民相中"狗尾草"，选育驯化，培育成粟米，历数千年栽培，世代朝贡，至今仍广泛种植，即龙山小米。先民还以粟米为原料，酿出中国第一杯"米酒"，传承至今。

当时的主要家畜，有猪、狗、牛、羊，家禽主要是鸡。猪的个体占一半多，其次是狗，牛和羊较少。这种比例，表明其饲养方式是家庭化，而非专业化集中饲养。这符合中国传统的小农经济模式。

最让人惊叹的，是城子崖的黑陶。龙山文化博物馆内，300多件展品中，八成是陶器。陶，成了那个时代的符号。有距今8000年的"釜""匜"，充满着最早定居生活的原始气息；有距今4300年的蛋壳陶，内外透黑，表面光泽，胎薄仅0.2毫米，有"黑如漆、明如镜、薄如壳、硬如瓷"美誉。即使在今天，也是巅峰陶器。4300年前，能制作如此精致的陶器，该是怎样的精巧之手！

城子崖先人青睐黑色，与中国五行文化吻合。"五行"指木（生长）、火（破灭）、土（融合）、金（敛聚）、水（浸润）。这是中国古代的物质观、系统观，认为大自然由五种要素构成。"五行"广泛用于中医、堪舆、命理、相术和占卜等，凡是道、医、兵、儒、史、杂、历算等诸家，都须精通。五行代表不同颜色，其中，木为绿（青、翠）色，火为红（紫）色，土为黄（咖啡、茶、褐）色，金为白（金、银）色，水为黑（蓝、灰）色。

陆

我在城子崖流连忘返，脑海里，一座古城活色生香。

古城近方形，建城时，先从正西部开始，墙基宽10米左右。东、南、西三面城墙规整，北面向外凸出，城墙拐角呈弧形，东西宽455米，南北最长540米，面积20.26万平方米，是仰韶文化姜寨聚落的6倍，比后冈遗址多9万平方米。

岁月如梭，斗转星移，或风雨侵蚀，或战争摧残，城墙难免破损，每过若干年，就会修葺一次。有时是小修小补，有时是大规模修葺，后修的城墙叠压在老城墙上，愈发巍峨。

筑城修墙工程浩大，既是苦力活，又是技术活，需要庞大的队伍，城子崖的人自然都动员起来，周围聚落可能也参与了。需要严密管理者，调集劳动大军，组织工程项目，遇到调皮捣蛋不服管的，还要实施惩戒。成员矛盾调解、日常生产生活，也都需要管理者。至于成员生命、财产安全的保护，需要有专门的军队，更离不开强有力的管理。这一切，已非氏族社会所能胜任，须有全新的社会机制。这种新机制，就是国家的构成。

城中央，有一汪水塘，约1万平方米。房屋环水而落，毗邻而建，人口居住密集。据考古推测，姜寨聚落人口有500人，后冈遗址至少有3000人。如果属实，城子崖肯定更多。学者推测，龙山时代在3000至5000人，谭国时则更多。人口相对集中，正是原始城市的一大要素。

城内居民日出而作，日落而息，多数从事农业生产，少数是家庭手工业者、巫医。宗教也开始了，卜骨成为工具。伴随文字的出现，知识分子也应运而生。还有一个统治集团，凌驾于社会之上。

水井是城子崖的亮点。虽然东西皆河，但城内普遍用井，仅西墙北端内侧，就有数口。有的井口长方圆角，长边1.5米，深近7米，挖得很规整，井口相当大，可容二三人同时提水。这说明，井已走过一段历程，得到普遍使用。文献记载"伯益作井"，城子崖的井，显然比伯益时代早。

井的发明和普及，是一项伟大创造。城内居民的生产、生活和饲养家畜，因水井而便利，获得更多自由，从而吸引人口集中，促进城市繁荣。可以说，城子崖有如此规模，井，功不可没。

城子崖的居民，文明素质一定不低。特别是制陶匠人，经验丰富，技术娴熟，艺术素养高，无疑是人中翘楚。他们一丝不苟，精益求精，程序严密。经他们之手的鬲、甗、鬶、瓮，虽然多用于日常生活，却制作规整，工艺精美，形态多样，气势宏伟，实用性和艺术性兼具，是同类器的上乘之作。

可以判断，城子崖是某一方国的中心，古国具有"都、邑、聚"三级结构。城子崖是都城，是政治、经济、文化中心。其周围，党家乡、黄桑院、宁埠乡、马彭东南、马鞍庄、季官庄、牛官庄和小坡等遗址，面积3至6万平方米，相当于古国的乡邑，应有古国的二级管理机构。其他30余处聚落遗址，小则数千平方米，大则一两万平方米，则是古国的村落，应有古国的基层组织。这些村落，主要从事农业生产，血缘亲族关系起着重要作用。

城子崖的居民代代相传，直至夏代终结，经800余年沉寂后，因谭国而复兴。谭国有四邻：东为齐国，南为鲁国，西为卫国，西南为遂国，北隔清河（今黄河）为燕国。

谭国的毁灭，毁在国君的傲慢无礼。有一年，齐国内乱，公子小白逃亡到谭国，请求避难。谭国国君为求自保，不仅拒绝，还不以礼相待。后来，小白争位成功，即齐桓公。恭贺齐桓公继位，应是冰释前嫌的良机，谭国却装聋作哑，不理不睬，连句客气话也没捎去。齐桓公震怒，找了个理由，起兵讨伐，于公元前684年灭谭。谭国国君落荒而逃，流亡到莒国。

据史书记载，齐桓公施仁政，对谭国围而不歼，谭国灭亡后，城子崖城还存在多年。在发掘出的陶罐上，就刻有"齐人网获六鱼一小龟"。战国时，城子崖被废弃，从此深埋于尘埃，落寞无声，直至遇到吴金鼎，终于重见天日。

柒

龙山归来，我陷入沉思：我是谁？我从哪里来？

一个人要自问，一个国家、一个民族也要常常自问，不能忘记从何而来，要明白文化根基在哪里。唯有这样，才不会迷失自我、迷失方向。

城子崖的发掘发现，其最大价值在于：动摇乃至推翻了"中国文化西来说"，充分证明以山东为中心的中国东方，有着自成一体的古文化。然而，积贫积弱的旧中国，被列强铁蹄肆意践踏，国土尚难自保，国家尊严尽失，遑论文化尊严。所以，城子崖的前两次发掘，在国际上反响甚微，难撼西方的傲慢和偏见，学者们仍自说自话。

20世纪60年代，法国文字学家葛尔伯在其著作中，开列了一张文字谱系表，在这个"谱系"里，中国商代甲骨文被说成是苏美尼亚、埃及和赫梯文字的直接后裔。

受文化自大和文化霸权影响，直到20世纪90年代，在重要国际学术会议的讲坛上，还有西方学者宣称，中国文化是从欧洲的某个角落里起源后传入中国的。汉字起源的年代，被认为大大晚于南美索不达米亚刻划文字、苏美尼亚楔形文字、埃及象形文字，以及古迦南拼音文字。美国伊里诺依大学斯塔尔等人编著《世界史》时，睁眼说瞎话，声称中国的古代文明，是在美索不达米亚文明的影响下发生的；中国在公元前1500年才出现青铜器，而冶铁技术是1000年后从西方传入的。直到现在，"西来说"依然阴魂不散。

西方学者津津乐道倒也罢了，国内竟也有学者拿香跟拜，鹦鹉学舌，拾人牙慧，为"西来说"鼓噪，真让祖先蒙羞！

一个民族的历史,是其安身立命的基石。

龙山寻根,寻的是文化自信。龙山系列遗址的发掘,唤醒尘封的人类记忆,实证中国数千年文明史。龙山如一部文明教科书,波澜壮阔,绵绵不绝,延伸历史轴线,增强历史信度,丰富历史内涵,活化历史场景。文化是国家的灵魂,也是民族的灵魂,文脉同国脉相连。文化自信,是更基础、更广泛、更深厚的自信,是更基本、更深沉、更持久的力量。中华民族历史悠久,文化遗产数不胜数,这是我们的文化底气。"欲人勿疑,必先自信"。只有自信,才能自觉,才能坚守。

观今宜鉴古,无古不成今。追根溯源,揭示文明起源,厘清历史脉络,能赋予文明张力,增强鉴证之力。它既为了解过去,也为笃定现在,更为把握未来。

(原载2021年第9期《人民文学》)

手 记
文化自信之源

2020年11月初,济南市章丘区委宣传部与人民文学杂志社联合,举办2020年中国作家章丘行活动。采风团作家阵容强大,名家荟萃。我也是成员之一,此文是采风成果。

我之所以选择这个主题,是因为,2020年9月28日,十九届中央政治局专门以考古为主题,举行集体学习。习近平总书记站在更好认识源远流长、博大精深的中华文明,坚定文化自信的战略高度,精辟论述了我国考古工作。

在历史长河中,中华民族形成了伟大民族精神和优秀传统文化,这是中华民族生生不息、长盛不衰的文化基因,也是实现中华民族伟大复兴的精神力量。中华文明具有独特文化基因和自身发展历程,植根于中华大地,有着旺盛生命力。我国浩如烟海的文献典籍,记录了中国3000多年的历史,同时在甲骨文发明以前,在中华大地还有1000多年的文明发展史、超过百万年的人类发展史,并没有文字记载。

要认识历史,离不开考古学。百万年的人类起源史和上万年的人类史前文明史,主要依靠考古成果来建构。即使是有文字记载以后的文明史,也需要通过考古工作来参考、印证、丰富、完善。历史文化遗产不仅生动述说着过去,也深刻影响着当下和未来；不仅属于我们，也属于子孙后代。

1921年，我国开始考察仰韶文化遗迹，中国现代考古学由此诞生。考古发现的重大成就，实证了我国百万年的人类史、一万年的文化史、五千多年的文明史。

最新考古成果表明，我国是东方人类的故乡，同非洲并列人类起源最早之地；北京猿人在50万年前就发明人工用火术，为全球最早之一；早在一万年前，我们的先人就种植粟、水稻，农业起源同西亚北非并列第一；我国在乐器、独木舟、水利设施、天文等方面的发明发现，也是全球最早或最早者之一。这些重大成就，为我们更好研究中华文明史、塑造全民族历史认知提供了一手材料。

我国考古发现的重大成就充分说明，中国在新石器时代、青铜器时代、铁器时代等各个时代的古代文明发展成就上，都走在世界前列，中国先民在培育农作物、驯化野生动物、寻医问药、观天文察地理、制造工具、创立文字、发现和发明科技、建设村落、营造都市、建构和治理国家、创造和发展文化艺术等各个领域，都取得了令人赞叹的成就。这些重大成就，展示了中华民族开拓创新、与时俱进、自强不息的进取精神，是蕴涵着丰富知识、智慧、艺术的无尽宝藏，是坚定文化自信的重要源泉。

中华文明是世界上唯一自古延续至今、从未中断的文明。长期以来，中华文明同世界其他文明互通有无、交流借鉴，向世界贡献了深刻的思想体系、丰富的科技文化艺术成果、独特的制度创造，深刻影响了世界文明进程。中国古代农业技术、"四大发明"以及漆器、丝绸、瓷器、生铁和制钢技术、郡县制、科举制等，在世界文明史上具有鲜明的独创性。这些重大成就，展示了中国在悠久历史进程中为人类文明进步作出的突出贡献，也展示了中华民族以和为贵的和平性格、海纳百川的包容特质、天下一家的大国气度。

文化自信，是更基础、更广泛、更深厚的自信，是更基本、更深沉、更持久的力量，中国的文化自信，是建立在5000多年文明传承基础上的文化自信。

《龙山寻根》是以散文形式发表的。之所以收入此中，是因为文体之间，并没有严格界限。纪事散文和报告文学，其实都是纪实性文学。根据茅盾先生的解释，报告文学是散文的一种，是兼有新闻和文学特点的散文。严格来说，报告文学既是一种散文体裁，也是一种新闻文体，是从新闻报道和纪实散文中生成并独立出来的，以文学手法及时反映和评论现实生活中的真人真事，具有及时性、纪实性、文学性的特征。

20 两岸情缘

台城血战

1938年3月，山东枣庄。

火车站西侧，有家新中华饭店，32岁的老板郁德义，头戴瓜皮帽，身穿灰长衫，强颜欢笑，招呼客人。

战局越来越紧，消息一天比一天糟。坐在屋里，能听到远处的炮声，生意越来越清淡，郁德义忧心忡忡。

轰隆隆，传来几声爆炸声，一阵紧似一阵。突然，一发炮弹落在门外，房屋晃动起来，临窗玻璃碎了一地。

鬼子打炮了！店堂一片惊叫，客人呼儿唤女，仓皇散去，桌上杯盘狼藉，菜肴洒得满地。

郁德义嘱咐伙计，赶紧收拾一下，到乡下避难去。

伙计问：掌柜的，你们一家咋办？

郁德义说：先回台儿庄，爹娘还在家里。

郁德义领着妻儿，来到火车站旁的煤场，找到一台往台儿庄运煤的车子，央请司机捎上他们。

鲁南春夜，寒风刺骨，郁德义裹着大衣，坐在车厢煤堆上。沿途，尽是荷枪实弹的国民党军队，正往台儿庄方向开拔。

到达台儿庄时，天已大亮。乡亲们在传，国民党军要在庄里同鬼子干一仗，大家惊慌失措，纷纷举家逃难。郁德义不敢怠慢，领着爹娘和妻儿，加入逃难行列。

台儿庄城南，紧挨着运河，河上架着浮桥，桥上塞满了人，被压得东倒西歪，几乎要沉到水里。桥对岸，就是江苏邳县。过了桥后，逃难人群各奔东西，有推着独轮车，有挑着柳条筐，扛的扛，背的背，扶老携幼，呼儿唤女，哭爹喊娘。

此后一个多月，台儿庄爆发两场血战，三万多中国将士捐躯，一万多日军官兵丧身。一座弹丸小城，从此扬名天下，美国战地记者罗伯特·卡帕将它与滑铁卢、葛底斯堡、凡尔登相提并论，赞其"是我们民族复兴的一个转折点"。

1938年5月9日，《文汇报》称："国民政府行政院准备重建台儿庄。"枪炮声平息后，郁德义带着家人回庄时，倒吸一口冷气：城门已成砖砾，城墙犬牙交错，威严的衙门、宽敞的会馆、庄重的庙宇、华丽的商铺，皆成废墟，到处是残垣断壁、烟熏火燎，焦糊味中，夹杂着浓烈的血腥气。

郁家墙倒屋倾，只剩几根木柱。郁德义置了间房屋，修缮一番，开起小餐馆，惨淡经营。

很快，城墙上飘起膏药旗。百姓忍悲含辱，当了7年亡国奴。

日本投降后，郁德义重到枣庄开饭店，家业逐渐做大，街坊对他敬重，连见了他儿子小化清，也都客气地称作"郁少爷"。

郁德义以为，赶走鬼子后，能够过太平日子，没想到，国共和谈破裂，兄弟之间又斗了起来，解放军势如破竹，国民党军队节节败退。

郁德义一有空闲，就拨弄收音机。收音机里，整日讲"共匪"如何抄家灭族、共产共妻，听得心惊肉跳。他担心，共产党对穷人好，对有钱人不好，哪天会把他"共了产"。

1948年9月25日，收音机报出一条消息：济南昨日被攻克。郁德义吓得关了饭店，带着父亲，跑到徐州城避风头，让妻子刘艳华留在家里，照顾娘和孩子。

镇上有所胜利中学，校长孙业洪也坐卧不安。他当过游击队司令，打过日本人，也与共产党队伍交过手，担心解放军不饶他，遂决定加入流亡行列，把胜利中学迁往南方。

千里流亡

流亡，是战争年代的高频词。流亡学生，也是那个年代的独特标记。解放战争后期，很多学校整体迁往南方，山东就有10多所学校南迁。

孙业洪迁校时，带走了泰山小学的高年级学生。小化清16岁，正在读国小六年级，也屁颠颠跟了去。

临别前夜，刘艳华帮儿子收拾行装，嘱咐他好好学习，不要贪玩。她以为，此番去，三五个月就回来了，所以只备了几套秋冬季衣服。

小化清与母亲开玩笑：说不定，我三五年才回来呢，到那时，我和爹长得一般高，您不认识我了。

刘艳华拍了一下儿子胳膊：瞎说！你是嫌没玩够咋的？国民党和共产党分分合合，过些日子和好了，看你还能赖到几时！

说这番话时，母子俩哪里想到，命运竟如此戏弄人，让母子俩天各一方，望穿秋水，长达40年！

战场上的失利，使国民党政权摇摇欲坠，千余所流亡学校相继停办，流亡师生在命运的裹挟下，一再往南。

1949年6月初，山东的流亡学生全部到达广州，共有8个联中、8000多名学生。在广州，流亡学生达40多万人，等着登船前往台湾。

但是，难民和流亡学生被禁止入台。原来，迁往台湾的人数多达200万，而台湾岛只有3.6万平方公里，国民政府担心，小小的孤岛承受不了。

几经周折，6月底的一天，山东流亡学生被告知，他们将去澎湖岛，学生大为不满。一些学生思乡心切，不顾老师苦劝，成群结队离开，剩下5000多人。郁化清几次想溜，可是身上不名一文，不敢冒险。

国家大命运尚且风雨飘摇，个人小命运又算得了什么呢？郁化清再一次感到，自己渺小无助。

7月4日，郁化清与同学们登上115登陆艇。当大陆渐渐远去，最后消失在视野中时，他的心直往下沉，泪水像断线的珍珠，面朝大陆，在心底一遍遍哭喊：爹，娘，我会回来的！

这场200万人的大迁徙，是中国近代史上规模最大一次迁徙，上百万个家庭为此支离破碎。

到了澎湖，郁化清以为，这下可以复课读书了。不料，澎湖防卫部兵员严重不足，要把流亡学生统统编兵。学生们察觉受骗，酝酿集体抵制。

7月13日早晨，学生们被集中到大院，有人呼喊：我们不要当兵，我们要找校长。同学们跟着呼口号，想走出门去。可是，士兵端枪把守，还架着机枪。人群就在院里乱窜，跑来跑去喊口号。

突然，一个军官大声喊：立正——

门口，出现一个光头军官，肩扛中将军衔，拄着手杖，一瘸一拐进来。有认得的人悄悄说，他就是澎防部司令官李振清。

李振清走上主席台，不发一言，目光威严，手杖用力敲打一下讲台，厉声说道：谁不愿意当兵，来找我！

我！一个瘦高个分开人群走出。他叫李树民，高年级学生。

台前的士兵晃晃刺刀，命令他：回去！

李树民继续朝前走，士兵端着刺刀刺去。李树民手一挡，刺刀扎进手臂，鲜血顿时流了出来，疼得发出一声惨叫。

旁边一个军官命令道：拉出去，活埋！

两个士兵扑上去，一人架一条胳膊，倒拖着往外拉。

李树民连哭带喊：救命啊……

郁化清吓得瑟瑟发抖，还没回过神来，后面又是一声惨叫。回头一看，是学长唐克忠的大腿被刺一刀。那个军官又命令两个士兵：把他也拉出去，活埋！

其他角落接连传出几声惨叫，又有几个学生被强行拉出去，现场气氛十分紧张。

学生们哪见过这阵势，都吓呆了，不敢吭声，乖乖地服从命令。

郁化清当了二等兵，后来才知道，国民党军当时说活埋，是故意吓唬学生的，李树民和唐克忠等都被释放，唐克忠还与他一道进储干班学习。

"七一三"事件发生后，国民党军队为了控制流亡学生，故意夸大其词，渲染恐怖气氛，想不到弄巧成拙，后来以讹传讹，被描绘成一起血腥镇压，造成恶劣影响。直到今天，依然被民进党抹黑利用，就像利用"二二八"事件[①]一样，成为攻击国民党的工具。

"七一三"流血虽然不严重，但几乎是在同时，烟台流亡师生却因编兵问题，惹上另一桩特大冤案"澎湖案"。此案导致7人被枪毙、200多人死亡，被称为"外省人的二二八事件"。

弃武从文

郁化清在澎湖军营待了五年，学会写诗歌，1954年调防到台湾本岛，后来又调防金门。

1958年8月23日，郁化清吃罢晚饭，正在看小说《凯旋门》，外面忽然炮火连天，震耳欲聋，浓烟滚滚，慌忙躲进防空洞。原来，是解放军从厦门打过来的，整整持续俩小时。第二天同样的时间，金门守军也还击俩小时。这场隔海炮战，持续40多天，除了头两天激烈外，后面的多为零星炮战，到最后变成单打双不打。

郁化清亲历的这场炮战，台湾称"八二三炮战"，大陆称"金门炮战"，金门守军损失惨重，有两个副司令和一个参谋长阵亡。让他不可思议的是，有一发火箭弹长了眼似的，居然从射口钻进碉堡，把躲在里面的8人全部炸死。这是郁化清当兵期间经历的唯一战争。

第二年，郁化清退役，时年27岁，10年宝贵光阴，就这样在军中蹉跎而过。

郁化清考取国小老师资格，到南投县草屯镇双冬里小学任教。南投位于台湾中部，人口仅30万，闻名遐迩的日月潭、中台禅寺在其境内，是台湾唯一不靠海的县。

1962年元月，他与双冬里姑娘张有志喜结连理。10月底，大女儿降生，取名馥馨。随后，又迎来两个儿子。

1969年，郁化清考取国中老师资格，调到南投县的国姓国中，当了国文老师。两年后，他又考入县教育局，任国语推行委员会指导员。

因为职业关系，郁化清发现，无人愿意创作童话，市面上的童话读物，大多译自外国作品。他想，与其求人写，不如自己动手。于是，他从写诗歌转向写童话。

郁化清的第一篇童话，叫《一只骄傲的大蚂蚁》，很快在《国语日报》发表。一年后，他已发表30多篇童话，结集出版，书名为《想生蛋的小公鸡》。从此，他与儿童文学结下不解之缘，共出版13本童话著作。

儿童文学的魅力在于，孩子看故事，大人看寓意。郁化清的作品，就有这样的魅力。

身为台湾著名童话作家，郁化清算得事业有成。但是，内心的一种重荷——乡愁，却压得他喘不过气来。皎洁月光下，他会思念自己的严父慈母，思念那座饱经战火的小城。夜深人静时，他会思念炎日下的运河垂柳，思念夕阳下的吹笛牧童。他把这些思乡之情，丝丝入扣地融进作品。

在台湾小学三年级的国语课本里，收录了郁化清的一首童诗，读着它，你能感受到淡淡的乡愁：

小鸟有窝 / 蜜蜂有窝 / 蚂蚁也有窝 / 为什么我没有窝 / 爸爸说 / 家就是我们的窝。

小鸟快乐 / 蜜蜂快乐 / 蚂蚁也快乐 / 妈妈说 / 在窝里 / 得到都快乐。

郁化清早年创作的一首《乡愁》，一位同学读罢被深深打动，将它谱成曲子：

片片的落叶 / 堆满了我的心头 / 潺潺的溪水 / 诉不尽我的乡愁 / 沧海茫茫 / 白云悠悠 / 知音无觅处 / 落日黄昏 / 雾夜孤舟 / 何时归故乡。

就在郁化清对家乡魂牵梦萦时，横亘于两岸之间的坚冰，正在慢慢融化。而他的家乡台儿庄，便是融化剂之一。

两岸融冰

1987年上半年，一部《血战台儿庄》电影，犹如裂帛之作，轰动全国。影片除浓墨重彩塑造李宗仁、张自忠外，还真实再现蒋介石、白崇禧、韩复榘、池峰城、孙连仲、王铭章、庞炳勋等历史人物。在新中国电影史上，正面展现蒋介石形象，这是破天荒第一次。

同年4月，影片在香港举行首映式，台湾"中央通讯社"香港负责人谢忠侯看完影片，抑制不住激动心情，破例要通蒋经国的电话，迫不及待地报告："我刚才看了中共在香港上映的一个抗战影片，讲的是国民党军队抗战打胜仗的，名叫《血战台儿庄》，里面出现了先总统的形象，跟他们以前的影片形象不同，这次形象是正面的。"

蒋经国一改往常沉稳、低缓的语气，急切下令："你赶紧给我找一个拷贝看看！"

此时，香港尚未回归，大陆政府驻港办事机构对外称新华社香港分社。谢忠侯向分社负责人求助。分社负责人一听非同小可，当即向中央报告。

报告摆到中共中央总书记胡耀邦的办公桌上。胡耀邦挥毫批示：可以将此影片传至台湾。

一部影片，就以这种奇特的方式，将两岸最高领导人的心连在一起。

广西电影制片厂接受任务后，精心复制一盘拷贝。谢忠侯接到后，不敢怠慢，立刻亲自送达台北。

蒋经国当即放下手头工作，就在旁边的小型放映厅观看起来。

看完影片，蒋经国仰靠在沙发后背上，闭目沉思，没有发声，手指轻轻敲着扶手。良久，他睁开眼，做了个手势，放映厅灯光缓缓亮起，在场的人注意到，他的眼里闪着光。

蒋经国一扬手，立刻有人趋步上前。蒋经国吩咐道："立刻通知下去，召集中常委全体人员，观看影片。"

人员很快到齐，蒋经国又看了第二遍。这样的事情，过去从来没有过。

观看结束后，蒋经国若有所思地说："从这个影片看来，大陆已经承认我们抗战了，这个影片没有往我父亲脸上抹黑，这是一个很大的进步。看来，大陆（对台湾）的政策有所调整，我们也要相应作些调整才是。"

这年7月15日，台湾正式宣布，废除已实施38年的"戒严令"。10月15日，蒋经国抛弃"三不"政策，开放民众赴大陆探亲。同年12月，蒋经国决定，下个月在国民党中常会上讨论赴北京谈判的人选。

就在两岸曙光在前时，1988年1月13日，蒋经国突然病逝。

中共中央立刻发去唁电，对蒋经国的不幸逝世深表哀悼，肯定他坚持一个中国、反对"台湾独立"、主张国家统一、为两岸关系缓和作出的努力。

倦鸟思归

开放探亲后，郁化清因是军公教人员，无法成行，甚至连通信也不准，只好辗转托人，打听到家人情况：父亲1958年就已病故，其他亲人也已离世，只剩母亲孑然一身。

郁化清给母亲捎去一张全家福，刘艳华摩挲着照片，嚎啕大哭了一场，抖抖索索，翻出自己照片，托来人捎给儿子。

郁化清收到照片后，怔怔看了半天。照片里的母亲，鹤发鸡皮，老态龙钟，哪还有年轻时的俏丽模样！捧着照片，郁化清不顾妻儿在场，大放悲声。为母亲，为亲人，也为自己——光阴如梭，不仅母亲已经老迈，自己也在渐渐老去。

听着父亲强抑的哭声，看到父亲抽动的肩膀，长女郁馥馨忽然觉得，一直以乐观、坚强示人的父亲，原来这么孤独、脆弱、无助！

郁化清思母心切，立刻找南投县长，要求提前退休。县长说："你年龄不大，身体还好嘛。"

郁化清说："我老母亲在大陆，我要回去探亲。"

但这个请求，没有被批准。

郁化清不甘心，听说大陆的亲人可以到台湾探亲，费了很大劲，终于如愿。年迈体弱的刘艳华，长期以来足不出户，这回不知哪来的勇气，居然强打精神，独自一人经香港到了台湾。

母子相见时，郁化清"扑通"一声跪在地上，给母亲磕了三个响头，母子俩抱头痛哭。

刘艳华在台湾一住三年，郁化清低眉顺眼，嘘寒问暖，恪尽孝道。

1989年，郁化清57岁，终于办妥提前退休手续。1991年中秋，他与妻子一道，陪同母亲同返家乡。

少小离家老大回，乡音未改鬓毛衰。操着浓重乡音的郁化清，百感交集，情不能已，跪在地上，深深亲吻。

自此，郁化清每年都要回乡，依偎在母亲身边，度过两个月的快乐时光，像个老小孩。

2005年，91岁的刘艳华去世，郁化清一下子苍老许多，家乡成了故乡，他失去回乡的动力，每次提起台儿庄，都会重重地叹口气："唉！母亲不在了，没啥亲人了，回去也没多大意思了。"

尽管这么说，但郁馥馨知道，台儿庄是父亲挥之不去的乡愁。

她记得刚识字时，看到一张表格上，有"籍贯"两个字，问父亲该怎么填，父亲不假思索："山东峄县台儿庄。"

"为什么呢？"她不解。

父亲低沉地说："那是爸出生的地方，爷爷奶奶就住在那里。"

"离南投很远很远吧？"她好奇地问。

这句话刚出口，她就惊讶地发现，父亲忽然眼圈泛红，扭过头去，遥望远方，久久没有回应，沉默半晌，说了一句话，让她这辈子都忘不了：

"不远，就在爸爸心里！"

从那以后，几十年来，她填过无数的个人资料，每次填"籍贯"，都忘不了父亲的那句话，还有说那句话时的表情。

寻梦之旅

郁馥馨传承了父亲的基因，热爱文学，富有才情，大学毕业后，当过《台湾日报》副刊编辑、生活版主编，《盐光》杂志主编，还是《联合报》家庭版专栏作家，一支笔温婉多情、感性率真，温暖了很多人。

郁馥馨外表谦和随性，内心却固执倔强，谈了几次恋爱，均无疾而终。40岁那年,结识深圳一个文学青年,交往三年后,毅然放弃一切,直奔深圳,展开一场姐弟恋。然而,生活习惯的迥异,思想观念的冲突,导致这段感情仅维系四年。

郁馥馨怅然回到台湾,郁郁寡欢,萎靡不振。有个闺蜜不忍看她沉沦,把她拉到苏州,在其公司任职。夜深人静时,郁馥馨常暗自神伤:此生休矣,再无追求。

2010年春的一天,郁馥馨打开电脑,邮箱里跳出一封新邮件,发件人冯伟,是台儿庄的宣传干部。

"哦,台儿庄。"郁馥馨自言自语。

她对台儿庄并不陌生,前些年,奶奶在世时,去探过几次亲。那个小镇虽然破败零乱,却带给她丝丝缕缕的牵挂和温暖。她也结识了几个朋友,比如,作家吴敬凤,还有这个冯伟。不过,奶奶去世后,她再没有涉足。

冯伟信里说:台儿庄正在重建古城,即将开城,邀请郁老先生撰写楹联,有机会回来看看。

"建古城?"郁馥馨嘟囔了一句,并没在意。大陆到处在建仿古建筑,她已司空见惯。她把邮件转给父亲,就把这事搁一边了。

很多念头的形成,仿佛都是冥冥注定。

过了几天,因为临近清明节,郁馥馨忽然想起奶奶,也惦记起台儿庄的朋友,便给吴敬凤打电话,相互说起近况。

"听说台儿庄在建古城?"郁馥馨顺口问道。

"古城已经建好一部分了,跟以前很不一样喽,你来看看吧!"吴敬凤热忱地说。

古城跟我有什么关系呢?郁馥馨还是没在意。不过,这让她想起奶奶,奶奶还长眠在台儿庄,应该去看看奶奶,代父亲尽份孝心。

没想到，这次重返台儿庄，竟彻底改变郁馥馨命运。一颗几近枯竭的心，又重新注入希望的甘泉。她作出一个疯狂决定：回到台儿庄定居！

这段心路历程，后来被她写进散文《我的古城我的梦》，在网上风靡一时。

三个月后，郁馥馨果然回到台儿庄。就像当年王冠五，为了死守台儿庄，毅然炸毁运河浮桥，郁馥馨也自断退路：卖掉苏州甪直的房子。

吴敬风接过郁馥馨行李，一路走，一路摇头："疯了，简直疯了！"

看到郁馥馨，王兆海张着大嘴，半天合不拢。他是古城管委会文化组负责人，原是请郁馥馨转告郁老先生，欢迎他回老家定居，古城可为他设立创作室。没想到，郁馥馨没请到真神，倒把自己请来了。

郁馥馨解释道："我爸的情况比较复杂，不可能回来长期居住，但是我单身一人，去哪儿都无所谓。"

王兆海为难了，古城管委会是政府办的，郁馥馨是台胞，身份特殊，如何安置她，他说了不算。

郁馥馨连忙说："没关系的，不用安排工作，我就在古城当志愿者。"

两周后，郁馥馨在新城区租下房子。窗外枝繁叶茂，她推开窗户，刮来一阵劲风，一片绿叶，忽然脱离枝干，飘飘摇摇，划着轻盈的弧形，无声地落在地上。

这一幕，被郁馥馨尽收眼底。她心里一动：这片树叶，与自己命运何等相似！虽然尚未衰老，却因风的意外变故，在大地的召唤下，提前回归母亲怀抱。

她默然笑了：血缘，真是一种很奇特的东西，父亲对故乡的眷恋，居然通过基因，传递到她灵魂深处了。

圆梦之旅

郁馥馨对古城越来越着迷。该让爸回来看看了。她对自己说。

郁化清很快成行。对他而言，本来母亲已逝，台儿庄物是人非，是古城的重建，触动他内心最柔软的地方，让他的乡愁有了寄托，又有理由回来了。

还有一条理由：向来叛逆的长女，居然打算终老台儿庄。

郁家长孙郁浩元刚服完兵役，在姑姑郁馥馨的鼓动下，对祖籍产生很多向往，也陪着爷爷同行。

古城重建虽只完成一期，但眼前的现实，还有未来的期望，已令他们心旌荡漾。让他们兴奋的还有：台湾难得遇到郁姓人，这里却遍地是亲人。

一天早晨，郁馥馨路遇一位清秀、娇小的年轻女性。她叫王展，是枣庄电视台专题部主任。听说郁姐的父亲就是郁化清时，王展眼睛亮起来："哎呀，我从小就看过郁伯伯的书，家里还有他的一套童话集呢！"

那天，正好有群小记者在古城采访，王展灵机一动，领着小记者到郁化清住处，策划了一个"听郁爷爷说故事"节目。

孩子们离开后，郁化清心生一念：自己年事已高，能力又有限，无法为家乡建设出力，如果有出版社愿意出版我的作品，何不无偿捐出在大陆的版权，将自己的毕生心血献给家乡孩子们？

这个念头，在郁化清心里藏了两年。两年后，他重返台儿庄，在接受山东广播电视台记者朱帅采访时，说起这个心愿。

"这是好事啊，我来联系！"朱帅回到济南后，立刻找山东文艺出版社编辑张芃芃。

张芃芃听了很惊讶，专程赶到台儿庄，与郁先生交谈了一天。出版社领导听了汇报，当即拍板，要为郁老先生圆这个梦。

2013年10月，郁馥馨陪同父母来到济南，与出版社签订协议。郁化清无偿捐出作品的中文简体版权，出版社以郁化清名义，向台儿庄小学捐赠部分图书，圆他回馈家乡的梦想。

签完字后，81岁的郁老感慨地说："心愿得偿，了无遗憾了。"

后来，山东电台推出一档特别节目《三代人的两岸情》，打动了无数两岸同胞。

在与主持人对话中，郁老感慨地说："早在20年前，我就用蚂蚁的动物形象开始了对两岸的交流。我很有信心，两岸将来和平统一是必然的趋势，也是必然的结果。"

节目中，出现了郁浩元的声音。之前，他在QQ个人资料里，已把故乡由"台湾南投"改成"山东枣庄"。他在电话里说：如果可以的话，我也希望能够回到老家，为家乡的发展作贡献，毕竟，那才是我们的根。

两岸使者

2010年中秋，郁馥馨策划一项活动：利用中秋佳节团圆的机会，邀请郁氏族人，举行烤肉活动，加强亲友间的联系。

王展找到郁馥馨："郁姐，我有一个创意，将烤肉活动改成两岸视频交流，让你和家人通过视频共同赏月，看见彼此过节的情况，我通过电视即时转播。"

郁馥馨大喜过望，立刻通过电话遥控，把海峡对岸的家人全部调动起来。

尝到甜头后，他们又琢磨起下一个活动。郁馥馨说："台儿庄胜利中学的流亡学生，在每年的10月16日，也就是他们离开家乡的日子，都会在台湾开同学会，已经整整延续60年，当年年龄最小的，如今也已80岁左右，很多人多年没有回过故乡。"

王展一听，眼珠滴溜溜一转："我有个想法，让这些思乡心切的老人通过视频，目睹故乡的变化，看到古城重建带给故乡的生机和希望。"

郁馥馨连声说好。

王展问："郁姐，你在台湾媒体干过十多年，能不能与台湾的电视台联系一下，请他们共同参与？"

郁馥馨皱皱眉头："我离开台湾太久，媒体很多老朋友都失去联系。"

旁边人出主意："要不请新党主席郁慕明先生帮忙？他来过台儿庄，又是你本家人，说不定愿意帮这个忙。"

"我试试看。"郁馥馨口里应着，心里把握并不大。虽然是本家人，但她与郁慕明并不相识，何况离活动只有几天时间。她托台湾的朋友，把活动方案传真到新党的办公室。

转眼到10月15日。明天，就是胜利中学流亡学生的餐会日，郁馥馨还是没收到任何回音。晚上，王兆海请她和王展吃饭，眼看明天的活动就要泡汤，仨人心事重重，情绪低落。

突然，郁馥馨的手机响了，一看是台湾朋友号码，心剧烈跳了一下，手一哆嗦，手机脱手，在空中翻了个跟斗，眼看就要掉到地上。

王兆海和王展慌了，不约而同地伸出手来接。幸亏郁馥馨反应快，一把抓住，颤抖着接通电话，里面传出悦耳的声音："馥馨，郁主席已经确定明天参加胜利中学的餐会，媒体也已经联系好了！"

仨人欢呼雀跃，把邻座客人吓了一跳。

第二天，万家大院古银杏树下，人头攒动。人群中，有两位老人格外激动，一位叫张忠瑶，一位叫张存贤，都是胜利中学的流亡学生，正巧返乡探亲，闻讯也赶来了。

镜头前，海峡对岸的"老孩子"们，听着古城重建情况的介绍，看见万家大院古色古香的建筑，恍如做梦一般，一个个唏嘘不已，有几位老人当场哭出声。

这年冬天，古城管委会交给郁馥馨一项任务：为古城创办一份杂志。这意味着，古城已完全接纳她了，她在古城的身份，不再是志愿者，而是一名正式员工。

郁馥馨终于有了属于自己的办公桌，有了施展才能的平台，梦想的轮廓越来越清晰，一步步变成现实。

现在，《天下@第一庄》杂志，也像其创办者一样，成为台儿庄的一张名片。

台儿庄是大陆首个海峡两岸交流基地，郁馥馨在编写杂志之余，热心地穿梭于海峡两岸，充当两岸交流使者角色：2011年5月，她参与策划、组织了"战争与和平——两岸抗战文学论坛"；同年10月，她协助古城天后宫，从台湾大甲镇澜宫迎来妈祖的分灵。

郁馥馨的心越来越热。这个弱不禁风的女子，居然不知天高地厚，懵里懵懂促成一件大事：2013年6月，"两岸和平文化论坛"在台儿庄成功举行，与会者除了大陆和台湾相关人士，还有联合国和日本、马来西亚的嘉宾。

郁馥馨是这场活动的初始推手，因不谙两岸情势和办事程序，险些酿成一场变故，幸亏枣庄市委和山东省国台办及时补救，才化险为夷。

灵魂律动

郁馥馨发现，这辈子，注定与"台"结缘：祖籍台儿庄，生长在台湾，曾在台湾日报和台盐公司工作，现在定居台儿庄。一个"台"字，包罗一生。

一个台湾单身女子，回归故乡，寻根筑梦，自然蒙上一层传奇色彩。郁馥馨成了台儿庄的招牌，媒体来采访时，总爱找她。密集的关注和赞誉，让郁馥馨有点承受不住，这并非如她所愿。她觉得自己笨嘴拙舌，习惯于用文字表达，不喜欢抛头露面。但她想，只要古城需要，愿意作一块青石板，成为街面上的铺路石。

现在，她还有一个新的身份：枣庄市政协委员，每年的"两会"上，她都是记者追逐的目标。

一晃，郁馥馨已在台儿庄过了12年。现在，她从生活方式，到思维习惯，已完全与大陆合拍。

回想初到深圳时的状况，她恍如隔世。40岁之前，她对大陆完全陌生。到深圳后，对大陆隔阂依然很深，强烈缺乏安全感，虽然住在闹市区，每当夜里独自在家时，即便灯火通明，也会莫名其妙害怕。然而今天，月黑风高，她也敢独自行走。

现在，下班后回到家里，她就感到特别踏实、温馨。因为，这屋子是自己买下的，她已成为真正的台儿庄人。她很享受这样的环境，就像运河畔的那棵老柳树，带着潇洒自若的随意，在摇摆不定的律动中，养成属于自己的姿态，自在由心，自由如风。

郁馥馨决定，把自己托付给古城。每次从巍峨的西城门进出时，她都会仰望着它，就像仰望心仪已久的伟岸男子，心里反复说着一句话：你若不离不弃，我必生死相随。

她记得一句歌词：是鬼迷了心窍也好，是命运的安排也好，然而这一切已不再重要。

虽然梦想和现实还有一段距离，但她已很知足。虽然未来仍旧是一个谜，但她相信，前面，会有更精彩的故事。

她曾经苦苦思索：我来古城，要寻找一个什么样的梦呢？现在，她终于明白了：不再有兵荒马乱和生离死别，古城永远祥和安宁。

注：

① "二二八"事件：1947年2月27日，台北市发生一起私烟查缉血案。次日，台北市民请愿、示威、罢工、罢市，聚集台湾省行政长官公署抗议，遭公署卫兵开枪射击，引发大规模民众反抗政府的政治性运动。3月至5月，国民党政府派遣军队，镇压屠杀台湾人民，捕杀台籍精英。整个事件包括民众与政府间的冲突、军队镇压平民、当地人对新移民的攻击，以及台湾士绅遭军警捕杀等。

手　记
把握"三个维度"

　　此文摘自长篇报告文学《台儿庄涅槃》，原是应《中国作家》杂志之约而选摘，后因《中国作家》录用我另一个中篇而未刊发。选摘的内容，是这部作品中的一条"线"。

　　70年前的台儿庄大战，是中国军队所为；70年后的台儿庄重建，是当地人所为。这是互不相干的两张"皮"，如果处理不好，两张"皮"搁在一起，会显得生硬，影响整体之美。于是，我以台儿庄郁氏家族的命运为"线"，把大战和重建有机地串联在一起。

　　历史纪实作品具备实录、史志、史传以及史鉴价值，能够较好地满足读者的阅读心理，中国革命历史是当代文学的重要资源，革命历史书写是文学创作的重要内容，也是现当代文学创作带有标志性的文学现象。在新时代报告文学创作中，革命历史题材的作品比重很大，受到读者广泛欢迎。

　　所谓革命历史题材，包含两个基本内涵：一是"革命"，二是"历史"，两者同等重要，缺一不可。我们强调"革命"，是要求作品正能量、主旋律，避免"低级红""高级黑"；我们强调"历史"，是要求作品充分尊重史实，避免"戏说""歪说"或"反说"。

我的体会是，在革命历史题材报告文学创作中，要注重把握好三个维度，努力使作品具有深刻的历史认识价值、崇高的思想品位和感人的艺术魅力。

一是树立大历史观、大时代观，在历史中认识现实，从现实中发现历史，让作品"高看"。

历史题材考验作家的思想观念，包括认知高度、思考深度、精神境界，这对于革命历史题材创作，具有方向性的决定作用。如果没有独到的历史见解，就很难在革命历史题材创作上有所作为。必须树立和坚持正确的历史观、民族观、国家观、文化观，坚持唯物史观，把握历史主流，展现信仰力量，传承红色基因，拓展思想深度，夯实认识厚度，加深读者对现实和历史的理解，使作品既有历史的景深，又有现实的温度，揭示出历史的传承和发展，对现代革命思考更加深远和广博。

二是坚持真实性品格，深入时代现场，复原历史真实，还其本来面目，提出独到见解，经得起咀嚼、考证和质疑，让作品"耐看"。

与现实题材不同，革命历史题材往往缺乏第一手素材，依赖的是第二手甚至是第三、第四手素材，考验作家辨析甄别、理性审视的能力。我们无法回到历史现场，但是我们可以借助历史研究最新成果，认真研究历史、踏实记录历史，将案头梳理和实地寻访相结合，深入时代现场，用审视的眼光叙事，无限地逼近历史真实，努力还原历史的真实，进一步深化对历史的体认，让史事更符合历史的逻辑，不能满足于摘抄别人的研究成果，不能人云亦云、以讹传讹，更不能胡编乱造、牵强附会，影响读者对历史事件的判断。

台儿庄战役前夕，川军将领王铭章率部在滕县狙击日军第十师团，王铭章将军战死沙场。之前，在反映王铭章牺牲的所有材料中，都说他是在激战中腹部中弹，为了不做俘虏，高呼"抗战到底"，举枪自戕，壮烈殉国。

1938年3月22日《大公报》第二版，以《滕县之役，守军死事壮烈，王铭章师长负伤后自戕》为题，刊登国民党中央社3月21日发自徐州的报道。文中称："王铭章师长亦腹部中弹，旋以大势已去，危城难守，即以手枪自戕，临死仍高呼中华民国万岁，抗战到底！其为国殇杀身成仁之壮烈情绪，神鬼均泣，周县长同（即周同县长）越城逃出，当亦跌死，我城内尚有重伤兵三百余名，未及退出，不愿受敌残杀，互以手榴弹爆炸而死，其死事壮烈，诚惊天动地……"

1986年拍摄的电影《血战台儿庄》，里面就表现了这一幕。直到今天，在台儿庄大战纪念馆，介绍王铭章生平事迹时，仍写着"自戕殉国"。

2014年1月，我利用休假的机会，专程飞往成都，了解当年川军出川抗日的情况。在中国抗日军队中，川军参战人数之多、牺牲之惨烈，居全国之首。有一种说法：在国民革命军的中央军中，每五六个参战者中，就有一个四川人。如果加上地方军阀的30万出川大军，这个数字更加惊人。我辗转找到王铭章的嫡孙王德明，才知道，王铭章的后人，一直不认同"自戕"说。王德明告诉我，爷爷牺牲时就在身边的警卫副官李绍坤，晚年是在成都度过的，他见过老人几次。老人回忆说，王铭章是身中数弹、当场牺牲的，而且死状惨烈，肠子都流了出来。

王铭章的遗孀叶亚华原先在台湾生活，2005年回成都定居，直到去世。她也讲述过，王铭章的血衣被带回家乡后，发现腹部位置有7个枪眼，王铭章的部下告诉她，将军是被机枪射中的。

王德明还告诉我,拍《血战台儿庄》电影时,导演曾经跟他们讨论过这个问题,说自戕与历史不符,导演对他们解释说,这属于艺术再加工。

根据这些素材,我在描写滕县保卫战时,把王铭章之死写成"当场牺牲",否定了"自戕殉国"的说法。

滕县保卫战中,还有一个重要人物,滕县县长周同。滕县失陷后,外界纷传周同"坠城殉国"。《大公报》1938年3月23日第二版刊登"本报特讯",题为《滕县殉国县长周同》,也说他是"坠城殉国"。这篇报告没有署名,我分析是范长江,因为当时范长江是《大公报》记者,在台儿庄大战前后,一直在徐州一带采访,台儿庄大战打响后,他在1000多米外的前线指挥所,写下了多篇战地通讯。

后来,在许多介绍滕县保卫战的文章中,也多有对周同绘声绘色的描写:王铭章战死后,周同抚尸大哭,对身边的人说:"中国不会亡!中华民族不会亡!中国人民是不会向敌人屈服的!"说完突然纵身一跳,从城上坠下,以身殉国。

看了这些材料后,我对周同的血性和气节敬仰有加,把上面这段描述也写进滕县保卫战的章节中。

就在书快写成时,我无意中看到一个材料,说的是1948年,济南解放时,章丘县长周同被活捉,先是关押在鲁南行署,后转押在临沂,1951年在临沂病死。我心里咯噔一下:周同?这个名字不常见,会不会是同一个人?我四处找佐证材料,像拼图一样,将一些支离破碎的材料拼凑起来,终于还原了事实真相。

原来,滕县县城失守后,周同并没有坠城殉国,而是乘乱从西城门逃到南门，躲进天主教堂里。在神父的安排下，周同化装成老百姓，怀里抱着一个难民的幼儿，随难民一道混出城。

逃出滕县后，周同病倒，幸遇中共地下党员马奉莪。马奉莪知道周同抗战决心大，遂热心地帮他治病，并动员他留下继续抗日。

周同自认是国民政府的官员，一直追随国民党。但他的同僚嫉恨他，向国民党山东省主席沈鸿烈密告，说他通共产党。

周同为了自保，于1940年7月公开反共，逮捕了曾经帮他治过病的朋友马奉莪，次年2月又残忍地活埋了马奉莪。同时，周同还蓄意制造摩擦，攻击地方抗日武装，抓了二三十名抗日战士，从此与共产党和八路军结下仇恨，其抗日热情也日渐消沉。

日本投降后，周同担任章丘实验县县长，一年后辞职赋闲，住在济南，直到被解放军活捉，后来死在临沂的监狱里。

我把这些情况整理出来，专门写了一节《不同周同》，加在滕县保卫战的章节最后。

三是合理塑造人物，激发情感共鸣，增强作品感染力，让作品"好看"。

文艺理论家童庆炳先生说："当我们说文学反映生活时，不仅仅指作品内容反映生活，而且作品形式也反映生活。"同样的题材，如果表现手法不同，产生的效果也会不同，甚至会大相径庭。

一些革命历史题材的作品，为什么打动不了读者？究其原因，作家在书写革命历史题材时，特别是书写政治人物时，容易迷失方向，步入两个极端：一是概念化。受过去"高、大、全"观念的桎梏，不敢放开手脚，往往流于贴标签、概念化、脸谱化，用政治概念图解人物形象，使人物形象苍白、生硬、冷漠、失真，缺乏温度，可敬不可亲，让人敬而远之；二是庸俗化。躲避崇高，拒绝英雄，放逐理想，把英雄庸俗化、粗俗化、低俗化、娱乐化。此外，如果作家创造力不足，语言与当今社会语境存在距离，作品也会与读者产生隔膜，缺乏吸引力和感染力。

革命历史题材的创作，要在尊重历史的基础上，对作品进行文学性创新，正确处理好历史真实与艺术想象的关系，找准历史与当下的共情点，在尊重史实本身的前提下，用文学的手法生动表达，充分发挥想象力，通过细节描摹、情景再现，讲述鲜活的故事，表现细腻的生活，描绘人物的心路历程，展示人物的跌宕起伏命运，塑造个性鲜明、丰满立体、栩栩如生的人物形象，使人物既符合历史特定的情境，又符合人物性格和情感发展的逻辑。

对重大而严肃的主题，融入更多人文情怀，围绕重要的历史人物、重大的历史事件、重要的时间节点展开书写，从日常生活出发，运用清新自然、质朴实感的叙事风格，挖掘强烈的生活气息和丰富的生活细节，让人物更符合时代的逻辑，让细节更符合生活的逻辑，创作出更加贴近人民的革命历史作品，让读者感同身受、喜闻乐见，获得心理认同，激发情感共鸣。

后记

因为写了一些短篇，一些有心的朋友，便热心地收集起来，也经常有朋友问我，你啥时出集子？我想要一本。我一直下不了决心，一来写得不多，集起来只有薄薄一册，分量不够；二来回头再看，这些已发表的作品，总有这样那样的不足，于是失去勇气；三来作品集缺乏市场，不想赔本赚吆喝。奈何经不住人撺掇，最终还是硬着头皮，结集出版。这里选的20篇，有19篇已公开发表，只有最后一篇因故未发表。

为了便于读者加深理解，结集时，给每篇附了一个手记，提供延伸阅读。这些手记长短不一，没有统一格式，有的是记录写作时的感悟，有的是介绍写作背景。所记录的感悟，有的认知肤浅，有的观点偏颇，仅供读者批判性阅读。

感谢黄传会老师，不嫌我作品鄙陋，不吝赐教，欣然作序。他年长我十四岁，两人特别有缘：同为浙江同乡，同为海军出身，同时获得鲁奖。他是报告文学界老将，长年笔耕不辍，文思敏捷，激情澎湃，著作等身，曾三次荣获中宣部"五个一工程"奖，是我学习的楷模。

在出版过程中，济南出版社社长田俊林先生和各位编辑精益求精，济南市委宣传部文艺处处长支景阳先生出谋划策。在此一并感谢！

徐锦庚

2023年2月于济南燕子山麓